SOPHIE
DANNENBERG

TEUFELS BERG

ROMAN

QUADRIGA

MIX
Papier aus verantwortungsvollen Quellen
FSC® C014496

Dieser Titel ist auch als E-Book erschienen

Quadriga Verlag, Berlin, in der Bastei Lübbe GmbH & Co. KG

Originalausgabe

Umschlaggestaltung: Uwe C. Beyer, Hamburg
Umschlagmotiv: Max Ernst, »Der Hausengel« (1937); VG Bild-Kunst, Bonn
Satz: Dörlemann Satz, Lemförde
Gesetzt aus der ITC Berkeley
Druck und Einband: GGP Media GmbH, Pößneck

Printed in Germany
ISBN 978-3-86995-039-6

5 4 3 2 1

Sie finden uns im Internet unter: www.quadrigaverlag.de

Für Doreen

Ich komme wieder,
ich erhole mich, ich weiß
nicht, wovon, vielleicht
war ich fremd, ich erkenne
wieder die weißen Blüten.

Godo Kumano

Der Tod, heißt es, mache die Menschen gleich. Das stimmt nicht. Er macht sie einzigartig. Der Lehm, aus dem Gott sie schuf, ist mehr als nur Schlamm. Manchmal verbergen sich Steine darin, Holzsplitter, Federn, die schillernden Hülsen toter Käfer. Sie verbergen sich in der Tiefe des Lehms, der nur an der Oberfläche glatt ist. Erst im Tod, wenn der Lehm zu rieseln beginnt, treten all diese Dinge hervor, und wir müssen erkennen, dass der Mensch, den wir zu Grabe tragen, ein Fremder war und sein Lehm nicht seine Wahrheit. Wir müssen erkennen, dass womöglich Gott selbst das Harte, Spitze und Zarte nicht spürte, als er damals seine Finger in den Klumpen drückte, dass sein Atem folglich auch das belebte, was er übersehen hatte. Ohne zu wissen, was er tat, beseelte Gott mit dem Lehm auch den Stein, ließ die Feder seufzen, den Käferflügel beben, den Splitter empfindsam werden. So schuf Gott einen Menschen, den keiner, den er selbst nicht kennt. In seiner Todesstunde rief Jesus den Vater an, warum er ihn verlassen habe, und wir können vermuten, dass Jesus nicht an der Folter, sondern an der Selbsterkenntnis starb, an jenem furchtbaren Moment, als er auf den Stein in seinem Lehm traf. Es heißt zwar, dass Selbstfindung uns erlöst – von den Schmerzen der Kindheit, der Schuld, dem Kummer. In Wirklichkeit hilft Selbsterfahrung nur denen, die den Sinn im Vorgeformten erfahren, im Lehm. Wer tiefer gräbt, begibt sich in Gefahr. Denn mörderisch ist nicht die Krankheit, sondern die Heilung. Mörderisch ist Gottes Ahnungslosigkeit, die uns allen in tiefster Seele steckt und auf die wir treffen, wenn wir uns finden.

Die Autobahnbraut

Am Montag, dem 17. Januar 2011, verlor Martins Frau den Verstand.

Er selbst erlebte das als Komödie, aus der die Komik entwichen war und nur eine entstellte Hülle zurückließ. Er wunderte sich, dass er in diesem Moment nichts für seine Frau empfand, aber am ganzen Körper zitterte.

Er stand in der Diele, die Zeitung in der Hand, und sah, wie sich Sylvia selbst schlug. Sie lag auf dem geölten Kirschparkett und schlug sich mit beiden Fäusten ins Gesicht. Aus dem Dachfenster fiel Licht auf die Szene. Er dachte an eine Zirkusnummer, in der ein Clown einem anderen eine Plastikfliege am Band ins Gesicht hielt, bis dieser sich Ohrfeigen gab, immer heftiger und schneller, und das Publikum immer lauter lachte. Auch Sylvia stieß Geräusche aus, die wie Lachen klangen, aber härter. Sie war Publikum und Clown zugleich, und es fehlte nur die Fliege, um das, was sie tat, zu erklären.

Martin ließ die Zeitung nicht fallen, er griff nicht nach Sylvias Händen und hielt sie nicht fest, er stand einfach da, in seinem Greatcoat. Er starrte in ihr entstelltes Gesicht mit den stumpfen, wirbelnden Haaren. Die Geräusche, die sie ausstieß, verwandelten sich in das Schreien einer gemarterten Katze. Zugleich klang das Schreien geil, aber nicht nach den Lauten, die Martin von seiner Frau oder überhaupt von einer Frau kannte.

Er schwitzte in seinem Mantel, die Achseln begannen zu jucken, und eine Sekunde lang überlegte er, zu gehen. Er sah auf den Türgriff, dann auf den Garderobenhaken. Ihm fiel auf, dass beide auf eine sterile Art glänzten. Er fragte sich, warum das Wesen auf dem Teppich, das sich hin- und herwälzte und dabei wie eine kubistisch verdrehte Figur Teile seiner Frau zur Schau stellte, ihn so entsetzte. Er erkannte die schwarze herabrutschende Hose und die Gesäßfalte, einen aufgerissenen Mund und rotbraune Haare, die sich in den Mundwinkeln verfangen hatten, als würde ein Bart aus dem Zahnfleisch wachsen, und er hasste sich für das, was er sah. Obwohl Martin Berger, der Patentanwalt, nicht zu philosophischen Ideen neigte, dachte er plötzlich in druckreifen Sätzen. Komik, Sex und Wahn, dachte er, sind einander so nah, weil sie alle drei zur Entmenschlichung führen. Die Komik macht den Menschen zur Maske, der Sex zum Tier, der Wahn zum Gespenst. Darum war seine wahnsinnige Frau komisch, darum klang ihr Wimmern so sexuell, darum fürchtete er sich.

Vor Martins innerem Auge stand ein Nebel aus Teer, schweres, schwarzes Geflimmer, das sinnlos in der Luft hing, bodenlos. Dort war seine Frau. Darüber schwebte eine glatte, dünne Scheibe, die eintönig glänzte, ähnlich wie der Türgriff und der Garderobenhaken. Dort war er.

Diese Scheibe, dachte er, ist alles, was uns Halt gibt. Wenn ich meiner Frau helfen möchte, darf ich mich nicht in die Tiefe begeben, ich muss an der Oberfläche bleiben.

Er räusperte sich, als wolle er an einem Rednerpult um Ruhe bitten. Dann sagte er zu seiner Frau: »Würdest du mir bitte aus der Zeitung vorlesen?«

Sylvia hatte ihm einmal erzählt, wie sie bei einem Konzert in der Philharmonie einen Klassenkameraden nach zwanzig Jahren wiedererkannt hatte – von hinten, an seinen Ohren. »Genauer gesagt, an der Sphäre seiner Ohren«, hatte sie hinzugefügt, und Martin hatte gelacht. Aber sie bestand darauf, an der Sphäre der Ohren nicht nur den Klassenkameraden erkannt zu haben, sondern auch seine Einsamkeit.

»Das funktionierte natürlich nur, weil ich in der Schule jahrelang hinter ihm gesessen hatte«, sagte sie. »Ich konnte an seinen Ohren sehen, ob er die Hausaufgaben vergessen hatte oder ob er sich langweilte. Einmal konnte ich erkennen, dass er unglücklich war.«

Martin lachte: »Solche Ohren gibt es nicht.« Er stellte sich pulsierende Knollen vor.

»Die Ohren waren nicht besonders«, sagte Sylvia. »Sie bewegten sich nicht und wurden nicht rot. Sie veränderten nur ihren Ausdruck.«

»Wie sollen Ohren etwas ausdrücken? Sie haben keine Mimik, da ist nur Knorpel mit Haut.«

»Sie kompensierten eben die fehlende Mimik durch ihren sphärischen Ausdruck.«

»Unsinn«, sagte Martin, »Ohren haben keine Sphäre, Gesichter haben Sphäre. Dein Gesicht hat eine Sphäre.«

»Gesichter haben nur eine Sphäre, wenn sie unbewegt sind. Wenn sie die Knorpelhaftigkeit der Ohren nachahmen.«

Sylvia zog eine fröhliche Grimasse. »Habe ich jetzt noch eine Sphäre? Wohl kaum, oder?«

»Und ob«, sagte er, obwohl er sich eingestand, dass ihre Grimasse die Sphäre tatsächlich zerstörte und dass dieser Moment ihn enttäuschte.

Als er sich den Satz mit der Zeitung sagen hörte, sah er an Sylvias Ohren, dass sie ihn verstand, und jetzt erst begriff er, was sie damals gemeint hatte. Die Ohren waren plötzlich eleganter als der Rest des Körpers. Sie erinnerten an restaurierte Teile einer verwitterten Skulptur, an die Sylvia, die er kannte und die ihm immer mehr weggebröckelt war. Noch immer lag sie am Boden und schlug sich, aber ihr Stöhnen war leiser geworden, und die Fäuste hatten sich leicht geöffnet.

Martin zog seinen Mantel aus und hängte ihn an den Haken.

»Ich kann die Sphäre deiner Ohren wahrnehmen«, flüsterte er. »Ich weiß, dass du wieder da bist.«

Sylvia wurde still.

»Komm, Sylvie«, sagte Martin. »Lies mir aus der Zeitung vor.«

Den Salon der Wohnung hatte Martin dunkelgrün streichen lassen, nach dem Vorbild des Queen's College. Da der Salon nur ein schmales Fenster zum Hof hatte, wurde er auch am Tag nicht hell. Die Lampen bildeten Inseln aus Licht, an deren Strände die Dämmerung stieß.

Sylvia saß am großen Biedermeiertisch. Sie erinnerte Martin an ein Bild von Strozzi, ein Porträt der Heiligen Katharina kurz vor ihrer Hinrichtung. Die Verurteilte hatte den Kopf zur Seite sinken lassen und sah nach unten, die Augen waren gebrochen oder erfüllt, vielleicht beides.

Sylvia las vor, Martin hörte sie kaum.

»Etwas lauter bitte«, sagte er.

Sie brach in Schluchzen aus, fing sich wieder und las weiter, erst deutlich, dann wieder leise.

Martin hielt den Atem an, sein Herz klopfte.

»Lauter«, murmelte er flehentlich.

An Sylvias Nase, dort, wo der kleine Höcker war, hatte sich ein dunkelroter Fleck gebildet. Eine Weile erkannte Martin noch die Heilige Katharina mit jenem Blick aus sanftem Blei. Mit der Zeit wurden die Züge um Sylvias Augen gröber und fleischiger – eine Schwellung begann sich auszubreiten. Martin begriff nichts von dem, was Sylvia vorlas, nur manchmal nahm er einzelne Worte auf.

»Ich kann nicht mehr«, sagte Sylvia schließlich.

Sie stand auf und ging in die Küche, wohin er ihr nach einer Weile folgte. Sie warf eine Aspirin in ein Glas Wasser. Das Sprudeln der Tablette klang digital.

Martin schloss die Augen. Er war in einer Zwischenwelt gefangen, in der es keinen Ausdruck gab, nur Sachen. Als er die Augen wieder öffnete, sah er Sylvia am Küchenfenster stehen, das geleerte Glas in der Hand. Das Tablettenpulver hatte eine stumpfe Schicht am Glasrand zurückgelassen.

»Ich bringe dich in die Cardea«, sagte er.

»Zu diesem Vosskamp?«, fragte sie.

»Ja. Er soll gut sein.«

Als alles erledigt war, begann es schon zu dämmern. Er fuhr den Berg hinunter, auf die Heerstraße. Die Laternen standen wie große Buchstaben an der Straße. Aus den drei Schornsteinen des Heizkraftwerkes in der Ferne kam pulsierender Rauch. Es hatte getaut, nur am Straßenrand lagen noch schwarze, poröse Schneeplatten. Martin dachte noch immer an den Moment, in dem er in druckreifen Sätzen gedacht hatte. Aber er konnte sich nicht mehr an den Inhalt erinnern, er war zu müde, um den losen Enden seiner Gedanken zu folgen, die irgendwo im Dunkeln hingen. Er öffnete das Fenster und ließ den kalten Fahrtwind herein.

Das Handy klingelte. Es war Sylvia.

»Geht es dir besser?«, fragte er und fuhr an den Rand.

»Wo bist du?«, wollte sie wissen.

»Alles in Ordnung, Sylvia?«

»Ja, ja, aber wo bist du?« Sie klang angespannt.

»Auf der Heerstraße. Ist das wichtig?«

»Warum bestimmst immer du, was wichtig ist?«, schrie Sylvia.

»Ich wollte dich doch nur beruhigen.«

Sie sagte nichts, er lauschte dem Rauschen im Äther, in dem irgendwo das Schweigen und die Wut seiner Frau verborgen und auf rätselhafte Art mit ihm verbunden waren.

»Sag doch was«, bat er.

»Das hat alles überhaupt keinen Zweck. Ich lege jetzt auf.«

»Nein, lege nicht auf. Nicht.«

Er hörte das Tuten im Hörer. Dann kam das Tuten von allen Seiten, und es dauerte einige Augenblicke, bis Martin merkte, dass er den Verkehr blockierte. Er fuhr los.

Tuten, hupen, dachte er. Tuten, hupen.

Die Straßen waren glatt, er rollte dahin und fand den Weg anhand des spezifischen Schwungs, den sein Auto nehmen musste. Als Kind hatte er Rennen veranstaltet, seine Murmeln waren Porsche. Zwischendurch kamen die Murmeln in Streichholzschachteln, die als Boxenstopps dienten. Martin reparierte die Autos, wechselte die Reifen, tankte, prüfte die Bremsen, sprach ein Wort mit dem Rennleiter. Als Martin älter wurde, fantasierte er nur noch das Tanken, nach einer Weile ließ er auch das weg. Seine Gedanken verwandelten sich, wurden undeutliche Gebilde, halb Wort, halb Gefühl. Sie ermüdeten ihn.

Der Himmel war schon den ganzen Tag bedeckt, nun setzte ein Graupelschauer ein. Winzige Eiskörner prasselten gegen die Windschutzscheibe. Martin bog in die Masurenallee, von dort auf den Messedamm. Das Kongresszentrum lag im Schatten des Funkturms, der grün in den Abendhimmel fluoreszierte. Die Farbe erinnerte Martin an den unglaublichen Hulk, jene Comicfigur, die sich nach einer Überdosis Gammastrahlen in ein muskelbepacktes Monster verwandelte. Am Messedamm musste Martin achtgeben, dass er nicht auf die Avus fuhr, sondern zur Halenseestraße. Er parkte vor dem Motel Avus. Er starrte auf die Leuchtschriften des Motelturms, dann schloss er einen Moment lang die Augen und senkte den Kopf aufs Lenkrad.

Als er ein Kind war, hatte der Vater ihn einmal mit nach Berlin genommen, auf einen Kongress. Sie übernachteten im Motel Avus, in einem der Turmzimmer. Früher war die Avus eine Rennstrecke, die hölzerne Zuschauertribüne gab es noch, aber sie war leer, an ihrer Rückwand prangten Graffitiwolken. Nachmittags wollte der Vater seinem Sohn Berlin zeigen, aber Martin wollte am Fenster stehen bleiben und auf die Avus und die Zuschauertribüne schauen, bis es dunkel wurde.

Er roch das warme Plastik des Lenkrads und spürte, wie es sich in seine Stirn drückte. Dann stieg er aus, richtete sich auf, und durch den kobaltblauen Vorbau betrat er das Motel.

Früher hatte Martin sich vorgestellt, dass der Übergang von der Treue zur Untreue ein dunkles Tor sei, das er durchschreiten und das ihn für immer zu einem anderen machen würde. Er glaubte immer noch, dass es diesen Übergang gab, aber er spürte ihn nicht mehr. Wie auf einem Rollband glitt er von der einen Welt in die andere hinüber und danach wieder zurück, zu Sylvia, in die große gemeinsame Wohnung.

In den letzten Jahren war die Wohnung immer stiller geworden. Wenn Martin nachts ins Bad ging, hallten seine Schritte im Dunkeln, und er konnte Sylvias Anwesenheit nicht spüren, obwohl er noch eben neben ihr gelegen hatte. Er dachte an Korsika, wie Sylvia nackt durchs Zimmer getanzt war; das war lange her. Ihr Körper leuchtete in der Frühe. Draußen fuhr der Wind durch die Pappeln, die harten Blätter klapperten. Aus den Wegen ragten graue Baumwurzeln. Die Zukunft war damals in die Gegenwart gerutscht, in einen einzigen Augenblick, der nach trockener Erde, Holz und Himmel duftete. Jetzt kam Martin die Zukunft vor wie eine schräge Auffahrt aus Beton. Irgendwo hörte sie auf, an einer harten Kante.

Sein Leben war inzwischen ein Gebäude mit Hallen, Gängen und Drehtüren, und seine Person war in Besucher zerteilt, die das Gebäude nutzten und durchquerten. Jeder Besucher hatte die gleichen Grundeigenschaften, er hieß Martin Berger und war ein Mann mit scheuen Augen, knöchriger Nase und dichten, graubraunen Haaren. In der einen Halle war der Besucher ein Ehemann, mochte England und alte Bücher. In einer weiteren Halle war er promovierter Patentanwalt. In der dritten Halle war er sportlich und spielte Tennis bei Rot-Weiß. Und so ging es immer weiter, bis Martin in eine Halle kam, in der er sich nicht mehr fand.

Dass er sich auch bei Jago nicht fand, war ihm egal. Sie trafen sich jede Woche. Er kannte ihren Nachnamen nicht, er wusste nicht, wo sie wohnte, und er war froh, dass sie ihn nicht fragte. Wenn er von ihr zurück nach Hause kam, war die Wohnung immer noch still, aber friedlich, als läge Schnee auf dem Parkett.

»Tataa!«, rief sie, schleuderte Jacke und Tasche neben das Bett und breitete die Arme aus. Sie trug ein gelbes Stretchkleid, das zu kurz war für die Jahreszeit. Jagoda war Anfang dreißig, halb Polin, halb Deutsche, mit einem geschiedenen Mann samt drei Kindern im Libanon, warum auch immer. Sie hatte ihre ohrlangen Haare orange-gelb gebleicht und ihre Wimpernspitzen rot geschminkt, sie hatte pralle Hüften, lange Beine und einen kleinen Hängebusen. Wenn sie lachte, zuckten die Brauen nach oben; am Anfang hatte Martin sich erschrocken, weil das Lachen wie tiefes Schluchzen klang.

Sie legte sich neben ihn und räkelte sich.

»Weißt du was?«, sagte er. »Wir tun es heute an einer Rennstrecke.«

»Echt?«

»Ja, hier führt die Avus vorbei. Die erste Rennstrecke Deutschlands. Drüben siehst du noch die Zuschauertribüne. Schau, da drüben.«

Er zeigte auf die Gardine, aber draußen war es fast dunkel geworden, und im Gegenlicht der Laternen sah man nur noch das Fensterkreuz.

»Geil«, sagte Jago. Sie zog das Kleid aus, fingerte zwischen ihren Beinen herum und brachte einen weißen Gummiring zum Vorschein. Sie reichte ihn Martin.

»Was ist das denn?«, fragte er.

»Ist mit Hormonen, bleibt in der Muschi, zur Verhütung. Ab heute.«

»Soll das heißen, du hast die ganze Zeit nicht verhütet?«

Jago kicherte.

»Meine Güte«, murmelte er.

Dann sagte er eine Weile lang nichts, auch Jago schwieg. Schließlich drückte er den Gummiring zusammen und fuhr mit dem Finger darauf entlang.

»Dein Hormonring ist auch so eine Art Avus. Hier liegen die Straßen nah beieinander, und hier oben, an der Nordkurve, wird der Ring wieder etwas breiter. Dann geht es schnurgerade bis Nikolassee.«

Er machte Motorengeräusche.

»Gib her«, sagte sie und öffnete die Beine.

Vorn auf ihrem Tanga erkannte Martin eine Mickymaus, einige schwarze Schamhaarstoppeln stießen von innen durch den Stoff. Jago schob den Tanga zur Seite und ließ den Ring zurückgleiten.

»Du hast jetzt die ganze Avus drin«, flüsterte Martin und rollte sich über sie.

Draußen vermischte sich das Rauschen des Graupelschauers mit dem Rauschen der Autos. Martin stellte sich vor, einen Torso zu bedienen, eine stimmbandlose Sklavin. Er dachte an Sylvia, und plötzlich hasste er seine Frau für ihre quietschenden Liebesgeräusche, für ihre ganze öde Meerschweinchenhaftigkeit und die Stofflampen, die sie ins Schlafzimmer stellte, er hasste ihren Vanillekörper und die wolligen rotbraunen Schamhaare, er hasste ihre Leidenschaft, weil sie nur als Wahnsinn ausgebrochen war. Er umkrallte Jagos Schultern und schnappte mit dem Mund nach ihren Brüsten, Hautfalten liefen strahlenförmig auf die Nippel zu, und Jagos Geruch, der Geruch nach Gummireifen, Limonade und nassen Katzen, war so fremd, dass sein Herz schmerzte. Auf einmal war Jago eine Straße, er raste auf ihr entlang, mit einer

Geschwindigkeit, die ihn aufschreien ließ, er hatte kein Zentrum, keinen Kern, alles war eine gerade Strecke, und als er gegen etwas Weiches aufschlug, sah er den glatten, nassen Asphalt ihrer Augen.

Es waren Jagos Augen, die ihn an alles erinnerten und lähmten. Er hatte das Gefühl, dass Sylvias Krankheit nicht nur in ihr war, sondern auch um sie herum, ein Schwarm, der ihn verfolgte und von dem etwas auf ihn übersprang. Ihm fiel ein, wann alles begonnen hatte. Im Sommer, morgens.

Sylvia sagte: »Ich weiß, dass die Wände keine Kulissen sind, aber es fühlt sich so an. Und es ist seltsam, dass alle Augen haben.«

»Was?«

Martin sah von der Zeitung auf. Sylvia hatte ihren Teil, das Feuilleton, nicht angerührt. Wie so oft überkam ihn die Frage, ob Sylvia eine andere war, während er Zeitung las. Die Sylvia, die er kannte, sprach zu Fremden mit hoher Stimme und las seine englischen Lieblingsromane. Alle paar Monate legte sie sich ins Bett und guckte tagelang Serien auf DVD. In der verkrümmten Position, ein Kissenstapel im Rücken, verspannte sich ihr Rücken. Dann ließ sie sich Massagen verschreiben, schließlich ging sie wieder zur Arbeit. Sie arbeitete bei Street Spirit, einem Projekt der evangelischen Kirche. Diese Sylvia kannte Martin. Aber die andere Sylvia, die hinter seiner Zeitung, wurde immer stiller, je mehr er versuchte, etwas von ihr mit den Ohren einzufangen. Er hörte kein Rascheln, nicht mal ein Atmen. Dass sie ihn plötzlich ansprach, durch die graue Masse der Zeilen, überraschte ihn.

»Ich weiß natürlich, dass alle Säugetiere Augen haben«, sagte sie, »und Menschen auch. Sie zählen ja zu den Säugetieren. Also haben sie Augen, logisch. Aber es kommt mir so seltsam vor.«

»Was, Sylvie?« Martin ließ die Zeitung sinken.

»Die Tatsache, dass sie Augen haben. Und mit diesen Augen auf mich zugehen.«

Während Sylvia sprach, stand sie auf und räumte den Küchentisch ab, fegte die Krümel in die hohle Hand. Ihre Handgriffe waren flink wie immer. Martin glaubte zuerst, dass sie scherzte. Als sie aufsah, merkte er, dass ihr Kinn bebte und kleine knittrige Krater bekam.

»Auch auf den Werbeplakaten und in den Zeitschriften. Überall diese Augen. – Ich weiß natürlich, dass Augen etwas ganz Normales sind«, fügte sie rasch hinzu.

Sie warf die Krümel aus dem geöffneten Fenster. Sie tat das immer, für die Vögel.

»Ich verstehe dich nicht«, sagte Martin. »Worauf willst du hinaus?«

»Es liegt weniger an den Augen selbst. Es ist eher der Ausdruck, der ist so fremd, so heuschreckenartig. Ich weiß natürlich, dass die Leute keine Heuschrecken sind. Aber sie sehen so aus.«

»Du siehst Heuschrecken? Was soll denn das heißen?«

»Nein«, rief Sylvia, »die Leute sehen nicht aus wie Heuschrecken. Sie sehen nur so aus, als wären sie welche.«

Martin musterte seine Frau. Sie hatte etwas von einem Rennpferd. Auch wenn ihr Körper träge war – in ihrem Gesicht war immer etwas am Tänzeln. Ihre rotbraunen Haare ließen ihn an freiliegende Nervenstränge denken.

»Und diese Augen starren mich immerzu an«, sagte sie, »die ganze Zeit, überall.«

Sie sank zurück auf den Stuhl und betrachtete ihre zitternden Hände. Martin griff danach. Er schwieg. Er dachte, dass er sich für immer an den Krümel zwischen Sylvias Fingern, der leicht in seine Handfläche drückte, erinnern würde.

»Bei uns im Büro hängen diese Plakate«, flüsterte sie. »Behinderte Menschen, alte Menschen, schwarze Menschen, Menschen mit Schläuchen in der Nase. Und alle starren mich an, von den Plakaten. Alle sind wirklicher als die Leute in der Wirklichkeit. Die Leute in der Wirklichkeit sind nur noch Heuschrecken.«

Martin blickte auf die Zeitung, auf die Worte. Einige Buchstaben verschwanden im winzigen Schatten einer Papierfalte.

»Sylvie, sei doch nicht verrückt.«

Sylvias Wange zuckte rhythmisch. »Okay«, schrie sie, »dann bin ich wohl verrückt!«

Martin senkte den Blick. Langsam begann er die Zeitung zu glätten, um die Buchstaben aus den Schatten zu befreien.

In den folgenden Monaten sprachen sie nicht mehr darüber, und er glaubte, dass alles wieder gut sei.

Draußen war es dunkel geworden. Jagos Augen glänzten, er lag auf ihr, er starrte in ihr Gesicht.

»Was hast du?«, fragte sie.

Sie zog ihn an sich und verschränkte die Beine über seinem Rücken, trommelte mit den Fersen sanft auf ihn ein. Währenddessen angelte sie mit der Hand nach ihrer Tasche neben dem Bett und kramte nach Zigaretten. Dabei sang sie irgendwas Arabisches, es klang wie »Yalla, Yalla!«. Sie zündete ihre Zigarette an.

»Früher hab ich mehr geraucht. Am liebsten Mentholzigaretten. Und dazu Gummibärchen gegessen. Als ich noch klein war.« Sie lachte ihr tiefes, schluchzendes Lachen. »Alles okay, Baby?«

»Ja, ja, klar«, murmelte Martin.

»He, guck mal!«, rief sie. Sie blies den Rauch aus und verschluckte sich, hustete.

»Früher konnte ich mal Ringe pusten«, sagte sie. »Rauchringe, weißt du.«

»Hm.« Martin machte sich los und rollte zur Seite.

»Ich will mir die Haare wieder schwarz färben«, sagte sie. »Pechschwarz, sieht edel aus, macht eine Lady aus mir. Letztes Mal war meine Stirn danach schwarz, und da war dieser Typ auf dem Amt, der sagte, Ihre Stirn ist schwarz, und ich hab gesagt, so schwarz wie meine Muschi, und der hat weiter in den Rechner getippt, und ich hab ihm gesagt, dass er cool ist. Ich muss den Leuten immer was Nettes sagen, weißt du.«

Sie saugte an ihrer Zigarette.

»Du bist auch cool«, fuhr sie fort, »und nett. Irgendwie fein, aber nicht so ein Poser, weißt du. Ein guter Typ. Ein Gentleman. Und trotzdem ein super Hengst. Einfach cool.«

Sie bewegte rhythmisch ihr Becken.

»Meine kleine Jagoda«, sagte Martin. Er lächelte. »Du hast das Talent, Komplimente zu machen.«

»Echt? Ich labere doch nur rum.«

»Dein Akzent klingt, als hättest du die Fähigkeit zu loben irgendwo in der Ferne erworben, dort, wo es keine Gebildeten gibt, sondern noch Gurus.« Er streichelte ihr Gesicht.

Jago nahm die Zigarette aus dem Mund und drückte sie im Aschenbecher auf dem Nachttisch aus, ohne hinzusehen. Die hohen Brauen verliehen ihrem Gesicht etwas Ratloses.

»So was hat mir noch keiner gesagt.«

Sie kramte ihr Handy aus der Tasche. »Lach mal!«, rief sie, drückte auf den Fotoauslöser und zeigte Martin das Bild, ohne es selbst betrachtet zu haben. Es zeigte ihn mit rotem Gesicht und nacktem Oberkörper.

»Nicht sehr schmeichelhaft. Lösche das bitte.«

»Ich finde es schön«, sagte sie.

»Lösche es trotzdem.«

Sie kicherte, er griff in ihr kurzes Haar.

»Wie bist du eigentlich hergekommen?«

»Zu Fuß«, sagte sie.

»Bei dem Wetter? In dem Kleidchen?«

»Ja. Erst mit der S-Bahn, dann den Messedamm runter. War nicht weit.«

»Wir hätten uns doch woanders treffen können.«

Jago zuckte mit den Schultern. Martin streichelte ihre Brust, schüttelte sie sanft.

Jago hustete wieder und fragte: »Können wir noch ein bisschen fahren?«

Er drehte mit ihr eine Runde um die Stadt. Sie fuhren nach Kladow und näherten sich irgendwann wieder Berlin. Sie sprachen nicht, nur manchmal griff Jago nach Martins Hand.

Der Schneematsch zischte unter den Reifen der Autos. Unter dem Brummen des Motors und dem Klacken des Scheibenwischers lag Stille, ein Flussbett aus versandeten Worten.

Jago hatte die Beine angezogen und die Füße auf die Ablage gestellt. Ihre Augen verfolgten die Lichter des Gegenverkehrs.

»Du machst mich glücklich«, sagte sie.

»Aber ich bin doch verheiratet und außerdem viel zu alt für dich«, entgegnete Martin.

»Trotzdem machst du mich glücklich.«

»Ich fahre doch bloß auf der Autobahn.«

Zwischen ihnen war jetzt ein Haufen knotiger Luft.

»Ich will für dich da sein«, flüsterte Jago.

Martin sagte nichts und trat fester aufs Gas. Eine stumpfe Dunkelheit bedeckte die Landschaft, die zerfasert zwischen den Orten lag.

Du stinkst, Jagoda, dachte er, du bist billig.

Er schämte sich sofort für diesen Gedanken. Sie sah ihn mit hellen Augen an und strich leicht mit dem Finger über sein Handgelenk.

»Willst du noch mal?«, fragte sie.

Er fuhr mit seiner Hand zwischen ihre Beine, und am alten Kontrollpunkt Dreilinden bog er ab.

»Da vorne?«, fragte er.

Sie nickte.

Die Raststätte des ehemaligen Grenzübergangs rottete seit Jahren vor sich hin. Das rote, zylinderförmige Gebäude mit der Aufschrift »Dreilinden« und seinen verstaubten Fensterfronten war leer. Der Asphalt auf dem Parkplatz war geplatzt, über die fahl beleuchtete Fläche zog sich ein schwarzes Adernetz. Von hinten war der Wald ins Gelände gekrochen, zwischen den Säulen der Abfertigungshalle wucherten kleine Bäume und streckten ihre kahlen Äste aus.

Martin fuhr den Sitz zurück, Jago kletterte auf seinen Schoß und presste den Kopf an seine Schulter. Sie begann zu weinen.

»Was hast du denn?«, fragte er.

»Ich bin nicht so, wie du denkst.«

»Aber ich denke doch gar nicht schlecht von dir«, sagte Martin.

»Doch.«

Er sah aus dem Fenster.

»Ich blas dir einen«, flüsterte sie.

»Nein, lass nur, lass«, sagte er und schob sie sanft von sich runter.

Auf der Rückfahrt strahlten die Autobahnschilder viel zu blau in der Dunkelheit. Überall in Martins Gedanken zogen und ziepten kleine Haken. Das Licht der Laternen fiel auf Jagos Gesicht. Unter den Augen klebten Maskarakrümel. Auf der Stirn erkannte er die vernarbten Krater aufgekratzter Pickel. Dann war das Licht wieder weg.

»Weißt du, warum ich Autobahnen mag?«, fragte Jago.

»Nein.« Er war in Müdigkeit gewickelt wie in nasse Pappe.

»Auf der Autobahn kann mich das Böse nicht finden«, flüsterte sie. »Nur das Gute. Weil die Autos schneller sind als das Böse. Das Gute kommt schnell, das Böse kommt langsam.«

»Hm.«

»Ich will immer mit dir fahren«, sagte sie, »damit das Gute auch zu dir kommt.«

»Wo kann ich dich denn hinbringen?« Er musste gähnen und presste die Faust vor den Mund.

»Einfach zur nächsten S-Bahn.« Ihre Stimme war rau.

»Aber ich bringe dich, wohin du willst.«

»Zur S-Bahn.« Sie drehte den Kopf weg.

»Na gut.«

Sie sprachen nicht mehr, er nahm die nächste Abfahrt und setzte Jago am S-Bahnhof Witzleben ab, dort, wo die Neue Kantstraße über die Stadtautobahn und die Schienen führte. Der Zugang zur S-Bahn, ein Walmdachhäuschen mit drei hohen, grauen Türen, stieß an die Brücke. Es war spät, eine der letzten Bahnen näherte sich aus der Ferne. Jago brauchte Geld für die Fahrt. Martin gab ihr einen Fünfzig-Euro-Schein. Er passte auf, dass sie im Deckenlicht des Autos die glänzenden Eurostücke in seinem Portemonnaie nicht sah. Ihr Abschiedskuss war trocken, er spürte raue Hautfetzen, die sich von ihren Lippen schälten. Er blieb im Auto sitzen und sah zu, wie das dünne gelbe Kleid um Jagos schlanke Beine wehte, bevor sie im Bahnhof verschwand.

In den ersten drei Tagen durfte Sylvia keinen Besuch bekommen. Darum fuhr Martin erst am Freitag wieder zu ihr auf den Teufelsberg. Es waren eigentlich zwei Berge, aufgeschüttet aus den Trümmern des letzten Weltkrieges und dann begrünt und bewaldet. Inzwischen war der größere Berg wieder abrasiert worden, was ihn schmächtiger erscheinen ließ. Statt Wald erstreckte sich jetzt zur Stadt hin ein weit angelegter Park über die Hänge. Oben, auf der abgeflachten Kuppe, wo früher eine US-amerikanische Radarstation gestanden hatte, thronte nun die Cardea-Klinik. Die Cardea-Kette wurde vom Klinikkonzern Primal Prevention betrieben, einem deutschen Tochterunternehmen der US-amerikanischen Continental-Health-Company. Nach langen Verhandlungen hatte der Berliner Senat dem privat geführten Krankenhaus den Versorgungsauftrag für den Stadtbezirk Charlottenburg-Wilmersdorf erteilt.

Das Gebäude hatte der vielfach preisgekrönte englische Architekt Sir Roger Rutherford-Hemmings entworfen, bekannt für schlichte Extravaganz. Meistens kombinierte er in seinen Gebäuden weißen Beton und grauen Stahl mit eigenwillig geformten Glaselementen. In Wirklichkeit handelte es sich dabei um einen in der Verarbeitungsphase stark formbaren Kunststoff, der leicht und stabil, kratzfest und selbstreinigend war. Martins Kanzlei vertrat die in Berlin ansässige Firma Lightwatch, die dieses Produkt namens Glasolex entwickelt hatte und herstellte.

Die Cardea war ein fünfstöckiger, achteckiger Würfel, der zu schäumen schien – die Glasolexfenster waren groß und rund und wölbten sich als schimmernde Halbkugeln nach außen. Auch das gläserne Dach bestand aus Halbkugeln, zwischen denen zwei Kuppeltürme emporragten, eine Reminiszenz an die alten Radartürme der Spionagestation, die lange die Stadtsilhouette bestimmt hatten. Die Türme gaben dem Gebäude das Aussehen einer futuristischen Moschee. Der Berliner Architekturverein hatte Rutherford-Hemmings für diesen Entwurf den hoch dotierten Hauptstadtpreis verliehen, aber die Berliner, die aus dem Teufelsberg den »Monte Klamotte« gemacht hatten, aus der Siegessäule eine »Goldelse«, aus der Kongresshalle eine »schwangere Auster« und aus dem Kanzleramt eine »Waschmaschine«, machten sich nichts daraus und nannten die Cardea »Seifenblase«.

Das Nebengebäude, die psychiatrische Privatklinik, war noch nicht fertig, ein gelber Baukran ragte in den Himmel. Auch am Pförtnerhäuschen am Fuße des Berges wurde noch gebaut, der Pförtner saß in einem blauen Container, hinter einer Scheibe aus Plexiglas, in die Berliner Graffiti-Writer ihre Zeichen gekratzt hatten.

Per Knopfdruck öffnete der Pförtner das Tor zum Klinikpark, die Flügel glitten seitwärts ins Gebüsch, die blank geriebenen Spitzen einiger Äste klackten zwischen den Gitterstäben. Martin dankte mit einem Wink und bog von der Teufelsseechaussee in die Anton-Delbrück-Straße ein, die durch den Park bergauf führte. Unten der Grunewald war schneebefleckt, und der Park war von den Erdhaufen der Gartenbaufirma durchsetzt wie von riesigen Maulwurfshügeln.

Seit Montag war es etwas wärmer geworden. Der Himmel war voller Kumuluswolken, sie sogen das Abendlicht auf. Langsam schloss sich das Tor hinter Martin. Als er weiter bergauf fuhr, spuckten die Büsche vor ihm kleine, braune Vögel aus.

Martin hatte die Cardea vor einigen Monaten besichtigt, an einem Sonntag im August, kurz nach der Inbetriebnahme, als der Berliner Architekturverein eine Führung für die eigenen Mitglieder und für die Firma Lightwatch organisierte. Weil Lightwatch Martins wichtigster Klient war, musste er hin. Es war so heiß, dass er nach dem kurzen Weg von seinem Büro zum Auto verschwitzt war. Auf dem Parkplatz der Klinik wechselte er sein Hemd, aber als er die Cardea erreichte, klebte der Stoff wieder an der Haut. Im Grundriss des Gebäudes hatte man ein tortenförmiges Segment ausgelassen und überdacht. Diese Vorhalle führte als Trichter in das Gebäude hinein, in den achteckigen Innenhof. Dort traf sich die Gruppe. Ein Mann aus dem Vorstand des Berliner Architekturvereins hielt den Vortrag.

Obwohl das Gebäude klimatisiert war, hatten die Frauen rote Gesichter und fächelten sich mit den Werbebroschüren der Klinik Luft zu, sie rochen nach Deo und Selbstbräuner. Die Männer fuhren sich mit Taschentüchern durchs Gesicht. Sonst bewegte sich keiner. Nur eine junge Frau scherte aus und drehte sich um die transparenten Säulen in der Halle, dabei lachte sie Martin an. Sie hatte ihre gebleichten Haare verwuschelt wie Campino, sie trug ein kurzes rosafarbenes Empirekleid und Sneakers, sie war mädchenhaft und burschikos, keine klassische Schönheit wie Sylvia, aber mit katzenhaft breitem Gesicht. Als er sie sah, dachte Martin: Mein Leben muss sich ändern.

»Was ist das für eine?«, fragte er den Gruppenleiter.

Der grinste: »Die ist ganz locker. Das ist unsere Jago.«

Die Halle war fünf Etagen hoch. Die Säulen der Halle aus Glasolex verbreiterten sich oben zu Kegeln, die in aneinanderstoßende Halbkugeln mündeten und auf diese Weise das Dach bildeten.

»Eine Reminiszenz an Frank Lloyd Wright«, sagte der Gruppenleiter, »an das Johnson Wax Building.«

Die Gruppe sah nach oben. Aber Martin betrachtete Jagos Busen, der leicht über dem Brustband des Empirekleides hing. Jago trug keinen BH. Martin überlegte, ob sie eine Sekretärin beim Architekturverein oder eine Fabrikarbeiterin bei Lightwatch war, Letzteres erschien ihm wahrscheinlicher. Er war noch nie in einer Fabrik gewesen.

Der Gruppenleiter zeigte auf die kreisrunden Fenster der Behandlungs- und Patientenzimmer, die zum Innenhof wiesen.

»Die Anordnung der Stationsflure an den Seiten der Halle soll an den Kreuzgang eines Klosters erinnern und vermittelt die Stimmung von Einkehr und Erkenntnis in die Moderne. Der Grundriss von Vorhalle und Innenhof hat übrigens die Form eines Schlüssellochs.«

Als sie in den Fahrstuhl am Kopf der Halle stiegen, stellte sich Martin neben Jago, sie rückte nicht ab, ihre Hüfte war hoch und warm. Er spürte, wie der Stoff ihres Kleides ein Stück nach oben rutschte und an ihrer schweißnassen Haut hängen blieb, und er war weniger erregt als traurig, er wusste selbst nicht, worüber. Die Fahrstuhltür öffnete sich jeweils zum Aufenthaltsraum, der zwischen zwei Stationsfluren lag und einen spektakulären Blick in die Landschaft bot. Während sie mit der Gruppe durchs Gebäude wanderten, blieb Jago in Martins Nähe, als hätte die kurze Berührung im Fahrstuhl sie an ihn gebunden.

Ganz oben war der Aufenthaltsraum zwischen den Stationen kleiner als in den unteren Stockwerken, denn nach hinten hin waren ein Fitnessraum und ein Raucherzimmer abgeteilt. Deswegen hatte der Raum keine Fenster, aber dafür ein imposantes Dach aus Glasolexkuppeln, die von Neonröhren umrandet waren. Die Patienten hätten den Himmel sehen können, aber sie saßen in ihren bunten Kunststoffsesseln und starrten geradeaus auf die Fahrstuhltüren. Eine Alte mit Bartstoppeln machte Mümmelbewegungen mit dem Mund, eine Vietnamesin starrte mit leeren Augen vor sich hin, und ein junges Mädchen mit griechischer Nase sang unvermittelt los.

»Dies ist der Kapitelsaal«, sagte der Gruppenführer. »Nicht zufällig liegt die psychiatrische Abteilung im obersten Stockwerk – zum Zeichen dafür, wie nah sich das Seelische und das Spirituelle doch sind. Sie sehen, wie durch die Anordnung der Dachfenster und durch das Lichtdesign der Eindruck eines transparenten Gewölbes entsteht. Eine Synthese aus Expressionismus und Romanik, mit einem Schuss ›Odyssee 2001‹. Wohl selten war sich die Jury des Berliner Architekturvereins so einig über ihren Preisträger wie in diesem Jahr. Und damit sind wir am Ende unserer Führung.«

Die Gruppe klatschte. Einige warfen verlegene Blicke auf die verrückten Patienten in den Sesseln, die weiterhin auf die Fahrstuhltüren starrten. Martin wurde noch trauriger. Jago, das sah er, war erloschen, sie war ein brandgeschatzter Wald. Übrig geblieben war etwas Kindliches. Doch die Freiheit zuckte in ihrem Gesicht und rumpelte in ihrem Lachen, und Martin wollte sie haben, er wollte davon etwas haben.

Sie folgte ihm durchs Treppenhaus nach unten, ohne dass er sie aufgefordert hätte. Er nahm sie auf dem Parkplatz der Cardea, im Auto. Hinterher fühlte er sich getröstet, auch wenn er nicht wusste, wofür. Während sie rauchte, dachte er: Bin ich ein Brandstifter, wenn es den Wald, den ich anzünde, gar nicht mehr gibt?

Als Martin fünf Monate später wieder aus dem Fahrstuhl in den Aufenthaltsraum der fünften Etage trat, starrten ihn die Patienten in den bunten Kunststoffsesseln an wie damals. Einige glaubte er wiederzuerkennen. Inzwischen wusste er, dass die Station zweigeteilt war in die 5A für Privatpatienten und die geschlossene 5B für Kassen- und Akutpatienten. Auf der Station der Kassenpatienten hatten die Zimmer vier Betten, aber auf der Privatstation gab es großzügige Ein- und Zweibettzimmer mit Flachbildfernsehern, und die Patienten hatten Zugang zum Wintergarten im Nordturm. Den Kassenpatienten stand nur der fensterlose Raum vor den Fahrstühlen zur Verfügung. Durch die Glastür des Raucherzimmers drang senfgelbes Licht. Die Patienten rührten sich kaum, die Luft schien an ihnen hängen zu bleiben. Auch die Frau mit dem verrutschten Kopftuch hatte den Stillstand in ihrem Körper gespeichert, obwohl sie plötzlich auf Martin zustürmte.

»Vater!«, schrie sie und warf sich auf ihn. Sie roch nach Schweiß, vorn aus dem Kopftuch hingen strähnige Haare. »Vater! Vater!«

Sie packte Martins Hände und bedeckte sie mit Küssen. Dann sah sie auf. Ihr Gesicht zeigte keine Mimik, es war zu verquollen.

Am Tresen erhob sich ein hübsches Mädchen mit kurzen Haaren und eilte herbei, es war die Praktikantin, Jennifer, sie hatte fast immer Empfangsdienst. Sie trug geflochtene bunte Bändchen um die Handgelenke.

»Lassen Sie das, Frau Baran«, sagte sie und zog die jammernde Frau am Arm. »Oder wollen Sie wieder auf die Station?«

Sie wies auf die Panzerglastür der 5B. Dahinter erstreckte sich ein Flur in der Farbe gefrorener Magermilch. Wer reinwollte, musste klingeln, wer rauswollte, musste die Ärzte fragen. Dann drückte die Stationswache auf einen Knopf, und während es schrill zu piepen begann, öffnete sich die Tür. Jetzt blieb sie zu, von innen presste ein Mann seinen Körper gegen das Glas. Der Saum seiner Hose war ausgefranst, er trug keine Strümpfe in seinen braunen Lederschuhen.

»Tut mir leid, Herr Dr. Berger«, wandte sich die Praktikantin an Martin. »So macht das Frau Baran mit jedem älteren Herrn.«

»Schon vergessen«, sagte er.

Die Praktikantin führte Frau Baran an einen der Tische und drückte sie auf den Stuhl. Frau Barans Beine, umhüllt von einem auberginefarbenen Mantelkleid, quollen seitwärts über die Sitzfläche, und sie streckte die Hände nach Martin aus.

»Das Stationsessen hat schon angefangen«, sagte die Praktikantin zu ihm. »Sie kennen den Weg? Aber schließen Sie bitte die Tür, sonst folgt Ihnen wieder jemand. Die Kassen wollen ja dauernd in den Wintergarten.«

»Die Kassen?«, fragte Martin.

»Die Kassenpatienten.«

Der Flur der 5A war, wie auch der Aufenthaltsraum, von Glasolexkuppeln überwölbt, Martin sah über sich die ersten Sterne zwischen den Wolken. Der Fußboden war nicht weiß wie auf der 5B, sondern aus einem glänzenden, kadmiumgelben Epoxidharz, vor dem die glatt geschliffenen Betonwände weniger nackt als edel wirkten. Den Wintergarten im Nordturm erreichte Martin über eine kleine Treppe. Der Raum bestand fast nur aus runden Fenstern. Von hier aus konnten die Privatpatienten sowohl den Sonnenuntergang über der Havel betrachten als auch die Lichter der Stadt, dazwischen die bewaldete Nacht. Das entspiegelte Material dehnte den Raum ins Dunkle aus. Ein paar Fledermäuse flogen draußen vorbei wie verbrennende Zigarettenpapiere. Irgendwo ging der Dunst über der Stadt in ein Wolkengemenge über. Hin und wieder löste sich ein Wolkenfetzen, trieb nach oben und verschwand. Der Wintergarten lag in einem metallischen Licht. Auf die Palmen in ihren braunen Hydrokulturtöpfen richteten sich die Strahlen kleiner Halogenleuchter.

Von den Patienten blickte keiner nach draußen. Alle, drei Männer und vier Frauen, sahen nur auf ihre Teller und die Tassen, aus denen die Schilder von Teebeuteln hingen. In der Mitte des Tisches stand eine Schüssel mit rotem Heringssalat, eine Wurst- und eine Käseplatte und ein Teller mit heißen Würstchen. Dazwischen lagen zwei Packungen Tütenbrot und einige kleine grüne Äpfel, über allem hing der Geruch von Hagebuttentee, und irgendjemand stank nach Nikotin. Außer den leisen Kaugeräuschen und dem Gleiten der Buttermesser auf den Brotscheiben war nichts zu hören. Ein Mädchen mit langen schwarzen Haaren starrte Martin an, ihr Blick unter dem dicken Pony war zornig.

»Du Schwein«, sagte das Mädchen.

Keiner reagierte. Das Mädchen aß weiter, als hätte sie selbst nichts gehört. Ihre Arme waren voll halb verheilter Schnittwunden. Neben dem Mädchen saß Sylvia, auch sie ignorierte die Beschimpfung.

Draußen trieb der Mond mit seinem fleckigen Segel durch die Nacht.

»Sylvia?«, fragte Martin, und alle sahen gleichzeitig auf.

»Hallo Martin«, sagte Sylvia. »Willkommen in der ersten Klasse.«

Nach dem Essen, auf dem Weg in Sylvias Zimmer, lief ihnen ein kleiner alter Mann hinterher.

»Hallo?«, rief er, »hallo?«

Sie blieben stehen.

»Friedrich«, sagte Sylvia mit ihrer lieben, hohen Stimme, »soll ich dich auf dein Zimmer bringen?«

Der alte Mann entgegnete nichts, trat auf Martin zu, und plötzlich holte er aus und schlug zu. Es war kein fester Schlag, die zittrige Faust rutschte an Martins Nase ab und streifte die Wange, aber Martin schrie kurz auf.

»O Gott«, rief Sylvia, »tut es weh?«

»Gar nicht«, sagte Martin.

Die Schwester, die sofort angelaufen kam, schimpfte sanft mit dem Alten und streichelte ihn zugleich.

»Ich verstehe das nicht«, sagte sie zu Martin. »Das hat er noch nie gemacht. Das passt gar nicht zu ihm. Kommt aber manchmal vor bei Alzheimer. Bitte entschuldigen Sie.«

»Schon gut.«

Als sie in Sylvias Zimmer standen, zwischen schlanken Möbeln mit Furnieren aus dunkler Räuchereiche, sah das Mädchen mit den langen schwarzen Haaren kurz herein.

»Schwein«, sagte sie noch einmal zu Martin. Dann schloss sie die Tür mit einem Knall.

»Meine neue Zimmergenossin«, sagte Sylvia.

»Reizend«, entgegnete Martin.

»Nimm es ihr nicht übel. Sie war gerade ein paar Tage auf der B. Du weißt schon, auf der Geschlossenen.«

Sylvia setzte sich aufs Bett, auf die gelbgestreifte Decke mit dem Logo der Cardea, ein Schlüsselloch, das ein Kranz umrankte. Martin ließ sich in den Ledersessel fallen.

»Wie soll das weitergehen?«, fragte er.

»Bis Vosskamp sagt, dass es besser wird.«

»Ihr beide führt lange Gespräche?«, fragte Martin.

»Nein, wieso?«

»Ich habe mir eine Zwischenrechnung schicken lassen. Da wird jeden Tag eine halbe Stunde Gespräch aufgeführt. Zum dreikommafünffachen Satz, wegen besonderer Schwere des Falls.«

»Quatsch, wir haben uns erst einmal gesehen«, sagte Sylvia. »In der Chefarztvisite, für drei, vier Minuten.«

»Da steht aber jeden Tag«, sagte Martin. »Jeden Tag eine halbe Stunde.«

»Die rechnen das eben so ab.«

»Das ist ja Betrug.«

»Gönne mir das doch«, sagte Sylvia.

»Ich soll dir was gönnen, was du gar nicht kriegst?«

»Ich kriege doch was, bloß anders, als es auf der Rechnung steht.«

»Dann müssen die das auch anders abrechnen«, sagte Martin. »Und warum zum dreikommafünffachen Satz? Was ist denn so schwer an deinem Fall? Normalerweise wird doch bei Privatpatienten nur zum zweikommadreifachen Satz abgerechnet.«

»Ist doch egal, solange er mir hilft.«

»Offenbar weiß dein Vosskamp, wie man an Geld kommt. Bis jetzt ist er ja nur Chefarzt der psychiatrischen Station der Cardea. Aber wie man hört, soll er Chef der Privatklinik werden. Da verdient er sich dumm und dämlich.«

»Warum bist du so gemein?«

»Ach, Sylvie.«

Er wollte ihre Hand nehmen, aber sie faltete die Finger ineinander und drückte sie, bis sie weiß wurden.

»Du musst mir das mit den Heuschrecken erklären«, sagte sie.

Ihre Wange begann zu zucken. Martin spürte sein Herz, wie es klopfte, und den Mund, aus dem irgendwas die Feuchtigkeit saugte.

»Ich tue alles für dich«, sagte er. »Aber ich fürchte, das kann ich nicht.«

»Die Heuschrecken haben was mit dir zu tun. Du musst mir endlich den richtigen Standpunkt erklären.«

»Welchen Standpunkt? Wovon redest du?«

»Okay, es gibt keinen Standpunkt«, schrie Sylvia und schlug sich mit beiden Fäusten ins Gesicht, auf die Stirn, die Augen, die Wangen. »Es gibt keinen Standpunkt, es gibt keinen Standpunkt!«

Martin drückte den Notrufknopf.

Später verließ er die Station über die Hintertreppe am Ende des Flures, er wollte Frau Baran nicht mehr begegnen. Bevor er das Treppenhaus betrat, streifte sein Blick das große Bild, das an langen Drahtseilen zwischen zwei Halogenleuchten hing. Das Bild stammte vom Ostberliner Maler Horst Vierer. Es war eine Mischung aus sozialistischem Realismus und Miró, es zeigte bunte Strichmännchen, die durch mehrere Ebenen nach oben kletterten. Die untere Ebene stellte ein Krankenzimmer dar, die obere eine Blumenwiese mit Wölkchenhimmel und Sonne. Offenbar, dachte Martin, glaubte der Maler an Trost.

Während er die Treppe hinunterstieg, wurde ihm schwindelig. Er schloss die Augen und hielt sich am Geländer fest, dann ließ er sich auf die Stufen sinken. Er spürte Schweiß auf der Stirn und am Hals. Erst nach einer Weile stand er wieder auf. Unten angekommen, durchquerte er im Laufschritt die Halle mit ihren bunten Sesseln für Wartende. Auf den Couchtischen standen Schalen mit weißen Steinen und Bambusrohren, der Springbrunnen in der Mitte plätscherte, das Geräusch klang sinnlos. Eine große automatische Drehtür führte nach draußen in den trichterförmigen Vorhof. Bevor Martin in ihren Kreis trat, wandte er sich noch einmal um.

»Herzlich willkommen in der Cardea-Klinik!« las er auf einem großen Schild. »Überschreiten Sie die Schwelle zur Gesundheit!«

Zu Hause ließ er sich in den Winchester-Sessel in seiner Bibliothek sinken, ohne Licht zu machen. Sein Körper war taub. Draußen waren keine Häuser mehr, nur die Fenster hingen in der Nacht.

Es geschah am Sonntag, dem 23. Januar. Alles begann damit, dass Martin den Vortrag verpasste, den Vortrag der Philosophischen Sonntagsrunde. Vosskamp hatte sie ins Leben gerufen und lud regelmäßig prominente Wissenschaftler in die Berliner Cardea ein. Heute dozierte er selbst, das erste Mal in diesem Rahmen. Der Vortrag mit dem Titel »Das Innerste. Zur konzentrischen Metapher der Selbstfindung« sollte seinen Einzug in den Vorstand der internationalen Freud-Tinbergen-Gesellschaft begründen und wurde allgemein mit Spannung erwartet.

Sylvia wollte Martin dabeihaben, aber der saß bis zum frühen

Abend in seiner Kanzlei in der Leibnizstraße und arbeitete an einem Vertrag mit Lightwatch. Rutherford-Hemmings wollte das Stadtschloss wieder aufbauen, komplett aus Glasolex, ein Riesengeschäft für Lightwatch und für Martins Kanzlei, sofern Lightwatch nicht zu Rinneberg & Partner abwanderte.

Draußen wurde es dunkel, die Lichterketten in den Bäumen, Reste der Weihnachtsbeleuchtung, blinkten, die Schaukästen der Läden auf dem Ku'damm, den Martin von hier aus sehen konnte, wurden hell. Dazwischen stellten sich die ersten Huren auf, streckten ihre glänzenden Beine. Die Fassaden der alten Häuser ermatteten hinter den Leuchtschriften.

Als er auf die Uhr sah, war es halb sieben. Der Vortrag hatte schon um sechs begonnen, zumindest die Diskussion wollte Martin noch erleben. Er machte sich auf den Weg.

Es waren nur wenige Kilometer bis zum Teufelsberg, aber Martin kam im Abendverkehr kaum vorwärts. Er rief Sylvia auf dem Handy an, sie hatte es abgeschaltet. »Honey, I'm late«, simste er, »don't worry.«

Der Wind trieb grauen Schneeregen durch die Straßen. Martin gähnte. Ein paar Baustellen in der Leibnizstraße ließen den Verkehr noch länger stocken, auf dem Kaiserdamm ging es nur zäh voran, auf der Heerstraße war wieder Stau. Er stellte die Sitzheizung auf niedrigere Stufe und machte das Radio an, Inforadio. Er hörte die letzten Worte von Vosskamps Vortrag, der Sender übertrug ihn live, aber der Empfang war schlecht, und Martin hörte nur Wortfetzen und Rauschen, das irgendwann in Applaus überging. Dann folgte ein Durcheinander aus Stimmen, tumultartig, es schien hoch herzugehen.

Von Weitem sah Martin die Cardea, die hell erleuchteten Kuppeln der beiden Türme. Er wusste, dass sich in einer der beiden Kuppeln der Saal befand, in dem Sylvia jetzt saß und der offenbar spannenden Diskussion folgte, aber er wusste nicht, in welcher der zwei Kuppeln das war. Neben den Türmen streckte sich der beleuchtete Baukran als Laufmasche in den Abendhimmel.

Die Ampel sprang gerade auf Grün, als die Laufmasche sich langsam zur Seite neigte, dann fiel sie und verschwand hinter den Bäumen. Zugleich erlosch das Licht im Südturm. Das alles geschah lautlos.

Martin starrte auf die Cardea. Die Kuppel des Nordturms leuchtete noch immer. Eine Weile rührte Martin sich nicht. Seine Gedanken bestanden aus Hüllen, die sich nur zögernd füllten. Erst als hinter ihm ein Hupkonzert losbrach, fuhr er weiter. Dann hörte er Sirenen. Auf der Teufelsbergchaussee überholten ihn mehrere Krankenwagen, gefolgt von Polizei- und Feuerwehrautos. Alle bogen in die Anton-Delbrück-Straße nach oben zur Cardea ein, die Sirenen warfen farbige Lichter in die dunklen Bäume, über die Straße jagten wirre Schatten.

Beim Näherkommen erkannte Martin, dass der Kran in den Südturm gestürzt war. Nackte Stahlträger bogen sich aus ihm heraus, und die Kuppel war zerborsten.

»O Gott«, stammelte Martin und trat härter aufs Gaspedal.

Als er sich dem provisorischen Pförtnercontainer näherte, schloss der Pförtner das Tor. Martin stieg aus dem Auto und hämmerte gegen die zerkratzte Plexiglasscheibe des Containers. Es gab ein dumpfes Geräusch.

»Machen Sie das Tor auf!«

»Darf ich nicht«, sagte der Pförtner durch ein kleines Mikrofon. Seine Stimme war klanglos.

»Was ist denn passiert?«

»Weiß ich nicht«, sagte der Pförtner.

»Meine Frau ist da oben, verfluchte Scheiße!«

»Sie dürfen die Rettungsaktion nicht blockieren.«

»Du Arschloch, mach auf!«, brüllte Martin.

Der Pförtner rieb sich den Nacken.

»Tut mir leid!«

Martin rannte los. Hinter sich, durch die offene Tür seines Autos, hörte er noch den Jingle von Inforadio. Er hetzte am Maschendraht entlang, suchte ein Loch, plötzlich musste er an einen Zeichentrickfilm aus einem von Sylvias Kindergottesdiensten denken, über den er sich lustig gemacht hatte, in der Wüste stand eine Mauer, die Tiere wollten zum Wasser und fanden den Durchgang nicht, bis aus dem Off eine Stimme sagte: »Es gibt eine Tür, und die Tür heißt Jesus.« Martin keuchte: »Die Tür heißt Jesus, die Tür heißt Jesus«, und dachte an Zeichentricktiere, die im kreisenden Licht der Sirenen lebten, aber er fand keine Tür, und schließlich krallte er die Finger in den Zaun und kletterte hinauf. Oben griff er in den Stacheldraht, zog sich hoch, wälzte sich rüber, hörte das Ratschen seines Mantels und stürzte in den Park der Cardea.

Über sich sah er die Muster der Äste, der Wind trug das Rauschen der Autos von der Avus herüber. Es dauerte einen Moment, bis Martin sich sammelte. Er setzte sich auf und bewegte die Arme, dann die Beine. Hinter den Baumwipfeln sah er den leuchtenden Nordturm und den zerstörten Südturm. Wie bei Schrödingers Katze, dachte er. Sie ist tot und gleichzeitig nicht tot. Meine Frau ist tot und gleichzeitig nicht tot, solange ich nicht weiß, in welchem Turm sie ist.

Er stand auf und humpelte durch den Schneematsch. Sein Kopf schmerzte, ihm war schwindelig. Er erreichte die Straße. Die Bäume verdeckten die Sicht, nach ein paar Schritten erkannte er wieder die zerborstene Turmkuppel. Auf einigen der emporstehenden Glasolexsplitter steckten irgendwelche Fetzen. Das Krangerüst war ins Gebäude gekracht und hatte nicht nur die Kuppel des Südturms, sondern auch den Rohbau der angrenzenden Privatklinik zerstört.

Vor dem Gebäude standen Rettungswagen, überall liefen Feuerwehrleute und Sanitäter herum, die Verletzte bargen, auch Spurensicherer in weißen Papieranzügen und gelben Gummihandschuhen waren da. Weiter unten am Berg fotografierten sie einen silbergrauen Pritschenwagen, den Martin jetzt erst bemerkte. Der Wagen war von der Straße abgekommen und seitwärts ins Gebüsch gerast. Auf der flachen Ladefläche lagen Gartenwerkzeuge und einige Säcke mit Torf, der Schneematsch auf der freien Fläche war zerwühlt und dunkel. Martin verstand nicht, was der Unfall des Pritschenwagens mit dem Kran zu tun hatte, der Wagen war etwa zweihundert Meter vom Kran entfernt.

»Was ist passiert?«, fragte er einen Feuerwehrmann.

»Am Kran hat es einen Erdrutsch gegeben. Deswegen ist er umgekippt.«

»Ob es Tote gibt, will ich wissen!«, rief Martin.

Doch der Feuerwehrmann eilte schon weiter.

Drüben, in der Vorhalle der Cardea, sprachen einige Reporter in Mikrofone und Kameras, sie waren gekommen, um über den Vortrag zu berichten, jetzt hatten sie ein größeres Thema. Die Patienten standen dicht gedrängt und guckten zu, viele in Bademänteln und Hausschuhen. Martin konnte Sylvia nicht unter ihnen ausmachen, und als er sie anrufen wollte, merkte er, dass er sein Handy verloren hatte. Fast fiel er über das Absperrband, das quer über die Straße gespannt war.

»Was machen Sie hier?«, fragte ein Polizist. »Sind Sie verletzt? Ihre Hände bluten. Waren Sie mit im Pritschenwagen?«

»Nein«, sagte Martin, »ich bin über den Zaun geklettert, ich will zu meiner Frau.«

»Halten Sie Abstand«, sagte der Polizist, wandte sich gleich wieder ab und sprach in sein Funkgerät, aus dem stoßartiges Rauschen drang, und Martin schlüpfte unter dem Absperrband hindurch und lief in den Vorhof der Cardea. Er fand keinen Weg durch die unruhige Menschenmenge und blieb an einem Fernsehübertragungswagen von Phoenix stehen. Durch die offene Tür des Wagens sah er auf den Monitor des Technikers. Offenbar hatte es der Kameramann geschafft, bis zum Unfallort vorzudringen, und filmte live, wie sich zwei Männer mit einer Trage dem Pritschenwagen näherten. Die Spurensicherer öffneten die Tür auf der Fahrerseite. Die Kamera zitterte, und es war nicht viel zu erkennen, weil jemand im Bild stand, Martin sah nur, dass ein sitzender Körper vorsichtig aus dem Auto gehoben wurde, erst seitwärts, dann wurde er auf den Rücken gedreht und auf die Trage geschoben, mit dem Oberkörper zuerst. Die Arme fielen herab, die Hände wippten in der Luft, die Kamera zoomte heran und wackelte. Martin sah zuerst den abgesplitterten Lack am Fensterrahmen des silbergrauen Pritschenwagens, die gelben Handschuhe der Spurensicherer, dann fand die Kamera den richtigen Bildausschnitt. Die Leiche hatte keinen Kopf. Der Hals glich einem zerrissenen Rhabarberstrunk, oben erkannte Martin den Querschnitt einer Luftröhre, deren Rand ein roter Schaum umgab.

Einen Moment lang glaubte er, auf einem Filmset zu sein. Es gab Gedränge, Polizisten schoben den Kameramann fort. Als Martin den Blick vom Monitor abwandte, kamen die Männer mit der Trage an der Absperrung vorbei, der schwarze Leichensack war geschlossen.

»Was war das?«, fragte er den Techniker im Ü-Wagen. »Ein Unfall?«

»Mehr als das«, antwortete der Techniker.

Der Beißer

Ohne Silbergeld im Portemonnaie war Beate nervös. Seit ihrer Jugend war sie dauernd zum Zigarettenautomaten gelaufen, auch nachts. Damals gab es noch Münzautomaten mit Eisenschubladen, die ratschten, wenn man sie aus dem Schacht zog. Beate riss das Cellophan von der Zigarettenschachtel, es hing an ihren Fingern, sie schüttelte es ab, es tanzte schimmernd in der Dunkelheit, während sie den ersten Zug nahm und ihrem Rauch hinterhersah. Sie sah einen Marmor aus Zukunft.

Manchmal blieb die Schublade stecken, weil die Zigarettenmarke alle war, dann gab der Automat das Geld nicht zurück. Darum hatte Beate Münzen für einen zweiten Versuch bei einer anderen Marke dabei und oft sogar Münzen für einen dritten Versuch. Trotzdem hatte sie jedes Mal Angst, wenn sie nach dem Schub griff. Sie träumte von einer Reihe aus Münzgruppen; die zweite Gruppe war Ersatz für die erste, die dritte für die zweite, die vierte für die dritte und immer so weiter, bis die Reihe endlos war wie das All. Die vielen Münzen passten aber nicht ins Portemonnaie, weswegen Beate sich mit den Münzen unendlich viele Portemonnaies vorstellte. Und weil zu jedem Portemonnaie wiederum die eigene Person gehörte, die es trug, musste sie sich selbst in unendlicher Wiederholung fantasieren, und weil jedes Ich eine eigene Welt brauchte, mussten immer mehr Welten her, und in jeder der zahllosen Welten blieb der Zigarettenautomat in der Rockvillestraße leer.

Damals lebte Beate zuerst bei ihrer Mutter in Pinneberg und später bei ihrem Mann in Schwetzingen. Er leitete die Einkaufsabteilung von Finkenzeller & Schwab, einem Stuttgarter

Hersteller für Fruchtsaftkonzentrate und Aromastoffe, und sie zog die Tochter Tatjana groß und kaufte Möbel aus Buchenvollholz mit abgerundeten Ecken und Pferde aus Porzellan. Inzwischen war sie geschieden. Die Zigaretten holte sie längst stangenweise.

In die Cardea hatte Beate keine Zigarettenstangen mitbringen dürfen. Sie musste die Schachteln einzeln unten im Kiosk der Klinik kaufen, der am Wochenende geschlossen war, und damit kehrte ihre Angst zurück. Schon am Donnerstag fürchtete sie, dass die Zigaretten bis Montag nicht reichen würden. Sie stellte sich eine endlose Reihe aus Zigarettenschachteln vor, die in einer endlosen Reihe aus Kiosken lagerten, aber nie erreichten die Kioske den Montag, der unendlich weit weg war.

Sie war schon seit November hier. Die meiste Zeit verbrachte sie im Raucherraum. Der Raum war nachträglich eingezogen worden, zwischen Fitnesscenter und Stationsküche, seine Tür passte nicht zum Design der Klinik, sie hatte gelb geriffeltes Glas. Innen standen alte Sessel und Stühle, Spenden der Ginko-Company, einer Integrationsfirma für ehemalige psychiatrische Langzeitpatienten. Beate war die einzige Raucherin der Privatstation, im Raucherraum lernte sie die Kassenpatienten kennen.

Eines Tages, es war noch vor Weihnachten, traf sie an der Tür auf eine Frau mit dürren Armen, gekrümmten Schultern und Glitzer-Make-up. Ihre Haare waren lang und stumpf. Sie trug eine ausrangierte Gitarre mit sich herum, der Klangkörper war eingedrückt und hatte Sprünge, die Saiten fehlten bis auf eine.

»Ich bin Louise Reeder«, sagte die Frau. »Lou Reed, alles klar? Die haben mich aus dem Wintergarten verjagt. It's so cold in Alaska.«

Ihre Hände hielt sie senkrecht abgeknickt, als wären sie gebrochen. Die Unterarme waren sehnig.

»Ich bin Rockstar«, sagte Lou. »Nächstes Mal bin ich in der

Privatklinik. Nächstes Mal klettere ich auf den Kran und rufe die Republik aus. Don't forget, hire a vet, he hasn't had that much fun yet!«

»Ja, die Privatklinik ist bald fertig«, sagte Beate. Sie wagte nicht, Lou in die Augen zu sehen. »Und sie bekommt eine eigene Kuppel. Wie die beiden Türme. Und Vosskamp wird der Chef.«

»Die können mich alle«, sagte Lou. »Alles alle, nichts mehr da. Aber ich.«

»Natürlich. Lass uns doch reingehen.«

Beate öffnete die Tür, und beide betraten den Raucherraum. Durch den dichten Dampf der Zigaretten konnte Beate die anderen Patienten nur schemenhaft erkennen. Sofort steckte sie sich eine Zigarette in den Mund. Der Filter stieß an das Zahnimplantat, Beate zuckte zusammen. Sie hatte seit einem Jahr Implantate, aber sie konnte sich nicht an sie gewöhnen.

»Hallo«, rief Lou mit ihrer bröckeligen Stimme in den Raum hinein, »ich bin Lou Reed, der Raucherraum-Rockstar. Wetzt die Gitarren. Stimmt die Stimmen. Was habt ihr alle auf dem Herzen?«

Lou Reed schlug auf der einzigen Saite der Gitarre einen dunklen Ton an, immer wieder. Das Gemurmel im Raucherraum verebbte, bald war außer dem Gitarrenton nur noch ab und zu ein Aus- und Einatmen zu hören.

»Ich will mir die Haare färben«, begann eine junge Frau.

Beate erkannte die Kapusta. Sie war am längsten von allen hier, tanzte und sang den ganzen Tag. Wenn sie lachte, klang es wie Bellen. Sie zog sich mehrmals täglich um. Sie roch nach Schweiß und nach Baumwolle, die zu lange nass im Korb gelegen hatte, und ständig lief sie davon. Alle nannten sie die wilde Kapusta.

»Und ich habe Stimmen im Kopf«, fuhr sie fort. »Die sind superlieb. Ich will so werden wie die. Manchmal sehe ich die Stimmen, kleine, weiche Hügel. Ich will, dass sie immer bei mir bleiben. Ich kriege Schmelztabletten, aber ich trockne mir vorher die Zunge, und im Bad spucke ich die Tablette aus.«

Eugen, ein Polizist in Frührente, der nur noch mit Trippelschritten ging, kippte das Fenster. Langsam wurden die Narben zwischen den Betonplatten sichtbar. Eugen trug wie immer seine beigefarbene Strickjacke mit dem Muster aus braunen Quadraten und Streifen.

»Was mich betrifft«, sagte er in seinem Berliner Tonfall, »habe ich alles schon durch. Tabletten nehme ich seit zwanzig Jahren. Jetzt kriege ich EKT.«

»Elektroschocks?« Lou machte mit der freien Hand Bewegungen, als würde sie Stromschläge bekommen. Mit der anderen Hand spielte sie weiter den dunklen Ton.

»So ist es«, antwortete Eugen. »Und seitdem ist alles so leicht. Nicht schlimm, aber auch nicht heiter. So leicht, so weit weg.«

»And I said, oh, oh, oh, oh, oh, oh, what a feeling!«, sang Lou.

»Von wegen ›feeling‹«, seufzte Eugen, »ich spüre ja gar nichts ... Ich schlafe ein, die bringen mich weg, und wenn ich aufwache, bin ich zurück im Vierbettzimmer und weiß nichts und erkenne niemanden. Aber das geht ja vorbei. Meine Frau hat zuerst geheult wie ein Schlosshund. Jetzt freut sie sich, dass es mir besser geht.«

Auf kleinen Tischen standen Tonaschenbecher aus der Ergotherapie, alle dunkelrot glasiert und voller Kippen. Manche Becher trugen tiefe Fingerabdrücke, andere hatten schmale Ränder aus geflochtenen Tonsträngen.

Eugen drückte seine Zigarette aus, die Restglut entfachte einen Filter, er qualmte scharf auf. »Habt ihr schon mal vom Fliegen geträumt?«, fragte er.

Alle nickten.

»Die Träume vom Fliegen sind ja die schönsten. Man steigt auf und sieht unten die Landschaft, die Häuser, die Straßen. Die Menschen winken. Als ich jung war, habe ich das oft geträumt. Aber nun ist es umgekehrt. Mir fliegt die Welt weg, und ich bleibe hier. Die Welt ist so leicht … und alles, alles nimmt sie mit.«

Er zündete sich die nächste Zigarette an, zeitgleich mit Beate.

»Und was ist mit dir?«, wandte Lou sich an sie. »Schwere Kindheit? Missbraucht? Verdroschen? Ausgesetzt? Sad song, sad song?«

»Nein«, sagte Beate. »Meine Kindheit war okay. Ich hatte nur Angst vor meinem Onkel. Er wohnte in Haselau an der Elbe.«

Während sie den Rauch inhalierte, stieg ihr die Erinnerung an den Geruch nach Raps und grünem Wasser in die Nase. Die Kirchenglocke in ihrem grauen Holzturm klang weit über das Land.

»Mein Onkel hatte Hühner«, erzählte Beate, »die flatterten und kreischten, wenn er nach ihnen griff. Er wollte sie im Dorf verkaufen. Er packte drei, vier Stück an den Beinen und riss sie hoch.«

Die Hühner waren braungefiederte Tiere mit den Gesichtern alter Frauen. Beate erinnerte sich daran, wie sie, kopfüber hängend, plötzlich still wurden. Die Füße ragten wie vertrocknete Sträuße aus den Fäusten des Onkels. Auch Beate sollte eins der Hühner tragen. Sie hatte Angst, dass der rote Kehllappen des Huhns ihr nacktes Bein berühren würde, aber der Onkel drückte ihr das Tier in die Hand.

»Wenn du es loslässt, verkaufe ich dich stattdessen«, sagte er.

Die Beine des Huhns waren schuppig und warm, die Krallen berührten Beates Handgelenk. Vor ihrem inneren Auge sah sie sich selbst und den Onkel, wie er sie kopfüber zum Nachbarn trug, in einem bunten Bündel aus Mädchen, und wie sie sich nicht mehr bewegen konnte.

»Ich dachte, der will mich in einen Käfig stecken«, schloss sie ihren Bericht. »Ich wollte nie wieder nach Haselau. Aber mein Vater nahm mich immer wieder mit. Als ich zwanzig war, ist mein Vater gestorben.«

»Das hatte er davon«, sagte Lou. »Übrigens war ich auch in so einem Käfig. Meine Hände sind Hühnerklauen, die haben sich an die Stange geklammert, jahrelang. Ich habe in der Dunkelheit gelebt. Bevor ich Lou Reed wurde. Lou Reed ist Stadtmensch, der hat keine Hühner.«

Eine Frau auf der anderen Seite des Raumes begann zu lachen. Ihr fehlte ein Schneidezahn, und eine verkrustete Naht zog sich quer über ihre Stirn, die grünen Fäden stachen aus der Wunde, Spitzen einer Hecke.

»Ihr seid alle so was von bekloppt.«

»Schon, aber du doch auch«, entgegnete Eugen.

»Wisst ihr was?«, fragte die Frau mit der Narbe. »Wenn der Raucherraum nicht wäre, hätte der Aufenthaltsraum eine Aussicht. In der ganzen Cardea herrscht Rauchverbot. Nur wir Verrückten, wir dürfen hier rauchen. Damit wir nicht noch verrückter werden. Dabei ist Rauchen so ungesund. Aber unsere Gesundheit zählt ja nicht.«

»Wieso zählt die nicht?« Eugen, der die ganze Zeit umhergetrippelt war, blieb stehen.

»Weil wir der Müll der Stadt sind«, sagte die Frau mit der Narbe. »Wir sitzen ja auch drauf auf dem Müll der Stadt, auf dem Kriegsschutt, wir sind die Spitze des Müllbergs. Soll ich mal was erzählen? Mit vierzehn wollte ich mich umbringen. Pulsaderschnitt, aber quer, mit dem Kartoffelmesser. Geht meine Mutter los, kauft ein Rasiermesser, legt es mir hin und sagt: Längs musst du schneiden. Und tief. Ich halte deine Hand fest, damit du nicht abrutschst.«

Die wilde Kapusta stieß einen bellenden Laut aus, verschluckte sich, hustete, begann noch mal zu lachen und konnte nicht mehr aufhören.

Mit der Zeit erzählten alle Raucher der Station, wenn Lou Reed dabei war, ihren Kummer. Oft saß Beate noch lange da, auch wenn sie nicht mehr rauchen wollte, und hörte dem Gemurmel zu, einem unablässigen Strom.

Als Anfang Dezember in der Cardea der Weihnachtsschmuck aufgehängt wurde, ging es ihr schlechter. An einem Morgen glaubte sie, man hätte ihr nachts die Zahnimplantate ausgetauscht, sie fühlten sich größer und kälter an. Sie fühlten sich an wie Stahlzähne, wie die Zähne von Richard Kiel, dem Beißer aus dem alten James-Bond-Film.

Aber das kann ja nicht sein, dachte sie und kontrollierte ihr Gebiss im Spiegel. Es sah aus wie immer.

Der Beißer war in ihr Leben getreten, nachdem ihr Vater gestorben war. Von da an schlief sie bei ihrer Mutter im Ehebett, auf seiner Seite. Tief in der Nacht schrak Beate aus dem Schlaf, sie hörte die eigenen Zähne knacken und noch ein anderes Geräusch, ein mechanisches Blöken. Sie sah sich um und erkannte im Dunkeln die große Flamenco-Puppe im roten Rüschenkleid, die in der Mitte zwischen den Kopfkissen saß, die Eltern hatten sie aus einem Spanienurlaub mitgebracht. Ihre Glasaugen glänzten, und ohne dass die Puppe sich bewegte, blökte es tief in ihrer Brust. Erschrocken schlug Beate nach der Puppe, sie kippte zur Seite, aber das Blöken war immer noch da, und erst nach einer Weile merkte Beate, dass das Geräusch nicht von der Puppe, sondern von der Mutter kam. Sie hatte sich Beate zugewandt und weinte sie an, mit offenen Augen und offenem Mund.

Beate schämte sich. Die Öffnungen im Gesicht der Mutter erschienen ihr obszön. Beate wollte schreien: »Hör auf!«, stattdessen biss sie die Zähne zusammen.

Morgens blickte sie lange in den alten Frisierspiegel. Sie sah eine junge Frau, die aussah wie vierzehn. Dabei war sie schon zwanzig. Wenn sie die Flügel des Spiegels aufeinander zubewegte, entstand ein helles Labyrinth. Sie konnte in jede Richtung schauen, immer tiefer hinein, und jedes der Bilder gehörte zu ihr. Und trotzdem war etwas Fremdes in ihrem Gesicht, im Spiegel, etwas Grobes, nicht Menschliches, das plötzlich beanspruchte, sie zu sein, Beate Hofstedt aus Pinneberg. »Wer bist du?«, fragte sie und sah den eigenen Mund, der antwortete: »Erst in die Zähne, dann in die Mähne! Ich bin der Fremde, der in dich kriecht.«

»Aber ich will nicht du sein«, sagte Beate.

»So? Und wer willst du sein?«, entgegnete der Beißer.

Darauf wusste Beate keine Antwort. Von da an sah sie weg, sobald der Beißer im Spiegel erschien. An manchen Tagen konnte sie sich nicht einmal schminken, und wenn sie etwas im Auge hatte, konnte sie nicht nachschauen, was es war.

Sie verstand nicht, warum es so schwer war, sie selbst zu bleiben. Manchmal wollte sie sich darüber beschweren, aber sie wusste nicht, bei wem. Erst nach langer Zeit gab der Beißer auf und verschwand aus dem Spiegel. Vielleicht hatte er ein neues Opfer gefunden. Beate versuchte, nicht mehr an ihn zu denken.

Sie verriet es keinem, auch nicht im Raucherraum, dass der Beißer nach dreißig Jahren zurückgekehrt war. Wenn sie durch die Flure der Cardea ging, stellte sie sich vor, wie sie herumlaufen, mit den Zähnen Drahtseile knacken, die Kehlen der Leute und auch den Weihnachtsschmuck zerfetzen würde, all die Rentiere aus Filz, die Tannenzweige, roten Sterne, weißen Wolken und goldenen Engel. Ein paar Filzfiguren hatte Beate selbst in der Ergotherapie gebastelt.

In der Ecke des Aufenthaltsraumes stand ein Christbaum mit elektrischen Lichtern. Einige Patienten hatten sich schon beschwert, weil er ihnen Platz wegnahm. Sie mussten mit ihren Sesseln nah bei den Fahrstühlen sitzen und jedes Mal zurückweichen, wenn zwei Pfleger ein Bett aus dem Fahrstuhl schoben oder wenn der Heizwagen mit dem Essen gebracht wurde. Der Flur der 5B war voller Betten, weil alle Zimmer belegt waren, und im Raucherraum war oft kein Platz mehr frei, und immer wieder drangen Kassenpatienten aus dem fensterlosen Aufenthaltsraum in die Privatstation vor, setzten sich in den Wintergarten und schauten hinaus, in die Landschaft.

Meistens war es die alte Lotti, die eine der Schwestern herbeiklingelte. Sie war schon über achtzig und seit Oktober hier.

»Die armen Leute haben sich verlaufen«, sagte sie. »Bitte kümmern Sie sich darum. Nicht, dass sie auf der B vermisst werden.«

Die Schwester tat, was sie verlangte. »Der Wintergarten ist nur für Privatpatienten!«, rief sie. Die Kassenpatienten erwiderten nichts, sie verschwanden, einer nach dem anderen, mit gesenkten Köpfen.

Zu den Privatpatienten sagte die Schwester: »Nach Weihnachten ist der Spuk vorbei. Es ist jedes Jahr das Gleiche, vor Weihnachten drehen alle durch.«

»Ich wollte doch nur, dass Sie auf der B Bescheid geben«, sagte Lotti, »nicht, dass Sie diese armen Leute wegschicken. Sie sollen sich doch auch ein wenig an der schönen Aussicht hier erfreuen.«

»Ach, Frau Kaleschke«, sagte die Schwester. »Sie mit Ihrer Gerechtigkeit. Sie müssen endlich mal an sich selber denken.«

Beate stand auf. »Ich muss eine rauchen.«

»Aber Kindchen«, sagte Lotti ganz leise und wurde rot. »Das ist so ungesund für dich, du bist ja so dünn. Und diese armen Kreaturen im Raucherraum, die machen dir doch Angst.«

»Aber was soll ich denn sonst tun als rauchen?«

Heiligabend feierten alle Patienten im Aufenthaltsraum, an drei langen Tafeln mit roten Tischdecken. Der Raum war gleißend hell, die Halogenlampen, die ringförmig die Dachfenster umliefen, waren eingeschaltet, auch die Wandleuchten. Auf den Tischen standen hohe Gläser, in denen Teelichter brannten. Bei näherem Hinsehen erkannte Beate, dass es in Wahrheit keine Kerzen waren, sondern weiße Batterien mit flackernden Glühbirnen. Jemand hatte den CD-Rekorder mit den Weihnachtsliedern abgestellt, weil einige Patienten sich dadurch irritiert fühlten. Jetzt war nur noch das Surren der Lüftung, das Rappeln des

Fahrstuhls zu hören und dessen Gong, wenn er sich öffnete. Beate drehte sich jedes Mal um, und ein paarmal glaubte sie, ihre Tochter zu erkennen. Aber dann war es immer jemand anders.

Es gab Gänsebraten mit Rotkohl, Apfelkompott und Klößen. Pfleger Carsten verteilte das Essen. Die Fleischstücke, Brüste und Keulen, waren klein, die Haut war aufgeweicht und wellte sich, aber jeder wollte eins haben, jeder stellte sich in der Schlange vor dem Wagen an und wartete, bis der Pfleger ihm auftat. Heute mussten auch die Privatpatienten Schlange vor dem Essenswagen stehen, normalerweise wurde ihnen das Essen aufs Zimmer gebracht.

»Bitte kein Fleisch«, sagte Beate. »Das machen meine Zähne nicht mit.«

Pfleger Carsten war rotgesichtig, blond und schüchtern. Statt zu nicken, schob er mehrmals den Kopf vor. Der Teller war heiß, sie trug ihn schnell zum Tisch. Am Kopfende hatten sich die Patienten der ersten Klasse versammelt. Beate setzte sich zwischen den dementen Friedrich und die junge Annika mit den vielen Wunden und Narben auf den Armen.

»Möchtest du mein Stück Fleisch haben?«, fragte Beate. »Du kannst es bei Pfleger Carsten abholen.«

Annika schüttelte den Kopf. »Diese Warteschlange«, sagte sie, »die ist so trostlos – wie im Waisenhaus von Oliver Twist. Man möchte gar nicht dazugehören.«

Sie aß weiter.

»Sind wir noch auf dem Schiff?«, fragte Friedrich. Er war klein und zierlich, hatte dichtes, kurzgeschnittenes weißes Haar und einen Schnurrbart.

»Wir sind im Waisenhaus«, murmelte Annika.

»Du hast Fantasie«, mischte sich Xaver ins Gespräch, der ihnen gegenübersaß. Er hatte die langen, knochigen Gliedmaße und die hageren Gesichtszüge eines Alpenmenschen, er war neu auf der 5A. »Du liest das Leben wie ein Buch, Annika.«

»Wie ein Buch?«

»Wie Oliver Twist.«

»Ein trauriges Buch«, sagte Annika.

»Oliver Twist hatte niemanden mehr«, ergänzte Beate.

»Das Buch bannt die Traurigkeit zwischen den Seiten«, sagte Xaver. »Schließt du das Buch, dann schließt du ab mit der Traurigkeit. Der Held ist zugleich eine Christusfigur. Er nimmt etwas auf sich und wird, indem er gelesen wird, hingerichtet. Er reißt die Schmerzen und die Sünden des Lesers mit in den Tod und befreit ihn so.«

»Oliver Twist wird nicht hingerichtet«, sagte Beate. »Er findet ein Zuhause und wird glücklich.«

»Versteh doch«, rief Xaver und beugte sich so weit vor, dass seine Brust die abgenagten Gänseknochen berührte, »wenn du ausgelesen hast, ist die Figur tot. Auch wenn sie innerhalb der Geschichte nicht stirbt, geht doch ihr Leben danach nicht weiter. Gar nichts geht weiter, wenn du nicht liest!«

»Dein Pullover hängt im Essen«, sagte Beate.

In ihrem Kiefer begann eine fremdartige Energie zu vibrieren, sie strahlte bis in die Wangenknochen aus. Beate spürte eine Verbindung aus unsichtbaren Kabeln zwischen sich und Xaver. Durch die Kabel kam etwas angesurrt.

»Meine Güte, das ist doch egal«, rief Xaver, eine Ader in der zerknitterten Haut unter dem rechten Auge schwoll an. »Es geht um den Sinn des Lesens! Wie kannst du nur so oberflächlich sein?«

Seine großen Hände lagen neben dem Teller, er krallte die Finger rhythmisch zusammen und zerrte dabei mit den Fingerkuppen am roten Tischtuch. Er sah Beate mit schwarzen Augen an.

Ihre Unterlippe begann zu zittern.

»Reg dich mal ab«, sagte Annika zu Xaver. »Beate wollte doch nur sagen, dass es Oliver Twist am Ende gut geht. Dadurch wird die Traurigkeit besiegt, nicht dadurch, dass das Buch zu Ende ist.«

Beate nickte vorsichtig. Ihre Kieferknochen drohten aufzusprengen, weil die Zähne immer größer wurden.

»Ihr versteht das nicht, warum versteht ihr mich nicht?«, schrie Xaver. Aus seinem zurückgekämmten Haar lösten sich mehrere kurze Strähnen, rutschten nach vorn und blieben wie kleine schwarze Antennen in der Luft stehen. »Ihr müsst abstrakter denken! Es geht nicht um die Story, es geht um das Prinzip. Es geht um das Vergessen des Schmerzes, und zwar um ein ritualisiertes Vergessen.«

»Bitte schrei doch nicht so«, sagte Beate leise, obwohl sie sich vor Xaver fürchtete. Aber je lauter er schrie, umso stärker wurde das Surren in den Kabeln zwischen ihm und ihr, und umso metallischer wurden ihre Zähne. Ihre Zunge stieß gegen spiegelglatte Monolithe.

»Und was bedeutet das für die Psychotherapie? Was bedeutet das?«, schrie Xaver. »Der Patient erzählt seine Geschichte, der Therapeut liest den Patienten, er liest ihn wie ein offenes Buch, und darum bringt er ihn letztendlich um. Und was bedeutet das für die Cardea? Was bedeutet das für uns? Wir alle hier sind dem Tode geweiht!«

»Und Oliver Twist?«, fragte Beate.

»Verdammt noch mal, du geistlose Pute!«, brüllte Xaver. »Kannst du denn nichts anderes mit deinem Kopf anfangen als dir Föhnspray in dein blondiertes graues Haar zu knallen? Wenn du wüsstest, wie billig das aussieht!«

Während der gesamten Szene hatte keiner der anderen hingesehen, manche waren aufgestanden, um sich erneut vor dem Essenswagen anzustellen. Nun kam Pfleger Carsten herbeigeeilt.

»Sie müssen still sein, oder Sie gehen auf Ihr Zimmer«, sagte er zu Xaver. Dabei ballte er die Fäuste und zog zugleich die Schultern hoch.

Xaver lachte. »Ich werde bestraft, weil diese klimakterische Trockenfotze meine Theorie nicht versteht? Warum wird nicht sie auf ihr Zimmer geschickt und muss ohne Nachtisch ins Bett?«

»Schluss jetzt«, sagte Pfleger Carsten, »ich gebe Ihnen wohl besser Bedarf.«

»Du darfst hier gar nichts verordnen, du Hilfspflegerhirsl!«

Xaver sprang auf und verließ den Aufenthaltsraum, trat beim Hinausgehen gegen die Wand, wo ein schwarzer Abrieb zurückblieb.

»Bitte nehmen Sie das nicht persönlich«, sagte der Pfleger zu Beate. »Es ist seine Krankheit, er meint es nicht so. Eigentlich ist er ein ganz Lieber. Hinterher tut es ihm immer leid.«

Beate begann zu weinen. »Mir geht es auch schlecht. Aber ich schreie nicht die Leute an und beleidige sie auch nicht.«

»Sind wir noch auf dem Schiff?«, fragte Friedrich. In seinem weißen Schnurrbart hingen Rotkohlfäden.

Nein, dachte Beate, wir sind untergegangen, wir sind im arktischen Meer versunken, und alle haben uns vergessen. Sie blickte nach oben. Die runden Fenster waren Eislöcher. Und an jedem Loch stand ein Eskimo und wartete mit seinem Speer.

»Ich werde verrückt«, schluchzte sie.

»Nein, Sie sind nur erregt«, sagte Pfleger Carsten. »Ich bringe Sie auf Ihr Zimmer, und der Bereitschaftsarzt kommt noch vorbei.«

»Ich muss eine rauchen«, stieß sie hervor.

»Nein, das machen wir später.«

Als der Bereitschaftsarzt zu ihr ins Zimmer kam, flehte sie ihn an: »Bitte lassen Sie mich eine rauchen!«

Sie bebte am ganzen Körper und merkte dabei selbst, wie dünn er war, eine Flocke, die leicht in jedem Lufthauch hing. Sie klammerte sich an der Stuhllehne fest, damit ihr Körper nicht runterglitt.

»Sie können nicht wieder raus zu den Leuten«, sagte der Bereitschaftsarzt. »Sie müssen sich beruhigen.«

»Es wird doch alles wieder gut bei Oliver Twist? Was wird aus meinen Zähnen? Warum besucht mich meine Tochter nicht?« Den letzten Satz wiederholte sie immer wieder.

»Bitte geben Sie mir Lorazepam«, stammelte sie schließlich.

»Das dürfen Sie nicht mehr nehmen, Sie waren doch abhängig von Benzodiazepinen. Ich gebe Ihnen Promethazin, das beruhigt und macht nicht süchtig.«

»Aber ich muss eine rauchen!«

»Später, Frau Hofstedt.«

Beate schluckte die Tablette, der Bereitschaftsarzt führte sie zum Bett, sie legte sich hin. Dann ging er. Durch das Fenster sah sie die Sterne und den gelben Mond, einen nikotingetränkten Filter im Querschnitt. Und während eine fade Müdigkeit sie überkam, tanzte alles vor ihren Augen: Lou Reed und die entführten Mädchen im Hühnerstall, die wilde Kapusta, die Ader unter Xavers Auge, die Eskimos über der Weihnachtsfeier, die gelben Schwaden im Raucherzimmer, und von oben prasselten unaufhörlich ihre Zähne aufs Dach.

Drei Wochen später, am Montag, dem 17. Januar, hatte Beate ihre erste Stunde bei Vosskamp. Sie kannte ihn aus der wöchentlichen Chefarztvisite, aber die war immer nach wenigen Minuten vorbei, und heute hatte Beate fünfzig Minuten mit ihm ganz allein und für sich.

Vosskamps Büro lag im Nordturm, über dem Wintergarten. Durch eines der Fenster sah sie den Grunewald und in der Ferne die Stadt. Der Himmel war weiß und glatt.

»Ich habe so große Angst vor dem Zahnarzt«, erzählte sie. »Ich glaube, die Implantate stehen falsch, sie schieben mir den Kiefer vor, er wird aus dem Gelenk springen. Diese ganzen OPs, ich schaffe das nicht, ich muss dann nach Mannheim in die Klinik, und wer bringt mich nach der OP nach Hause? Tatjana, meine Tochter, lebt ja jetzt hier in Berlin und will sich abgrenzen, und meine Bekannten mag ich nicht fragen.«

Vosskamp schob die Lippen vor. Er war Anfang fünfzig, mittelgroß und bullig. Die feinen blonden Haare trug er zur Seite gescheitelt. Er hatte massige Wangen und kaum Falten im Gesicht. Die Nase war breit, am Sattel gekrümmt, und von ihren kräftigen Flügeln liefen gebogene Kerben bis zu den Mundwinkeln. Der Mund war klein und konturiert.

»Sie wollen immer so viel, Frau Hofstedt, immer gleich das große Ganze erledigen. Aber das müssen Sie nicht. Halten Sie es mit Bismarck. Die Politik der Geduld, der kleinen Schritte und des Abwartens. Damit können Sie nicht nur ein Reich zusammenfügen, sondern auch eine Seele.«

Beate holte tief Luft. »Mir ist das sehr peinlich«, gestand sie, »aber ich fühle mich wie Richard Kiel. Wissen Sie, wie der Beißer aus diesem alten James-Bond-Film, der mit den Stahlzähnen.«

Vosskamp lächelte. »Gut, dass Sie sich Ihren Humor bewahren.«

»Nein, ich fühle mich wirklich so. Es ist grauenvoll, diese Fremdkörper im Gesicht zu haben. Ich halte das nicht mehr aus.«

»Ja, das kann ich gut verstehen. Aber Sie sind nicht der Beißer.«

»Das weiß ich doch, Herr Professor.«

»Dann wissen Sie auch, dass Sie eine patente Frau sind?«

Beate zog die Schultern hoch. »Ach, nein.«

»Sie haben eine Tochter großgezogen und eine Scheidung bewältigt. Da werden Sie das hier doch auch in den Griff kriegen, oder?«

Jetzt lächelte Beate etwas.

Vosskamp wippte in seinem Sessel vor und zurück. Es war ein tiefer, schwarzer Ledersessel auf einer Art Drehteller mit Kugellager. Als Vosskamp die Beine übereinanderschlug, sah Beate seine Schuhsohlen, Gummisohlen mit breiten Rillen.

»Vielleicht will Ihnen der Beißer etwas mitteilen«, überlegte er. »Haben Sie schon einmal darüber nachgedacht, was das sein könnte?«

Beates Lippen zitterten.

Er sah sie an, seine Stimme wurde weicher. »Ihre Tochter ist vor neun Wochen ausgezogen, nicht wahr?«

»Sie hat mich hier nicht besucht, noch nicht mal an Weihnachten«, flüsterte Beate. »Und dabei wohnt sie doch jetzt in Berlin. Ich habe ihr wirklich Zeit gegeben, aber als ich sie neulich auf dem Handy angerufen habe, hat sie mich weggedrückt. Dabei habe ich alles für sie getan. Die Dachetage in unserem Haus in Schwetzingen hatte sie ganz für sich allein, drei Zimmer mit Bad. Und im Fitnessclub hatten wir eine Partnership Gold Card. Zu ihrem Zwanzigsten bekam sie ein Auto, einen Fox. Nur ein Pferd konnte sie nie haben, sie hat Asthma, aber dafür kann ich ja nichts. Ich habe doch sonst niemanden. Meine Bekannten haben mir keine Karte geschickt, als ich zusammengebrochen bin. Nicht einmal eine SMS. Die sind einfach ohne mich nach Italien gefahren, in ein Golfhotel auf Sizilien. Golf Club Gattopardo hieß das.«

Vosskamp zog die Stirn in Falten. Die Falten hörten an der Stelle auf, wo die Stirnglatze begann. Beate sah auf den roten Sekundenzeiger des Weckers auf dem Sofatischchen, der sein rundes Revier markierte, immer wieder von vorn, als würde es jemand ihm streitig machen.

»Seit der Beißer zurück ist«, hub sie wieder an, »habe ich auch immer so brutale Gedanken. Dass ich anderen was antun könnte. Sie kaputtbeißen oder so etwas. Ich weiß, das klingt dumm. Aber es quält mich.«

»Ja, solche Gedanken sind ganz typisch bei Zwangsstörungen, wie Sie eine haben«, sagte Vosskamp. »Ich sehe da keine reale Gefahr. Machen Sie sich keine Sorgen. Schauen Sie mal, den

Lorazepamentzug haben wir schon geschafft, und das Doxepin wirkt ja auch schon. Vielleicht sollten wir die Dosis erhöhen.«

»Der Beißer hat mir schon damals solche Angst gemacht«, sagte Beate, »mit seinem Stahlgebiss. Alle haben mich deshalb ausgelacht. Ich war ja schon zwanzig, als der Film rauskam. Siebenundsiebzig war das. Das Jahr, in dem auch mein Vater starb. Das war schwer für uns. Mama hat nur noch geweint. Von da an musste ich immer bei ihr sein.«

Vosskamp sah ihr in die Augen. Seine Augen waren wasserblau, das Weiße darin war von roten Adern durchzogen.

»Warum sind Sie nach Berlin gekommen?«, fragte er. »Sie hätten doch in Mannheim ans ZI gehen können. Oder an die Stuttgarter Sonnenbergklinik. Auch die behandeln Zwang und Sucht. Aber Sie haben die Cardea gewählt.«

»Ja, damit ich in der Nähe meiner Tochter bin«, sagte Beate. »Damit ich Weihnachten nicht so allein bin. Ich konnte ja nicht ahnen, dass sie mich nicht einmal anrufen würde.«

»Und seither haben Sie Zähne aus Stahl. Sehen Sie den Zusammenhang?«

»Ich weiß nicht. Ich muss auf einmal so sehr an meinen Vater denken.«

»Ja, der Tod Ihres Vaters war der erste große Stressfaktor in Ihrem Leben, der Auszug Ihrer Tochter der zweite. Aber Ihre Tochter ist nicht gestorben, Frau Hofstedt. Sie ist nur erwachsen geworden. Und Sie müssen sie gehen lassen.«

»Aber warum eigentlich?«, flüsterte Beate. »Wer hat sich das ausgedacht, dass Kinder sich abgrenzen und Eltern sie gehen lassen müssen? Gute Eltern müssen doch da sein für ihre Kinder, immer. Vielleicht hat jemand meine Tochter manipuliert. Vielleicht nimmt sie Drogen oder ist in einer Sekte. Aber daran denkt hier keiner. Alle halten mich automatisch für eine übergriffige Glucke.«

Sie zupfte ein Kleenex aus der Schachtel, die neben dem Wecker auf dem Sofatischchen stand, hob ihre große, weißgerahmte

Brille an und betupfte die Augen. Als sie das Tuch betrachtete, war es voll brauner Make-up-Flecken.

»Was sind denn das für Zeiten«, fragte sie, »in denen man nicht mehr lieben darf?«

»Auf jeden Fall werden wir das Zahnproblem medizinisch abklären lassen«, sagte Vosskamp. »Nicht, dass wir da was übersehen. Ich schreibe ein Konsilium für den Kieferchirurgen.«

Vosskamp machte sich ein paar Notizen, dann beugte er sich vor.

»Also, Frau Hofstedt, wir sehen uns Mittwoch in der Visite.«

Er stand auf und streckte ihr die Hand entgegen.

»Alles Gute für Sie. Auf Wiedersehen.«

Beate ging in den Raucherraum. Dort traf sie Lou Reed, die wilde Kapusta und den trippelnden Eugen an. Auch die Frau mit der Naht im Gesicht war da, inzwischen waren die Fäden gezogen, eine rote Strickleiter aus Narbengewebe zog sich über ihre Stirn.

»Wie geht's?«, fragte Beate.

»Hab Distra gekriegt, gegen das Delirium. Jetzt mache ich hier noch vier Wochen Entzug.«

Beate nickte den anderen zu. Die wilde Kapusta trug heute ein kurzes, gelbes Kleid. Lou hatte die spröden Haare zum Pferdeschwanz gebunden, und in ihrem Gesicht glitzerte kein Makeup mehr. Ihre Augen folgten Beates Händen, die eine Zigarette aus der weißgoldenen Schachtel zogen.

»Lou Reed?«, fragte Beate.

»Ich heiße Louise. Louise Reeder. Ich habe keine Einfälle mehr. Nur noch Gedanken. Die lassen mich also bald raus.«

Beate hauchte ihren Rauch auf den glatten, gelben Kunstharzboden. Der Rauch bewegte sich, aber es regte sich nichts in ihm, kein Marmor aus Zukunft mehr. Jetzt erst erkannte Beate, dass ihr Rauch leer war. Sie rauchte, um etwas zu wollen, so wie sie aß, um zu leben, und sie hatte gelebt, um fortzuleben. Auch ihre Tochter würde rauchen und leben und fortleben, und deren

Tochter und deren Tochter. Sie alle waren nichts als kurze, leere Schläuche, durch welche die Unendlichkeit strömte, bis sie zerfielen, und Beate begriff nicht, warum sie sich nach diesem kurzen, leeren Schlauch, der ihre Tochter war, so sehnte.

Als sie am späten Nachmittag in ihr Zimmer zurückging, stand eine neue Patientin am Fenster. Sie hatte dickes, rotbraunes Haar und einen schweren Körper. Sie drückte sich ein blaues Kühlkissen ins Gesicht. Ihre Hände waren gepflegt, und sie trug einen Ehering mit Diamanten und eine schmale, goldene Uhr von Cartier.

»Guten Tag«, sagte sie. »Ich bin Sylvia Berger.«

»Und ich bin Beate Hofstedt«, sagte Beate. »Du kannst mich Beate nennen. Wir duzen uns alle.«

Sie freute sich, dass sie nicht mehr allein auf dem Zimmer war, und Sylvia schien liebevoll zu sein. Sie bat mit hoher Stimme um Erlaubnis, bevor sie das Fenster kippte. Als sie das Kühlkissen kurz weglegte, sah Beate die Blutergüsse.

»O mein Gott«, entfuhr es ihr. »Wer hat dir das angetan?«

»Wer? Wovon redest du?«

Sylvias Nase war stark geschwollen. Das Gesicht wirkte dadurch kaulquappenartig, aber sie tat so, als wäre nichts geschehen.

»Ich muss mal eben meinen Mann anrufen«, sagte sie, »stört dich das?«

»Aber nein, ich wollte eh eine rauchen.«

Beate griff nach ihren Zigaretten.

Nach ein paar Schritten durch den Flur hörte sie Sylvia schreien: »Warum bestimmst immer du, was wichtig ist?«

Es dämmerte, als sich die Privatpatienten im Wintergarten zur Montagsrunde versammelten. Fünf von ihnen saßen schon auf den Stühlen, die Schwester Nina im Kreis aufgestellt hatte. Sie wuschelte sich durch ihr kurzes, karottenrot gefärbtes Haar und holte die Patienten, die nicht allein kommen konnten, aus ihren

Zimmern. Das waren die alte Lotti und der demente Friedrich. Auch er war über achtzig.

Lotti schrie: »Ich falle! Ich falle!«

»Ich halte Sie schon«, sagte Schwester Nina, aber auf dem Behindertenlift zum Wintergarten begann Lotti wieder zu schreien. Als sie eintraf, stützte sie sich schwer atmend auf ihren Rollator. Es dauerte lange, bis sie sich auf den Stuhl gesetzt hatte. Die Adern an ihren Fußgelenken waren geschwollen.

»Das haben Sie gut gemacht, Frau Kaleschke«, sagte Schwester Nina und streichelte ihr über den Unterarm.

Zum Schluss kam der Stationsarzt herbeigeeilt, mit einem Klemmbrett unter dem Arm. Dr. Benjamin Neef war Ende zwanzig, hatte ein weiches, unrasiertes Gesicht und hellbraune, nach vorn gekämmte Haare. Er trug rot-weiße Sneakers und unter dem Kittel ein T-Shirt mit irgendeiner Aufschrift. Er ließ sich auf dem letzten freien Platz nieder und rückte seine Brille zurecht. Das dunkelviolette Modell hatte statt zweier Bügel einen elastischen Rundbogen, der um den Hinterkopf lief. Vorne zwischen den Brillengläsern befand sich ein Magnetverschluss. Neef setzte sich, zog die Gläser auseinander und ließ die Brille nach unten fallen, wo sich die Gläser, vom Magneten angezogen, von selbst wieder schlossen. Die Brille baumelte jetzt um seinen Hals.

»Guten Abend und herzlich willkommen zur Montagsrunde«, begann er.

»Guten Abend«, murmelten drei, vier der Patienten im Chor.

»Ja, also, wie jeden Montag besprechen wir, was am Wochenende so war und wie wir die laufende Woche so planen. Wie Sie sehen, haben wir eine neue Patientin. Frau Berger, ich begrüße Sie in der Cardea. So, wer möchte denn anfangen?«

»Sind wir noch auf dem Schiff?«, fragte Friedrich.

»Nein, Herr Bialla«, sagte Neef freundlich und mit lauter Stimme. »Sie sind hier in einer Klinik! Können Sie sich denn an Ihr Wochenende erinnern?«

»Ich war auf einem Schiff.«

»Das ist aber schon Monate her, dass Sie in New York waren, auf dieser Hafenrundfahrt«, sagte Neef.

»Mit Ursula. Wo ist sie denn bloß?«

»Ihre Frau ist nicht mehr da«, sagte Neef behutsam. »Aber Sie sind hier gut aufgehoben. Wissen Sie denn, wer ich bin?«

Friedrich lächelte. »Sie sind der Stewart!« Oben auf seinen schmalen Wangen saßen rote Halbkugeln, die kleinen Augen blitzten.

»Na schön«, sagte Neef. »Und wie geht es Ihnen sonst?«

»Ich will zu Ursula.«

»Ja. Das kann ich verstehen, Herr Bialla. Es ist eine schwere Situation für Sie. Wer möchte als Nächstes etwas sagen? Frau Kaleschke?«

Lotti atmete noch immer schwer und war rot und verschwitzt im Gesicht, aber Beate sah, dass sie sich für die Montagsrunde zurechtgemacht hatte, die weißen, halblangen Haare waren zurückgekämmt und in Wellen gelegt. Sie trug kleine Perlen in den zerknitterten Ohrläppchen, hatte sich die Wimpern getuscht, die schmalen Brauen nachgezogen und die Lippen im Nude-Look geschminkt. Trotzdem sah ihr Gesicht so aus, als sei es keine Schminke gewohnt.

»Wir alle hier lieben ja Herrn Bialla«, begann sie und nickte ihm zu, »unseren treuen Friedrich!«

Er lächelte sie an, und alle Patienten lächelten mit.

»Aber er kommt jede Nacht in mein Zimmer und sucht seine Frau«, sagte sie, ihr Gesicht wurde röter. »Ich weiß, dass er nichts dafür kann, aber ich schrecke jedes Mal auf und muss dann den Nachtdienst herbeiklingeln.«

Neef nahm seine Brille, die um den Hals hing, zog sie vorne am Magnetverschluss auseinander und ließ die Gläser mit einem Klicken auf seiner Nase zusammenkommen. Er holte einen Stift aus der Kitteltasche und machte eine Notiz auf dem Klemmbrett.

»Das ist leider typisch bei Alzheimer«, sagte er. »Herrn Biallas Schlaf-Wach-Rhythmus ist gestört. Wir sollten ihm Risperdal geben. Ich werde das gleich veranlassen. Ich wollte Sie aber noch fragen, Frau Kaleschke, warum Sie nie zur Ergotherapie gehen.«

»Ich kann doch keine Körbe flechten«, sagte Lotti, »dafür bin ich viel zu ungeschickt.«

»Wie wär's mit Töpfern?«, fragte Neef.

Lotti schüttelte den Kopf.

»Vielleicht könnten Sie Mandalas ausmalen«, schlug Neef ihr vor. »Viele finden das beruhigend. Einfach mal was ausmalen, ohne was leisten zu müssen. Es gibt dort ganz viele Vordrucke.«

Lotti zog die Schultern und die Augenbrauen hoch und atmete laut ein. Dann schüttelte sie wieder vorsichtig den Kopf.

»Na gut, aber was ist mit der Tanztherapie?«, fragte Neef.

»Ich habe mit meinem Verlobten getanzt. Mit anderen tanze ich nicht.«

»Aber Ihr Verlobter ist doch seit über sechzig Jahren tot, Frau Kaleschke.«

»Johann Aschmutat ist verschollen.«

»Aber Sie könnten doch trotzdem in die Tanztherapie gehen. Es ist eher eine Therapie als ein Tanztee. Man bewegt sich ein bisschen und schaut mal, was das in einem so auslöst.«

»Aber ich kriege dann Panik.«

»Anders werden Sie Ihre Angst vor dem Fallen aber nicht bewältigen können, Frau Kaleschke.«

Sie senkte den Kopf. »Und meine Hüfte?«, fragte sie. »Wenn die wieder bricht?«

Neef seufzte. »Ich weiß, ich weiß, Frau Kaleschke, Sie haben mehr Schrauben in der Hüfte als der Terminator. Und gerade deshalb müssten Sie mehr Kampfgeist zeigen.«

Die Gruppe lachte, Lotti blickte ratlos drein, Friedrich schlief.

Neef teilte die Brillengläser, die nach unten fielen und klickend wieder zusammenkamen. Er beugte sich zu Friedrich rüber und schüttelte ihn sanft an der Schulter. Der alte Mann öffnete die Augen und starrte schläfrig vor sich hin.

»Und wer will als Nächstes was sagen?«, fragte Neef. »Herr Sprenger? Sie sind ja neu auf Station. Wie war denn Ihr erstes Wochenende hier?«

Falko Sprenger zuckte die Schultern. Er war mittelgroß und schlank und noch nicht auf bequeme Kleidung umgestiegen. Er trug polierte schwarze Schuhe und unter dem zitronengelben Seidenjackett einen schwarzen Rolli. Die kurzen braunen Haare zwischen den Geheimratsecken hatte er mit Haarfestiger nach oben gekämmt und leicht zerzaust. Er war sehr bleich.

»Was haben Sie denn am Wochenende gemacht?«, fragte Neef.

»An Selbstmord gedacht«, sagte Falko.

»Sie wissen, dass Sie sich melden müssen, wenn der Drang zu stark wird?«

»Ja.«

»Können wir uns darauf verlassen?«

Falko zuckte die Schultern.

»Ich brauche ein deutliches Ja«, sagte Neef. »Sonst müssen Sie auf die geschützte 5B.«

»Okay. Also ja.« Er verzog den Mund und verschränkte die Arme.

»Gut«, sagte Neef. »Und noch etwas. Es gibt eine Regel auf dieser Station, dass Sie mit den anderen Patienten nicht über Selbstmord reden dürfen, also auch nicht in dieser Runde. Sie müssen damit zu uns kommen. In Ordnung?«

»Ja.«

»Zum nächsten also. Herr Walpersdorf! Sie dürfen ja morgen zum ersten Mal allein in den Ausgang. Haben Sie sich schon was Bestimmtes vorgenommen?«

Xaver streckte seine langen Beine aus, die in schwarzen Painter Pants steckten. Die Hakennase stand knorrig zwischen den schmalen Wangen.

»Ich werde die Gegend sondieren«, sagte er. »Mal prüfen, ob dieser Berg seinen teuflischen Namen verdient hat.«

Neef zog seine Brille auseinander und hob sie mit einem Schnappen auf die Nase.

»Schön, das ist schön, Herr Walpersdorf. Sie haben ja allerdings immer noch diese dysphorischen Zustände und auch das Gedankenrasen. Nina, haben Sie die Kurve da?«

Schwester Nina blätterte in einem Stapel aus Hängeregistermappen und reichte ihm Xavers Karte, die Neef sogleich studierte.

»Eigentlich war Olanzapin angesetzt«, sagte er. »Wollen Sie das nicht mal probieren? Beim letzten Mal hat es doch auch geholfen, steht hier.«

»Das Zeug macht fett«, antwortete Xaver. »Und ich kann nicht mehr denken damit.«

»Ja, das kommt manchmal vor, leider. Wir wollen Ihnen das auch nicht aufdrängen. Aber das Lithium, das Sie seit Weihnachten nehmen, vertragen Sie?«

»Ja, schon.«

»Gut. Vielleicht kommen wir damit aus. Wir müssen dann bald mal die Leberwerte testen.«

Neef sah ihm freundlich in die Augen. Xaver ließ den Oberkörper hängen und war trotzdem noch größer als die anderen Sitzenden. Er machte immer den Eindruck, als müsse er sich einfalten, um in einen Raum zu passen. Neef zog seine Brillengläser auseinander und ließ sie nach unten fallen, wo sie sich klickend schlossen. Er wandte sich an Annika. Die junge Frau hatte faltige, dunkle Ringe unter den hellblauen Augen. Ihr schwarzes Haar trug sie offen, mit dickem Pony.

»Und wie geht es unserem Stationsnesthäkchen?«, fragte Neef, während er den Magnetverschluss der Brille gedankenverloren öffnete und schloss.

»Ihre Brille nervt«, sagte Annika.

Neef stutzte. »Wie ich sehe, haben Sie an Ihrer Kritikfähigkeit gearbeitet«, antwortete er dann. »Das ist ein gutes Zeichen.«

Annika murmelte irgendwas.

»Sind Sie gerade stark unter Spannung?«, fragte er.

»Weiß nicht.«

»Vielleicht lassen Sie sich besser Bedarf geben.«

Wieder murmelte sie etwas.

»Was sagten Sie, Frau Fechner?«

»Bedarf, Bedarf, Bedarf. Aber keiner hört einem zu.«

»Ich höre Ihnen doch zu«, sagte Neef, zog die Brauen hoch und spitzte den Mund.

»Nein, Sie hören Ihrer Brille zu.«

»Frau Fechner, das führt uns nicht weiter. Sie haben morgen Ihre Einzeltherapie bei Professor Vosskamp?«

»Ja.«

»Dann besprechen Sie da, was Sie stört. Okay?«

»Bedarf, Bedarf, Bedarf.«

»Machen wir weiter«, sagte Neef und wandte sich an Beate. »Frau Hofstedt? Sie haben ja eine neue Zimmergenossin bekommen. Das ist schon eine Umstellung, oder?«

»Ach, nein«, antwortete Beate, »ich freue mich sehr.« Sie suchte Sylvias Blick, aber die sah aus dem Fenster. Draußen regnete es. Einzelne nasse Schneeflocken klatschten auf die gewölbte Scheibe. »Und heute Morgen hatte ich eine schöne Therapiestunde beim Herrn Professor«, fuhr Beate fort. »Das hat mich weitergebracht.«

Neef zog wieder an den Brillengläsern und hob sie vorsichtig auf seine Nase. Er blätterte in seinen Papieren. »Wegen Ihrer Zähne haben wir einen Termin für Sie beim Kieferchirurgen. Am nächsten Montag, also in einer Woche. Nina bringt Sie hin und holt Sie auch wieder ab.«

»Nein, das geht nicht«, sagte Beate mit bebender Stimme. »Das geht auf gar keinen Fall.«

»Sie müssen sich überwinden«, sagte Neef.

»Ja, aber nicht schon am Montag. Ich muss erst meine Tochter erreichen. Sie geht ja nie ans Handy, wenn ich anrufe.«

»Frau Hofstedt, Sie müssen sich frei von ihr machen. Ihre Tochter ist erwachsen. Werden Sie es doch auch.«

Beates Augen füllten sich mit Tränen. »Darf ich eine rauchen?«, fragte sie.

»Nein, da warten Sie bitte bis zum Ende unserer Montagsrunde«, sagte Neef. Er zog seine Brille auseinander und drückte die Gläser leise über seiner Brust zusammen. »Was machen die Fremdheitsgefühle im Kiefer?«

»Diese toten Implantate, die machen mich verrückt. Ich bin immer noch der Beißer aus dem James-Bond-Film.«

Falko lachte auf: »Der Beißer?«

»Herr Sprenger«, mahnte Neef, »Sie sind neu hier, aber Sie sollten wissen, dass hier ein respektvoller Umgang herrscht.«

»Sorry«, sagte Falko. »Der Beißer aus dem James-Bond-Film! Ich dachte, das wäre ein Witz.«

»Hat hier jemand gelacht außer Ihnen?«

»Nein.«

»Ist schon gut«, sagte Beate. »Aber es ist sehr quälend. Der ganze Kiefer fühlt sich an wie Stahl und als ob da irgendwas durchfließt. Irgendwas Außerirdisches, eine tickernde Strahlung oder so etwas.«

»Sicher wird es besser mit der Zahnbehandlung. Haben Sie noch etwas Geduld. So, waren alle dran?«

»Ich nicht«, sagte Sylvia.

»Am ersten Tag müssen Sie noch nichts sagen«, erklärte Neef.

»Ich habe ein Problem«, sagte Sylvia. »Ich möchte hier wirklich niemanden kränken. Aber in meinem Zimmer riecht es stark nach Nikotin. Ich glaube, ich hätte lieber eine Nichtraucherin als Zimmergenossin.«

Neef griff nach seiner Brille, zögerte, ließ sie wieder los und schnalzte stattdessen mit dem Klemmbrett.

»Wie geht es Ihnen damit, Frau Hofstedt?«, fragte er.

Beates Unterlippe begann zu zittern. »Ich rauche nicht auf dem Zimmer.«

»Aber du riechst nach Rauch«, sagte Sylvia. »Ich kriege davon Kopfschmerzen.«

Beate warf die Hände vors Gesicht. »Ich dachte, wir würden uns mögen. Und jetzt bist du so gemein zu mir!«

Neef richtete sich in seinem Stuhl auf. »Beruhigen wir uns alle miteinander. Frau Hofstedt, das ist doch nicht schlimm. Frau Berger meint das bestimmt nicht persönlich.«

»Aber ich will meine Tochter wiederhaben! Und meine Zähne. Ich will Weihnachten feiern.«

»Aber das werden Sie, Frau Hofstedt, das werden Sie!«, rief Neef. »Es dauert nur seine Zeit.«

»Ich habe genug von der Zeit!«, schrie Beate. »Wenn es die verdammte Zeit nicht gäbe, hätte ich immer Zigaretten!«

Neef machte den Mund auf, um etwas zu sagen, als Jennifer, die kurzhaarige Praktikantin, die Tür zum Wintergarten aufriss.

»Herr Doktor!«, rief Jennifer, »Frau Kapusta ist abgehauen!«

»Schon wieder?«, fragte Neef und stand auf. »Können Sie nicht besser aufpassen? Das ist doch mindestens schon das fünfte, ach was, das zwanzigste Mal! Verdammt.«

Er verließ den Wintergarten, man hörte seine Schritte auf der stählernen Wendeltreppe. Die Patienten blieben mit Schwester Nina im Kreis sitzen und schwiegen. Die Schwester lächelte, dann begann sie in den Akten zu blättern.

Falko räusperte sich. »Warum dürfen wir nicht über Selbstmord sprechen?«, fragte er.

»Weil es die anderen Patienten überfordern kann«, erklärte die Schwester.

»Fühlt sich jemand überfordert?«, wandte sich Falko an die Runde.

Keiner bejahte.

»Außerdem können diese Gespräche gefährlich sein«, fügte die Schwester hinzu. »Ansteckend gewissermaßen.«

»Im Raucherraum reden alle über Selbstmord«, sagte Beate. »Ständig.«

»Ach, diese Versuche gehen doch meistens schief«, antwortete Sylvia.

»Also, ich kenne die perfekte Methode«, warf Falko ein. »Habe ich mal in einem Comic gesehen. Man nimmt einen Draht, bindet das eine Ende irgendwo fest, das andere um den Hals, setzt sich ins Auto und fährt los. Und zack, schneidet der Draht dir den Kopf ab.«

»Stopp!«, rief Schwester Nina.

»Gute Idee«, sagte Xaver zu Falko, ohne die Schwester zu beachten. »Im Park findest du alles, was du brauchst. Ein Gartenfahrzeug, Spanndraht, und festbinden kannst du den Draht am Kran. Du brauchst nicht mal einen Schlüssel, lässt den Wagen einfach den Berg runterrollen.«

Er lachte leise, Falko stimmte mit ein.

»Ich denke nur noch an Selbstmord«, murmelte Beate.

»Es reicht!«, rief Schwester Nina. »Die Montagsrunde ist aufgehoben. Sie gehen jetzt alle auf Ihre Zimmer. Ihnen ist wohl klar, dass ich das alles melden muss. Der Chef wird das gar nicht gerne hören. Und Ihnen, Frau Hofstedt, gebe ich Promethazin.«

Sie stand auf und ging die Wendeltreppe hinunter in Richtung Dienstzimmer. Ihre Pantoffeln aus rosa Gummi schlappten über die Stufen. Die Patienten folgten ihr nach einer Weile.

Im Raucherzimmer traf Beate auf Falko, der durchs Fenster in den Schneeregen guckte. Sonst war keiner da. Das Zimmer war dunkel, durch das gelbe Glas der Tür fiel sandiges Licht.

»Tut mir leid, dass ich vorhin gelacht habe«, sagte Falko.

»Lass nur, ich weiß ja, wie komisch das klingt mit dem Beißer. Du rauchst? Dann bin ich endlich nicht mehr die Einzige in der ersten Klasse.«

»Nein, ich rauche nur gelegentlich. Zum Beispiel eine Friedenspfeife mit dir. Vorausgesetzt, du gibst mir eine.«

»Natürlich.« Beate hielt ihm die geöffnete Schachtel hin.

»Danke. Erlaubst du?«

Er nahm ihr das Feuerzeug aus der Hand, entzündete die Flamme. Sein Gesicht leuchtete rötlich auf. Es hatte markante Züge. Der Mund war breit, die Lippen schmal, die Nasenspitze etwas gekerbt. Die Augen waren hell und scheu, blickten freundlich. Er gab Beate zuerst Feuer. Nach seinem ersten Zug atmete er tief den Rauch aus.

»Das tut mal gut. Bist du von hier?«

»Aus Schwetzingen. Ursprünglich aus Pinneberg.«

»Habe ich mir doch gleich gedacht, du hast diese vornehme Hamburger Art«, sagte er. Sein Lächeln wirkte gehetzt.

Beate lächelte zurück. »Das kann doch nicht sein.«

»Doch, doch, du hast dieses Hanseatische«, sagte er. »Du bist wohl aus einer Kaufmannsfamilie?«

»Na ja, meine Eltern hatten einen Eisenwarenladen.«

»Muss man immer im Laden stehen als Kind. Meine Eltern hatten einen Fertighaushandel, genauer gesagt einen Steckelementehandel für Fertighäuser. Spießig, oder?«

»Ach, nein.«

»Ich war noch nie in der Psychiatrie«, fuhr er fort. »Ich kann es noch gar nicht fassen, dass es so weit gekommen ist. Mir ist das so was von peinlich.«

»Ja, so ging es mir am Anfang auch. Aber das legt sich. Und alle hier sind sehr nett.«

»Danke. Warum stellst du bei deinem Handy nicht einfach die Rufnummernunterdrückung ein?«

»Wie bitte?«

»Entschuldigung, ich bin gesprungen. Wenn du die Rufnummernunterdrückung einstellst, wird deine Tochter ans Telefon gehen. Und du kannst endlich mit ihr reden.«

»Ich kenne mich mit diesen technischen Dingen nicht aus«, sagte Beate.

»Gib mir mal dein Handy.«

Beate griff in die Gürteltasche und reichte ihm ihr weißes Nokia, an dem ein silberner Herzanhänger baumelte. Falko tippte auf der Tastatur herum, es piepte ein paarmal, dann gab er Beate das Handy zurück.

»So, ab jetzt bist du unsichtbar«, sagte er, und wieder lächelte er. Er erinnerte Beate an einen Hund, der lange im Tierheim war und sich bemühte, alles richtig zu machen.

»Danke, das ist wirklich freundlich«, sagte sie. »Bist du auch ein Kaufmann?«

»Na ja, Bankkaufmann. Dann habe ich zusammen mit einem Medizintechniker, einem Genetiker und einem Kybernetiker eine Firma gegründet, Denta Bion. Wir haben ein Patent zur Zahnverpflanzung entwickelt, ich habe die Finanzierung gemacht. Dann wurde ich rausgekickt. Dann bin ich zusammengeklappt. Na ja, und nun bin ich hier.«

»Zahnverpflanzung?«, fragte Beate und sah sich nach einem Aschenbecher um. Rasch nahm Falko eine der getöpferten Schalen vom Tisch und hielt sie Beate hin. Sie tippte die Asche ab und sah ihn an.

»Vereinfacht gesagt, stellen wir Zahnimplantate mit Nerven her«, erklärte er. »Aber das Verfahren ist noch in der Testphase. Nur eine Schweizer Privatklinik arbeitet schon damit.«

»Ihr macht lebendige Zähne?«

»Nano-Hybridkomposite mit Nervenzellen, die in Kulturen gezüchtet werden. Das Prinzip stammt aus der Robotertechnik, in der Prothetik kommt es schon zum Einsatz und bald eben auch in der Zahnmedizin. Es hat den Vorteil, dass die neuen Zähne festwachsen und keine künstlichen Wurzeln aus Schrauben brauchen. Wir verwenden diese Spezialimplantate hauptsächlich bei Kindern, deren Kiefer noch wachsen, oder bei Patienten mit Knochenschwund. Aber was heißt wir. Ich bin ja raus aus der Sache.«

»Was für ein Zufall, dass ich hier auf jemanden wie dich treffe. Wo ich doch solche Probleme mit meinen Implantaten habe.«

»Ja, das habe ich auch gleich gedacht, als du vorhin davon erzähltest. Ich werde überall von Zähnen verfolgt.«

»Oh.«

»Entschuldigung«, beeilte sich Falko zu sagen, »das war nicht böse gemeint. Es ist nur so, ich kann einfach nicht mehr abschalten. Egal was ich mache, egal wo ich hinkomme, überall werde ich an Denta Bion und meinen Rausschmiss erinnert. Als hätten sich alle gegen mich verschworen.«

Er drückte seine Zigarette aus und stellte den Aschenbecher wieder auf den Tisch.

»Danke für die Friedenspfeife. Und sei mir nicht mehr böse.«

»Aber du hast mir doch gar nichts getan«, sagte Beate. »Wo genau ist denn die Klinik?«

»Lass die Finger davon. Die sind noch in der Testphase und ohnehin auf Jahre ausgebucht.«

Beates Gesicht verzerrte sich, so enttäuscht war sie. Sie war froh, dass es dämmrig im Raucherraum war und Falko sie nicht genau sehen konnte.

»Warum hat man dich denn rausgeworfen?«, fragte sie, um von sich abzulenken.

»Ich war doch nur der blöde Finanzheini. Meine Partner meinten, ich hätte das Verfahren nicht miterfunden. Was soll's, von der Abfindung kann ich mir ein gutes Leben machen, und die haben einen Patentstreit mit den Briten am Hals, den sie möglicherweise verlieren. Eigentlich sollte ich froh sein.«

»Aber ich muss für immer der Beißer bleiben«, sagte Beate leise. »Und niemand hilft mir.«

Später holte sie sich im Dienstzimmer ihre Nachtmedikation und eine zweite Promethazin. Die Nachtschicht hatte der kleine, dicke Pfleger Ingo, er kippte Wasser aus einer Glaskanne in einen Plastikbecher, zum Runterspülen.

Beate wollte nicht in ihr Zimmer zurück, sie wollte Sylvia nicht mehr begegnen. Darum setzte sie sich auf das Sofa am Ende des Flures. Von dort aus ging der Blick durch ein großes Fenster in den Vorhof der Cardea. Zwischen leeren Bänken standen angeleuchtete Bäume. Beate drehte den Kopf und betrachtete das Bild von Horst Vierer, das zwischen zwei Halogenlampen an der Wand hing. Auf dem Bild waren bunte Strichmännchen zu sehen, die vom Himmel fielen. Offenbar wurde hier eine Naturkatastrophe dargestellt, die Leute wurden durch die Luft geschleudert und landeten auf einer Blumenwiese. Von dort aus brachte man sie in ein Krankenzimmer, das ganz unten am Bildrand zu sehen war.

Nach einer Weile kam der Nachtpfleger zu ihr. »Na, Sie wissen wohl nicht, wohin? Sie haben jetzt das Einzelzimmer von Frau Fechner. Die ist schon zu Frau Berger gezogen. Ich habe Ihre Sachen rübergebracht. Abendessen habe ich Ihnen hingestellt. Sie müssen mehr essen, bei Ihrem Untergewicht.«

Das Zimmer ging zum Innenhof. Das Fenster war halbkreisförmig und reichte Beate bis zur Brust. Um hinaussehen zu können, musste sie sich bücken. Sie sah im Hof die oberen, verbreiterten Teile der Glasolexsäulen, die ein Dickicht bildeten. Ihre Kleider hatte der Pfleger aufs Bett gelegt, bevor er es in ihr neues Zimmer geschoben hatte. Langsam begann das Promethazin zu wirken.

Sie räumte den Schrank ein. Dann ging sie ins Bad und betrachtete ihr Gesicht im Spiegel. Sie besuchte regelmäßig das Solarium und trug Make-up, sie hatte die Haare blondiert und föhnte sie jeden Morgen über eine runde Bürste. Jetzt war alles zerzaust. Beate war so mager, dass sich an Kinn und Wangen keine Lappen bilden konnten, die Falten wirkten wie straffgezogene Bänder.

Beate ahnte, dass der Beißer sich nicht mit ihren Zähnen begnügen würde. Er wollte alles haben. Sie bekam Angst, aber die Angst lag unter knirschenden, weißgrauen Kissen. Und ohne nachzudenken, nahm Beate ihr Handy aus der Gürteltasche und wählte die Nummer ihrer Tochter.

Es tutete ein paarmal.

»Hallo?«, meldete sich Tatjana. »Wer ist da?«

»Ich bin es, Mama«, sagte Beate. »Wo warst du Heiligabend?«

In der Leitung blieb es lange still. Beate hörte nur das Atmen ihrer Tochter und dachte an ihr Gesicht, an den weichen Schimmer ihrer Augen.

»Mama«, sagte Tatjana schließlich, »bitte rufe mich nicht mehr an. Ich habe es dir tausendmal gesagt, aber du checkst es nicht!«

»Aber ich bin doch deine Mutter!« Beate hörte die eigene Stimme wie von einem Tonbandgerät. Sie sah sich im Spiegel, das Handy am Ohr, ihr Gesicht hing fransig in der Leere.

»Du hast mich lange genug erdrückt«, sagte Tatjana. »Aber jetzt will ich leben.«

»Aber ich will ohne dich nicht leben«, flüsterte Beate.

»Hör endlich auf, mich zu erpressen!«, sagte Tatjana. »Wenn du sterben willst, ist das dein Ding, kapiert?« Sie legte auf.

Es tutete schnell und aufgeregt im Hörer. In den ersten Tönen lag noch etwas Wärme, dann wurden sie immer steriler. Beate ließ das Handy sinken. Sie spürte Schläge unter dem Brustbein. Zuerst glaubte sie, ihr Herz zu spüren, den Schmerz, den Tatjana ihr zugefügt hatte. Dann merkte sie, dass die Schläge von einem Fremdkörper ausgingen. Ihre Lunge füllte sich mit Zähnen aus Stahl, ihr Atem stockte, und mitten in ihrer Brust öffnete der Beißer sein Maul.

Die Rache der Muscheln

Etwas fuhr in die glatte, dunkle Fläche ihres Schlafes. Der Geruch nach Schweiß vermischte sich mit dem nach Atem und Haut. Annika wusste nicht, wo sie war, sie hörte nur Lärm. Als sie das Schnarchen erkannte, begann sie zu zittern. Auf ihrem Kopf, zwischen einzelnen Haaren, spürte sie Schweiß, in der Brust zuckten Schrecksekunden.

Aber wenn er schnarcht, dachte sie, dann schläft er.

Sie wusste trotzdem, dass sie hier nicht rauskam. Draußen quoll der Mond aus der Nacht, Annika starrte ihn an. Etwas war anders, sie wusste nicht, was. Sie wünschte sich ein Messer. Das Schnarchen wurde lauter.

Aber der Mond.

Das Fenster war gekippt. Sie roch Aluminium und den moosfeuchten Schmutz in der Innenrille. Mit einem Ruck setzte sie sich auf. Jetzt wusste sie, was anders war. Er hatte die Rollläden nicht geschlossen.

Leise, leise, dachte sie und stellte die Füße auf den Boden. Es waren nur wenige Schritte zum Fenster, es war nur ein Sprung aus dem Hochparterre, sie durfte keinen Fehler machen. Beim letzten Mal hatte sie es nur bis zum Gehweg geschafft.

An einem frühen Morgen im Sommer. Die Kopfsteinpflasterstraße war leer. Der Bahndamm war zugewuchert. Zwischen den Bäumen standen verrostete Zaunstangen, und aus dem Boden des Trampelpfads, der durchs Gebüsch nach oben führte, drangen rostrote Steine. Der Kanal am Ende der Straße roch nach den Halsbeugen der Schildkröten, die Annika als Kind besessen hatte.

Sie rannte am Bahndamm vorbei, sie musste nur das Ufer erreichen, die Wagenburg Lohmühle, und schreien, aber Reimo bekam sie nach wenigen Schritten zu fassen. Er riss an ihrem Mantel aus Leopardenkunstfell, sie hatte ihn in New York gekauft, bei Alice Underground, die Knöpfe fielen auf die Gehwegplatten, in den Ösen sah sie die Bündel aus abgerissenen Fäden. Sie sah die gelben Lindenblätter und die Ritzen zwischen den Gehwegplatten. Man durfte nicht auf die Ritzen treten, zwischen die Platten des Gehwegs. Das hatte ihr Sandy Krause erzählt, damals in Ratzeburg, am Barkenkamp, wo der Wind einen staubigen, warmen Duft über die Weizenfelder trieb. In den Ritzen der Gehwegplatten waren Haie, nur manchmal streckten sie ihre Flossen aus den Wellentälern der Luft.

Sandy hatte dicke, braungebrannte Beine und ein verschlossenes Gesicht. Von ihr lernte Annika alles, zum Beispiel, dass Jesus im Docht der Kerzen lebte. Annika erkannte sein Gesicht, die Flamme war sein Gewand, und die Wachstropfen waren das Blut. Sandy wusste auch, dass in jeder Muschel eine Perle war. Als Herr Krause einen Eimer voll Muscheln von der Ostsee mitbrachte, wollte Sandy sich eine Kette machen. Annika half ihr. Draußen, hinter den Schneebeerensträuchern, auf dem Gitter über dem Schacht des Kellerfensters, öffneten sie die Schalen. Aufgeklappt sahen die Muscheln aus wie Schmetterlinge mit nackten Organen an den Flügeln. Die Muskeln waren gerissen, die Muscheln konnten sich nicht mehr wehren, als die beiden Mädchen ihr Fleisch durchwühlten. Am Ende lagen die offenen Schalen auf einem großen Haufen, etliche fielen durch das Gitter in den Schacht des Kellerfensters. Aber die Mädchen fanden keine Perlen. Sandy wurde ausgeschimpft und Annika nach Hause geschickt. Sie trug einen orangefarbenen Strickpullover mit Kapuze, der in der Abendsonne leuchtete. Annika dachte noch lange an die schwarzvioletten Muschelschalen mit dem gelben Fleisch und an die Haie, die Freunde der Muscheln, die in ihren Wohnungen unter den Gehwegplatten alles mitbekommen hatten und es jedem weitererzählten, der mit den Füßen hören konnte.

Als Reimo sie jagte, in Treptow, in der Kiefholzstraße, als die Mantelknöpfe auf den Gehweg fielen, wäre sie fast in die Ritzen gestürzt. Reimo schlug ihr auf die Ohren, es fiepte, sie hörte nichts mehr, dann seine Stimme von weit her. Er hatte das grau melierte Haar mit einer Schirmmütze bedeckt. Die Mütze passte nicht zu seinem Alter, sein Berliner Akzent passte nicht zu seinem schwäbischen Singsang, und der kurvige Pfeil, den er unter jede seiner Unterschriften setzte, passte nicht zu den offiziellen Briefen.

»Du«, er streckte den Zeigefinger aus, »kommst mit, sonst schlag ich dich blau!«

Er zog sie mit sich. Sie drehte sich um nach den Knöpfen auf dem Pflaster, goldenen Knöpfen mit Ankern darauf, sie stammten von der Kapitänsjacke ihres Großvaters, sie hatte sie selbst angenäht. Jetzt würden sie durch die Ritzen des Gehwegs ins Meer sinken, in die Wohnungen der Haie, eine Weile noch schimmern, dann dunkel werden.

Als Annika auf der Matte in Reimos Wohnung lag, sah sie den Aschenbecher und den dunkelblauen Teppich voller Fusseln und Tabakfäden, und irgendetwas tat ihr weh. Sie schloss die Augen. Die Knöpfe schimmerten und wurden dunkel, schimmerten und wurden dunkel, wurden dunkel.

Aber der Mond.

Als Annika zum Fenster schlich, war der Teppich verschwunden, der Boden war glatt und kalt. Auch das Fenster hatte sich verändert, die Scheibe war rund und nach außen gewölbt.

Ich träume also, dachte Annika, es gibt keinen Mond, und es gibt keinen Fluchtweg.

Sie wusste, wenn sie erwachen würde, läge sie auf der Matte, und die Rollläden wären geschlossen.

Nicht aufwachen, dachte sie.

Auf dem Weg zum Fenster sah sie Reimo, im Schlaf ähnelte er einer fetten Frau. Annika fragte sich, warum sich so vieles aus der Welt mit in den Traum nehmen ließ, aber nichts aus dem Traum mit in die Welt. Es gab wohl eine Membran dazwischen, die nur zum Traum hin durchlässig war. Annika wollte die Membran zerreißen, das Fenster war die Außenhaut des Traums, aber als sie dagegenstieß, war die Scheibe hart und kalt. Die gläserne Halbkugel war über die Mittelachse gekippt, nur wenige Zentimeter, das Fenster ließ sich nicht weiter öffnen. Draußen gab es keine Straße, die Stadt mit ihren Lichtern war bis an den Horizont gerückt, davor stand ein schwarzer Wald. Die Wohnung lag nicht mehr im Hochparterre, sondern oben, zu hoch zum Springen. Annika wollte schreien, sie holte mehrmals tief Atem, und als sie die kalte Luft am Fensterspalt einsog, wurde ihr klar, dass sie wach war.

Der Sommer ist vorbei, dachte sie. Heute ist Dienstag und Januar, der achtzehnte Januar.

Die Luft roch nach Winter. Das Schnarchen hielt an.

Annika wandte sich um und sah die Neue, Sylvia, auf dem Rücken liegen. Sie schnarchte mit offenem Mund. Annika war gestern in ihr Zimmer gezogen. Sylvias lange rotbraune Haare lagen über dem Kissen, das Gesicht war geschwollen. Ihr Mann hatte sie geschlagen, das hatte Falko erzählt, und der wusste es von Beate. Alle hassten Sylvias Mann, obwohl ihn noch keiner getroffen hatte. Annika hasste ihn nicht. Für sie waren Schläge ohne Bedeutung, sie trafen nur die Oberfläche, und darunter war nichts, auch das Innerste nicht. Das Innerste war eine einwärts gefaltete Oberfläche, wer eindrang, blieb trotzdem außen. Darum war niemand verletzbar und niemand verletzend, darum war Annika nichts passiert.

Sie hörte aber Reimos Stimme: »Mit der Drahtbürste ficken werde ich dich. Mit dem Rohr mache ich dich fertig.«

Vor ihren Augen gerann die Luft und wurde zu Reimos Gesicht, das näher kam, im Schatten der Schirmmütze sah sie seine Wangen und die farblosen Muttermale. Seine Unterlippe hing leicht herunter, die Augen sah sie kaum, aber sie wusste, dass sie dunkelgrün waren und dass Reimo immer nach oben blickte und den Kopf zugleich senkte. Annika fragte sich, warum er diese Anstrengung betrieb, warum er nicht einfach normal geradeaus sah, mit geradem Kopf und geradem Blick. Sie fragte sich vieles, wer die rostroten Steine der Bahndämme machte und ob man Kuckucksküken umerziehen konnte.

»Du!«

Reimo streckte seinen Zeigefinger aus. Annika wischte mit den Händen durch die Luft, aber Reimos Gesicht blieb da. Sie wandte sich ab, aber sein Gesicht blieb so nah an ihrem, dass ihr der saure Geruch seiner Haare in die Nase stieg.

»Du!«

Annika fuchtelte mit den Händen, kniff die Augen zusammen, drehte sich im Kreis, schrie.

Sylvia fuhr aus ihrem Bett hoch. »Hallo?«, rief sie, »Annika? Annika?«

Annika hörte das Piepen des Notrufs und Sylvias Stimme, und gleichzeitig hörte sie: »Du!« Sie schlug um sich, bis jemand sie festhielt.

»Ruhig«, sagte Reimo.

Annika traf jetzt nicht mehr auf Luft, sondern auf einen Körper. Sie fragte sich, wie Reimo in die Cardea gelangt war. Er hielt sie von hinten fest, und dicht vor ihrem Gesicht tanzte ein Knäuel, der scharfe Geruch nach Ammoniak schoss ihr in die Nase, sie hustete, es gab einen Ruck, plötzlich waren die Umrisse scharf. Sie erkannte eine Nachtschwester, eine aus der 5B, die ihr fragend in die Augen blickte.

»Sie ist wieder da«, sagte die Schwester und ließ das ammoniakgetränkte Tuch sinken. Pfleger Ingo löste seinen Griff.

»Kommen Sie mit, Frau Fechner«, sagte er. »Ich gebe Ihnen Bedarf.«

Er nahm Annika an die Hand und zog sie mit sich in den Flur, sie folgte mit gesenktem Kopf. Über der Tür blinkte noch immer rot die Alarmlampe, Pfleger Ingo ging zurück, öffnete die gelb gelackte Zimmertür und drehte innen mit seinem Schlüssel den Alarm ab. Im Dienstzimmer füllte er eine Flüssigkeit aus einer braunen Glasflasche in einen kleinen Becher.

»Ich gebe Ihnen zehn Milligramm Diazepam«, sagte er.

Annika zitterte. »Ich konnte ihn riechen«, flüsterte sie.

»Trinken Sie das.«

Der Pfleger hatte eine Halbglatze, hinter der ein fedriges Bündel Haare emporstand, und kleine, wohlgeformte Hände, er reichte Annika den Plastikbecher, sie trank ihn leer, die Flüssigkeit war bitter.

»Noch etwas Wasser hinterher?«, fragte Pfleger Ingo.

»Nicht nötig.«

»Am besten legen Sie sich gleich wieder hin. Es ist ja erst drei. Wenn die zehn Milligramm nicht reichen, kommen Sie wieder.«

Annika nickte.

Pfleger Ingo nickte zurück, dann schaute er auf den Computer und begann zu tippen.

Sie stand noch eine Weile im Flur, vor der Scheibe des Dienstzimmers, und sah dem Pfleger beim Schreiben der Berichte zu. Dann wanderte sie durch den Flur. Sie hörte das Summen der Lampen an der Wand. Unter Lottis Zimmertür war ein Streifen Licht zu sehen, die alte Dame schlief nie im Dunkeln. Am Ende des Flures hing ein Gemälde von Horst Vierer, das Annika oft betrachtet hatte, es war voller Strichmännchen, die von einer Wiese in weiche Kissen fielen. Das Bild sollte einen Albtraum darstellen, den Traum vom Stürzen.

Irgendwas rauschte dumpf, die Heizung oder die Stille selbst. Annika wurde müde. Ihre nackten Füße waren Hohlformen, durch die ein Kühlgel nach oben glitt. Langsam ging sie zurück in ihr Zimmer. Sylvia hatte das Gesicht zur Wand gedreht, an ihrem Atem hörte Annika, dass sie noch wach war. Annika rollte sich in ihrem Bett zusammen und schlief ein.

Die Tür ging auf, Licht schoss ins Zimmer.

»Möchten Sie Milchsuppe?«, fragte Pfleger Ingo.

»Ja bitte.« Sylvia setzte sich auf.

Der Pfleger machte Licht im Zimmer, schöpfte Milchsuppe aus einer Kanne in einen Teller und stellte ihn auf den Tisch. Es war sechs Uhr morgens, dies war der letzte Gang seiner Schicht.

»Sie auch, Frau Fechner?«

»Nein.«

Sylvia erhob sich, ächzte, tastete mit ihren Füßen nach den Schlappen und schlurfte zum Tisch. Sie wandte Annika den Rücken zu, auf dem zerpflückte Haarsträhnen klebten, und schlürfte die Suppe.

Blöde fette Kuh, dachte Annika.

Ihr Gesicht wurde heiß, ihr Herz klopfte schneller. Nach einer Weile schlief sie wieder ein.

»Guten Morgen!«, rief Pfleger Carsten, der in dieser Woche die Frühschicht hatte. »Möchten Sie Obst?«

»Gerne«, sagte Sylvia.

»Sie auch, Frau Fechner?«

»Nein.«

Sie zog sich die Decke über die Ohren. Trotzdem hörte sie, wie Sylvia einen Apfel aß. Als sie endlich aufhörte zu kauen, sank Annika in eine tiefe blaue Schlucht, an deren Grund die Sonne schien und Boote mit rotgestreiften Segeln kreuzten.

»Frau Fechner«, rief Pfleger Carsten, »Blutdruck messen!«

Er legte ihr die Manschette um den Arm. Er war hellblond und rothäutig, er hatte einen Adamsapfel.

»Hundertvierzig zu neunzig. Trotz Diazepam?«, sagte Pfleger

Carsten und ließ die Luft aus der Manschette zischen. Er ruckte ein paarmal mit dem Kopf, dann nahm er das Gerät und verschwand.

Sylvia aß immer noch ihre Suppe und las währenddessen die Zeitung, die sie jeden Morgen aufs Zimmer bekamen, ein Service für die Privatpatienten. Annika hörte das Knistern und das Schlürfen. Endlich stieß der Löffel auf den Grund, Sylvia kratzte die Reste weg, der Löffel klirrte auf dem Porzellan. Annika versuchte, ruhig zu atmen.

Sie war gerade eingeschlafen, als die Tür wieder aufsprang.

Diesmal war es die Küchenfrau Ella, mit blondiertem Pferdeschwanz und Haarkämmen aus goldenem Plastik.

»Guten Morgen!«, rief Ella und stellte das Geschirr auf den Tisch, kramte in der Besteckkiste und legte Messer und Löffel hin.

»Was möchten Sie denn haben? Schrippen, Brot, Knäckebrot, Zwieback?«

»Ich hätte gern zwei Scheiben Knäckebrot und zwei Brötchen«, sagte Sylvia.

Halt's Maul, dachte Annika.

»Ein Vollkornbrötchen und ein weißes«, ergänzte Sylvia. »Marmelade schmeckt auf den weißen Brötchen besser.«

»Am besten auf selbst gebackenen«, sagte Ella. »Die machen wir manchmal zu Hause. Kajzerka.«

»Ach ja, zu Hause. Ich würde auch gern wieder selbst was backen.«

Du fette Sau, dachte Annika, kannst wirklich nur ans Fressen denken.

»Und Sie, Frau Fechner?«, rief Ella. »Was möchten Sie zum Frühstück? Schrippen, Brot, Knäckebrot, Zwieback?«

»Sie schläft noch«, flüsterte Sylvia.

»Ich lege ihr eine Auswahl hin.«

Leise schloss Ella die Tür. In Annikas Kopf hämmerte die Müdigkeit, und sie sank wieder weg.

»Frühstück!«, rief Pfleger Carsten.

Er parkte den Servierwagen vor der offenen Tür und fragte die beiden Patientinnen nach ihren Wünschen.

»Frau Fechner? Sie müssen aufstehen.«

Annika tappte zur Tür, ihr war schwindelig, aber sie hielt sich aufrecht und trat an den Servierwagen. Sylvia wählte Rührei, Leberwurst, Joghurt, Marmelade und Brie. Annika wollte nur Pflaumenmus.

»Keine Butter?«, fragte Pfleger Carsten.

»Nein.«

»Kaffee?«

»Ist doch eh ohne Koffein«, sagte Annika.

»Früchtetee?«

»Nein danke.«

»Ich hätte gern Kaffee«, sagte Sylvia, »mit Milch bitte. Und einen Orangensaft. Und vielleicht noch einen Kakao.«

Pfleger Carsten sammelte die Zutaten vom Wagen auf zwei Teller, er zuckte zurück, als er sie auf den Tisch stellte und dabei mit dem Handrücken Sylvias Arm streifte.

»Ist doch egal, ob mit oder ohne Koffein«, sagte sie mit hoher, lieber Stimme, als sie Annika gegenüber am Tisch saß. »Hauptsache, es schmeckt nach Kaffee.«

»Ist mir aber nicht egal«, platzte Annika heraus.

Sylvia sah sie erschrocken an. »Ich wollte mich doch nur ein bißchen mit dir unterhalten. Wo wir doch auf einem Zimmer sind.«

Annika sprang auf und verschwand im Bad, sie knallte die Tür zu. Im Spiegel sah sie ihre bebenden Lippen. Der Rest des Gesichtes war fremd. Die grün lackierten Edelstahlwände des Badezimmers wurden zum Wasser des Ratzeburger Sees. Annika versenkte sich in einer schweren, blauvioletten Glocke.

»Töte dich«, flüsterte das Gesicht im Spiegel, »töte dich, bevor du stirbst!«

Annika duschte erst kalt, dann heiß. Sie setzte sich auf den Boden der Duschwanne und sah zu, wie der Schorf in ihren alten Wunden aufquoll. Sie rieb ihn heraus und schaute in die Kerben. Manche reichten bis ins Fettgewebe, bis in die gelben Waben hinein.

»Tut mir leid wegen vorhin«, sagte sie zu Sylvia, als sie zurück ins Zimmer kam.

»Schon gut. Ist alles nicht so leicht, ja? Darf ich jetzt ins Bad?«

»Ja, klar.«

Annika war immer noch müde und legte sich wieder ins Bett. Sie schloss die Augen, ihre Lider brannten. Das Duschgeräusch aus dem Badezimmer lullte sie ein. Sie träumte von pinkfarbenen Gummipanthern, die mit neongrünen Spülschwämmen in den Händen auf dem Ratzeburger Marktplatz tanzten, und irgendjemand sang dazu. Dann wurden die Stimmen lauter, der Traum verblasste, und Annika erkannte vor sich das Kissen mit dem Emblem der Cardea, ein Schlüsselloch in einem Kranz. Im Nebenzimmer dröhnte der Fernseher. Lotti sah das Frühprogramm, die Wiederholung der Unterhaltungsshow »Das Bergwerk«; Annika erkannte die Titelmelodie.

»Herzlich willkommen im Bergwerk!«, rief der Moderator. »Wir schalten gleich runter zu unseren verschütteten Stars und Sternchen, die wieder ins Licht der Öffentlichkeit wollen, ha ha ha! Wen wählt das Publikum heute raus? Und wer gibt von selbst auf? Denn heute heißt es wieder: Ich bin ein Promi, Glückauf, Glückauf!«

Die Oberärztin kam um halb neun zur Visite ins Zimmer, Annika musste draußen warten, weil Sylvia zuerst dran war, und setzte sich auf einen Stuhl im Flur. Falko war auch schon da.

»Guten Morgen«, sagte er mit zerkratzter Stimme. »Du siehst, ehrlich gesagt, schlecht aus. Geht es dir nicht gut heute?«

Falko war sehr blass. Sie blickte in seine kleinen Augen. Die

Brauen saßen niedrig, fast berührten sie die Wimpern. Er war schon angekleidet, er trug ein schwarzes Sakko, darunter ein schwarzes T-Shirt. Nach Annika war er der jüngste Patient, sie schätzte ihn auf Ende dreißig, über zehn Jahre älter als sie. Er roch gut, nach Zitrone und einem Holzsteg in der Sonne.

»Glaubst du, dass man einen Kuckuck umerziehen kann?«, fragte sie.

Er öffnete den Mund, sie sah seine schmalen Vorderzähne. »Wie bitte?«

»Angenommen, man findet ein Kuckucksei«, sagte Annika, »und legt es in ein Nest mit Vögeln, die schon ausgebrütet und etwas kräftiger sind als ein junger Kuckuck, und wenn er schlüpft, kann er sie nicht mehr rauswerfen und ist gezwungen, mit ihnen aufzuwachsen. Wird dann aus ihm ein normaler Vogel? Also einer, der seine Jungen später selbst aufzieht?«

Für einen Moment wurde Falkos Gesicht leer. Dann lächelte er. »Der kleine Kuckuck wird so lange versuchen, die anderen aus dem Nest zu werfen, bis er vor Erschöpfung stirbt.«

»Aber warum?«, fragte sie.

»Weil er ist, was er ist.«

Die Oberärztin rief Annika ins Zimmer, reichte ihr zur Begrüßung eine kühle, leichte Hand und setzte sich an den Tisch. Annika nahm gegenüber Platz. Dr. Christa Thewes war klein, sie hatte einen dunklen Pagenschnitt mit grauen Strähnen, eine kleine, wächserne Nase und schmale Augen mit dicken Lidern. Der Pfleger und die kurzhaarige Praktikantin blieben während der Visite an der Tür stehen.

»Sie hatten heute Nacht einen Anspannungszustand?«, fragte die Ärztin.

»Albträume«, sagte Annika. »Und die hören nicht auf, wenn ich wach bin. Das ist so schrecklich.«

»Sie nehmen ziemlich viel Diazepam. Wir müssen das langsam auslaufen lassen, sonst geraten Sie noch in eine Abhängigkeit. Und wir wollen doch, dass Ihre Probleme hier weniger werden und nicht mehr, oder?« Sie lächelte freundlich.

»Frau Berger schnarcht«, sagte Annika. »Alle haben mich ständig geweckt. Warum geben Sie mir erst Diazepam und hindern mich dann am Schlafen?«

»Sie sprechen so leise. Sind Sie noch stark unter Spannung?«

»Weiß nicht.«

»Aber ich muss wissen, wie es Ihnen geht, Frau Fechner. Sonst kann ich Ihnen doch nicht helfen.«

»Ach so.«

»Wir haben hier alle den Eindruck, dass Sie sich gegen die Therapien sperren. Versuchen Sie doch mal, sich mehr darauf einzulassen. Heute haben Sie eine Einzelstunde beim Chef und anschließend Tanztherapie. Und die offene Ergo können Sie auch immer nutzen, nicht nur die feste Stunde am Freitag.«

»Und die Albträume?«

»Ja, da müssen Sie mal bei sich gucken, welche inneren Anteile das sind, die sich da melden, die da von Ihnen abgewehrt werden und Ihnen darum solche Angst machen.«

Plötzlich war Reimos Gesicht wieder da, der Geruch seiner Füße in den Wollsocken und die Bewegungen, mit denen er seine Schirmmütze aufsetzte und sein Zippo in das Ledertäschchen am Gürtel steckte. In einem anderen Gürteltäschchen trug er eine Taschenlampe, die er nie brauchte, und den Haustürschlüssel machte er mit einem Karabiner an der Gürtelschlaufe fest. Das alles tat er jedes Mal in der gleichen Reihenfolge, bevor sie zusammen in die Wiener Straße gingen, ins Logo. Sie setzten sich an den Tresen und tranken bis in die Morgenstunden.

Reimo redete: »Alles richtet sich nach morphogenetischen Feldern. Anders lässt sich das nicht erklären, dass die Menschen überall und zeitgleich das Feuer entdeckten. Und die Sprache und die Schrift und so weiter.«

»Ist Kreuzberg auch so ein morphogenetisches Feld?«, fragte Annika. »Eins, das die Menschen zu Verlierern macht?«

»Du musst das erst mal lesen, bevor du von Verlierern laberst, das Buch von dem, dem Dingsda, wie die Felder das alles machen überall, und das gilt nicht nur für die Biologie, sondern für alles, für Philosophie und Mathematik und alles.«

»Aber woraus sind denn die Felder? Und sind sie manchmal auch negativ? Und warum sind sie mal da und mal nicht?«

»Die sind immer da. Die geben alles vor.«

Reimo schlenkerte sein Zippo, es fiel ihm aus der Hand. »Peng!«, rief er.

Annika wusste nicht viel. Sie wollte in den Zwanzigerjahren leben, sie wollte erotisch sein, Zigarillos mit silbernem Mundstück rauchen und Spitzenhandschuhe tragen. Sie tat es gelegentlich, im Logo. Sie hatte die Schwelle vom Träumen zum Lügen noch nicht überschritten.

»Warum gehst du nicht auf die Bohème Sauvage?«, hatte sie mal einer gefragt. »Auf die Zwanzigerjahreparty in Mitte?«

Sie hatte noch nie von der Party gehört, sie las keine Zeitung, und auf Facebook kannte sie keinen ihrer Freunde persönlich. Sie wäre gern auf die Party gegangen, nachdem sie davon erfahren hatte, aber sie traute sich nicht.

Annika fand das Leben nicht. Sie wartete, bis es zu ihr kam, bis irgendwas passieren würde. Aber alles blieb wie früher, als die Haie zwischen die Gehwegplatten passten und Jesus in eine Kerzenflamme, als die Muscheln für Perlen starben, die es nicht gab. Sie dachte oft an ihr Elternhaus am Barkenkamp, an den Geruch der Weizenfelder und ihre pastellgrüne Farbe. Die Eltern hatten ihr eine Kindheit mit Reitstunden, Playmobil und Gartenschaukel geschenkt und ihr dann stumm beim Erwachsenwerden zugesehen.

Sie wurde ein schönes Mädchen mit schwarzen Haaren und

hellblauen Augen, und sie wusste nie, was sie sagen sollte. Wenn sie im Logo einen Mann traf, lächelte sie, bis es Nacht war. Sie traute sich nicht, ihn sitzen zu lassen, meistens ging sie am Ende mit.

Sie ging auch mit Reimo, und am Abend traf sie ihn im Logo und lächelte stumm, und wieder ging sie mit, Abend für Abend, bis er sagte, sie seien ein Paar. Sie wusste nicht, wovor sie Angst hatte, er kochte ihr nachts Spaghetti, weil sie davon wieder nüchtern wurde, er nannte sie »Spatz«. Tagsüber fuhr sie zur Uni, sie musste Szondi und Flusser lesen.

»Je weiter das Schreiben fortschreitet, desto tiefer dringt der schreibende Reißzahn in die Abgründe der Vorstellungen, die in unserem Gedächtnis lagern, um sie zu zerreißen«, zitierte sie.

»Elitescheiß«, sagte Reimo.

Er nannte seinen Computer »Brummi«, als Bildschirmschoner drehte sich ein Sowjetstern im Kreis. Wenn Annika Reimo besuchte, saß er am PC, und sie saß hinter ihm und starrte seinen Rücken an und dachte an das Leben.

Im Logo bekamen sie Freibier, weil Joseph, der Wirt, Annika aus den Zwanzigern kannte und weil er Kommunist war und weil sie den Kleinen Trompeter singen konnte. Immer wenn sie betrunken waren, sprachen sie über ihr gemeinsames vorheriges Leben. Sie hatten in den Zwanzigern einen Chauffeur gehabt, der Annika in der Pullman-Limousine von Horch durch die Gegend fuhr, in den Chausseepalast und ins Romanische Café, wo sie schön zwischen Schriftstellern saß und alle in ihren Bann zog. Auf der Rückfahrt schlief sie mit dem Chauffeur, das gestand sie Joseph erst heute. Er tobte.

»Deswegen bin ich Kommunist geworden! Um alle Chauffeure abzuschaffen. Damit du mit keinem mehr schlafen kannst!«

Bevor er morgens die Kneipe schloss, spielte er die Kampflieder der FDJ.

Am Tresen saß Reimo und trank Kristallweizen und Ouzo. Er

schwieg schon seit Stunden, und wenn er mal kurz etwas sagte, warfen sich Joseph und Annika Blicke zu. Reimo war nie in den Zwanzigern gewesen, Joseph nannte ihn »Quarzuhr-Heini«, Annika lachte darüber.

Irgendwann versagte ihr Kreislauf, aus ihrem Gesicht drang der Schweiß, als würde man ein Leinentuch voll Quark ausdrücken. Joseph machte ihr einen doppelten Espresso und presste eine Zitrone darin aus. Annika trank, den Mund verzog sie schon lange nicht mehr. Sie hatte eine Handtasche voller Schminkzeug dabei, sie schwankte zur Toilette, tupfte das verschwitzte Gesicht mit einer Puderquaste ab und zog sich den Lidstrich nach. Sie konnte das, obwohl sich alles drehte.

Der nackte Rand des Toilettenbeckens war fleckig, sie dachte an ihre Mutter. Die Mutter hatte ihr nie erklärt, dass man sich auf öffentliche Toiletten nicht setzte, sondern halb in der Hocke pinkelte. Sie hatte ihr eigentlich gar nichts erklärt, auch der Vater nicht. Annika taten die Kinder in Afrika leid, aber sie wusste lange nicht, was Breitengrade waren. Auf die Fragen von »Wer wird Millionär« im Fernsehen wusste sie selten die Antworten. Sie kannte Irving Berlin nicht, und die Frankfurter Schule hielt sie, bis sie Mitte zwanzig war, für eine Kunstrichtung. Die Mutter hatte ein schmales Gesicht voller Aknenarben und Schwermut. Die Schwermut war eine Maske, dahinter lag ein weites Land. Schon seit sie klein war, wollte Annika in dieses Land der Mutter hineinreisen. Aber sie kam nur bis New York, wo sie den Leopardenmantel kaufte, aus Kunstfell, bei Alice Underground.

Als sie zurück an den Tresen trat, sah Joseph nachdenklich vor sich hin. Er hatte ein junges, aufgedunsenes Gesicht.

»Morgen steigen wir auf den Teufelsberg«, sagte er. »Vor Sonnenaufgang. Also eigentlich schon heute.«

»Auf den Teufelsberg?«, fragte Annika.

»Ja, und damit beginnt ein neues Leben.«

»Wie das?«

»Wenn wir es schaffen«, erklärte Joseph, »betrunken und verkatert und verworren wie wir sind, vor Sonnenaufgang loszugehen und auf den Teufelsberg zu steigen, dann wird sich das Leben von Grund auf ändern. Weil hinterher alles möglich wäre. Der Teufelsberg ist unsere Hoffnung. Wir müssen bloß heute noch hin.«

»Joseph, das wird doch nichts. Sobald wir wieder nüchtern sind, werden wir das für Schwachsinn halten.«

»Und das wissen wir auch. Aber jetzt besteht noch die Möglichkeit. Die reine Möglichkeit des Lebens. Das ist doch was.«

»Ja«, sagte Annika, »das ist was.«

Später ging sie durch den Görlitzer Park nach Hause, Reimo kam mit. Drüben leuchteten die roten Nachtlichter der Emmauskirche, eine rostige Stahlskulptur ragte in den Himmel. Sonst war nichts mehr da, keine Pullman-Limousine, kein Kommunismus, nur Kreuzberg und die Morgendämmerung.

»Dein Joseph ist ein totaler Knallkopf«, sagte Reimo.

»Joseph und ich sind seelenverwandt«, sagte Annika.

»Schwachsinn.«

»Aber das mit dem Teufelsberg war genial.«

»Das schafft er doch nie, da draufzusteigen. Nie.«

»Es geht doch nur um die Möglichkeit. Warum verstehst du das nicht?«

»Weil es Schwachsinn ist. Ich muss was essen.«

»Ich habe keine Spaghetti mehr«, sagte Annika. »Außerdem will ich allein sein.«

In der Wrangelstraße waren an jeder Wand Plakate, so oft überklebt, dass sich die Schichten nach außen wölbten. Die Wände und Türen, selbst die Mülleimer waren mit Graffiti übersät. Es roch nach Ziegeln und Gemüse. Reimo machte beim Imbisstürken halt und kaufte zwei halbe Hähnchen. Danach schob er Annika durch den Flur ihres Hauses und die Treppe rauf in den vierten Stock.

»Aber ich will allein sein«, sagte sie.

»Na klar.«

Annikas Wohnung war klein, von den Türrahmen blätterte die Farbe, aus dem Küchenfenster sah sie den Hof der Fichtelgebirge-Grundschule. Auf dem Balkon gegenüber trocknete ein Maler seine Bilder, große Leinwände mit ineinander verfließenden Farbflächen, die nach Terpentin rochen. Reimo zog sich bis auf die Unterhose aus, bevor er zu essen begann. Er beugte sich über den Pappteller, ab und zu sah er mit leeren Augen auf. Seine Haut war glatt, die Brustwarzen hatten einen Hof aus Haaren. Seine Finger wurden fettig, er atmete laut durch die Nase, während er kaute.

Was soll ich mit diesem fressenden Mann, dachte Annika, und mit seinen bescheuerten morphogenetischen Feldern.

Das Fenster stand offen, draußen war es leise geworden, nur am Himmel sirrten die Sterne. Sie nahm die Papiertüte mit ihrem Hähnchen und warf es hinaus. Reimo sprang auf. Ohne ein Wort zu sagen, schlug er Annika ins Gesicht.

»Aber es war doch ein Hähnchen«, sagte sie, »und Hähnchen müssen doch fliegen.«

Reimo schlug ein zweites Mal zu, sie fiel auf den Küchenboden, auf das schwarz-weiß karierte PVC. Da blieb sie liegen und dachte an nichts.

Wegen ihr war Reimo nach Berlin gezogen, er kam aus Stuttgart, er wohnte im Haus seiner Eltern, über ihnen. Er hatte als Bühnentechniker für ein Stuttgarter Tourneetheater gearbeitet, jetzt wurde es abgewickelt, und er war pleite. Seine Berliner Wohnung war kalt, sie roch auch im Sommer nach Braunkohle. Im Zimmer stand eine aufgebockte Sperrholzplatte mit Reimos PC, davor ein Stuhl.

»Ich muss Schluss mit dir machen«, sagte Annika ein paar Tage später, als die roten Striemen in ihrem Gesicht verblasst waren.

Sie saß auf der Matte, er am Schreibtisch.

»Nein«, sagte Reimo, »du machst nicht Schluss. Ich bin wegen dir nach Berlin gezogen.«

»Aber wir passen ja gar nicht zusammen.«

»Du machst nicht Schluss.«

»Doch.«

Sie machte Anstalten, zu gehen. Da nahm er ein Spannseil aus der großen Werkzeugkiste, machte einen Henkersknoten hinein, band es an die Gasleitung im Flur und legte sich die Schlinge um den Hals. Annika wählte 112, aber Reimo stürzte zum Telefon und presste die Hand auf die Gabel. Dann schloss er die Haustür ab und ließ die Rollläden herunter.

Die Thewes räusperte sich. »Frau Fechner?«, sagte sie mit ihrer mädchenhaften Stimme. »Sind Sie noch bei mir?«

Annika sah auf, und wie so oft in den letzten Monaten kam sie nur langsam in die Gegenwart zurück. Die Vergangenheit lag in einem Vakuum, das keinen Schall nach außen ließ, darum konnte Annika nicht darüber sprechen. Aber die Ärztin sah sie sanft an. Als sie neulich Blut abgenommen hatte, hatte Annika nichts gespürt.

Ich versuche es einfach, dachte sie, und holte tief Luft. »Das sind aber keine eigenen Anteile in meinen Albträumen. Das ist ein anderer, von dem ich träume.« Ihr Herz begann zu rasen.

»Sie spalten das also ab?«, fragte die Thewes.

»Nein, ich rede von einer Person, die es wirklich gibt, die mir real Angst macht!«

»Ja, wir träumen oft von realen Personen, aber die verkörpern eben auch innere Anteile. Das ist manchmal schwer zu akzeptieren, vor allem wenn wir mit diesen Personen nicht identifiziert sind.«

»Sie verstehen mich nicht, Sie hören mir gar nicht zu!«, rief Annika und brach in Tränen aus.

»Lassen wir das mal so stehen.«

Annika schwieg.

»Frau Fechner. Wir wollen Ihnen doch helfen. Sagen Sie sich doch einfach mal, hey, da lass ich mich mal drauf ein!«

Nachdem die Ärztin gegangen war, blieb Annika am Tisch sitzen, ihre Beine zitterten, ihre Knie stießen an die Tischkante.

Wenn Reimo in Wahrheit sie selbst war, wie die Thewes behauptet hatte, dann gab es keine Annika, dann hätte sie selbst sich zusammengeschlagen. Sie selbst hätte geschrien: »Ich will dich foltern, du Hexe des Wahnsinns!« Sie selbst hätte sich am Hals gepackt, sie selbst hätte sich ins Gesicht geboxt und mit Stahlkappenschuhen von Caterpillar gegen die eigenen Beine getreten.

Auf einmal gab es kein Außen mehr, es gab nur noch das Innen, das Innerste war ein morphogenetisches Feld, das alles, was es gab, in Reimo verwandelte – und später vielleicht in einen anderen und wieder in einen anderen und in einen anderen, und alle würden ihr wehtun. Annika dachte, ich muss das Innerste vernichten, zu meinem Schutz muss ich wahnsinnig werden.

Auf dem Weg zu Vosskamp schaute sie aus dem Fenster in den Park. Sie erkannte ihren Mitpatienten Xaver. Der dunkelhaarige Mann mit den langen, knochigen Gliedern trat an eines der Gartenfahrzeuge, einen silbergrauen Pritschenwagen, und nahm eine Spitzhacke und einen Spaten von der Ladefläche. Damit ging er zum Fuß des Baukrans. Dort blieb er stehen, als würde er lauschen. Annika winkte durch das Fenster, aber er sah sie nicht, obwohl er zwischendurch in ihre Richtung blickte. Schließlich begann er, mit dem Spaten ein Loch zu graben, nach einer Weile machte er mit der Spitzhacke weiter. Plötzlich legte er sich bäuchlings in den Schnee und starrte in das Loch. Der Himmel lag wie ein Quader auf der Landschaft, ein feiner Schneeregen setzte ein. Doch Xaver rührte sich nicht.

»Irgendwas stimmt nicht mit Herrn Walpersdorf«, sagte Annika zur Begrüßung. Es war ihre erste Stunde bei Vosskamp in seinem Büro im zweiten Stockwerk des Nordturmes, den alle den

»Thera-Tower« nannten, weil ganz oben unter der Kuppel die Tanz- und Musiktherapien stattfanden. Der Professor wippte in seinem Sessel.

»Sie identifizieren sich mit Herrn Walpersdorf?«

»Nein, ich mache mir Sorgen, er hat draußen ein Loch gegraben und starrt hinein. Er liegt auf der Erde, das ist doch viel zu kalt.«

Sie versuchte, an die Zwanzigerjahre zu denken, weil sie damals nicht schüchtern war. Vosskamp, stellte sie sich vor, war ein Charleston-Tänzer, der fleischig geworden, aber noch immer beweglich in den Hüften war. Die seitlich gescheitelten, kurzen blonden Haare und die blauen Augen gaben ihm einen anachronistisch-deutschen Ausdruck.

»Heute Nacht hatten Sie einen Anspannungszustand?«, fragte er.

Annika nickte.

Er zog die Brauen zusammen. »Das müssen wir ernst nehmen.«

»Ja«, hauchte Annika und senkte den Kopf. Die Zwanzigerjahre verschwanden, ihr Mund wurde trocken, in ihrer Kehle knackte es.

Vosskamp schwieg.

Ich werde es sagen, dachte sie, auf drei. Eins, zwei, drei. Sie holte tief Luft. Eins, zwei, drei.

Durch das gekippte Fenster hörte sie den Wind und drinnen das Ticken eines kleinen Weckers auf dem Sofatischchen. Irgendwann sah sie auf. Als ihr Blick den von Vosskamp traf, blitzten seine Augen, die Atmosphäre änderte sich, sie wurde glitzernd, und irgendwas Komisches lag in der Luft. Annika wusste nicht mehr, was sie sagen sollte. Durch die Turmfenster konnte sie auf das Dach der Cardea blicken, die Halbkugeln aus Glas bildeten einen starren Riesenschaum. Darunter sah sie schattenhafte Bewegungen, es waren die Menschen der fünften Etage, die durch ihre Zimmer oder den Flur gingen, und ihr wurde klar, dass Vosskamp von hier aus alles beobachten konnte, als würde er von oben in eine Puppenstube schauen.

»Sie sehen ja wirklich alles«, sagte sie.

»Das ist mein Beruf.«

Er hörte auf zu wippen und lehnte sich zurück. Er sah jetzt so aus, als hätte er ein Oberlippenbärtchen, aber in Wirklichkeit war da keins. Annika dachte an Joseph. Wenn sie betrunken waren, wenn die Luft in grobe Pixel zerfiel, trug er ein Monokel, und seine strähnigen Haare lösten sich aus dem Zopf und legten sich von selbst in Wasserwellen.

»Was habe ich denn?«, fragte sie. »Ich meine, was für eine Krankheit?«

Vosskamp lächelte väterlich: »Sie sind halt ein Sorgenkind.«

»Aber bin ich verrückt oder so was?«

»Ach, was heißt schon verrückt.« Er hob die Hand und machte schnelle, flatternde Schraubbewegungen. »Verrückt sind wir doch alle. Die Welt, wie wir sie sehen, ist nur ein Konstrukt des Gehirns. Der eine konstruiert sie so, der andere eben so.«

»Aber ich träume so schlimm«, sagte Annika.

»Nun, ich hatte mal eine Patientin, die hat dann einfach Kassetten gehört, Hörspielkassetten, Benjamin Blümchen.«

»Benjamin Blümchen? Das ist für Dreijährige.«

»Das macht doch nichts«, sagte er. »Hin und wieder darf man auch mal regredieren. Ständig dieses Erwachsenseinmüssen, schrecklich. Wenn ich krank bin, lese ich immer ›Rennschwein Rudi Rüssel‹.« Er begann wieder zu wippen. »Aber irgendwann muss es darum gehen, sich auch für die Inhalte dieser Träume zu interessieren«, fügte er hinzu.

»Ja«, sagte Annika, »vielleicht, irgendwann.«

Joseph starb an Leberzirrhose, Annika hatte es erfahren, als sie vor der geschlossenen Tür des Logo auf einen der ehemaligen Gäste traf, den blondgelockten Billi, Ikea-Billi wurde er genannt.

Sie erschrak, weil er eine Schirmmütze trug. Sie zog mit ihm ein paar Häuser weiter ins Madonna, die gelben Lichter flossen auf den Gehweg. Billi konnte die Augenbrauen nicht einzeln heben, sie übte die ganze Nacht mit ihm an der Bar. Zwischendurch schrieb er Gedichte auf die Bierdeckel:

Das da Exkrement
Nomen
Klatura

Er sagte: »Man müsste politischer sein.«

»Aber wie denn?«, wollte sie wissen.

»Mal was machen. Zum Beispiel gegen diese ganzen Mercedesfahrer mit ihrer eingebauten Vorfahrt. Gegen diese ganze Islamophobie und die Globalisierung und den Klimawandel und alles.«

»Was heißt denn Nomen Klatura?«

»Festlegungsscheiße, Elite und so.«

»Ach so.«

Eine Weile starrten sie schweigend auf das kolorierte Foto von Heinz Rühmann, das gerahmt neben der Tür hing. Heinz Rühmann lächelte.

»Irgendwie lächelt der hintergründig«, sagte Annika, »aber irgendwie dringt der Hintergrund nach vorne durch, sodass man keine Angst haben muss, man würde irgendwas nicht sehen oder verstehen. Rühmann ist doppelbödig oberflächlich. Kapierst du? Deswegen mögen ihn alle.«

»Die Oberfläche ist der Untergrund. Zwei gleiche Bilder übereinander, das gibt einen Tiefeneffekt, aber ohne Tiefe.«

»Genau. Du verstehst mich, Billi.«

»Prost. Auf Rühmann, den alten Nazi.«

»Prost«, sagte Annika. »Sag mal, kannst du vielleicht die Schirmmütze abnehmen?«

Heinz Rühmann an der Wand lächelte und lächelte, und je mehr sie tranken, um so mehr wurde Billi zu Reimo.

»Mann, bin ich betrunken«, murmelte sie.

»Ich auch«, sagte Billi.

»Wenn man dich und Reimo übereinanderlegen würde, wäret ihr dann ein und derselbe? Also wäret ihr zusammen so ein Rühmann mit Tiefeneffekt?«

»Hä?«

Annika nahm Billi die Mütze vom Kopf und sah ihn mit zusammengekniffenen Augen an. Blitzartig griff Billi in ihr Dekolleté und riss ihr die Bluse auseinander, ein Knopf sprang ab und rollte über den Tresen. Annika sah ihm nach, bis er über den Rand fiel.

»Das hast du davon«, sagte Billi. »Mich einfach so anzugrapschen, was soll das?«

Er bestellte noch zwei Bier. Die Kneipe leerte sich, Annika blickte auf die Stuhlbeine. Das Gewirr aus schwarzem Holz gab eine pulsierende Intensität ab. Die Stuhlbeine, beschloss Annika, bedeuten, dass ich in der Zukunft an diesen Augenblick denke. Sie bedeuten, dass es mich geben wird.

Sie hörte nicht mehr, was Billi sagte, auch die Musik war weg. Als Reimo hereinkam und neben sie trat, hielt sie ihn erst für Billi.

»Du!« Er griff in ihren Nacken.

»Du bist doch der Billi«, sagte sie.

»Erst Joseph, dann Billi, jetzt aus die Maus.«

»Wir haben uns nur unterhalten«, sagte Billi.

»Schnauze.«

Auf dem Weg durch den Park wiederholte Annika: »Aber du bist doch der Billi, und zusammen seid ihr Heinz Rühmann, und der ist schon tot und kann mir nichts tun, er ist harmlos, obwohl er ein Nazi war.«

»Na klar.«

Reimo schob sie vor sich her, seine Finger bohrten sich in ihren Hals.

Sie kamen auf die Brücke, die über den Kanal nach Treptow auf den alten Bahndamm führte. An einem verrosteten Signalträger hing ein Laken. »Freiheit für alle Gefangenen!« stand darauf, »Knastgesellschaft angreifen!«. Der Mond schien durch die kahlen Äste eines toten Baumes, Annika sah das Gewirr aus dunklem Holz. Sie riss sich los und rannte. Sie schaffte es bis in den Park zurück, hinter ihr quakten Enten im Kanal, sie stolperte durchs Gebüsch und erreichte die Görlitzer Straße. Reimo holte sie ein.

»Aber die Stuhlbeine«, stammelte sie.

»Es reicht.«

Die Straßenlaternen waren so gelb wie die Lampen im Madonna, eine Weile hoffte Annika, in Wahrheit noch in der Kneipe zu sitzen, bei Billi und Joseph und dem Chauffeur, aber da war niemand.

»Und was macht der Schlaf?«, fragte Vosskamp.

Annika fuhr zusammen.

»Was?«

»Was macht der Schlaf?«

»Ist schlecht. Frau Berger schnarcht.«

»Ja, das Schnarchen, immer wieder ein Konflikt zwischen den Patienten. Da hilft nur Ohropax.«

»Aber Frau Hofstedt musste das Zimmer wechseln, weil Frau Berger sie nicht ertragen hat. Warum muss denn ich jetzt Frau Berger ertragen?«

»Nun, ich werde mir was für Sie überlegen.« Vosskamp blätterte in ihrer Akte. »Wir sehen uns morgen in der Visite.«

»Was, die Stunde ist schon vorbei?«

»Wir haben schon zehn Minuten überzogen.«

»Oh.«

Ihr Hals schwoll zu, sie stellte sich vor, er wäre voll weinender Augen. Sie fragte sich, was sie sehen würde, wenn sie zwei Augenpaare im Hals hätte, die sich gegenseitig anstarrten. Würde sie zwei oder vier Augen sehen, und welches Spiegelbild zuerst?

Vosskamp beugte sich vor. »Also bis morgen.«

»Aber was wird aus Herrn Walpersdorf?«, fragte Annika. »Der liegt doch da draußen im Schnee.«

»Frau Fechner. Sie liegen ja selbst da draußen im Schnee, symbolisch gesprochen. Nehmen Sie doch endlich Hilfe an. Vertrauen Sie uns.« Er streckte ihr die Hand entgegen. »In diesem Sinne alles Gute.«

Sie kam zu spät in die Tanztherapie, in den Kuppelraum des Thera-Towers, alle hatten schon Paare gebildet. Beate stand neben Friedrich, Sylvia neben der wilden Kapusta, die jeder kannte, weil sie dauernd weglief. Ihr Gesicht war ungewaschen, das Haar orangeblond gefärbt und verklebt. Die anderen Kassenpatienten waren unter sich geblieben. Falko hatte noch keinen Partner. Er trug eine glänzende weiße Sporthose, ein Poloshirt und eine grüne Schirmmütze.

»Hallo«, sagte die Tanztherapeutin, eine drahtige kleine Person mit zerknautschtem Gesicht. »Frau Fechner, tun Sie sich mal mit Herrn Sprenger zusammen.«

Annika trat neben ihn, er lächelte ihr zu, sie starrte auf seine Schirmmütze.

»Wir haben ja eben ausprobiert, wie sich die verschiedenen gefüllten Säckchen anfühlen«, sagte die Tanztherapeutin, »und da haben wir ja ganz unterschiedliche Erfahrungen gemacht. Wie war es bei Ihnen, Frau Hofstedt?«

Beate schaute auf ihr rot geblümtes Säckchen.

»Mir geht es nicht gut, meine Zähne.«

»Bleiben Sie mal bei dem Säckchen, Frau Hofstedt. Sie sollen ja hier etwas Abstand gewinnen von Ihrem Leiden. Wie hat das Säckchen sich angefühlt?«

»Na ja, hart irgendwie. Und rasselnd. Kirschkerne sind das, glaube ich.«

»Hart und rasselnd«, wiederholte die Tanztherapeutin und sah Beate in die Augen. »Hart und rasselnd. Wie war das für Sie?«

»Darf ich eine rauchen?«

»Nein. Aber Sie dürfen meine Frage beantworten.«

»Als wir die Säckchen in die Luft werfen sollten und dabei unsere Gefühle benennen, fand ich das irgendwie albern.«

»Aha«, rief die Tanztherapeutin, »und würde Ihnen das nicht gefallen? Einfach mal albern sein? Einfach mal alles rauslassen und loslassen?« Sie schüttelte ihre Arme und zog Grimassen. »Holl Diboll Dibumm!«, rief sie mit tiefer Stimme. »Tschaka! Alpaka! Schnippschnapp! Seien wir albern, wir alle zusammen!«

Die Patienten schüttelten ihre Arme aus und murmelten im Chor: »Holl Diboll Dibumm! Tschaka! Alpaka! Schnippschnapp!« Viele hatten starre Bewegungen, andere zitterten, einigen lief Speichel aus den Mundwinkeln. Das lag an den Medikamenten.

»Super!«, rief die Tanztherapeutin. »Tschaka, Alpaka! Und jetzt noch mal!«

Die Sicht war heute trübe, aber vom Turm aus konnte man drüben, auf dem zweiten Gipfel des Teufelsberges, die Schlittenfahrer erkennen. Die Rodelbahn hatte kahle Flecken, die Kufen der Schlitten rissen Erde mit und hinterließen dunkle Streifen auf dem Abhang. Annika hielt Ausschau nach Xaver, aber er war nicht mehr da.

»Annika«, flüsterte ihr Falko ins Ohr, »stell dir vor, die würden da drüben ein Fernrohr haben. Die könnten Geld für das nehmen, was die hier sehen.«

Er grinste. Sie starrte auf seine Schirmmütze.

»Wie haben Sie sich mit dem Säckchen gefühlt, Frau Kapusta?«, fragte die Tanztherapeutin. »Sie haben ja wieder mal für Aufregung gesorgt, als Sie fortgelaufen sind, letzte Nacht. Haben Sie sich inzwischen beruhigt?«

Die wilde Kapusta lachte bellend auf. »Der Sack hat mich an meinen Freund erinnert.«

»Frau Kapusta!«, mahnte die Tanztherapeutin. »Fokussieren Sie! Was haben Sie gespürt? Womit war das Säckchen gefüllt?«

Die wilde Kapusta prustete, ihre Brauen zuckten spitzbübisch nach oben.

»Sie müssen noch mal an Ihr Distanzproblem ran, Frau Kapusta, aber dringend! Wir machen weiter mit der nächsten Übung. Nachdem wir das Erspüren der Säckchen geübt haben, wollen wir uns erspüren und unsere Hände erforschen. Machen Sie bitte die Augen zu und geben sich gegenseitig die Hände.«

»Tschaka, Alpaka! Dann wollen wir mal«, sagte Falko zu Annika, grinste, rückte seine Schirmmütze zurecht und hielt ihr mit galantem Schwung die Hand hin, als wolle er sie zum Tanz auffordern.

Reimo packte Annikas Hand. Sie war betrunken, sie wollte nach Hause. Sie war durchs Gebüsch gestolpert und hatte es bis zur Straße geschafft, die Fassade der Patisserie leuchtete blau im Laternenlicht. Reimo riss Annika mit sich, zum Ufer, hier war kein Mensch, nur die Schule, dann kam schon die Brücke aus Stahl. Die Schritte klangen wie auf einem Schiff. Der Spielplatz am anderen Ufer lag stumm in der Nacht. Annika dachte an Kinderschänder, als sie die leeren Gerüste sah, die Wippen, die Schaukeln. Die Luft war warm, dann kam der Mauerstreifen, dann kam der stinkende Bahndammtunnel, die Jordanstraße, die Kiefholzstraße, die Haustür, der Schlüssel, der Stoß. Annika sah noch einmal zurück, nach oben, es war ein Kometenblick, und dann begann das Dunkle.

Auf einmal riss Annikas Körper auf wie eine von Sandys Muscheln, auf einmal war sie der Schmetterling, an dem die nackten Organe hingen. Jemand hatte sie angepinnt, und in sie drang irgendwas Kaltes, ein Reißzahn, der ihr Gedächtnis zerfetzte, sie konnte sich nicht mehr bewegen. Die Haie stiegen aus den Gehwegritzen, sie hatten darauf gewartet, jahrelang, im Relief der Tapete, im Hohlraum der Angst, jahrelang, und schnappten sich Annika jetzt, da sie groß war.

Annika stöhnte, und als sie den Kopf hob, sah sie in Falkos ratloses Gesicht. Er hielt noch immer ihre Hand.

»So, setzen wir uns alle in den Kreis«, rief die Tanztherapeutin aus einer Ecke, »und lassen das Erlebte ausklingen. Fangen Sie doch mal an, Herr Sprenger. Wie war das für Sie?«

»Ich glaube, Frau Fechner geht es nicht gut.«

»Frau Fechner«, wandte sich die Tanztherapeutin an Annika. »Wie haben Sie das denn empfunden? Geben Sie doch mal Rückmeldung!«

»Die Übung war nicht gut für mich«, flüsterte Annika.

»Sie hätten doch Nein sagen können! Hier wird niemand zu was gezwungen, das wissen Sie doch!«

Annika schaute auf den anthrazitfarbenen Teppichboden und verstand nicht mehr, was um sie herum gesagt wurde. Sie dachte an einen Engel aus Stahl, er schwebte durch blaue Venen, durch Säle aus purpurnen Häuten.

Auf einmal war sie in der Medienlounge, im Internetraum im Parterre der Cardea mit Apple-Computern auf gläsernen Tischen. Auf ihrem Bildschirm sah Annika Karten, offenbar hatte sie Solitaire gespielt und Patiencen gelegt. Jetzt war sie selbst ein Spielkartenstapel, und alle Karten flogen davon, Kreuze, Asse, Herzen und Piks, bis nichts mehr von ihr übrig war.

Sie klickte ein neues Fenster auf, googelte »Pulsaderschnitt«. Schon das zweite Bild auf dem Schirm zeigte ihr den Verlauf der Arterie.

Seit sie in der Cardea war, hatte Annika ihr Fleisch bestellt wie einen Garten. Ihre Haut war voller Saatrinnen, in denen knotige Narben wuchsen. Inzwischen hatten die Schwestern und Pfleger die Klingen aus ihren Verstecken geholt, aus dem Kleidersaum, dem Cremetopf, dem Haarband, der Zahnseidedose, dem Handy.

Nur das Versteck an der Magnetwand hatten sie nicht entdeckt, vielleicht weil es zu auffällig war. Annikas letzte Rasierklinge steckte unter einem großen Magneten in Form eines Marienkäfers.

Sie nahm die Klinge und schloss sich im Bad ein. Sie war ein Foto, ihr Blut das Licht der Dunkelkammer. Überall waren Gesichter, Joseph, Sandy und die stummen Eltern und überall Reimo, Billi-Reimo, Falko-Reimo, Reimo-Reimo, überall.

Vertrauen Sie uns. Aber Vertrauen war Eis auf dem Ratzeburger See, darüber schrammte ein Geigenbogen. Sie hätten doch Nein sagen können. Aber es gab kein Nein, nur die zerrissenen Muskeln der Muscheln.

Annika sah in das Licht über dem Badezimmerspiegel, sie sah in die Milch der Sterne. Irgendwas Schlimmes war dahinter, aber Annika wusste nicht, was.

Sie wurde hochgehoben, einer packte ihren Arm und hielt ihn über das Waschbecken, das Blut lief in dicken Bahnen hinein, ein anderer machte einen Druckverband. Annika schloss die Augen.

»Spielen Sie mal nicht die leidende Madonna«, schnauzte ein Pfleger.

Als sie aus der Chirurgie zurückkam, wo ihr ein junger Assistenzarzt die Wunden wieder zugenäht hatte, forderte Pfleger Carsten sie auf, das Waschbecken sauber zu machen. Er stand neben ihr, mit hochgezogenen Schultern und angespanntem Kehlkopf, und sah zu. Sie rieb das Blut mit Toilettenpapier von der Emaille. Es blieben vertrocknete Ränder zurück, sie sahen aus wie versteinerte Würmer. Annika rieb und rieb, das Toilettenpapier zerkrümelte, und die Ränder waren immer noch da. Sie machte mit dem bloßen Finger weiter.

»Tut mir leid«, murmelte Pfleger Carsten, »aber hier geht es um Selbstverantwortung. Lassen Sie mal, den Rest mache ich mit dem Lappen.«

Anschließend brachte er sie auf die 5B, die geschlossene Station.

Die Station war voll besetzt, darum wurde für sie noch ein Bett in ein Vierbettzimmer gequetscht. Die Fenster wiesen zum Innenhof. Die Wände hier waren weiß lackiert, nicht aus glatt geschliffenem, weißgrauem Beton wie drüben auf der 5A. Auch die Schränke und Nachttische waren weiß, ebenso die Bettbezüge, sie hatten kein Emblem. Pfleger Carsten sperrte Annikas Sachen in den Schrank und nahm den Schlüssel an sich.

»Und wenn ich mich umziehen will?«, fragte sie.

»Dann sagen Sie der Schwester Bescheid. Sie wissen ja, warum.«

Sie zog ihre Stiefel aus und legte sich hin, durchs Fenster sah sie die Säulen aus durchsichtigem Kunststoff.

Die vier Mitpatientinnen lagen auf ihren Betten, eine von ihnen war Muslima, sie trug ein auberginefarbenes Gewand und ein Kopftuch, sie weinte nach ihrem Vater. Die Stühle im Raum waren voller Klamotten, auf den Nachttischen stapelte sich Plastikgeschirr.

»Nicht so fein wie drüben bei euch«, sagte eine ältere Frau mit bizarr angewinkelten Händen.

»Ja«, antwortete Annika.

»Wir haben halt keinen schicken Wintergarten wie ihr in der ersten Klasse. Ich bin Louise Reeder, Lou Reed, alles klar? Ich war Rockstar. Dann haben sie Lou mit Clozapin vertrieben.«

Sie begann, mit brüchiger Stimme zu summen.

»Darf ich deine Schuhe anprobieren?«, fragte eine andere Patientin mit einer frischen, dicken Narbe auf der Stirn. Ihr fehlte ein Vorderzahn, und ihre Gesichtszüge waren so verwischt, als hätte jemand versucht, sie wegzuradieren. Sie sprang von ihrem Bett und nahm einen von Annikas Stiefeln in die Hand.

»Mann, sind die schön! Weiches Leder! Edles Futter! Und dieser Glitzerstein oben gefällt mir! Darf ich die anprobieren? Bitte!«

»Das wäre mir nicht so recht«, murmelte Annika.

»Meine Stiefel«, erzählte die Frau, »haben die mir im Obdachlosenasyl geklaut. Alles haben die mir geklaut, ich habe nur noch Plastiklatschen und die Klamotten vom Roten Kreuz. War schlimmer als im Knast. Im Knast, da hatten wir keine Binden. Das war in der DDR. Und das Wasser im Duschraum war dünn, sag ich dir, ich konnte die Höschen nicht sauber kriegen. Hab sie hinter die Wanne gestopft, sie waren voll Blut, bald stank es. Darf ich deine Schuhe anziehen?«

»Bitte nicht.«

Die Frau zeigte auf Annikas Verband am Handgelenk.

»Du hast es getan? Du kommst hier so schnell nicht mehr raus.«

Die vierte Patientin drehte sich auf ihrem Bett um, und Annika erkannte die wilde Kapusta.

»Hallo Frau Kapusta!« Annika versuchte zu lächeln. »Wir waren zusammen in der Tanztherapie.«

Die wilde Kapusta klaubte sich Maskarakrümel aus den Augenwinkeln und betrachtete sie eine Weile auf den Kuppen der gekrümmten Zeigefinger.

»Du hast tolle Brüste«, sagte sie zu Annika. »Und schöne Haare. Du kommst hier raus. Ich will mir die Haare schwarz färben. Die Stimmen sagen, ich soll nett sein. Zu jedem, zu jedem! Lass uns gehen, Baby, es gibt Essen!«

Den Speisesaal der 5B hatte seit dem Frühstück keiner sauber gemacht, die Tische waren mit Brotstücken, Zuckerkrümeln und fettigen Fingerabdrücken übersät, dazwischen trockneten Lachen aus Kaffee.

Die Patienten holten sich Plastikgeschirr von der Ablage, wo auch die Thermoskannen und die Pappschachteln mit den Teebeuteln standen, und warteten vor den Trögen von Gustomat. Gustomat war die Firma, die das Essen auf Rädern an die Klinik lieferte. Die Schlange reichte bis in den Flur. Hier hingen keine

Bilder, und die Stühle neben den Zimmertüren hatten zerschlissene Bezüge. Die wilde Kapusta wich Annika nicht mehr von der Seite.

»Hey, Bulle«, rief sie einem Mitpatienten zu, »deine Jacke ist schön!«

Der dünne Mann stand vor ihnen in der Schlange und ging nur mit Trippelschritten vorwärts. Er trug eine beige Strickjacke mit Mustern aus braunen Quadraten und Streifen.

»Eugen, bitte«, sagte er.

»Eugen, Bulle. Mein Liebling vom dreiundfünfzigsten Revier.«

»Das Schweinegeschnetzelte ist gleich weg«, sagte Eugen mit Berliner Akzent, »und das Putenschnitzel auch.«

»Kann man sein Essen hier nicht vorbestellen?«, fragte Annika.

Auf der 5A musste sie jede Woche einen entsprechenden Bogen ausfüllen. Sie bekamen zwar dort das Gleiche zu essen wie hier, aber auf Porzellantellern mit goldenem Emblem. Außerdem wurde den Privatpatienten das Essen aufs Zimmer geliefert.

Eugen schüttelte den Kopf.

»Weißt du nicht, wo du bist, junge Frau? Ab und zu schmeißt hier einer sein Essen an die Wand. Was glaubst du, warum die lackiert ist? Frau Baran grapscht den anderen ständig auf die Teller und klaut das Fleisch für ihren kurdischen Vater, den die Jitem vor zwei Jahren totgefoltert hat. Und letzten Sonntag hat Lou die Gitarre in den Kuchenteller gedroschen.«

»Aber die hatte ja eh keine Saiten«, sagte die wilde Kapusta.

Als sie die Essensausgabe erreichten, war nur noch vegetarische Pizza übrig, die Maiskörner waren vertrocknet, der Käse braun und der Boden durchweicht. Eine Küchenhilfe mit hochgezogenen Schultern klatschte die Pizzastücke auf die Teller. Wenn einer der Patienten ihr zu nahe kam, kreischte sie: »Weg da!«

An den Tischen wurde geschaufelt und geschmatzt. Einige Langzeitpatienten mit Spätdyskinesien zitterten so sehr, dass sie ihr Essen verschütteten. Annika dachte an die Eltern. Der Vater war Krankenhauspfarrer im Wilhelm Augusta in Ratzeburg, vor dem Essen betete er.

Komm, Herr Jesus, und sei unser Gast
Und segne, was du uns bescheret hast!

Damals hatte sich Annika angewöhnt, beim Beten die Luft anzuhalten, weil Jesus im Docht der Kerzen lebte. Und wenn er, wie der Vater sagte, zu Gast war, dann war irgendwo eine unsichtbare Kerze. Annika wollte sie nicht aus Versehen ausblasen.

»Schmeckt's nicht?«, fragte Eugen.

Sie schob ihren Teller beiseite und weinte.

»Junge Frau«, sagte Eugen, »du wirst höchstens zwei Tage brauchen, bis dir das alles egal ist. Glaube mir, der Mensch ist anpassungsfähig.«

Die wilde Kapusta streichelte Annikas Arm. Die Säulen draußen in der Halle warfen lange, zarte Schatten auf die Tische. Annika verirrte sich in einem Wald aus Glas.

Die Schwester gab ihr den Bademantel, nachdem sie die Säume nach Klingen abgetastet hatte. Es war ein Mantel aus der 5A, rosa, flauschig und mit dem Emblem der Cardea, jeder Privatpatient bekam wöchentlich einen neuen.

»Lassen Sie den nicht liegen, sonst ist er weg«, sagte die Schwester.

Das Badezimmer war wie auf der 5A aus grün lackiertem Edelstahl, aber die Wände waren schmierig, und über den Boden zogen sich Schmutzspuren.

Annika behielt ihre Kleidung und die Stiefel an, als sie in die Duschkabine stieg. Sie zog den Gürtel des Bademantels ab und machte einen Henkersknoten hinein, legte die Schlinge um ihren Hals und band das Ende am Haltegriff der Dusche fest. Sie ließ ihre Beine nach vorne rutschen. Sie wartete auf den Drang zu atmen, aber er kam nicht. Sie sah die Wasserflecken an der Duschwand, lauter Inseln, eine sah sie sich genauer an. Die Insel war gläsern, mit gläsernen Tieren und Bäumen, sogar die Sonne war aus Glas, der Sand und das Meer und der Himmel. Je länger Annika hinsah, umso weicher wurde alles, und irgendwann war es kein Glas mehr, sondern Gel. Zuerst hatten die Geltropfen noch die Formen von Tieren und Pflanzen, dann zerflossen sie.

Von fern kam etwas angerast, ein mondgroßes Loch. Annika hörte ein Brausen, dann Stimmen: »Ich krieg das nicht auf!« »Hochheben!« »Hier, nimm die Schere!«

Die Insel versank, und hinter der letzten Gelschicht sah Annika verschwommen die Gesichter der Schwestern und Pfleger und das von Neef, dem Stationsarzt. Sie lag auf dem Bett. Neef schob ihr Coolpacks unter den Nacken und machte ein liebes Gesicht. Annika starrte auf sein bedrucktes T-Shirt, sie sah ein O und ein U, davor baumelte die Brille mit dem Magnetverschluss.

»Frau Fechner, was machen Sie bloß«, sagte Neef.

Annikas Zähne klapperten. Sie sprang auf, sie hörte sich schreien, ihr schmerzte die Kehle, es waren die Augen im Hals, die irgendwas sahen, sie wusste nicht, was es war. Die Schranktüren rasten auf sie zu, gegen den Kopf und gegen die Fäuste, die Bettkante flog ihr an den Fuß, dann hielten zwei Männer Annika fest, und vier andere rollten ein Fixierbett herbei, auf dem weiße Schlaufen mit schwarzen Knöpfen lagen.

»Frau Fechner, es tut mit leid«, sagte Neef. »Wir müssen Sie fixieren.«

»Nein«, schrie Annika. »Nicht auf die Matte! Nicht auf die Matte!«

»Sie sind selbstgefährdet und fremdgefährdend. Sie tun ja den

Leuten weh, wenn Sie so toben, und auch sich selbst. Wenn Sie nicht kooperieren und sich freiwillig aufs Fixierbett legen, müssen wir Sie zwingen. Es ist zu Ihrem Schutz.«

»Nicht auf die Matte! Nicht auf die Matte!«

»Ich gebe Ihnen noch dreißig Sekunden. Sie können immer noch kooperieren.«

»Nicht auf die Matte! Nicht auf die Matte!«

»Noch zehn Sekunden.«

»Nicht auf die Matte! Nicht auf die Matte!«

Die Pfleger packten Annika, hoben sie hoch und drückten sie aufs Bett, sie trat, schlug und biss, zwei Pfleger setzten sich mit den Knien auf Annikas Schenkel, Neef drückte ihren Kopf auf die Matratze, und als sie sich schüttelte, umfasste er ihren Hals. Sein Gesicht war leer. Sie spuckte, bis ihr jemand ein Handtuch über den Mund spannte. Vier andere Pfleger pressten Annikas Arme nach unten, und nach kurzer Zeit war sie gefesselt. Ihre Hand- und Fußgelenke steckten in weißen Schlaufen, sie trug einen Bauchgurt. Als Letztes schloss einer den Brustgurt, dann wurde ihr Bett in den Flur geschoben.

Die Pfleger scherzten. »Das mit den Stiefeln war wie in der Ausbildung«, sagte einer. »Die Schlaufen müssen immer ums Gelenk, nicht um den Stiefelschaft. Gut, dass ich damals aufgepasst habe.«

»Streber«, sagte ein anderer. »Mist, ich habe mein Essen noch nicht abgeholt. Hoffentlich haben die es nicht schon entsorgt.«

Annika sah in die Milchblasen an der Decke, die Räume schäumten, sie schrie. Die wilde Kapusta ging ein Stück mit.

»Baby, es wird wieder gut«, sagte sie. »Du schminkst dich toll, du hast Stil. Glaub mir, es wird wieder gut.«

Der Isolierraum war schon besetzt, darum brachte man Annika in ein Zimmer, in dem schon ein anderer Patient auf einem Fixierbett lag. Sie sah ihn kurz, sein Gesicht ähnelte einer eingeschrumpelten Kartoffel, dann wurde sie hinter einen Paravent geschoben. Er bestand aus blauem, gesprenkeltem Plastik und hatte graue Rollfüße.

Annika schrie.

»Mädchen«, hörte sie den anderen Patienten hinter der Wand sagen, »ich gebe dir einen guten Rat. Lass dir nicht anmerken, was du an Wut und Verzweiflung in dir hast. Je ruhiger du dich gibst, umso eher lassen die dich frei. Du musst das alles unterdrücken, verstehst du?«

Annika nickte, obwohl sie wusste, dass er sie nicht sah. Bald begannen ihre Handgelenke zu schmerzen.

»Könnten Sie bitte meine Handfesseln lockern?«, fragte sie die Schwester, die zur Überwachung dabeisaß. »Mir tun die Arme weh bis in die Schultern.«

»Da müssen Sie warten, bis der Arzt kommt«, sagte die Schwester.

»Wann kommt er denn?«

»Weiß nicht, er hat im Haus zu tun.«

»Können Sie ihn bitte rufen? Ich kann die Schmerzen nicht ertragen.«

»Das geht jetzt nicht«, sagte die Schwester.

Annika begann zu weinen. »Können Sie mir mein Handy ans Ohr halten? Ich möchte meine Mutter anrufen.«

»Das geht jetzt nicht«, sagte die Schwester.

Der Mann hinter dem blauen Paravent begann zu stöhnen. »Es ist mir sehr peinlich, aber ich muss kacken.«

»Gut, ich bringe die Bettpfanne«, sagte die Schwester. »Und ich mache das Fenster auf.«

Sie verschwand hinter dem Paravent. Annika hörte eine lange Stille, dann die Furzgeräusche des Mannes.

»Entschuldigung«, sagte der Mann. »Es ist mir so peinlich, und das vor der jungen Dame. Entschuldigung. Entschuldigung.«

»Fertig?«, fragte die Schwester.

»Ja. Aber mein After ist noch schmutzig.«

»Ich putze Sie ja schon ab«, sagte die Schwester. »So, das hätten wir.«

Danach blieb es eine Weile ruhig.

Irgendwann begann Annikas Blase zu schmerzen.

»Schwester, ich muss mal«, sagte sie, »darf ich auf die Toilette gehen?«

»Das geht jetzt nicht«, sagte die Schwester. »Ich bringe den Schieber.«

Sie trug eine Schüssel an Annikas Bett, die einer flachen Suppenterrine ähnelte.

»So, heben Sie mal den Popo an, ich ziehe Ihnen die Hose runter, und Sie kriegen ein Handtuch drunter, falls was daneben geht. Achtung, jetzt kommt der Schieber.«

Sie schob Annika das kalte Metall unter. Annika weinte.

»Darf ich nicht lieber auf die Toilette gehen? Ich mache auch nichts Böses. Ich verspreche es! Wirklich! Ich lasse mich danach wieder fesseln! Ich verspreche es!«

»Das geht jetzt nicht«, sagte die Schwester.

Annika lag gefesselt, mit heruntergelassener Hose und gespreizten Beinen auf dem Fixierbett und versuchte, den Urin aus ihrer Blase zu drücken, aber ihr Körper hatte sich verschlossen. Sie weinte und presste so sehr, bis sie keine Luft mehr bekam. Endlich kam der Urinstrahl, lief an den Schenkeln und den Hinterbacken hinunter in die Schüssel. Die Schwester nahm die Schüssel weg, trocknete Annika ab und zog ihr die Hose wieder hoch.

»Warum tun Sie den Menschen so was an?«, fragte Annika. »Wie können Sie so ruhig dasitzen und zusehen, wie wir leiden?«

»Ich habe keine Lust, das jetzt mit Ihnen zu diskutieren«, sagte die Schwester.

Hinter dem Paravent begann der Mann wieder zu stöhnen.

»Wenn doch das Aber aus meiner Existenz verschwinden könnte. Wenn ich doch endlich die reine Existenz besäße. Mein Bein schmerzt so furchtbar, warum können Sie meine Fesseln nicht lockern? Ich bin doch kein Wolf, der sich das Bein in der Falle abbeißen kann. Mein Gott, mein Gott!«

Als sie den Mann so stöhnen hörte, musste auch Annika wieder weinen und konnte nicht mehr aufhören. Endlich kam der Arzt, Dr. Neef.

»Bitte machen Sie mich los«, sagte Annika. »Meine Arme tun so weh, ich halte das nicht aus.«

Neef schob einen Finger unter die Schlaufe am Handgelenk.

»Die Durchblutung ist gewährleistet«, sagte er, »die Schlaufe ist locker genug.«

»Aber es tut weh!«, schrie Annika.

»Ich gebe Ihnen Haldol«, sagte er.

Er zog Annika ein Band um den Arm und schob ihr vorsichtig die Nadel in die Vene.

Sie sah an die Decke, sie sah in die Milch der Sterne. Irgendwas Schlimmes war dahinter, aber Annika wusste nicht, was. In der Mitte der Milch verirrte sie sich, im Kabinett zerplatzender Spiegel.

»Lass mich doch gehen«, sagte Annika.

»Aber du bist mein Gast«, antwortete die Milch.

»Bitte lass mich gehen.«

»Nur, wenn du alles vergisst.«

»Ich vergesse es, ich verspreche es. Ich vergesse es, ich verspreche es. Ich vergesse es.«

Der Schleier der Milch, sein gleitender Film, trug Annika fort. Sie hörte sich selbst noch weinen. Sie war traurig, weil die Milch keine Freunde hatte, nicht einmal einen Namen. Die Milch hatte keinen, der sie kannte.

Als die Schwester die Fesseln wieder löste, war es draußen schon dunkel. Annikas Glieder waren hohl, in ihnen surrte etwas. Sie schüttelte sich. Vor ihren Augen sah sie die wackelnden Umrisse der eigenen Hand, und für einen Moment musste sie an Vosskamp denken, der stets, wenn er etwas betonen wollte, wedelnd die Hand emporhob. Annika versuchte zu sprechen, aber aus ihrem Mund kam nur Speichel und Lallen.

»Sie dürfen wieder auf Ihr Zimmer«, sagte der Pfleger.

Sie lallte. »Gegenmittel«, brachte sie heraus.

»Sie wollen Biperiden gegen die Krämpfe? Da muss ich Dr. Neef fragen, und der ist drüben auf der A. Und jetzt sind Sie ja kein Notfall mehr und müssen warten wie die anderen auch.«

Sie schwankte über die Station. Sie begegnete dem Mann mit dem Kartoffelgesicht, auch er war inzwischen befreit. Beide versuchten zu lächeln, beide schafften es nicht. Trotzdem spürte Annika eine Verbindung zu diesem Mann, verzweifelte Zärtlichkeit.

»Aha, Haldol«, sagte Lou, als Annika zurück aufs Zimmer kam und auf ihr Bett fiel. Irgendwo in ihr war Eisen und irgendwo außen ein starker Magnet, aber beides kam nicht zusammen, und darum musste sie zappeln. Sie fühlte den Speichel, der aus ihrem Mund lief, und die Blasen, die er bildete, als sie ausatmete.

Die wilde Kapusta setzte sich zu ihr. »Nicht weinen, Baby, ich zeige dir Fotos.«

Sie hielt Annika ein Handy vors Gesicht und startete auf dem Display eine Diashow. In rascher Abfolge sah Annika Landschaften, Autobahnen und Gesichter.

»Oder lieber Musik?«, fragte die wilde Kapusta.

Sie setzte Annika Kopfhörer auf und spielte einen arabischen Popsong ab. Den Refrain sang sie mit: »Yalla, Yalla! Yalla, Yalla!«

Die Töne krochen in Annikas Glieder und streckten das unerträgliche Zucken zu ruhigen, langen Wellen. Die Krämpfe ließen nach.

»Danke, Frau Kapusta«, sagte Annika.

»Sagt doch nicht immer alle Frau Kapusta zu mir. Ich bin Jagoda! Und meine Freunde nennen mich Jago.«

Agatharied

In der Ferne konnte Xaver die morgendliche Zellteilung der Lichter beobachten. Berlin war ein Haufen aus hellem Schleim, der rasch in die Breite wuchs. Genauso wuchsen Xavers Gedanken, er konnte nichts dagegen tun, schon seit Wochen nicht. Aber im Gegensatz zu den Lichtern der Stadt waren seine Gedanken nicht weich, sondern hart, schabten an ihm herum und brachen in sein Bewusstsein, oft an mehreren Stellen zugleich.

Er drehte sich zu seinen Mitpatienten um. »Stellt euch vor, dass die Stadt da hinten voller Leiber ist! Voll scheißender, pissender, fressender, fickender Leiber! Eine Schlangengrube aus Gedärmen, Schwänzen, Fotzen, Mündern, und alles windet sich ineinander und umeinander und sondert tonnenweise Sekrete ab. Das genau ist die berühmte Aussicht der ersten Klasse. Dafür gebt ihr euer Geld aus.«

Keiner sah auf. Wie jeden Mittwoch waren die Patienten der 5A auch heute, am 19. Januar, zum gemeinsamen Frühstück zusammengekommen und hatten sich im Wintergarten an den Tisch gesetzt. Er war mit weißem Porzellan gedeckt, die Teller und Tassen trugen das goldene Emblem der Cardea, ein Schlüsselloch, umrahmt von einem Kranz.

In weißen Schalen lagen Plastikpäckchen mit Marmelade, Frischkäse, Teewurst und Nutella. Die Salami war aufgefächert und mit angetrockneten sauren Gurken garniert. Der Butterkäse auf der ovalen Platte war zerfetzt, weil die Scheiben zusammenklebten und schon mehrere Patienten versucht hatten, mit dem Messer eine Scheibe abzulösen. Draußen war es noch dunkel, nur im Schnee auf den Baumkronen fing sich das erste Licht.

Pfleger Carsten, der die Frühschicht hatte, stellte die Thermoskannen mit Kaffee und heißem Wasser aufs Buffet, neben die Schachteln mit den Teebeuteln.

»Herr Walpersdorf«, sagte er und ruckte mit seinem roten Kopf, »achten Sie doch bitte auf Ihren Ton.«

»Darf man hier keinen Gedanken mehr aussprechen?«, fragte Xaver.

»Doch, solange Sie Rücksicht auf die anderen nehmen.«

Die Blätter der Zimmerpalmen kreuzten sich mit den silbrigen Lichtstrahlen der Halogenleuchter. Die ausgewölbten Scheiben des Wintergartens waren entspiegelt, darum ließ sich nicht unterscheiden, wo das Gebäude aufhörte und wo die Welt begann, Xaver merkte es erst, als er gegen die Scheibe schlug. Das Geräusch seiner Fäuste war dumpf. Und während er in den dunklen Morgen schaute, kam ihm eine neue Idee.

Die Zeit, dachte er, ließ sich an den Ereignissen messen, die Dauer am Stillstand. Je mehr Ereignisse auf den Stillstand trafen, umso schneller wurde die Zeit. Und je weniger Ereignisse auf den Stillstand trafen, umso schneller wurde die Dauer, sie raste dann auf die Ewigkeit zu. Aber weil niemals nichts geschah, konnte sie sich der Ewigkeit nur nähern, und irgendwann warf die Zeit die Dauer wieder zurück.

»Zeit und Dauer kämpfen um die Weltherrschaft!«, rief Xaver. »Gott ist die Dauer, der Teufel ist die Zeit. Denn die Zeit besteht aus Ereignissen, und die lösen einander ab, zerstören sich gegenseitig. Und weil der Teufel das Sinnbild der Zerstörung ist, ist er zugleich das Sinnbild der Zeit. Habt ihr das verstanden?«

Wieder gab niemand Antwort, nur der demente Friedrich fragte: »Sind wir noch auf dem Schiff?«

Die anderen tranken ihren Kaffee oder Tee, und keiner machte den Eindruck, als würde er Xaver bewusst oder gar bemüht ignorieren. Immer wenn jemand die Nerven verlor, weinte, kreischte, randalierte, verwandelten die Patienten sich in Diener, die zurücktraten und mit den Wänden verschmolzen, sobald ihr Herr den Palast durchschritt. Das lernte hier jeder nach wenigen Tagen von selbst. Nur die Neuen sahen noch hin, wenn einer sich nackt am Boden wälzte oder mit Außerirdischen sprach. Xaver nannte diese Form des Schweigens das Klapsmühlenschweigen. Ihm war klar, dass dieser Begriff das Gütige und Diskrete nicht fasste, das diesem Schweigen zugrunde lag. Es war ganz anders, als wenn Eltern ein trotzig brüllendes Kind ignorierten. Maßregelungsschweigen, sagte Xaver zu diesem Schweigen der Eltern. Auch bei den Pflegern und Ärzten traf er oft auf Maßregelungsschweigen. Aber nie bei den Patienten der Cardea. Und als Xaver an diesem Morgen am dunklen Fenster des Wintergartens stand und in die Runde der Mitpatienten blickte, die seiner Aufregung mit Klapsmühlenschweigen begegneten, empfand er Zärtlichkeit für sie. Man muss den Begriff abkürzen, dachte er, dann verliert sich die negative Konnotation.

»Euer K. S. ist lieb, aber unangebracht«, rief er in die Frühstücksrunde, »ich bin nicht verrückt, ich werde euch retten!« Er trommelte wieder gegen die Scheibe.

Pfleger Carsten nahm Xaver am Arm. »Lassen Sie bitte die Scheibe in Ruhe, die hat Ihnen nichts getan!«

Xaver warf einen Blick auf seine geröteten Fingerknöchel. »Ich kann es denen nicht sagen«, flüsterte er Carsten ins Ohr, »damit keine Panik entsteht. Wir müssen evakuieren. Lassen Sie mich mit der Verwaltung sprechen.«

»Besprechen Sie das mit Professor Vosskamp«, sagte Pfleger Carsten. »Sie sehen ihn ja gleich bei der Visite und anschließend in der Therapie. Wollen Sie denn nichts frühstücken?«

Du Depp, dachte Xaver. Er sprach es nur deshalb nicht aus, weil er nicht auf die B zu den Irren wollte. Er durfte hierbleiben, solange er sich zusammennahm.

»Natürlich sind wir hier genauso irre wie die auf der B«, korrigierte er seinen Gedanken laut. »Aber drüben geht der Wahnsinn barfuß, während er hier im Aston Martin fährt. Was Raserei zur Folge haben kann.«

Er setzte sich an den Tisch, der Pfleger verließ den Wintergarten.

»Bitte, nimm dir«, sagte die alte Lotti und hielt Xaver den Brotkorb hin.

An ihrer ebenmäßigen Nase und den zwar eingefallenen, aber immer noch geschwungenen Lippen erkannte Xaver, wie schön sie einmal gewesen sein musste. Das Gesicht hatte seine schlanke Form bewahrt, die faltige Haut erinnerte an einen leeren, geriffelten Sandstrand. Neben Lotti saß Sylvia mit den rotbraunen Locken und den Blutergüssen im Gesicht. Am anderen Ende des Tisches thronte der demente Friedrich, und sein Zimmergenosse Falko aß verschlafen ein Nutellabrot. Beate kam gerade vom Rauchen zurück, ihre Hüften waren knochig, und ihr Gang über die kleine Treppe, die vom Flur in den Wintergarten führte, war wackelig.

»Wo ist denn die kleine Annika geblieben?«, fragte Xaver.

»Auf der B, seit gestern«, sagte Beate, »Selbstmordversuch.«

»Kopf ab?«, fragte Falko.

»Wieso Kopf ab?«

»Na, weil wir das neulich diskutierten. Sorry, blöder Witz.«

Auch heute war Falko wieder mit polierten Schuhen und Jackett im Wintergarten erschienen, und er war immer noch unnatürlich bleich. Sein Gesicht war kantig und proletarisch, zugleich hatte es feine, gequälte Züge. Ihm fehlt das K. S., dachte Xaver. Jeder Irre unter Irren wird schneller vornehm als gesund, aber der braucht wohl etwas länger.

»Aber wir sollten dieses Thema aussparen«, sagte Beate und legte die Hand an ihren Kiefer. Sie hatte sich noch nicht frisiert, ihr blondiertes Haar hing herunter, was ihre Nase größer und die Augenringe tiefer wirken ließ.

»Ich dachte immer, deine Föhnfrisur würde dich alt machen«,

sagte Xaver, »aber sie macht dich tatsächlich jünger. Das sehe ich jetzt erst, wo du ungeföhnt bist.«

»Vielen Dank.«

»Außerdem«, fuhr Xaver fort, »ist das Reden über Selbstmord ungefährlich. Reden kostet Zeit, und die hohe Kunst des Suizids erfordert Schnelligkeit. Wenn ihr nicht rasch und entschlossen handelt, ist der Wunsch zu sterben vorbei, bevor ihr tot seid.«

»Dann müsst ihr die hohe Kunst der Wunschverlängerung lernen«, sagte Falko, und Xaver bemerkte, dass alle drei Frauen, Sylvia, Beate und sogar die alte Lotti, zugleich den Mund aufmachten, um ihm zu antworten. Sylvia war am schnellsten.

»Als ich klein war, habe ich mir einen Affen gewünscht. Ich wusste, der Wunsch würde irgendwann aufhören. Ich habe mir deshalb vorgenommen, den Affen trotzdem zu kaufen, auch wenn ich ihn nicht mehr wollen würde. Jetzt will ich den Affen tatsächlich nicht mehr. Also werde ich ihn nicht kaufen. Man kann einen Wunsch nicht verlängern.«

»Du musst den Affen trotzdem kaufen«, sagte Falko.

»Aber ich will ihn nicht mehr.«

»Vielleicht ist der Affe deine Rettung.«

»Rettung? Vor was?«

»Vor der Beliebigkeit der Zukunft.«

»Aber der Wunsch nach dem Affen war kindisch!« Sylvia lachte irritiert. »Und nun bin ich erwachsen.«

»Sylvia hat recht«, warf Lotti leise ein, »es ist nicht möglich, sich nicht zu verändern. Diesen heroischen Selbstbetrug können die meisten Menschen nicht leisten.«

»Sylvia soll nur einen Affen kaufen«, sagte Falko, »sie soll nicht über sechzig Jahre lang auf ihren Verlobten warten.«

Lotti senkte den Kopf. »Das war nicht nett«, flüsterte sie.

»Und der Artenschutz?«, fragte Beate.

Falko lehnte sich in seinem Stuhl zurück und verschränkte

die Arme. Seine schmalen grünen Augen waren noch stumpf vor Müdigkeit.

»Wenn Sylvia einen Affen kaufen geht«, erklärte er, »kommt sie zuerst aus der Klapse weg. Dann reist sie während der Affensuche durch Afrika, Südamerika und Indien, sieht die Welt, nimmt ein paar Kilo ab, und ihr Leben wendet sich zum Guten.« Er wandte sich wieder an Sylvia, die still geworden war: »Oder wolltest du mit dem Affen zu Hause herumhocken?«

»Nein«, flüsterte sie, »ich wollte ihn einfach nur haben.«

»Der Affe als Aseität«, murmelte Xaver. »Als aus sich heraus Seiendes.«

Sylvia begann leise zu weinen.

»Aber Sylvia!«, rief Xaver, »freu dich! Falko hat soeben eine Zeitmaschine erfunden. Wenn wir unsere Ziele verwirklichen, nachdem wir sie aufgegeben haben, können wir rückwirkend in die Zukunft reisen.«

»Aber ich will keinen Affen. Ich weiß ja gar nicht, was ich noch will.«

»Du leidest am Drama der Kontingenz«, sagte Xaver. »Dein Dasein, Sylvia, könnte so sein oder anders oder gar nicht. Der Affe würde dich von dieser Widerfahrnis befreien. Er wäre dein Fixpunkt, unabhängig von Sinn und Wille, verstehst du?«

»Ich bin zwar kein Philosoph wie Xaver«, ergänzte Falko, »aber ich weiß, dass der Affe dich glücklich machen würde.«

»Und du könntest mit dem Schiff nach Indien fahren«, fügte Friedrich hinzu, und alle sahen ihn an. Er trug, wie so oft, sein Leinennachthemd, und die Augen unter den weißen Brauen blitzten.

Xaver schaute noch einmal in die Runde. Er liebte diese Menschen. An ihnen war etwas, das er mit seinen fünfundvierzig Jahren nirgendwo sonst erlebt hatte, weder bei den wortkargen Bauern im Dorf seiner Kindheit noch in den weiten Naturen der Welt.

Professor Dr. phil. et rer. nat. Xaver Walpersdorf war der ledige Sohn von Kreszentia Walpersdorf, einer Bauerntochter aus Agatharied, die bald nach Xavers Geburt die Frau vom Schwaighofer-Maxl wurde. Mit dem Brauch des Fensterlns hatte Kreszentia ihre Fruchtbarkeit bewiesen und dass sie dem Schwaighofer Erben schenken würde.

Xaver wuchs auf dem Hof mit auf. Er hatte ein Zimmer und eine Katze, einen Baukasten von Fischertechnik und ein Regal für seine Steine. Bis er zehn war, sah er keinen größeren Ort als Hausham, wo er zur Volksschule ging. Er stellte sich vor, dass die Hochhäuser in den Städten Schächte seien, die man aus den Bergen geschält und mit einem Stück Steinummantelung aufgestellt hatte, und dass man mit klapprigen Metallkörben durch die Stockwerke fuhr und ständig umsteigen musste, dass es dunkel in diesen Häusern war und alle Leute eine Lampe an der Stirn trugen, so wie sein leiblicher Vater damals, als er Xaver die Hausham-Grube zeigte.

Der Förderturm war mit Bleistift in die Landschaft gekritzelt, der Zeichner hatte fest aufgedrückt, der Turm war zu scharf umrandet, grau, massiv und weithin sichtbar, in seinen Öffnungen drehten sich die filigranen Räder und zogen die Kohle nach oben. Die hölzernen Lagerhallen und die Bahnschienen hinter dem Werk lagen still in der Sonne. Der Klatschmohn brannte in den Wiesen, der Himmel war blau, der Wald im Schatten der Berge petrol. Als der Vater mit Xaver in den Schacht fuhr, versanken sie in den Eingeweiden der Farben. Die Steine und die Bergleute waren grau, auch der Vater. Von hinten blickte Xaver auf seinen langen Nacken. Der Vater musste ihn beugen, weil die Stollen so niedrig waren. Xaver sah die Wirbel, die sich unter der Haut abzeichneten, und er erkannte im Nacken des Vaters etwas Verletzliches, Scheues, die Luft an den Rundungen der Wirbel war dünn. Ab und zu zeigte der Vater im fahlen Licht der Grubenlampen auf eine Maschine – ein Rammgerät, ein Reißhaken-

Hobel. Aber Xaver guckte die ganze Zeit nur auf den Nacken. Die schwarzen, schweißnassen Haare, die sich um die Wirbel schmiegten, erinnerten an die Risse von Eierschalen. Xaver stellte sich vor, dass in den Wirbeln des Vaters kleine Echsen träumten, die sich lautlos bewegten, und dass dies das Geheimnis war, das der Vater ihm offenbarte, indem er ihn mit in die Grube nahm.

Zum Schluss, als sie wieder oben waren und das Licht in ihre Augen schoss, nahm der Vater ein Stück Pechkohle aus dem Hunt und schenkte es Xaver. Xaver legte das Kohlestück zu seiner Sammlung. Es glänzte glasig, und wenn er es rieb, zog es die kleinen Papierfetzen an, die er zu diesem Zweck auf seinen Kinderzimmertisch gestreut hatte.

Erst Jahre später, als erwachsener Mann, fand Xaver heraus, dass die Hausham-Grube schon 1966 geschlossen worden war, im Jahr seiner Geburt. Also war er niemals dort gewesen, und er war seinem leiblichen Vater nie begegnet. Er nannte dieses Phänomen das Pechkohlengeheimnis, er hatte die Wahrheit gesehen, im Nacken des Vaters, während die Wirklichkeit verstummt war.

Die Bauern in Agatharied waren wortkarg, sie schnitten die Brotscheiben in Körperrichtung vom Laib ab und aßen die Apfelscheiben vom Messer. Ihre Augen waren dunkel, die Handgriffe sparsam, und nicht nur die einzelnen Pflichten, sondern das Leben selbst war ihnen etwas, das sie erledigten, ohne nach einem Sinn zu fragen; der Sinn war identisch mit der Tat. Xaver kannte dieses Verhalten nur von den einfachen Leuten, von denen er später nicht mehr viele traf. Er selbst beherrschte dieses Verhalten nicht. Für ihn waren Sinn und Tat getrennt. Darum dachte er immerzu nach, und wenn er nichts dachte, tat er auch nichts.

Er hatte sehr lange nichts getan, nicht einmal ferngesehen, er hatte irgendwo rumgelegen, meistens in seiner Berliner Wohnung, manchmal bei irgendeiner Frau. Er war nicht mehr froh, aber auch nicht traurig; sein Herz war ein erodierter Berg. Irgendwann wusch sich Xaver nicht mehr, er ging nicht mehr zur

Arbeit und nicht mehr raus. Bald lag die Post in großen Haufen vor der Tür, morgens fielen senfgelbe Briefe vom Amtsgericht durch den Briefschlitz, Einladungen zu Tagungen und Expeditionen, vielleicht eine Abmahnung von der Uni, vielleicht eine Preisverleihung, es war Xaver egal, die Lade klapperte immer weiter. Er brachte den Müll nicht mehr raus, der Fäulnisgeruch hing überall. Xaver magerte ab.

Sein Apartment lag am Potsdamer Platz, ein Makler hatte es ihm besorgt, es hatte sandfarbene Wände und ein Wohnzimmer mit Küchenblock. Von seinem Schlafzimmer aus konnte Xaver hinüber nach Kreuzberg sehen. Über die Köthener Straße hinweg blickte er in eine Wohnung voller Plastiktüten, in denen eine Türkin Tag für Tag herumkramte. Manchmal sah sie zu ihm her.

Draußen bewegten sich lautlos die Äste der Bäume. Sie erinnerten ihn an die Kindheit. Er hatte nie gewusst, was er nach der Kindheit machen sollte. Er hatte sich immer vorgestellt, dass den Menschen, wenn sie erwachsen wurden, ein Code zugewiesen wurde, mit dem sich die Welt neu entschlüsseln ließ. Jetzt war er schon lange erwachsen, und er wartete immer noch auf den Code.

Er war Professor für Petrologie am Institut für exogene Geologie an der Humboldt-Universität Berlin. Er hielt seine Vorlesungen, schrieb seine Arbeiten, bekam Preise, aber er verstand diese Welt nicht. Er wusste nicht, was im Akademischen Senat besprochen wurde, nicht einmal, wer dort Mitglied war, wozu der Fachschaftsrat gut sein sollte und in welcher Partei der Präsident war. Seine Kollegen präsentierten sich auf ihren Homepages in Wanderschuhen und braungebrannt, sie erzählten den Studenten Geschichten von Bergen, Steinen und Vulkanen, während Xaver das schroffe Schweigen der Landschaften wahrnahm. Und weil er selbst so schweigsam war, düster, groß und bewegungssicher, ließen ihn seine Kollegen in Ruhe, und als er sich zurückzog, glaubten sie, er würde schreiben. Aber er lag nur im

Bett und sah der Türkin zwischen den Tüten zu, und irgendwann hob er nicht mehr den Kopf, sondern starrte nur noch auf den Staub, der den Nachttisch bedeckte. Er konnte die Hand nicht heben, um ihn wegzuwischen. Es hat keinen Sinn, es zu tun, dachte er. Und es hat keinen Sinn, es nicht zu tun.

Der Staub hatte eine Landschaft gebildet, mit Senken und Bergen, auch Flusstäler waren erkennbar, in denen das Licht versickerte. Xaver durchwanderte den Staub mit Blicken. Ihm fiel auf, dass der Staub aus Schichten bestand, wie der Flysch, den er als Kind in den Alpen gesehen hatte und Jahre später in Südchina, in der Doushantuo Formation. Er spürte ein elektrisches Zucken hinter den Augen.

Wenn der Sinn nicht an die Tat gebunden ist, dachte er, dann ist er überall. Dann ist alles umgeben, durchdrungen von Sinn, und damit auch jede Tat. Langsam wischte er über den Nachttisch und betrachtete den Staub, der sich in seiner großen, rauen Handfläche zum Gratgebirge aufgefaltet hatte. Dann stand er auf.

Seit diesem Tag zeigte sich der Sinn in allem, was Xaver sah und dachte, seine Gedanken wollten nachholen, was sie in der langen Zeit verpasst hatten. Er lief durch die Uni, ungewaschen und mit wirrem Haar, redete überall und mit jedem. Aber auf einmal wollten alle, dass er schwieg, erst die Kollegen, dann der Arzt, der ihn einwies, dann der Richter, der die psychiatrische Unterbringung in der Cardea anordnete, weil Xaver sofort nach Hause wollte.

Schon beim Aufnahmegespräch, kurz vor Weihnachten, gab es die ersten Missverständnisse. Xaver erzählte der Oberärztin, Dr. Thewes, von Agatharied.

»Das muss schwer für Sie gewesen sein«, sagte sie, »der kleine Bruder sollte alles erben, und Sie gehörten nicht dazu.«

»Ich war halt ein Lediger«, sagte Xaver und beobachtete, wie die Thewes etwas in ihren Block schrieb. Der Stift war weißgrau und dicker als ihre Finger, der Druckknopf war den Fenstern der

Cardea nachempfunden. Xaver gähnte, die Ärzte hatten ihm in der Notaufnahme Lorazepam gegeben. Das Medikament reduzierte die Brandung seiner Gedanken auf ein laues Schwappen, was ihn ärgerte. Aber auch sein Ärger war müde – und sein Ärger über die Müdigkeit des Ärgers.

»Ihre Mutter und Sie, wurden Sie geächtet in diesem kleinen katholischen bayerischen Dorf?«, fragte die Thewes.

»Nein«, sagte Xaver. »Ich habe die Kühe gehütet, im Herbst, wenn die Zäune runter waren, und gesehen, wie nach der Ernte das Heu, das zu weit aus dem Wagen hing, auf dem Grasstreifen in der Mitte des Weges hängenblieb, die Halme griffen nach dem grauen Heu. Ich habe den kurzen, schnellen Wind gehört zwischen den Bäumen, er roch nach Harz. In meiner Kindheit hat es immer geraschelt, zugleich war es immer still. Aber das können Leute wie Sie nicht verstehen. Sie haben nie gesehen, wie das Gras seinesgleichen retten wollte und sachte vom Wagen zog. Sind Sie Vietnamesin? Oder sind Ihre Augen so schmal, weil Sie verheult sind? Oder saufen Sie etwa?«

»Bleiben wir bei Ihnen«, sagte die Thewes.

»Erst kommen die Verknüpfer, dann kommen die Entknüpfer, das geht immer hin und her. Sie gehören zu den Verknüpfern. Kindheit, Krankheit, Ursache, Wirkung, Muster, Zusammenhänge, Strukturen. Darauf wollen Sie hinaus, nicht wahr? Sie wollen meine Seele in Ihre Verknüpfungen zwängen.«

»Ich versuche nur, mich in Sie einzufühlen«, sagte die Thewes. »Sie können mir gern in Ihren eigenen Zusammenhängen von sich erzählen.«

Xaver starrte ihr ins Gesicht, das von schwarzen Haaren umrahmt war, und obwohl das Lorazepam ihn so träge machte, begann er mit den Füßen auf den Boden zu stampfen.

»Aber der Sinn kommt erst nach dem Begriff!«, rief er. »Er ist seine Folge, nicht sein Ursprung. Sie und Ihre Kollegen aber glauben an die Heilkraft der Hermeneutik. Sie glauben tatsächlich an Zusammenhänge. Dabei erschaffen Sie sie anhand von Begriffen. Sie erkennen nicht, Sie konstruieren.«

»Merken Sie denn gar nicht, dass Ihre Intellektualisierung ein Abwehrmechanismus ist?«, fragte die Thewes. »Ich frage nach Ihrer Kindheit, und Sie antworten mit Abstraktionen.«

»Und nicht allein, dass Sie dauernd einen Sinn ausgraben wollen, der angeblich tief in der Kindheit steckt«, fuhr Xaver fort und wurde noch lauter, »Sie schaffen zugleich ein selbstreferenzielles Rettungssystem der Begriffe. Meinen Einwand nennen Sie Abwehr, und wenn ich sage, dass Sie dogmatisch sind, deuten Sie das als Übertragung. Leute wie Sie sind nicht zugänglich, weder kognitiv noch emotional. Sie halten sich für Aufklärer. Dabei sind Sie Ideologen. Sie sind beschränkter als jeder meiner Katholiken aus Agatharied.«

»Ich sehe vor allem, dass Sie sehr aufgeregt sind«, sagte die Thewes sanft. »Wir sollten das Gespräch auf später verschieben.«

»Aber wir haben alles nebenbei gemacht«, schrie Xaver. »Wir waren nebenbei in der Messe, nebenbei in der Beichte, nebenbei! Wir fragten nicht nach dem Sinn. Er lag nicht in Worten und Erklärungen. Auch nicht in Geboten und Gebeten. Er lag im Gras in der Mitte des Weges.«

»Lassen wir das mal so stehen. Ich bringe Sie auf Ihr Zimmer.«

Auf dem Weg durch die Flure trat Xaver gegen die gelb lackierten Türen und schrie. Die Thewes tat ihm leid, weil sie zart und verloren war. Seine Versuche, sie vor der Terrorherrschaft der Begriffe zu retten, liefen ins Leere, und so brüllte er immer lauter und rannte schließlich gegen die Wände, bis irgendwo ein Alarm ertönte und ein Team aus Pflegern herbeieilte, die ihn festhielten, bis er still war. Und so kam es, dass Xaver seine ersten Nächte in der Cardea auf der 5B verbringen musste, auf der geschlossenen Station, im Vierbettzimmer, mit einem trippelnden Polizisten, einem Dicken und einem Mann ohne Strümpfe, der erzählte, dass er Geschäftsmann sei, und sich tagsüber an die Panzerglastür presste, ein lebender Vorhang.

Kurz vor Weihnachten verlegte man Xaver auf die A, er bekam ein Einzelzimmer mit Blick auf den Innenhof – reizarm, sagten die Ärzte. Wenn er vom Wintergarten aus auf Berlin schaute, den Funkturm am Messezentrum und bei klarem Wetter den Fernsehturm am Alex, begann er, die Stadt zu hassen. Er ertrug die Wahrzeichen nicht, den Siegesengel, das Brandenburger Tor, den Reichstag, die Kaiser-Wilhelm-Gedächtniskirche, die Mauerreste. Sogar von der Cardea mit ihren Bubble-Fenstern gab es schon Postkarten, man konnte sie unten am Klinikkiosk kaufen. Alles hatte er tausendmal gesehen, als Foto oder als Grafik auf irgendwelchen Zetteln und Prospekten, mal comicartig, mal kunstvoll, und natürlich auch in der Realität, und alles stand für dasselbe, Krieg und Teilung, Aufbau und Wiedervereinigung, alles war deutsche Geschichte, durchsetzt mit Clubs und Shops, bellenden Busfahrern, Baulücken und Hartzvierern.

Aber Geschichte, dachte Xaver, war radioaktiv, sie strahlte Bedeutung ab, dabei zerfiel sie. Berlins Halbwertszeit war hoch, die Stadt war schon lange Blei, während alle so taten, als wäre sie noch Uran, und darum war Berlin so angestrengt und öde. Man konnte nur die flüchtige Bedeutung erfassen, aber nie den Kern der Geschichte, er löste sich auf, sobald die Deutungen begannen. Man konnte nur etwas verstehen, das niemals stattgefunden hatte und sich darum auch nicht veränderte.

Ein Mann hatte nachts an die Scheibe geklopft, Xavers Mutter hatte zuerst das Fenster geöffnet, dann ihre Beine. Vielleicht war er zärtlich gewesen, vielleicht hatten sich die Schwielen seiner Hände im Stoff ihres Nachthemdes verhakt, vielleicht beides. Vielleicht gestand sie die Schwangerschaft zuerst der Mutter, während die den Weg mit dem Rechen fegte, in halbrunden Bögen, die sich überschnitten. Vielleicht gestand sie zuerst dem Vater, am Abend, als er vor dem Radio saß.

Nichts war so, wie es sich die Thewes vorstellte, und wahrscheinlich nicht einmal so, wie Xavers Mutter selbst es sich vorstellte. Es zog keine Folgen nach sich, nicht einmal die seiner Existenz. Man konnte zwar, dachte er, den Ursprung seiner Existenz festlegen, nämlich die Zeugung, aber die Folge, sein Leben, war ständig in Bewegung, und sobald die Folge definiert war, hatte sie sich schon wieder verändert, während der Ursprung derselbe blieb, und so waren Ursprung und Wirkung nicht aufeinander bezogen und darum voneinander unabhängig. Darum hatte Xavers Leben weder was mit dem Fensterln zu tun noch mit Agatharied. Vielleicht war er niemals dort gewesen. Vielleicht gab es ihn gar nicht.

Aber wenn er versuchte, das den Ärzten der Cardea zu erklären, verfielen sie in Maßregelungsschweigen, und wenn er deswegen wütend wurde, behandelten sie ihn wie einen Irren, und wenn er deswegen noch wütender wurde, behandelten sie ihn wie einen noch irreren Irren, weswegen er sich zusammennahm, solange er konnte. Irgendwann verlor er die Beherrschung, worauf das Maßregelungsschweigen folgte, worauf er noch mehr die Beherrschung verlor, worauf noch mehr Maßregelungsschweigen folgte. Mit diesen Kämpfen verging der Dezember und der halbe Januar.

Aber seit Xaver gestern das Loch in der Erde gegraben hatte, war ihm egal, was die Ärzte von ihm hielten. Er nahm sich vor, die philosophischen Fragen beiseitezulassen und alles in naturwissenschaftlichen Begriffen zu erklären, und damit er ruhig blieb, ließ er sich vor der Chefarztvisite Lorazepam geben, ein Milligramm.

Vosskamp erschien in einem Pulk aus Ärzten, Therapeuten und Pflegern, selbst der Stationsarzt Dr. Neef und Schwester Nina aus der Spätschicht waren dabei. Sie gähnten. Vosskamps Gesicht war kochschinkenfarben, das blonde Haar feucht zur Seite gekämmt. Sein Atem roch nach Pfefferminz. Unter dem Kittel trug er ein steifes, graues Hemd mit schwarzer Krawatte.

»Guten Morgen!« Vosskamp setzte sich zu Xaver an den Tisch, während sich seine Kollegen im Halbkreis aufstellten.

»Servus«, brummte Xaver.

»Welcher Tag ist heute und wo sind Sie?«, fragte Vosskamp.

»Mittwoch, der 19. Januar. Ich bin in der Cardea.«

»Gut, orientiert sind Sie. Und wie geht es unserem Philosophen heute?«

»Ich bin hauptsächlich Geologe«, sagte Xaver. »Petrologe, um genauer zu sein. Ich will Ihnen etwas erklären. Sie sollten wissen, dass ich Steine riechen kann.«

»Petrologe also. Wir Psychiater untersuchen die Seele, und Sie die Steine. Ob die Unterschiede immer so groß sind?«

Seine Kollegen lachten, Vosskamp beachtete sie nicht, und sie verstummten.

»Sie wissen, warum Sie hier sind?«

»Aber ja«, rief Xaver, »ich werde uns retten, uns alle. Es hat alles eine höhere Bedeutung.«

Vosskamp schürzte die Lippen, stand auf und stützte sich dabei mit seinen Händen vom Tisch ab. Die Fingernägel waren weiß gebändert wie der Mischgneis, der Stein, den Xaver als Briefbeschwerer in seinem Büro auf dem Schreibtisch liegen hatte.

»Überwertige Ideen«, murmelte Vosskamp an Neef gewandt, der sogleich sein Klemmbrett unter dem Arm hervorholte und Notizen machte.

Vosskamp streckte seinem Patienten die Hand hin. »Ich freue mich auf unsere Therapiesitzung heute Vormittag.«

Als Vosskamp wieder draußen war, begann Xavers Herz zu rasen. »Vollidiot!«, zischte er.

Er riss die Tür auf, um Vosskamp etwas hinterherzubrüllen, aber der war mit seinem Pulk schon im nächsten Zimmer verschwunden – bei Beate, wie die grüne Signallampe über ihrer Tür verriet.

Eine Weile starrte Xaver auf das große Gemälde an der lichtgrauen Betonwand. Das Bild war von Horst Vierer, sah aber aus wie von Miró und zeigte ein Krankenzimmer, das gerade explodierte, denn die Patienten, dargestellt durch bunte Strichmännchen, wurden zusammen mit irgendwelchen Blumensträußen in den Himmel gewirbelt.

Vor der Therapiestunde ließ er sich eine weitere Tablette Lorazepam geben. Erst dann betrat er den Thera-Tower. Vom Treppenhaus aus konnte er das Loch sehen, das er gestern ausgehoben hatte, am Baukran. Die Erdschicht war etwa zwanzig Zentimeter dick, es folgten Steine und Lehm. Xaver hatte das gespürt und gerochen. Im Winter rochen Steine wie Münzgeld, während sie in der Wärme einen sandigen Geruch entfalteten. Noch anders rochen sie in der Tiefe. Die Hitze im Inneren der Erde verlieh den Steinen einen Geruch nach Meteoriten.

Auch der Teufelsberg hatte einen eigenen Geruch. Seine Steine dünsteten etwas Kompaktes, Öliges, Porenloses aus, auch etwas Süßes. Als Xaver sich hinlegte und den Kopf in das Erdloch steckte, bemerkte er den metallischen Geruch von Tauwasser.

Bevor er an Vosskamps Bürotür klopfte, ermahnte er sich selbst, bei diesem einen Thema zu bleiben, bei den Steinen und dem Lehm.

Vosskamp stand am geöffneten Fenster, er hatte die Hände auf den Rücken gelegt, das linke Handgelenk mit der rechten Hand umschlossen. Seine Handfläche war fleischig, nur an den Innenseiten waren die Finger kantig, wie bei alten Leuten. Er sah hinaus. Über der Landschaft lag eine homogene Wolkenschicht.

»Da sind Sie ja wieder, Herr Kollege«, sagte Vosskamp.

»Grüß Gott«, brummte Xaver.

»Schön, dass wir heute Zeit füreinander haben. Ich bin neugierig. Alle nennen Sie den Philosophen.«

»Ich bin hauptsächlich Petrologe.«

»Ach ja, stimmt. Ich bin allerdings nicht nur neugierig, ich mache mir große Sorgen um Sie.«

Er sah weiter aus dem runden Fenster und spielte leicht mit den Fingern der linken Hand. Xaver trat neben ihn. Der Wald floss in leichten Wellen auf die Stadt zu. In der Ferne verschmolzen die Baumstämme miteinander zu graubraunen Flächen.

»Es taut«, sagte Xaver. »Gestern habe ich eine Quelle gefunden. Am Berghang, auf halber Höhe, Nordost.«

»Sie sind von ganzem Herzen Forscher, das sehe ich. Das bewundere ich. Aber wollen Sie nicht auch nach Ihren inneren Quellen Ausschau halten? Ich würde Sie gern auf dieser Expedition begleiten. Soll ich Ihnen was verraten? Wir Ärzte sind keine Götter in Weiß. Wir sind nur Trittbrettfahrer auf der Fahrt der Genesung.«

Vosskamp schloss das Fenster. Draußen bewegten sich die Baumwipfel, aber Xaver hörte den Wind nicht mehr. Trotz der Weite, die ihn umgab, fühlte er sich eingesperrt.

»Der Teufelsberg ist nicht echt«, sagte er.

»Das ist wahr, er ist nur ein Trümmerberg«, erwiderte Vosskamp. »Was die Berliner mit dem alles machen wollten! Eine Skischanze sollte hier hin, ein Bärenzwinger, ein Kongresshotel, ein Wohnkomplex, ein Freies Theater, ein Vergnügungspark. Aus dem Teufelssee unten sollte ein Plastikungeheuer auftauchen, eine Art Nessie. Zeitweise wollte sogar eine Yogigemeinde hier ansässig werden und den Weltfrieden stärken, mithilfe des yogischen Fliegens.«

»Warum muss man mit einem Berg was machen?«, fragte Xaver.

»Sie haben wohl recht, das muss man nicht. Aber was heißt schon Berg? Sechsundzwanzig Millionen Kubikmeter Kriegsschutt, da einfach Gras drüber wachsen zu lassen, im wahrsten Wortsinn, das wollte hier keiner. Das tat den Berlinern zu weh. Sie kennen die Berliner nicht, Herr Kollege. Die müssen immer was machen. Und immer, wenn sie was machen, müssen sie gleich noch eine Würstchenbude danebenstellen.« Vosskamp lachte leise auf.

Xaver trat von einem Bein auf das andere. Er holte Luft und begann hastig zu sprechen, er hatte Mühe, keine Silben auszulassen. »Weil der Teufelsberg nicht echt ist, gibt es hier aber keine natürlichen Quellen. Die Quelle, die ich gefunden habe, ist also ein Hinweis darauf, dass sich irgendwo im Berg das Wasser staut. Und das wiederum zieht die Gefahr einer Bodenverflüssigung nach sich. Ich habe das nachgeprüft.«

»Das klingt ja gefährlich, Herr Kollege«, bemerkte Vosskamp. »Das müssen Sie mir näher erläutern.«

»Natürlich«, sagte Xaver. »Nachdem ich gestern die Quelle gefunden hatte, war ich in der Medienlounge und habe mich ins Earth-Watch eingeloggt; das ist ein Forschungsprojekt an meinem Institut, zum Monitoring von Naturgefahren. Wir arbeiten mit der ESA und dem DLR zusammen. Wir haben Zugriff auf die TerraSAR-X- und Envisat-Daten, und wir können die Radardaten auswerten. Die Software haben wir übrigens selbst entwickelt. Die DGM können wir weitgehend automatisch ableiten, und über die differenzielle Radarinterferometrie lässt sich sogar feststellen, ob sich das Gebiet zwischen zwei Aufnahmen bewegt hat. Im Millimeterbereich. Eine große Sache. Die Bundeswehr arbeitet auch schon damit, mit einem eigenen Satelliten.«

»Worum geht es?«, fragte Vosskamp und kniff die Augen zusammen.

»DGM, digitale Geländemodelle und Deformationsmonitoring durch Radarinterferometrie. Ich habe mir den Teufelsberg via Satellit angesehen. Anhand der multitemporalen Daten konnte ich an einer Stelle eine Veränderung feststellen. Direkt am Baukran. Da ist der Untergrund nicht stabil. Ich habe da also ein Loch gegraben und eine Bodenprobe genommen. Sie wissen, der Trümmerberg hat viele Schichten, Steine, Ziegelstaub, Sondermüll, Flugasche, Altöl. Und Lehm. Mit dem Lehm haben die wohl an einigen Stellen den Müll abgedichtet. Ich konnte das alles riechen. Und über dem Lehm staut sich jetzt das Wasser. Dann fließt es durch Gravitation nach unten und tritt als temporäre Quelle aus dem Berg. Ja, und wenn genug Wasser da ist und die Reibung genügend abgenommen hat, kommt es irgendwann zur Hangrutschung.«

Vosskamp strich sich über das Kinn. »Manchmal wünsche ich mir so eine, wie sagten Sie, Radarinterferometrie für meine Patienten. Dann könnte ich genau berechnen, was in ihnen vorgeht. Aber diese Methoden haben wir Psychiater leider nicht. Wir können immer nur Schätzungen vornehmen. Eigentlich spekulieren wir bloß. Wirklich, ich beneide die Naturwissenschaftler.« Er wies auf die Sitzgruppe. »Wollen wir uns nicht setzen? Sie wirken auf mich sehr fahrig, sehr aufgeregt. Lassen Sie uns alles etwas ruhiger bereden.« Er ließ sich in einen tiefen schwarzen Ledersessel sinken.

Xaver zögerte, bevor er sich auf das Sofa gegenüber setzte. Er sah seine Worte am Horizont herumgaloppieren, Herden aus Worten, und zwischen den Herden stolperten Vosskamps Antworten herum.

»Leider fehlen mir die hydrologischen und geologischen Eingangsdaten, mit denen ich die Hangbewegungen vergleichen kann«, nahm Xaver den Faden wieder auf. »Darum lässt sich der Einfluss des Niederschlages bei Tauwetter nicht genau vorhersagen. Es könnte jeden Tag zur Hangrutschung kommen. Zum Glück gibt es in Berlin keine Erdbeben. So eine Bodenverflüssigung kann auch durch externe Energiezufuhr entstehen.«

Vosskamp schwieg eine Weile und blickte auf Xavers bebende Knie.

»Sie überfordern mich, lieber Kollege Walpersdorf. Bundeswehr, Satelliten, Erdbeben, ich komme bei diesem Gedankenrasen nicht mehr mit. Aber ich ahne, dass Sie in diesem Berg, in diesem apokalyptischen Szenario, sich selbst sehen. Auch Sie sind zurzeit etwas instabil, wenn Sie mir diese Bemerkung gestatten.«

»Nein, nein«, erwiderte Xaver, »Sie haben mich nicht verstanden. Der Berg ist instabil, nicht ich.«

»In einer akuten manischen Episode fehlt oft die Krankheitseinsicht«, sagte Vosskamp sanft. »Sie müssen mir einfach vertrauen. Erlauben Sie mir, meinen Job zu machen und Ihnen zu helfen? Haben Sie denn eine Idee, was Ihnen guttun könnte?«

Xaver antwortete nicht. Wenn alle Farben zusammen Weiß ergaben, dachte er, dann ergaben alle Worte zusammen Schweigen, dann müsste Vosskamp ihn, wenn er schwieg, verstehen.

»Sie haben so viele Antworten«, sagte Vosskamp, »nur darauf keine. Ich habe mir Ihre Akte aus München schicken lassen, aus dem Isar-Amper-Klinikum Haar. Da waren Sie vor einigen Jahren?«

»Ja«, brummte Xaver, »auf der Akutstation. Für ein paar Monate. Sie müssen mein Schweigen durch ein Prisma schicken, dann wird Ihnen alles klar.«

»Und am Ende des Aufenthaltes, in den letzten elf Wochen, haben Sie eine beeindruckende interdisziplinäre Dissertation verfasst«, fuhr Vosskamp fort. »Zur Steinmetapher in der Philosophie. Summa cum laude. Nach dem üblichen Verfahren als Habilitationsleistung anerkannt, Freud-Preis, Foucault-Preis, Curtius-Preis, Märker-Preis und ein Ruf nach Berlin, an die HU. Ich gratuliere zu dieser ungewöhnlichen Leistung.«

»Das dürfen Sie auch«, sagte Xaver. »Dafür bin ich jetzt in der Klapse.«

»Sie müssen doch hier nicht bleiben. Vielleicht wäre das auch hier eine Möglichkeit für Sie? Wieder zu schreiben?«

»Vielleicht.«

»Gestatten Sie mir eine Frage? Ich habe schon viele Bipolare untersucht, aber ich habe noch nie jemanden getroffen, der aus seinem Gedankenrasen eine kongruente und umfassende philosophische Abhandlung machen konnte. Wie haben Sie das damals geschafft?«

Xaver trommelte mit den Fingern auf seinen Knien und probierte mehrere Rhythmen aus. »Philosophie entsteht immer dann, wenn das Gehirn aus dem Takt gerät«, sagte er. »Das ist eine Gnade, keine Krankheit. Haben Sie nicht bemerkt, dass es auf der 5 von Philosophen nur so wimmelt? Sie sollten die Station umbenennen. Nicht mehr ›psychiatrische Station‹, sondern ›philosophische Station‹.«

Vosskamp schmunzelte. »Ja, das könnte mir gefallen.«

»Die Psychiatrien sind keine Heilanstalten für die Verrückten, sondern für die Normalen. Sie zum Beispiel halten sich für den Chef. Tatsächlich sind Sie der Hauptinsasse. Und Sie müssen so lange hier bleiben, bis Sie es schaffen, irre zu werden.«

Vosskamp lachte, hob seine Hand und wedelte mit ihr in der Luft herum. »Ich bezweifle aber, dass alle psychiatrischen Patienten zu philosophischen Ideen neigen.«

»Stimmt«, antwortete Xaver, »sie neigen nicht zu philosophischen Ideen. Sie sind philosophische Ideen.«

Vosskamp erwiderte nichts, schaukelte leicht in seinem Sessel und blickte Xaver dabei an. »Ich verrate Ihnen mal was«, sagte er schließlich. »Psychiatrie ist langweilig. Die Leute denken ja immer, im Tollhaus, da ist was los, da ist es zwar irgendwie gruselig, aber auch spannend. Dem ist aber nicht so. Die Menschen werden nicht interessanter, wenn sie verrückt werden. Als junger Assistenzarzt hält man noch jeden Patienten für einen Weisen, jede Krankheit für einen Weg. Alles Unsinn. Es gibt weitaus mehr Wahnsinn als Genies. Das ist die Normalität. Auf einen wie Sie trifft man alle zehn Jahre. Wenn überhaupt.«

Draußen begann es zu hageln, die Körner rieben mit einem feinen Zischen an der Scheibe entlang.

»Schreiben Sie wieder, lieber Kollege Walpersdorf! Vergeuden Sie nicht Ihre Zeit. Fangen Sie gleich heute an. Und bleiben Sie bei einem einzigen Thema. Dieses Sprunghafte ist ja quälend für Sie, das müssen Sie unter Kontrolle kriegen.«

»Gut, ich schreibe eine Expertise über den Teufelsberg. Ich fahre gleich zur Uni und sammle noch ein paar Daten ein. Die Expertise können Sie dem Katastrophenschutz vorlegen.«

»Nein, schreiben Sie keine Expertise. Gehen Sie erst wieder zur Uni, wenn Sie gesund sind. Ehrlich gesagt, machen Sie einen ziemlich desolaten Eindruck, so sollten Ihre Kollegen Sie nicht sehen. Ich muss Sie wirklich schützen. Bleiben Sie für den Rest der Woche auf Station, der Ausgang gestern war nicht gut für Sie, der hat Sie wieder überflutet. Schreiben Sie hier, im reizarmen Raum. Am besten was Philosophisches, das hat Ihnen letztes Mal auch geholfen. Vielleicht wieder über Metaphern, wie wäre das? Diesmal nicht über Steinmetaphern, sondern Seelenmetaphern?«

»Meinetwegen«, brummte Xaver.

»Sie durchschauen natürlich, dass ich mit diesem Kunstgriff Ihren Kontakt zu der eigenen Seele stärken möchte?«

»Ja, ja.«

»Fünfzehn Seiten bis Samstag? Oder ist das zu viel für den Anfang?«

»Nein, überhaupt kein Problem. Und die Expertise schreibe ich auch.«

»Sie müssen fokussieren«, sagte Vosskamp, »immer nur eine Sache machen, das ist jetzt ganz wichtig. Wollen wir es nicht doch mit Olanzapin versuchen?«

»Mit Olanzapin kann ich nicht denken. Ich habe es schon damals heimlich abgesetzt.«

»Gut, dann lassen wir das Medikament erst mal weg. Aber Sie müssen heute schon schreiben. Kein Katastrophenszenario, sondern einen ruhigen, philosophischen Text. Versprochen?«

»Versprochen.«

Als Xaver zurück in sein Einzelzimmer kam, stand das Mittagessen unter einem Isolierdeckel schon auf dem Tisch, und im Fernsehsessel saß Friedrich und tippte auf dem Telefon herum.

»Was machst du denn hier?«, fragte Xaver. »Hast du dich wieder verlaufen?«

Friedrich blickte ihn an, die Spitzen seines weißen Schnurrbartes klebten in den Mundwinkeln fest, und er sah traurig aus.

»Ich möchte mit meiner Frau sprechen. Wo ist Ursula denn nur?«

»Weißt du was«, sagte Xaver, »bleib einfach hier sitzen und telefoniere, so lange du willst.«

»Sind wir noch auf dem Schiff?«

»Wer weiß das schon«, sagte Xaver.

Er nahm sein Tablett und trug es in den Wintergarten. Dort traf er auf Falko, der mit einem Sudokuheft im Sessel zwischen den Palmen saß.

»Mahlzeit«, sagte Falko.

Xaver nickte ihm zu. Er hob den Deckel vom Teller und erkannte drei dünne Scheiben Schweinebraten, die in einer dunklen Soße schwammen, umgeben von zwei Semmelknödeln und schlaffen Salatblättern. Er deckte den Teller wieder ab und schob das Tablett weg.

»Eklig, was?«, sagte Falko. »Ich hatte die Kartoffelsuppe. Sie war staubig. Staubig!«

Xaver erinnerte sich an seinen Aufenthalt in Haar. Er musste damals Olanzapin nehmen, was ihm das Aussehen eines gemästeten Adlers verlieh. Nach kurzer Zeit quetschten die prallen Wangen seine Hakennase ein, die Längskerben in seinem Gesicht verwandelten sich erst in flache Rinnen und verschwanden schließlich ganz. Zuerst hatte er nicht verstanden, warum sich so viele Patienten nach dem Frühstück Berge geschmierter Brote mit auf die Zimmer nahmen, dann tat er es selbst. Er fraß und fraß und ließ sich mittags zweimal Nachschlag geben, egal was es gab. Er fraß die Mehlschwitzenlasagne, die Putenschnitzel in

Maggisoße, die glibschigen Eiernudeln, ihm schmeckte nichts, und er wurde nicht satt, nachts ging er mehrmals in den Speisesaal und schmierte sich Brote mit Margarine. Er nahm dreißig Kilogramm zu; es gab Patienten, die das Doppelte zugenommen hatten und mehr. Aus hübschen Frauen mit Psychosen wurden fette Weiber ohne Psychosen, die den Gang entlangwatschelten, und man konnte das Reiben ihrer Schenkel in den Jogginghosen hören. Die Frauen wurden in wenigen Wochen alt, und keiner sah sie mehr an. Wenn das Essen gebracht wurde, stellten sie sich an der Ausgabe an und starrten mit leeren Augen auf die Schiebetür.

Ich muss beides machen, dachte Xaver, die Expertise und den Aufsatz über die Seele. Die Expertise ist wichtiger, aber Vosskamp muss Samstag den Aufsatz haben, sonst kriege ich wieder Olanzapin.

»Hattest du deine Stunde bei Vosskamp?«, fragte Falko. »Verzeihung, bei Professor Doktor Bernd Vosskamp?«

»Professor Doktor Bernd Vollidiot«, murmelte Xaver. »Dieser Schwafler hat gar nichts kapiert.«

Falko grinste. »Mit dir ist es lustig. Den Rest der Leute hier kannste vergessen. Zu schade, dass Annika weg ist. Die hat so einen süßen kleinen Arsch.«

»Annika hat keinen Arsch«, sagte Xaver.

»Die dürre Beate hat keinen Arsch. Annika hat einen kleinen Arsch.«

»Ein kleiner Arsch ist kein Arsch«, sagte Xaver.

»Falsch. Ein kleiner Arsch ist ein Arsch, aber ein großer Arsch ist ein Hintern. Beate hat keinen Arsch, und die dicke Sylvia hat einen Hintern.«

»Nein«, sagte Xaver, »Sylvia hat einen herrlichen Arsch.«

»Sylvia hat ein Hinterteil. Ein richtiger Arsch muss straff sein. Da muss man ein Whiskyglas draufstellen können. Wie bei Annika.«

»Dein Arschparadigma, lieber Falko, ist beschränkt. Es zielt allein auf die Form.«

»Auf was denn sonst?«, fragte Falko.

»Es muss auf die Aura zielen. Sylvias Arsch hat Aura. Er ist einmalig, und er ist echt. Seine Dickheit hat so was Verschämtes, so was arglos Anmutiges. Hast du mal gesehen, wie Sylvia versucht, ihren Pullover über den Arsch zu ziehen, wenn sie aufsteht? Sie macht ihn damit unnahbar, sie macht ihn zur einmaligen Erscheinung in der Ferne. Und nur die ganz großen Ärsche sind unnahbar. Sylvias Arsch strahlt eine traumhafte Transzendenz aus. Überlege doch mal, im Zeitalter der Reproduzierbarkeit von Knackärschigkeit durch Fitnessgeräte werden die Ärsche mit Aura immer seltener. Umso mehr müssen wir sie schätzen.«

»Aura ist also Fett?«, fragte Falko.

»Nein, aber Fett kann Aura haben. Außer bei Beuys.«

Falko lehnte sich zurück und lachte. »Dir fällt immer was ein! Aber ich komme um vor Langeweile. Was soll ich bloß den ganzen Tag machen? Rausgehen darf ich nicht, Fernsehen kann ich nicht, weil Kapitän Friedrich mich nervt, und die Therapien sind bescheuert.«

Xaver sah aus dem Fenster. Der Garten war von einer dünnen Schneeschicht bedeckt, in der die Gartenbaufahrzeuge braune Reifenspuren hinterlassen hatten. Xaver hatte scharfe Augen, er konnte erkennen, dass die Erde schon weich geworden, schon angetaut war.

»Sag mal, bist du gut im Recherchieren?«, fragte er Falko.

»Glaub schon.«

»Dann habe ich was für dich, gegen die Langeweile. Ich muss einen Aufsatz für Professor Doktor Bernd Vollidiot schreiben, Schreibtherapie, und habe weder Zeit noch Lust. Willst du das übernehmen?«

»Ehrlich gesagt, bin ich im Abschreiben besser als im Schreiben«, sagte Falko.

»Auch gut. Es soll um Metaphern gehen, Seelenmetaphern. Schreib irgendwas Intelligentes. Wissenschaftlich, aber originell. Gefällig, aber bahnbrechend.«

»Bis wann denn?«, fragte Falko.

»Fünfzehn Seiten bis Samstag. Schaffst du das?«

»Ja, locker.«

Xaver stand auf und eilte in Richtung Fahrstuhl. Er spürte, wie die Wirkung des Lorazepams nachließ. Er rannte über den glänzend gelben Boden, aber er kam nicht voran; er fühlte sich wie ein Insekt, das in einer Seifenblase gefangen ist und die schillernde Wand nicht durchdringen kann.

Er machte einen Schritt, und plötzlich dachte er nicht mehr an den Teufelsberg und die Expertise, sondern an die Broschüre der Cardea, die er irgendwann mal gelesen hatte. In der Broschüre wurden zwischen Hochglanzfotos von hellen Zimmern und Landschaftsaufnahmen »Vision und Mission« der Klinik beschrieben. »In der modernen Hochleistungsgesellschaft werden der Tod und das Sterben verdrängt«, hieß es. »Der Fokus liegt auf Jugendlichkeit und Erfolg. Unser Anliegen aber ist es, auch einmal innezuhalten und den Tod nicht als Tabu zu begreifen, sondern als etwas, wodurch das Leben kostbar und einmalig wird.« Was für ein Missverständnis, dachte Xaver, der Tod wurde in der modernen Gesellschaft nicht verdrängt. Er war überall, nicht als Endgültigkeit, sondern als Spiel. Alles in der Moderne war vorübergehend und damit mortal. Werte, Strukturen, Begriffe – sie sprangen nebeneinander her und verschwanden wieder in den Abwassern des Zeitgeistes, und sofort sprangen neue Begriffe empor, flogen für eine Weile durch die Luft, klatschten auf und versanken. Die Moderne war der multiple Tod, und zugleich war der Tod nur noch einer ihrer verspielten Begriffe.

Xaver wollte umdrehen, in den Wintergarten rennen und Falko von seinen Gedanken erzählen, und gleichzeitig wollte er zur Pressestelle der Cardea laufen und verlangen, dass man die Broschüre umschrieb, und gleichzeitig wollte er die Expertise schreiben. Die Moderne saugt alles auf, dachte er. Sie nimmt uns jede Distanz, die nötig ist, um die Wahrheit zu erkennen. Sie nimmt uns das große Fremde, den Tod, und damit bringt sie uns um. Der Tod wäre unsere letzte Rettung. Ohne ihn sind wir sprachlos.

Er blieb stehen und lehnte sich an die Wand, neben ein Fahrradergometer, das nie jemand nutzte. Vom Lenkrad baumelte ein Kabel mit einer Klemme, mit der man den Puls im Ohrläppchen messen konnte. Xaver nahm die Klemme in die Hand und fummelte damit herum, bis sie aufbrach.

Wenn der Tod unsere letzte Rettung ist, dachte er, dann darf ich uns gar nicht retten, dann sollten wir besser sterben. Oder ist es gerade umgekehrt?

Durch das Dach aus Glasolexkuppeln sah Xaver die hellgraue Wolkenschicht, die der Wind marmorierte, und als er den Blick wieder senkte, sah er den weißen, glatten Beton der Wände und die lanzenförmigen Lampen, deren Licht sich im gelben Boden spiegelte. Er dachte, dass dieser Boden in Wahrheit die Zimmerdecke des vierten Stockwerkes war und der Boden des vierten Stockwerkes die Zimmerdecke des dritten und so weiter, und nirgendwo gab es einen Grund, auch nicht im Berg, nicht in der kontinentalen Kruste darunter und erst recht nicht im Kern des Planeten, auf den wieder Magma und Kruste und Erde und Himmel folgten und schließlich das kalte Weltall, mit dem nichts anzufangen war.

Xaver stützte sich auf das Fahrradergometer, sein Gesicht war nass von Schweiß. Er wünschte sich einen wahren Gedanken, aber zu jedem Gedanken fand er sofort einen Gegenbeweis und den Gegenbeweis des Gegenbeweises. Er rieb sich den Hals, er spürte das Vibrieren der Kehle unter seinen Fingern, daran merkte er, dass er stöhnte.

Plötzlich stand Sylvia vor ihm. Sie sah ihn mit bernsteinbraunen Augen an. »Xaver, was hast du denn?«

»O Gott, Sylvia«, stammelte er, »es gibt nichts mehr.«

»Willst du dich setzen? Ich hole dir einen Stuhl.«

»Es gibt nichts, Sylvia, es gibt nichts mehr.«

Sylvia legte die Hand auf seinen Unterarm, ihre Hand war schmal und leicht. »Mich gibt es auch nicht?«, fragte sie.

»Du hast Aura, du bist wunderbar. Aber gleichzeitig gibt es dich nicht. Ich halte das nicht aus.«

Sylvia musterte ihn eine Weile. »Was hattest du eigentlich vor?«, fragte sie.

»Ich wollte eine Expertise schreiben.«

»Dann tu das.«

»Aber ich will nicht mehr.«

»Egal«, sagte Sylvia. »Die Expertise ist dein Affe.«

Er blickte in ihr Gesicht, das von rotbraunen Locken umrandet war wie eine Küste vom Meer. Die Prellungen waren grünlich-schwarz und sahen aus wie die Wolkenlöcher, durch die man im Flugzeug auf die Erde schaut, auf den Wald. Xaver begann, ihre Hand zu streicheln, die noch auf seinem Unterarm lag. Er wünschte, sie würden für immer so bleiben, nah beieinander, und er könnte für immer durch die Wolkenlöcher schauen, auf die schwarzgrünen Wälder ihrer Tapferkeit. Er wurde ruhiger.

»Soll ich den Pfleger rufen?«, fragte sie.

»Bloß nicht«, sagte Xaver, aber Pfleger Carsten war schon da.

»Brauchen Sie Hilfe?« Er ruckte mit dem Hals.

Sylvia lächelte fein: »Nein, Herr Walpersdorf braucht nur einen Affen.«

»Die Expertise ist mein Affe«, erklärte Xaver.

»Ich gebe Ihnen wohl besser Bedarf«, sagte Pfleger Carsten. »Soll ich das Lorazepam bringen, oder schaffen Sie es, mit mir zum Dienstzimmer zu kommen?«

»Die Expertise ist meine Antwort auf das Grauen der Moderne«, sagte Xaver.

»Ein Milligramm? Oder besser fünf?«

»Nicht nötig.« Xaver marschierte los, in den Aufenthaltsraum zu den Fahrstühlen.

Pfleger Carsten folgte ihm: »Sie haben Stationsgebot. Der Professor macht sich Sorgen um Sie.«

»Unsinn, ich will doch nur forschen.«

»Darüber können Sie ja mit der Oberärztin reden. Jetzt bleiben Sie erst mal hier.«

Sie erreichten den Aufenthaltsraum. Dort saß eine alte Frau mit vertrockneten Haaren und abgeknickten Händen. Im Schoß hielt sie eine saitenlose Gitarre, auf deren Klangkörper etwas klebte, das aussah wie getrocknete Buttercreme, und brummte in einem Singsang vor sich hin: »How do you think it feels, when you've been up for five days?«

Pfleger Carsten hielt Xaver am Arm fest.

»Lassen Sie mich gehen«, sagte Xaver, »ich muss sofort zum meteorologischen Institut.«

»Beruhigen Sie sich, Herr Walpersdorf«, sagte Pfleger Carsten. »Ich werde Dr. Thewes anpiepen, dann können Sie mit ihr reden.«

»Ich will nicht reden, ich will schreiben.«

Die alte Frau wurde lauter: »How do you think it feels, and when do you think it stops? When do you think it stops?«

Xaver wusste, dass die Frau das K. S. praktizierte, das Klapsmühlenschweigen, und nur deshalb sang, damit er nicht merkte, wie er sich lächerlich machte. Manchmal, dachte er, spielen die Verrückten verrückt, um die anderen von sich selbst abzulenken.

Er drehte sich zu ihr um. »Sie sind verwirrt und können nicht singen und haben nur die kaputte Gitarre, und hässlich sind Sie außerdem. Aber Sie sind eine große Dame. Mehr noch, Sie sind die weibliche Version eines Gentlemans.«

Er wandte sich wieder an Pfleger Carsten: »Lassen Sie mich endlich gehen?«

Der Pfleger sah Xaver an, ruckte mit dem Hals und sagte nichts.

Maßregelungsschweigen, dachte Xaver. Es hat keinen Zweck. »Na gut«, seufzte er. »Ich gehe zurück auf mein Zimmer.«

»Schön, dass Sie so einsichtig sind. Soll ich Ihnen Bedarf geben?«

»Nein.«

Xaver hastete zurück, und in seinem Zimmer kippte er seine Tasche aus und wühlte in den Sachen herum, bis er das Adressbuch fand. Friedrich saß noch immer im Sessel und hielt den Telefonhörer in der Hand. Er hatte den Kopf gesenkt, sein weißer Schnurrbart war verschmiert und stand an einer Stelle struppig in die Höhe.

»Sie hat mir nichts gesagt«, flüsterte Friedrich.

»Was? Wer?«, fragte Xaver.

»Meine Tochter.«

Die Lippen des alten Mannes zitterten.

»Ich brauche das Telefon«, sagte Xaver.

»Und meine Frau?«

»Später. Darf ich?«

Er griff nach dem Telefon, Friedrich hielt den Hörer fest, und als ihm Xaver den Hörer aus den Händen riss, gab Friedrich einen kurzen, schrillen Laut von sich.

Xaver drehte sich weg, blätterte im Adressbuch, fand die Nummer seines Kollegen Professor Lutz Radloff, eines Hydrogeologen, und wählte sie. Aber statt des üblichen Tutens ertönten im Hörer esoterische Sphärenklänge.

»Ihr Guthaben ist abgelaufen«, flötete eine weibliche Stimme. »Bitte laden Sie Ihre Karte auf. Den Automaten finden Sie in der Eingangshalle.«

»Dies ist ein Notfall«, rief Xaver in die Sphärenklänge hinein, »stellen Sie mich durch.«

»Ihr Guthaben ist abgelaufen«, wiederholte die Stimme. »Bitte laden Sie Ihre Karte auf. Den Automaten finden Sie in der Eingangshalle.«

Xaver ließ den Hörer sinken und schlug ihn ein paarmal in seine offene Handfläche. Dann zog er die Karte aus dem Telefon, schnappte sein Portemonnaie, das zwischen dem ausgekippten Kram auf dem Fußboden lag, und rannte wieder zur Fahrstuhltür. Dort hatten sich inzwischen zwei Pfleger von der B postiert.

»Sie dürfen die Station nicht verlassen«, sagten sie.

»Ich muss unten meine Telefonkarte aufladen«, keuchte Xaver.

»Das geht jetzt nicht.«

»Aber ich muss meinen Kollegen erreichen, für die Expertise!«

»Besprechen Sie das mit den Ärzten.«

Xaver drehte sich um und rannte zurück auf den Flur der 5A, zum Dienstzimmer, aber die Tür war geschlossen.

»Bitte nicht stören – Übergabe«, stand auf dem Schild, das am Türgriff hing. Durchs Fenster sah Xaver die Thewes und Pfleger Carsten, die mit Neef und Schwester Nina die Unterlagen der Patienten durchgingen. Xaver klopfte an die Scheibe.

»Ich muss telefonieren«, rief er.

Die Oberärztin stand auf und öffnete die Tür einen Spalt breit.

»Wir haben Übergabe.«

»Aber es geht um unser Leben!«

»Später, Herr Walpersdorf.« Die Thewes schloss die Tür.

»Sie müssen mich anhören, jetzt!« Xaver boxte gegen die Scheibe, aber die Leute im Dienstzimmer reagierten mit Maßregelungsschweigen, sahen nicht hin und führten ihre Besprechung fort.

»Ich will Sie doch alle retten«, brüllte Xaver und rannte durch den Flur, zurück zu den Fahrstühlen, wo noch immer die beiden

Pfleger standen und wo die Alte mit der Gitarre saß, und plötzlich wusste er, was zu tun war. Er riss ihr die Gitarre aus der Hand und stürmte zurück zum Dienstzimmer und schlug mit der Gitarre auf die Scheibe ein, während die Alte hinter ihm schrie: »Meine Gitarre! Meine Gitarre!« Aber er schlug, bis das Holz zersplitterte und Glasbrocken aus der Scheibe rieselten und bis er sich in einem Gewirr aus weißbekleideten Armen wiederfand, die ihn packten und festhielten. Irgendwo wimmerte die Alte, der Alarm trötete durch den Flur, aus dem Gewirr wuchsen immer mehr Arme und trugen Xaver fort, durch den Flur, durch den Aufenthaltsraum, durch die Panzerglastür auf die B, und schnallten ihn auf ein Bett und schoben ihn ins Isolierzimmer, wo er schrie, bis Neef mit der Spritze kam. Zwei Pfleger hielten Xavers gefesselten Arm zusätzlich fest, damit der Arzt seine Vene traf, und während ihm alles egal wurde, lallte er noch: »Die Aseität, die Aseität.«

Er sah den mageren Arsch von Annika, der in einer schlotterigen rosa Samthose steckte. Annika schaute aus dem Fenster, vielmehr auf die blickdichte Milchglasscheibe. Der Raum war reizarm, die Wände weiß und ohne Bilder, oben hatte der Lack ein paar schlecht entfernte Flecken; offenbar hatte jemand sein Essen gegen die Wand geworfen. Es gab keinen Schrank, nicht einmal Tisch und Stuhl.

Annika bewegte sich nicht, in der großen Hose sah ihr Arsch verloren aus. Xaver fand noch immer, dass er zu klein war, nicht auratisch wie der von Sylvia; es war ein Arsch, der nichts von seinem Dasein ahnte. Xaver kam eine Gedichtzeile von Pablo Neruda in den Sinn: »Liest der Falter im Flug, was auf seinen Flügeln geschrieben steht?« Annikas Arsch hatte etwas von diesen Schmetterlingsflügeln. Und plötzlich wusste Xaver, dass die junge Frau verletzt worden war und dass sie nur gesund werden konnte, wenn jemand die Schrift auf ihren Flügeln las.

»Das Pechkohlengeheimnis«, flüsterte er.

Annika drehte sich um. »Hallo. Geht es dir besser?«

Xaver ruckte an seinen Fesseln. Er konnte die Hände in den Schlaufen kaum bewegen. Er sah an sich herab. Bauch und Brust waren angeschnallt, und die gefesselten Beine waren gespreizt, als hätte man ihn auf ein Andreaskreuz gebunden. Auf den weißen Bauchgurt war ein rotes Wort aufgestickt, in einer heiteren Schreibschrift. »Segufix« entzifferte Xaver.

»Kannst du mich losmachen?«

»Die Gurte lassen sich nur mit einem Magneten öffnen«, sagte Annika. »Ich lag auch schon drin.«

Tatsächlich hatten die Fesseln keine Schnallen, sondern die Riemen wurden mit Schließknöpfen aus schwarzem Plastik zusammengehalten. Sie klackten leise, wenn er sich schüttelte.

»Tut mir so leid«, sagte Annika.

Sie nahm eine Schachtel voller Schließknöpfe von der Fensterbank und las vor, was auf der Packung stand: »Segufix. Das humane Fixiersystem. So viel Freiheit wie möglich bei so wenig Fixierung wie nötig.«

»Freiheit?«, sagte Xaver. »Ich kann mich kein Stück weit rühren. Aber immerhin nett, dass die dich reingelassen haben.«

Im Überwachungsfenster zum Dienstzimmer bewegte sich die Jalousie.

»Haben die nicht. Und ich stehe im toten Winkel.«

Xaver betrachtete die Sommersprossen unter Annikas schattigen Augen. Nicht nur ihr Arsch, auch die kleinen Flecken mit ihren unscharfen Rändern hatten etwas Versehrtes an sich. Annika biss an ihren Fingern herum.

»Ich wollte dich um einen Rat bitten«, sagte sie schließlich. »Du kannst doch so gut mit der Sylvia. Ich habe was rausgefunden, was sie betrifft. Und ich weiß nicht, was ich machen soll.«

»Erzähl mal.«

»Kennst du Jago Kapusta? Sie ist mit mir auf einem Zimmer.«

»Die wilde Kapusta?«, fragte Xaver, »die ständig abhaut?«

»Sie ist die Geliebte von Sylvias Mann.«

»Dem Anwalt?«

»Ja.«

»Er hat eine Frau auf der A und eine Geliebte auf der B?«

»Aber er weiß es nicht«, sagte Annika, »er weiß nicht, dass Jago Patientin ist. Er hat sie hier bei einer Führung kennengelernt, er denkt, sie sitzt bei Lightwatch am Fließband. Und sie weiß nichts von seiner Frau auf der A. Jago haut ständig ab, um ihn zu treffen. Sie liebt ihn. Schon seit Monaten.«

»Meine Güte.«

»Ich weiß einfach nicht, was ich machen soll«, sagte Annika. »Wenn die Sache auffliegt, bringt sich noch jemand um.«

»Die arme Sylvia.«

»Was soll ich bloß tun?«

»Du musst jemanden finden, der die Schrift auf deinen Flügeln liest.«

»Was?«

»Ich habe einen Fehler gemacht«, sagte Xaver. »Ich habe die Wirbel meines Vaters gesehen, in einer dunklen Grube, und ich habe ihn nichts gefragt. Ich war Parzival. Die Ärzte hier sind alle Parzivale. Du musst hier weg, Annika.«

»Und Sylvia? Und Jago?«

»Auch die müssen weg. Hier ist es nicht sicher.«

»Aber was soll ich denn machen? Soll ich es Jago sagen? Oder Sylvia? Oder ihrem Mann? Oder keinem?«

Draußen piepte das Signal der Panzerglastür, dann brüllte jemand im Flur, es klang nach Vosskamp. In den Pausen erkannte Xaver die Stimme von Neef. Schließlich wurde die Tür aufgerissen, und beide kamen herein. Vosskamp trug keinen Kittel.

»Entschuldigung, ich gehe ja schon«, stotterte Annika, aber die Ärzte beachteten sie nicht. Vosskamp war rot im Gesicht, und Neef fummelte mit seiner Klickbrille herum.

»Was haben Sie ihm gegeben?«, fragte Vosskamp.

»Lorazepam«, sagte Neef, »acht Milligramm, intravenös.« Sein weiches Gesicht war blass, er sah Vosskamp gerade in die Augen.

»Wie konnten Sie nur?«, rief Vosskamp.

»Lorazepam ist sein Bedarfsmedikament.«

»Ich habe das nicht genehmigt!«

»Aber es war ein Notfall. Herr Walpersdorf war fremdgefährdend. Er hat die Scheibe zum Dienstzimmer zerschlagen.«

»Was ist denn das für ein Ton?«, Vosskamps Stimme wurde leise und kam zwischen den Zähnen hervor.

»Entschuldigung«, sagte Neef, »aber die Fixierung war notwendig. Jeder hier kann das bestätigen.«

»Nein, das war sie nicht. Und Sie hätten mich fragen müssen. Herr Walpersdorf ist mein Patient. Mit dem Lorazepam blockieren Sie seine Schreibtherapie. Und die ist seine einzige Chance.«

»Aber in der Kurve steht, dass er im Bedarfsfall Lorazepam kriegt«, sagte Neef. »Bis zu acht Milligramm.«

Vosskamp machte einige Wischbewegungen mit den Händen in Richtung Tür. »Gehen Sie weg, ich will Sie nicht mehr sehen.«

Neef stand einen Augenblick mit geöffnetem Mund da, dann drehte er sich abrupt um und verließ das Isolierzimmer. Annika folgte ihm rasch. Vosskamp stellte sich an die Milchglasscheibe, und wie schon am Vormittag umfasste er sein linkes Handgelenk mit der rechten Hand und ließ die Finger spielen. Sein Jackett war verknittert und stand über dem Hintern ab.

Heute ist wohl der Tag der Ärsche, dachte Xaver. Er war nicht zugedeckt, ihm war kalt.

»Was ist passiert?«, fragte Vosskamp und spielte heftig mit den Fingern. Xaver hörte, wie die Finger auf den Handballen schnappten.

»Die Aufklärung hat versagt«, sagte er.

Vosskamp drehte sich um. »Können Sie einmal nicht in Rätseln sprechen?«, schnarrte er.

»Philippe Pinel hat die Geisteskranken befreit«, sagte Xaver. »Und Sie haben mich wieder in Ketten gelegt, zweihundert Jahre nach der Französischen Revolution. Das ist die Involution, die Rückbildung des bereits Erreichten. Ein unheimlicher Vorgang. Evolution, Revolution, Involution.«

»Wenigstens können Sie wieder denken.« Vosskamps Stimme wurde weicher. »Haben Sie mit Ihrem Text angefangen?«

»Ich will ja, aber die lassen mich nicht.«

»Wissen Sie, was mich manchmal verzweifeln lässt?«, fragte Vosskamp. »Dass diese totale Institution nicht nur die Patienten unterwirft, sondern auch die Ärzte, sogar den Chef. Da will man sich einmal auf einen Patienten einlassen, statt ihn nur routiniert abzufertigen, und wird sofort daran gehindert. Sie sind nicht der Einzige, dem hier die Hände gebunden sind, Herr Kollege.«

»Sie müssen die Schrift auf Annikas Flügeln lesen …«, sagte Xaver.

Aber Vosskamp unterbrach ihn: »Einen wie Sie, den kann man doch nicht so verdämmern lassen. Ich will, dass Sie wieder auf die Beine kommen. Aber Sie müssen mithelfen. Ich lasse Ihnen einen Laptop bringen. Wenn alles gut läuft, können Sie am Freitag zurück auf die A.«

»Okay.«

Vosskamp klopfte Xaver auf den Oberarm, dann ging er. Eine Schwester kam herein, löste die schwarzen Knöpfe mit einem roten Magneten, den sie am Schlüsselbund trug, von den Messingstiften in den Löchern der Riemen und befreite Xaver. Sie führte ihn in ein Vierbettzimmer, wo er auf seine alten Kameraden traf, den trippelnden Polizisten, den Mann ohne Strümpfe und den Dicken. Der hatte ein Handy und sprach mit seiner Mutter.

»Von den Milchschnitten vier Packungen. Und den Mangosaft von Happy Day. Nicht wieder den Apfel-Maracuja-Saft, sondern den Mangosaft, ja? Und Nippons, wie letztes Mal. Und die Erdnussflips von Chio. Aber bloß nicht die Chili-Tortilla-Chips.

Bloß nicht!« Nachdem er das Gespräch beendet und sein Handy beiseitegelegt hatte, flüsterte er in die hohle Hand: »Dreiundzwanzig-vier-eins, bitte kommen. Bereitmachen zum Start. Benötige Verstärkung. Vier Laserkanonen und zwölf Funkgeräte mit Morsecode. Wir werden unterwandert. Over.«

Das Zimmer roch nach Schweiß und ungewaschenen Haaren. Als Xaver die Toilette aufsuchte, sah er, dass sie mit Kot bespritzt war, auch der Fußboden ringsum war voller Kot, hellbraune Lachen mit kleinen Brocken, dazwischen lagen aufgeweichte Klopapierknäuel. Xaver gab der Schwester Bescheid.

»Die Putzfrau kommt erst morgen wieder«, sagte die.

»Aber das Klo ist völlig zugeschissen.«

»Wir können auch nichts dafür, dass uns die Mittel so gekürzt wurden. Suchen Sie sich eine andere Toilette. Wenn ich Zeit habe, kümmere ich mich um Ihre.«

Sie eilte davon. Den Rest des Abends verbrachte Xaver auf einem zerschlissenen Sessel im Flur vor der Glaswand des Speisesaals und tippte die Expertise in den Laptop, den man ihm gegeben hatte. »Erfassung von Massenbewegungen und Deformationen am Berliner Teufelsberg durch differenziell-interferometrische Auswertungen multitemporaler SAR-Daten«, titelte er.

Abendbrot aß er keines. Er sah nur von seinem Platz aus der langen Schlange zu, die sich im Speisesaal vor dem Buffet aufstellte. Es gab eine Platte voller Schinken, und jeder wollte davon etwas haben. Die letzten in der Reihe bekamen nur noch Schmierkäse. Eine Schwester passte auf, dass sich jeder nur einen Pudding nahm, die Becher waren abgezählt. Das Obst rührte keiner an.

Später kam die Mutter des Dicken mit einer vollen Einkaufstüte auf die Station. Die Mutter war klein, sie hatte eine erschlaffte Dauerwelle und ein ratloses Gesicht. Der Dicke eilte auf sie zu, riss ihr die Tüte aus der Hand und schrie: »Hau ab, hau bloß ab!« Er rannte mit der Tüte zurück auf sein Zimmer.

Die kleine Mutter blieb vor der Scheibe des Dienstzimmers stehen und rührte sich nicht, bis eine Schwester herauskam und sagte: »Er meint es nicht so, er ist krank. Er weiß jetzt nicht, wer Sie sind. Aber das wird schon wieder.«

Die kleine Mutter blieb noch eine Weile stehen und schaute den Gang entlang, auf die Zimmertür ihres Sohnes, die geschlossen blieb. Dann ging die Mutter, die Türvorrichtung piepte, hinter ihr fiel das Panzerglas ins Schloss.

Der Rest des Abends blieb ruhig. Einmal stieg die wilde Kapusta auf einen Tisch im Speisesaal und wurde ermahnt. Daraufhin zog sie sich einige Male um und ging singend über den Flur. Bald war auch sie still.

Sein helles Licht bei der Nacht

Zuerst sah es so aus, als würde die Frau mit dem Astronautenhelm in einer Fleischerei stehen; zerdellte, rötlich marmorierte Leiber glänzten im Halbdunkel. Aber es waren keine enthäuteten Tiere an Fleischerhaken, sondern die Wände eines Zechenstollens, welche die Frau umgaben. Sie hatte sich in eine Ausbuchtung gestellt, und vor ihr dichtete eine Plexiglasscheibe die Ausbuchtung zu einer Art Terrarium ab. Außer dem Astronauten helm trug die Frau nur einen knappen Bikini. Sie presste die Lippen zusammen und hielt mit ihnen den Schwanz einer Maus fest.

»Alles okay, Jacqueline?«, fragte eine männliche Stimme.

Jacqueline brummte durch die Nase, die Maus zappelte und kratzte mit den Vorderpfoten an Jacquelines Schlüsselbein. Die hob das Kinn, bis die Maus wieder ganz in der Luft hing.

»Wir lassen jetzt den Lehmschlamm ein. Bist du bereit?«

Jacqueline nickte, die Maus zappelte, die Männerstimme lachte.

»Zehn Minuten. Für jede Minute gibt es einen Punkt. Wenn du die Maus loslässt, wird dir ein Punkt abgezogen. Du darfst sie aber mit dem Mund wieder einfangen. Wenn du die Prüfung abbrichst, verlierst du alle Punkte. Alles klar?«

Diesmal nickte Jacqueline nicht, sondern klapperte nur mit den Augenlidern. Es gab ein gurgelndes Geräusch, und in das Felsenterrarium drang grauer Schlamm, der rasch Jacquelines Knie erreichte. Sie verschränkte die Arme vor der Brust. Der Schlamm stieg weiter, bis zur Hüfte und zum Hals. Am Ende sah nur der Kopf im Astronautenhelm oben raus.

»Dir steht es bis hier, was«, feixte die Männerstimme. »Eine Minute ist um. Du hast einen Punkt.«

Die Maus hatte sich umgedreht und versuchte, mit den Pfoten Jacquelines lange, gebleichte Haare zu erreichen.

»Boah, ist das eklig«, japste Jacqueline.

Die Maus fiel ins Visier des Helmes.

»Du hast einen Punkt verloren«, sagte die Männerstimme. »Konzentriere dich. Hol dir die Maus.«

Jacqueline schnappte mit dem Mund nach dem Tier, das mit bebender Nase das Visier absuchte. Sie bekam das Hinterbein mit den Zähnen zu fassen.

»Noch acht Minuten«, sagte die Männerstimme. »Aber immer schön daran denken: Du bist zweihundert Meter unter der Erde, verschüttet, in Lehm gegossen und mutterseelenallein.«

Jacqueline riss den Mund auf, die Maus fiel wieder in den Helm, verschwand für eine Weile hinter Jacquelines Kopf und tauchte bald im Visier wieder auf.

»Also ich pack das nicht«, rief Jacqueline. »Holt mich hier raus.«

»Du weißt, dass du die Bergwerksprüfung nur mit einem ganz bestimmten Satz beenden kannst«, sagte die Männerstimme.

»Igitt, das Vieh will mich beißen!«, quiekte Jacqueline.

»Der Spru-huch ...!«

Die Maus stellte sich auf, stemmte die Vorderpfoten in die Wölbung des Visiers, rutschte ab und versuchte es wieder. Jacquelines Gesicht war schmutzverschmiert.

»Ich glaube, die Maus hat dich angeschissen!«, flötete die Männerstimme.

Jacqueline kreischte.

Die Männerstimme wieherte. »Ich warte auf den Spru-huch! Das Sprüchilein! Komm, sag es mir, mein Schnuckilein!«

Jacqueline begann zu weinen. Man hörte nur ihr Schluchzen

und die unheilvolle Melodie, die jetzt einsetzte, alle paar Takte ertönte der Gong einer Totenglocke. Jacqueline schloss die Augen, dann keuchte sie: »Ich bin ein Promi, Glückauf, Glückauf!«

Augenblicklich setzte der Titelsong ein, die Glasscheibe vor dem lehmgefüllten Felsenterrarium fuhr zur Seite, Jacqueline rutschte, begleitet von einem Lehmschwall, zu Boden und kroch auf allen vieren in den Stollen zurück. Sie riss sich den Astronautenhelm vom Kopf. Die Maus verschwand mit einem Hüpfer aus dem Bild.

Schnitt.

Über der Erde, am Versorgungsschacht, neben dem Kran mit der Rettungskapsel, vor qualmender Industriekulisse, saß der Moderator in einem geblümten Ohrensessel. Er war klein und dürr, hatte ein rosa gefärbtes Ziegenbärtchen am Kinn und trug einen Bergarbeiter-Helm, der mit silbernen Pailletten beklebt war. Die Grubenlampe an der Stirn blinkte. Auf dem Helm saß ein Teddy aus türkisfarbenem Plüsch, der wiederum selbst einen Bergarbeiter-Helm voller Pailletten trug.

»Wollen Sie, dass unser süßes Schlagermäuschen Jacqueline Dingsbums trotz verpatzter Bergwerksprüfung in die nächste Runde kommt, dann wählen Sie die Endziffer nullvier«, sagte der Moderator. »Und in der morgigen Sendung zeigen wir, wie unsere verschütteten B-Promis mit der Dunkelheit klarkommen. Denn Sie wissen ja: Kein einziger Punkt bedeutet kein einziges Licht. Und die im Dunkeln, die sieht man nicht!«

Seine vollbusige Assistentin reichte ihm, wie immer am Ende der Show, ein gigantisches Glas Tequila Sunrise, und er prostete dem Publikum zu, während der Abspann einsetzte und eine Hip-Hop-Version des traditionellen Steigerliedes ertönte.

Lotti griff nach der Fernbedienung und schaltete den Fernseher aus. Es war kurz vor sieben Uhr in der Frühe, gleich würde Pfleger Carsten zum Waschen kommen, und sie wollte nicht, dass er sie weinen sah. Sie musste jedes Mal weinen, wenn das Steigerlied auf die Zeilen kam:

Und er hat sein helles Licht bei der Nacht
Und er hat sein helles Licht bei der Nacht

Trotzdem verpasste sie keine Folge der Unterhaltungsshow »Das Bergwerk – Ich bin ein Promi, Glückauf, Glückauf!« und sah sich jeden Morgen die Wiederholung an, und in der Bildzeitung las sie alles, was über die Kandidaten geschrieben wurde. Die Sendung erreichte sensationelle Einschaltquoten.

Die weißblonde Schlagersängerin, die der Moderator Jacqueline Dingsbums nannte, hieß in Wahrheit Jacqueline Webermann und hatte es vor ein paar Jahren in die Vorrunde zum Grand Prix geschafft. Aber seit sie im Bergwerk war, verschüttet mit anderen vergessenen Prominenten, die wieder berühmt werden wollten, kam ihr Song den ganzen Tag im Radio, wo sie nur noch als Jacqueline Dingsbums anmoderiert wurde.

Lotti wünschte sich, dass Jacqueline bis zum Schluss in der Grube bleiben und damit der Sieger, »der Steiger«, werden würde. Inzwischen wurde jeden Tag ein Prominenter vom Fernsehpublikum aus der stillgelegten Steinkohlezeche Graf Bismarck 1 in Gelsenkirchen herausgewählt und in der Rettungskapsel nach oben gebracht. Es handelte sich um die originale Rettungskapsel Phönix 2, mit der im letzten Sommer die chilenischen Bergleute aus der eingestürzten Grube in San José gerettet worden waren.

Lotti war in Berlin geboren, aufgewachsen und fast gestorben, sie kannte sich nicht mit dem Ruhrpott aus, mit den Gruben und Traditionen, das lernte sie erst mithilfe der Show, und sie war traurig darüber. Sie dachte, hätte ich damals nur das Steigerlied gekannt. Manchmal sang sie es leise vor sich hin, vor allem nachts, wenn sie nicht schlafen konnte.

Glückauf, Glückauf! Der Steiger kommt
Und er hat sein helles Licht bei der Nacht
Und er hat sein helles Licht bei der Nacht
Schon angezündt', schon angezündt'!

Sie rieb sich den Schlaf aus den Augen. Dann griff sie nach dem Kamm auf dem Nachttisch, und als der blonde Pfleger Carsten ins Zimmer kam, hatte sie sich halbwegs hergerichtet.

»Guten Morgen, Frau Kaleschke!«, rief er und ruckte mit dem roten Kopf. »Dann wollen wir mal!« Er legte ihr die Manschette um den Oberarm und maß den Blutdruck. »Hundertvierzig zu hundert«, murmelte er. »Wird besser. Gut geschlafen?«

»Nicht so gut«, sagte Lotti. »Mich hat der Baukran geweckt. Das geht den ganzen Tag so weiter.«

»Warum sitzen Sie auch immer nur in Ihrem Zimmer?«, fragte der Pfleger. »Sie können doch auch in den Wintergarten gehen. Da kriegt man von dem Baulärm nichts mit.«

»Aber ich kann doch nicht gehen.«

»Sie könnten schon, wenn Sie wollten.«

»Im Wintergarten sind diese armen Menschen von der B. Die wilde Kapusta, Luried oder wie die alle heißen. Ich kann das nicht mit ansehen, da bricht mir das Herz.«

»Ach, Frau Kaleschke«, seufzte Pfleger Carsten, »der Wintergarten ist nur für die A, das wissen Sie doch. Ich glaube, Sie suchen bloß eine Ausrede. So, hier ist Ihr Rollator. Sie können jetzt aufstehen, ich halte Sie fest.«

Vorsichtig setzte Lotti die Füße auf den glänzenden, gelben Boden.

»Ich falle! Ich falle!«, rief sie.

»Aber ich halte Sie doch fest!«

Mühsam schob sie den Rollator in Richtung Badezimmer, der Pfleger stützte sie. Sie dachte an die Streichholzflugzeuge ihres Bruders. Sie hatte ihm die Streichhölzer aus den Aschenbechern zusammengesammelt, in den Königgrätzer Frühstücksstuben, damals, in Kreuzberg am Anhalter Bahnhof, und er baute daraus die Messerschmitt und später den Greif mit der großen, runden Bugkanzel.

Die ganze Welt bestand aus Streichhölzern, auch Lottis Knochen, und jemand zog ihr die Hölzer weg, täglich eins mehr. Nichts war noch fest, weder die bewaldeten Hügel, die Lotti durchs große, runde Fenster sehen konnte, noch Berlin in der Ferne. Selbst Gott hatte Löcher und Lücken bekommen, und immer fegte ein Wind durch alles. Genau genommen, ein Antiwind, denn es gab nichts Festes, an dem er sich rieb. Er wehte und gleichzeitig war er starr.

Sie konnte das keinem erklären. Die Ärzte nannten es Angststörung. Aber es war keine Angst. Der Antiwind war die Wirklichkeit, und Lotti hatte die Gabe, ihn zu spüren.

Pfleger Carsten klappte den Toilettendeckel hoch und half ihr, sich umzudrehen und zu setzen. Die Unterhose konnte sie selbst herunterziehen, sie ließ sie auf die blaugeäderten Füße fallen, wo Pfleger Carsten sie fortnahm und in den Wäschebeutel steckte. Der Pfleger verließ das Bad, während Lotti ihr Geschäft verrichtete, er schaltete den Fernseher an und drehte ihn laut. Er drehte ihn lauter als nötig, denn er hielt sie für schwerhörig. Daran merkte sie, dass er es für sie tat, damit sie auch mitbekam, dass er nichts hörte, und nicht, weil er ihre Toilettengeräusche abstoßend fand.

Als er ihr in der Dusche das Nachthemd auszog, blickte er an ihrem Körper vorbei, nicht wie einer, der sich ekelte, sondern wie ein Gentleman, der vorgab, etwas Schönes, das nicht für ihn bestimmt war, zu übersehen. Er half ihr, sich auf den Duschhocker mit dem Loch in der Mitte zu setzen. Er hob vorsichtig ihre steifen Arme, um die Achseln zu waschen. Unter den Brüsten wusch sie sich selbst. Ihre Haut war zerknittert wie trockenes Laub und roch nach der verschwitzten Nacht. Pfleger Carsten drehte den Duschstrahl auf sanft und hielt ihn unter den Hocker, während Lotti sich die Scham einseifte. Sie schämte sich, als das Wasser sie unten berührte, und war froh, als Pfleger Carsten ein Gespräch begann.

»Ob Jacqueline heute in die Rettungskapsel muss?«, fragte er.

»Ich habe für sie angerufen«, antwortete Lotti. »Endziffer nullvier.«

»Na, das wird wohl den Ausschlag geben! Obwohl bestimmt alle sauer auf sie sind, nach der vergeigten Bergwerksprüfung. Jetzt haben sie kein einziges Licht mehr da unten.«

»Das arme Mädchen hatte doch Angst, in diesem Lehmloch, mit der Maus vor der Nase.«

»Selber schuld, wer sich drauf einlässt, oder? Ich würde mich nicht verschütten lassen, für nichts auf der Welt!«

»Trotzdem tat sie mir leid«, sagte Lotti.

Während sie sich im Sitzen abtrocknete, holte ihr der Pfleger frische Wäsche aus dem Schrank. Er pfiff durch die Zähne. »Da liegt ja alles Kante auf Kante!«, rief er. »Auf den Millimeter!«

»Ja«, sagte Lotti. »Man muss immer alles bereitliegen haben, damit man es im Dunkeln findet. Damit man es mitnehmen kann.«

Später sah sie nach, ob Pfleger Carsten wie immer sein Trinkgeld genommen hatte, sie legte ihm jeden Morgen zehn Euro auf den Tisch, obwohl sie selbst nicht so viel hatte. Der kleine dicke Pfleger Ingo bekam nichts, denn er war grob beim Waschen, und auch Schwester Nina mit den roten Koboldhaaren hatte Lottis Herz nicht gewinnen können. Eigentlich keiner außer Pfleger Carsten. Vielleicht noch Sylvia und die junge Annika. Aber die hatte sich vorgestern die Pulsadern aufgeschnitten, und jetzt war sie drüben auf der B, zusammen mit Xaver, der einen Tag später die Nerven verloren hatte. Er tat Lotti leid – wie alle –, gleichzeitig machte er ihr Angst. Gestern hatte er schon beim Frühstück rumort, ans Fenster getrommelt, mit vollem Mund wirre Dinge geschrien, Beate zum Weinen gebracht und schließlich die Scheibe zum Dienstzimmer zertrümmert, mit Lurieds Gitarre. Inzwischen war die Scheibe mit Pappe und Klebstreifen repariert, und man konnte kaum noch sehen, was im Dienstzimmer vor sich ging.

»Mädel, sei bescheiden«, hatte die Mutter damals gesagt. »Und schau immer aufs Herz.« Und Lotti sagte auch nichts, obwohl sie sich die erste Klasse anders vorgestellt hatte, und sie schaute auch allen aufs Herz und sah überall Streichholzherzen mit Löchern und Lücken und verbrannten Stellen. Dann wünschte sie, sie könnte noch einmal zurück in die Königgrätzer Frühstücksstuben gehen, sich zum Geldboten an den Stammtisch setzen, eine Olympiamolle trinken, zuschauen, wie er die Scheine zählt, und die Streichhölzer aus den Aschenbechern sammeln.

Vor der Visite schminkte sie sich, im Sessel, mit dem Handspiegel. Sie schminkte sich erst, seit sie alt war. Trotzdem fühlte sie sich jünger als die Models und Schauspielerinnen in den Zeitschriften, die vor ihr auf dem Fernsehtischchen lagen. Die Models, das waren für sie die Damen, die sich frisierten, parfümierten und die Absätze auf dem Pflaster klacken ließen, während Lotti, die kleine Lotti, nur Rock und Bluse trug und ihr Gesicht mit Kernseife wusch.

Wenn sie in den Zeitschriften blätterte, stand sie wieder auf dem Anhalter Bahnhof, oben, neben der Uhr, am Geländer, und sah den Reisenden zu. Die feinen Leute kamen mit ihren Schrankkoffern, die Damen trugen Pelzmäntel und Federhüte, und um sie herum scharwenzelten die Gepäckträger und die Pagen vom Hotel Excelsior. Die Stimmen und die Geräusche der Züge vereinten sich unter der Kuppel der Bahnhofshalle zu einem Brausen. Das war die große Welt. Die Welt war nicht in den Königgrätzer Frühstücksstuben, wo die Mutter servierte, oder in ihrer Einzimmerwohnung oder im Rinnstein, wo der

Bruder die Wikingautos fahren ließ, die ihm ein Stammgast geschenkt hatte – hohle Formen mit Achsen aus Draht.

Manchmal glaubte Lotti, sie würde eines Tages erwachen, an ihrem achtzehnten Geburtstag, und sich verwundert an den Traum vom Altsein erinnern.

Die Oberärztin, Frau Dr. Thewes, ließ bei der Visite die Tür einen Spalt breit offen und setzte sich auf die Kante des Stuhls, gegenüber von Lottis Sessel. Sie ließ ihren weißgrauen Kugelschreiber zwischen Zeige- und Mittelfinger wippen, während sie Lottis Akte durchsah.

»Als ich jung war, hatte ich auch so dicke, dunkle Haare wie Sie«, sagte Lotti.

Die Thewes sah auf: »Wie geht es denn mit dem Escitalopram? Das müsste langsam mal anschlagen.«

»Aber ich habe sie anders getragen«, fuhr Lotti fort. »Ich habe sie tief in den Nacken gezogen und nach oben eingerollt. Die Frau Hähnel war immer so neidisch darauf. Frau Hähnel von der Bäckerei Hähnel. Das war die Tante von meinem Verlobten. Die hat mich damals versteckt, nach dem Krieg. Und dann hat es sie selbst erwischt, obwohl sie schon alt war. Manchmal denke ich, darauf war sie in Wahrheit neidisch, dass ich verschont blieb, nicht auf die Haare. Diese Frisur hatte auch einen bestimmten Namen, die war damals ganz modern. Wie war der noch mal?«

»Frau Kaleschke? Sind Sie noch bei mir?«

»Ja«, sagte Lotti und senkte den Kopf. »Das Medikament vertrage ich gut. Nur schlafen kann ich nicht. Und ich bin immer müde und muss ständig auf die Toilette. Und das ist nicht so einfach für mich, ich kann das ja nicht allein.«

»Das liegt wohl am HTZ. Das ist ein Diuretikum, das ist harntreibend. Aber eine gute Ergänzung zum Bisoprolol. Und geholfen hat es ja schon, Ihr Blutdruck ist runtergegangen.«

»Ja«, sagte Lotti.

»Und was macht die Angst? Wird es besser?«

»Nein«, sagte Lotti.

»Und heute haben Sie Ihre erste Einzeltherapiesitzung beim Chef?«

»Ja«, sagte Lotti.

»Das ist doch schön. Da können Sie über alles reden. Sich mal alles von der Seele reden, ja?«

»Ja«, sagte Lotti.

»Gut, wenn sonst nichts Akutes anliegt, lassen wir es heute dabei.«

»Ja«, sagte Lotti.

Die Thewes stand auf, an der Tür drehte sie sich noch einmal um. »Sie wissen, dass Sie heute Nachmittag zur Musiktherapie gehen?«

»Nein«, sagte Lotti. »Da will ich nicht hin.«

»Sie müssen sich aber schon mal auf was Neues einlassen. Die alten Muster durchbrechen, verstehen Sie? Dann finden Sie auch wieder Mut. Ohne Ihr Zutun klappt das nicht.« Sie streckte Lotti die Hand hin. »Alles Gute.«

Lotti nahm die schmale Hand der Ärztin und lächelte vorsichtig. Die Thewes lächelte zurück. Dann ging sie, die Tür fiel ins Schloss.

Im gelben Lack der Tür sah Lotti so etwas wie ein Spiegelbild, einen groben Umriss. »Olympiarolle«, sagte sie in die Stille hinein. »Das war der Name der Frisur.«

Die nächsten drei Stunden saß sie im Sessel und starrte aus dem Fenster.

Olympiarolle, Olympiamolle, dachte sie. Komisch, das reimt sich ja.

Sie wusste nicht, was sie in der Einzelstunde bei Vosskamp erzählen sollte. Sich alles von der Seele reden, wie die Thewes gesagt hatte? Aber was denn?

Früher hatte sie manchmal gedacht, dies oder jenes erzähle ich meinen Enkeln. Aber sie hatte keine Enkel und inzwischen auch keine Erzählung mehr. Die Erinnerungen waren zerfetzt, und wie sollte sie sich Fetzen von der Seele reden? Sie stellte sich eine Vogelscheuche vor, von der der Wind zermürbte Lumpen riss, bis nur noch ein Holzkreuz in der Landschaft stand.

Um elf Uhr nahm sie noch einmal das Schminkzeug zur Hand und puderte ihr Gesicht. Die Haare trug sie auf Ohrlänge, sie waren weiß, aber immer noch voll. Die Nase war zierlich, die Brauen hoch angesetzt. Die Oberlippe war eingesunken, aber Lotti erinnerte sich noch an die vollen, geschwungenen Bögen. Sie hatte ihre Schönheit erst mit dem Alter, mit dem Verblühen erkannt, obwohl Johann es ihr immer gesagt hatte.

Um fünf nach elf klingelte sie nach dem Pfleger und bat ihn, sie auf die Toilette zu bringen. Pfleger Carsten führte sie die wenigen Schritte dorthin, aber diesmal stellte er den Fernseher nicht an, während sie auf der Toilette saß, sondern hastete auf die Station zurück und kam erst wieder, nachdem sie viermal geklingelt hatte. Sie spürte den Abdruck der Toilettenbrille auf ihrem Gesäß.

Um zwanzig nach elf brachte der Pfleger sie zu Vosskamp. Es war nur ein kurzer Weg durch den Stationsflur bis zum Nordturm, den alle den Thera-Tower nannten. Lotti machte winzige Schritte, und zwischendurch blieb sie stehen und konnte nicht mehr weitergehen.

»Ich falle«, rief sie, »ich falle!«

»Aber ich halte Sie doch«, sagte Pfleger Carsten.

Lotti hielt sich an den Griffen ihres Rollators fest und drückte auf die Handbremsen, damit er nicht wegrollte. Sie spürte den Antiwind. Es gab sonst nichts, nicht einmal Leere, nur rasendes Nichts. In ihren Lungen war ein schnelles Pfeifen, und durch ihre Adern surrten stachelige Fäden.

»Atmen«, sagte Pfleger Carsten, »einfach ganz ruhig atmen.«

»Aber ich falle!«

»Frau Kaleschke, kriegen Sie jetzt bitte keine Panikattacke.

Konzentrieren Sie sich auf etwas anderes. Sehen Sie das Bild da hinten an der Wand? Von Horst Vierer? Kennen Sie Horst Vierer? Den Ostberliner Maler?«

Lotti hielt die Luft an. Während sich in ihr eine gepresste Stille ausbreitete, betrachtete sie das Gemälde. Lauter bunte Strichmännchen waren darauf zu sehen, außerdem Blumen und am unteren Bildrand ein Zimmer voller Betten. Irgendwie ähnelte das Bild ihrem Lebensweg. Das Glück der Liebe, dargestellt durch eine Blumenwiese, war bald vorbei, und die Mädchen landeten ganz unten im Krankenhaus. So wie sie damals in Marienwerder. Seltsam, dachte Lotti.

»Atmen!«, sagte Pfleger Carsten.

Lotti schnappte nach Luft, ihre Arme zitterten. Der Pfleger zog sie ein Stück nach vorne, zwang sie zu einem Schritt. Sie drückte wieder auf die Handbremsen, und der Kampf begann von vorn. Anfangs nahm Pfleger Carsten sie noch sanft am Arm, dann fasste er härter zu, und am Ende des Ganges zerrte er an ihr. Beide schnauften.

»Mein Gott, Frau Kaleschke«, stöhnte Pfleger Carsten, »ich muss Sie doch pünktlich beim Chef abgeben! Machen Sie es mir doch nicht so schwer!«

Nie wieder, dachte sie, nie wieder kriegt dieser Mann auch nur einen Pfennig Trinkgeld von mir.

Es dauerte eine Viertelstunde, bis sie den Behindertenaufzug des Nordturms erreicht hatten. Um auf die Fahrstuhlplattform zu gelangen, musste Lotti den Fuß anheben. Sie schrie wieder auf: »Ich falle!«

Als sie in Vosskamps Büro ankamen, war Lottis rostrotes Twinset unter den Armen und den Brüsten durchgeschwitzt, und sie musste sich zusammennehmen, um nicht vor Scham zu weinen. Pfleger Carsten platzierte sie auf einem Ledersofa.

»Ich hole sie um zwanzig nach wieder ab«, sagte er zu Vosskamp, ohne Lotti noch einmal anzusehen. Dann ging er.

Vosskamp gab ihr die Hand, setzte sich in einen tiefen schwarzen Sessel gegenüber und begann, langsam zu wippen. Lotti sah sich um. Der Professor hatte fast eine ganze Turmetage für sich. Die Wände bestanden aus Halbkugelfenstern. An der Wand zum Sekretariat stand ein Regal, aber es gab keine geschützte Ecke; von allen Seiten raste der Himmel in den Raum hinein, und die Möbel standen frei herum.

»Frau Kaleschke«, sagte Vosskamp, »schön, dass Sie da sind! Wie geht es Ihnen?«

»Es geht schon.«

Sie musterte Vosskamp, den sie nur aus den kurzen Chefarztvisiten kannte. Er war ein robuster, blonder Mann mit einem fröhlichen Gesicht, in dem sich etwas Einsames verbarg. Er erinnerte sie an den Brauereikutscher, der die Bierfässer in die Königgrätzer Frühstücksstuben gebracht hatte.

Sie hatte die Pferde streicheln dürfen, manchmal gab sie ihnen alte Brotkanten. Später sah sie sie auf der Straße liegen, die aufgeblähten Bäuche waren voller Fliegen, und die toten Menschen ringsum hatten Gesichter wie aus Wachs. Dann kamen Männer und vergruben alle, Menschen und Tiere, im Garten der Dänischen Kirche, am Stoecker-Hospiz, wo Lotti als Kind gespielt hatte. Verzierte Eisengittertüren schlossen die Gartenanlage ab. Am Gitter hing ein Schaukasten der Parfümerie Funke. Als Kind hatte Lotti sich den Spaß gemacht, am Gitter zu rütteln, bis die Parfümflaschen umfielen. Seltsamerweise standen sie jetzt, sauber aufgereiht, wenn auch staubig, während ringsum alles in Trümmern lag. Wenn Lotti sich umdrehte, sah sie die Bahnhofshalle. Die Wände standen noch, aber das Dach war zerbombt. Die Stahlträger ragten wie Rippen aus einem aufgeplatzten Brustkorb.

»Sie waren also Trümmerfrau?«, begann Vosskamp das Gespräch, »eine echte Berliner Trümmerfrau? Sie waren doch nicht einmal achtzehn damals.«

»Was blieb mir übrig. Man bekam dafür die Schwerstarbeiterkarte, da bin ich wenigstens nicht verhungert. Und ich konnte Frau Hähnel was abgeben. Frau Hähnel von der Bäckerei Hähnel, das war die Tante von meinem Verlobten. Zuerst war die Lindenstraße dran, wir haben die Feuerwache frei geräumt, danach das Metropol am Nollendorfplatz. Mit den Händen. Sie glauben ja nicht, was die Haut alles aushält. Und es gab kein Fett, keine Seife. Meine Haare waren grau von dem Steinstaub, auch mein Gesicht. In der Pause sind wir nach Brennholz gegangen. Sehen Sie, mein Verlobungsring hat eine Beule, und die Steine fehlen.«

Sie hielt Vosskamp ihren Bandring hin, in dem drei schwarze Löcher klafften. Vosskamp warf einen Blick darauf.

»Und Sie mögen Bücher?«, fragte er. »Sie waren Bibliothekarin?«

»Das bin ich eher durch Zufall geworden. Zuerst war ich Bauhilfsarbeiterin bei der Firma Karl Möbus. Zweiundsiebzig Pfennig Stundenlohn. Da wurden noch fünfzehn Prozent von abgezogen, Lohnsteuer. Die hatten nicht mal richtiges Papier, um den Lohnzettel zu schreiben, aber schon Steuern. Dann war ich beim Briefmarkenhandel. Das war in der Schlossstraße 84, in einem Zigarrengeschäft. Wir haben mit den Amerikanern getauscht. Einer der Kunden, Jake Mitchel, ein GI, organisierte den Aufbau der Stadtbibliothek in der Sattelkammer vom Alten Marstall. Der war zerstört, und die suchten Hilfe. Und ich konnte ja anpacken. Und dann wurde ich sogar beamtet, 1952 war das. Darum bin ich auch privatversichert und darf in der ersten Klasse sein. Wenn das meine Mutter wüsste. Sie hat sich mit mir so viel Mühe gegeben. Ich musste immer hochdeutsch sprechen. Icke, Kleener, ooch statt auch, das durfte ich alles nicht sagen.«

Vosskamp schrieb etwas in seinen Block, und Lotti wartete, bis er fertig war. Sie spürte den abkühlenden Schweiß auf ihrer Haut, der Geruch drang durch ihren Parfümduft. Sie benutzte Blue Grass von Elizabeth Arden, wegen der Pferde auf dem Flakon.

»Das waren so viele Zufälle damals. Das ist einfach zu viel zum Erzählen.«

Vosskamp legte den Block beiseite. »Sie sind ja eine richtige Urberlinerin«, sagte er. »Da kannten Sie noch das mondäne Berlin? Das Stadtschloss, das Adlon, den Kurfürstendamm?«

»Na ja, ich kam aus Kreuzberg. Man ging damals nicht auf den Ku'damm.«

»Ach?«

»Da gehörte man nicht hin. Und später hat man die feinen Leute verachtet. Weil die abreisten, als die ersten Bomben fielen. Wissen Sie, ich kenne alte Frauen, die haben auf Marlene Dietrichs Grab gespuckt. Die sind extra nach Friedenau gefahren, auf den Friedhof in der Stubenrauchstraße, nur um der Dietrich aufs Grab zu spucken.«

Vosskamp stieß einen kurzen Laut aus, zwischen Erstaunen und Amüsement. »Aufs Grab gespuckt?«

»Ja«, sagte Lotti. »Weil sie uns verlassen hat. Als sie sang, dass sie noch einen Koffer in Berlin hat, da waren wir fassungslos. Wir hatten nämlich gar nichts mehr, damals.«

»Die Seligkeiten vergang'ner Zeiten sind alle noch in meinem kleinen Koffer drin«, zitierte Vosskamp in einem Singsang und deutete dazu die Armbewegung eines Entertainers an, der gerade eine Showtreppe herunterwackelt.

»Wir hatten nichts zu essen, und sie hatte Seligkeiten?«, fragte Lotti. Ihre Stimme wurde lauter. »Und wer hat diese Seligkeiten so schön säuberlich aufbewahrt und in den Berliner Bombennächten darauf aufgepasst? Wer hat den Koffer der Dietrich ständig in den Luftschutzkeller geschleppt und danach wieder die Treppen rauf? Wer hat es sich verkniffen, ihre Seligkeiten auf dem Schwarzmarkt zu tauschen gegen Rüben, weil er am Verhungern war? Und warum wird das in dem Lied nicht erwähnt? Warum wird dem Kofferträger nicht gedankt? Weil die Dietrich nur an ihren Koffer denken konnte, nicht an die Menschen.«

Vosskamp lachte leise.

»Was ist denn daran so komisch?«, fragte Lotti. »Wissen Sie, was meine Seligkeiten waren? Die Skiunterhose von meinem Bruder und sein weißes Bigband-Jackett. Darauf habe ich aufgepasst. Damit er was zum Anziehen hat, wenn er wiederkommt. Aber dann musste ich die Klamotten selber tragen, bis sie mir vom Leibe fielen, und hatte noch Schuldgefühle deswegen. Und mein Bruder, der kam nicht wieder. Der ist im Ardenner Wald gefallen. Der hat nicht berühmt in Amerika gesessen und von irgendeinem Koffer in Berlin gesungen.«

Lottis Gesicht glühte, sie presste sich die Hände an die Wangen. Mein Gott, dachte sie, ich habe mich gehen lassen.

»Aber Frau Kaleschke«, sagte Vosskamp, immer noch lachend. »Das ist doch nur ein Lied, das hat doch jemand ganz anderes geschrieben. Das haben doch alle gesungen – die Knef, sogar der Udo Lindenberg. Den Koffer in Berlin, den hat es nie gegeben.«

»Sie hat es aber behauptet, die Dietrich«, sagte Lotti leise.

Vosskamp wurde wieder ernst. Eine Weile sprachen beide kein Wort. Lotti saß mit hochgezogenen Schultern auf dem schwarzen Ledersofa, während Vosskamp in seinem Sessel wippte.

»Ich kann das gut verstehen, dass Sie auch gern so einen Koffer hätten«, sagte er schließlich. »Nach allem, was Sie erleben mussten.«

»Wenigstens ein Foto oder einen Brief«, flüsterte Lotti.

»Ja.« Vosskamp stützte sein Kinn in die Hand und nickte.

»Aber ich habe das nicht getan«, sagte Lotti. »Marlene aufs Grab gespuckt, meine ich. Ich habe da nicht mitgemacht. Und bitte entschuldigen Sie meinen Tonfall vorhin.«

»Aber Frau Kaleschke!«, rief Vosskamp, nahm das Kinn aus der Hand, richtete den Oberkörper auf und begann, heftiger in seinem Sessel zu wippen. »Ich freue mich über Ihren Tonfall, über Ihre Wut! Sie müssen die Wut einsetzen gegen die Angst. Verstehen Sie? Die Wut gegen die Angst!«

Lotti wusste nicht, was sie antworten sollte. Sie senkte den Blick, er fiel auf Vosskamps Block, der auf dem Sofatischchen lag, und sie sah, dass Vosskamp gar nichts geschrieben, sondern mit dem Kugelschreiber ein feines Gitter und ein Schachmuster aus Dreiecken gezeichnet hatte, aus dem einige Pfeile wuchsen. Vosskamp bemerkte ihren Blick.

»Sie sind eine hellwache alte Dame«, schmunzelte er. »Da erwischen Sie doch glatt den Chef beim Herumkritzeln. Was ich Sie fragen wollte: Haben Sie sich bei uns eingelebt?«

»Nein. Es ist auch nicht leicht, auf einmal zu den Irren zu gehören. Wo ich doch mein ganzes Leben lang so stark war.«

»Das kann ich nachempfinden. So sind Sie aufgewachsen. In Ihrer Jugend wurden psychische Krankheiten noch tabuisiert.«

»Na ja, ich war mal im Irrenhaus, als junge Frau. Aber nur auf der Durchfahrt. Das war, als das Krankenhaus Marienwerder evakuiert wurde, im Lazarettzug. Ich hatte eine Blinddarmoperation. Im Zug lagen alle durcheinander, Männer, Frauen, keiner hat sich gekümmert, die Leute haben gestöhnt und geschrien. Und ich hatte solchen Durst, ich habe das Wasser von den Scheiben geleckt. Das Irrenhaus war in Ueckermünde, aber es waren keine Irren mehr da. An den Fenstern fehlten die Griffe, so ähnlich wie hier. Dann bin ich abgehauen. Weil ich keinen Stuhlgang mehr hatte. Weil ich dachte, ich platze, ich sterbe. Und weil Johann es mir doch aufgetragen hat. Da wollte ich nur noch nach Hause, nach Berlin, zum Anhalter Bahnhof, und dort auf ihn warten. Und stellen Sie sich vor, da war eine fremde Frau, die hat mir am Schalter eine Karte gelöst. Vier Reichsmark und zwanzig Pfennig hat die gekostet. Die war lindgrün, die Karte. Aber als ich ankam in Berlin, war nichts mehr da. Die Königgrätzer Frühstücksstuben – weggebombt. Das Haus, wo wir lebten – weggebombt. Meine Mutter – weggebombt.«

Ihr Herz hatte heftig zu schlagen begonnen, und das letzte Wort schrie sie fast heraus. Vosskamp griff wieder nach dem Kugelschreiber und tippte ein paarmal kurz auf den Block. Mein Gott, ich langweile den Professor, dachte Lotti. Jetzt muss er sich mein Geschwätz und Geschrei anhören, und was habe ich schon zu sagen.

In diesem Moment legte Vosskamp mit einer raschen Bewegung alles beiseite, lehnte sich zurück, faltete die Hände und guckte Lotti in die Augen. Er hatte hellblaue Augen, in denen ein Selbstbewusstsein blitzte, als wäre er ein schöner Mann und wüsste das auch. Lotti beruhigte sich wieder.

»Und der ganze Bahnhof war voller Kettenhunde«, sagte sie, »ich hatte Angst, dass die mich erschießen.«

»Sie haben geglaubt, dass die Hunde Sie erschießen?« Vosskamp griff wieder nach seinem Block.

»Nein, die Kettenhunde, das waren die Feldjäger«, erklärte sie. »Die hatten so dicke Ketten um den Hals, mit Schildern dran. Deswegen hießen die so. Und ich war ja im Grunde fahnenflüchtig, ich bin ja nicht zum Reichsarbeitsdienst zurück. Die hätten mich an die Wand stellen können.«

»Schrecklich, was Sie durchmachen mussten.«

»Ich wüsste so gerne, wer das war, diese fremde Frau. Die mir die Fahrkarte gekauft hat. Ich hätte mich so gern bedankt.«

»Ja, mit dem Danken ist das so eine Sache«, sagte Vosskamp, hob seine Hand, wedelte mit ihr und wechselte in eine höhere Tonlage. »Das ist übrigens ein Phänomen bei psychiatrischen Patienten. Kurz vor der Entlassung, wenn sie gesund sind, werden sie plötzlich undankbar und beschweren sich über alles. Sie werden das auch an sich bemerken, Frau Kaleschke. Na, vielleicht denken Sie dann an unser Gespräch zurück.«

»Aber ich wollte mich wirklich bedanken bei der Frau. Bei vielen Menschen, nicht nur bei ihr. Auch bei Frau Hähnel, die mich versteckt hat. Frau Hähnel von der Bäckerei Hähnel. Wir haben zusammen den Bunker verlassen, wir sind durch den S-Bahntunnel gelaufen, nach Norden. Weil wir doch dachten, da ist die Armee vom Wenck, die rettet uns. Zuerst konnten wir noch auf dem Stromschutz balancieren. Dann wurde der Tunnel geflutet, das Wasser ging bis zu den Knien, immer höher, und dauernd fielen wir hin, weil da überall Sachen im Gleisbett schwammen, vielleicht auch Körper. Das konnte man nicht auseinanderhalten, es war ja dunkel. Der ganze Krieg war dunkel. Das können Sie nicht wissen, dafür sind Sie zu jung, Sie kennen den Krieg ja nur von den Bildern, und die sind hell. Aber der Krieg war ganz anders, ohne Bilder, ohne Licht. Der Krieg war das, was man nicht sah. Der war traumlos, wissen Sie. Das war das Schlimmste.«

Vosskamp wedelte wieder mit der Hand. »Eine verwegene These, die Sie da aufstellen, Frau Kaleschke!«

»Wenn wir an der Friedrichstraße nicht rausgeklettert wären, dann wären wir ertrunken«, fuhr Lotti fort. »Im Sommer fünfundvierzig bin ich noch einmal hin. Das ganze Wasser hat gestunken, die sind da mit Kähnen drin rumgefahren und haben die Leichen rausgeholt. Frau Hähnel hat sich später umgebracht. Nicht wegen der Leichen, wegen der Russen. Aber erst in den Fünfzigern. Ein paar Jahre hat sie noch durchgehalten.«

»Ja ...« Vosskamp wedelte noch einmal mit der Hand.

Lotti schluckte. Auf einmal mochte sie ihn nicht mehr. Was sollte das eigentlich heißen, verwegene These?, dachte sie, warum tut er denn so, als wäre ich klug, ich will ihm doch gar nichts beweisen. Und schön ist er auch nicht. Und wie albern er war, als er die Dietrich nachahmte. Ist er andersrum, oder was sollte das?

Es entstand eine Pause. Vosskamp drückte die Fingerspitzen aneinander und klappte die Hände auf und zu. Er senkte die Augenbrauen und stülpte die Lippen vor, als wollte er einem kleinen Mädchen sagen: Ach komm schon, sei doch nicht bockig. Ein paarmal fing er ihren Blick. Ein paarmal wollte Lotti weiterreden, aber am Ende ließ sie es.

Von draußen schlug es dumpf an die Wände vom Bunker am Anhalter Bahnhof, und irgendwie rollte alles, die Bewegungen, die Stimmen. Es stank nach Körperfett, nach Ammoniak und Kot, die Toiletten waren längst übergelaufen, man benutzte die Treppenaufgänge als Abtritt. Irgendwelche Frauen brachten Butter mit, Butter und Zucker, Säcke voll, die hatten sie wohl am Güterbahnhof gestohlen, jetzt verteilten sie alles. Die Leute stopften die Butter in sich hinein, mit bloßen Händen, und streuten sich Zucker in den Mund, auch Lotti tat das. Das Gemisch schmeckte nach Kuchenteig, es knirschte zwischen ihren Zähnen. Sie sah den Fahrstuhl, einen Gitterkasten, darin die Soldaten, es waren noch Kinder, sie fuhren nach oben, zur Flak aufs Dach. Als der Fahrstuhl zurückkam, waren Tote darin, blutig und zerfetzt. Lotti übergab sich, dann sah sie, dass sich noch andere übergaben, einer nach dem anderen. Aber nicht wegen der zerfetzten Kinder in den Uniformen, sondern wegen der Butter und dem Zucker, das war zu viel für die ausgehungerten Mägen. Auf einmal hieß es, die Russen stehen am Kreuzberg. Und die ganze Zeit war es dunkel. Sie wusste nicht mehr, ob es Nacht oder Tag war.

Lotti kniff die Augen zusammen, dann sah sie sich um. Der Himmel, der von allen Seiten auf sie zukam, war grau und an einigen Stellen aufgerissen. Vosskamp spielte noch immer mit den Händen und blitzte mit den Augen.

Er ist nicht schön, dachte Lotti. Johann Aschmutat war schön. Und trotzdem hat er nicht mit den Augen herumgeblitzt.

Er war damals manchmal in den Laden gekommen. Wenn er sie ansah, schnappte etwas in Lottis Brust, das sich anfühlte wie ein zarter Fischmund, durch den ein sehr feiner Angelhaken getrieben wird. Sie verstand nicht, warum ihr das gefiel, es tat ja weh. Aber gleichzeitig war ihr nach Kichern zumute.

Alfons Fischer von Weikersthals Geschäft für feine Herrenwäsche lag neben dem Hotel Excelsior, und Lotti war im ersten Lehrjahr. Sie hatte gerade ihr Pflichtjahr hinter sich, bei der Familie Rhodendal, sie hatte dort das Linoleum im Kinderzimmer mit dem Bohnerbesen poliert, jeden Abend, bis die Schrammen der Hausschuhe verschwanden, sie hatte die Teppichfransen im Salon mit den Händen in parallele Reihen gelegt. Und sie hatte gelernt, die Taschentücher so zu plätten, dass sich die gerollten Säume nicht verdrehten und alles passgenau übereinanderlag auf den Wäscheplatten, mit einem verzierten Gummiband.

»Ich kann dir ja gar nichts mehr beibringen, Mädel«, sagte der Chef.

Und weil sie außerdem nicht berlinerte, durfte sie bald allein im Laden stehen und verkaufen und mit den Verwaltern der Gutshöfe sprechen, die von weit her aus Ostpreußen kamen und die Hemden und Wäsche für die Gutsherren holten.

An der Tür klingelte die Glocke.

»Die Wäsche für Mokischken bitte«, sagte der junge Mann, als er wieder einmal den Laden betrat.

Sie hörte zum ersten Mal seine Stimme, sie war etwas rau. Lotti sah in der Liste nach, die sie selbst geschrieben hatte, aber es gab keine Familie Mokischken.

»Entschuldigung, wie ist Ihr Name?«

»Johann Aschmutat.«

Er hatte leicht schräg gestellte blaue Augen mit einer scharfen Falte dazwischen. Lotti wurde rot, sie verstand nichts mehr. Sie dachte: Mokischken, ist das vielleicht ein Geheimsprachenwort, das ich kennen müsste?

»Mokischken?«, stotterte sie und blätterte fahrig die Liste durch, wo auch kein Aschmutat verzeichnet war, »Mokischken, was heißt denn das?«

»Hören Sie das nicht?«

Es war das erste Mal, dass ein Mann sie siezte, sie wurde so rot, dass sie glaubte zu platzen, zuerst im Gesicht, dann spürte sie, wie die Röte am Hals hinunterglitt und über die Brust und den Bauch. Sie senkte den Kopf und starrte auf die Liste mit den

Namen, und weil ihr Kopf auf einmal so leer war, sagte sie innerlich die Namen auf, und gleichzeitig fühlte sie vor sich den Körper des Mannes stehen, der sich nicht rührte und die Energie des Raumes auf sich zog.

»Mokischken ist dunkel, weil es dort Wälder und Moore gibt. Und gleichzeitig wölbt sich das Licht über den Feldern«, sagte der Mann schließlich.

»Ach so?«, stotterte Lotti. »Es ist ein Ort? Ein Gutshof?«

Vor Erleichterung begann sie zu weinen.

»Ja«, sagte er. »Mokischken ist zum Weinen schön. So wie Sie.«

Sie dachte, dass er gleich loslachen würde, aber die Falte zwischen seinen Augen blieb scharf, die schmalen Lippen waren leicht zusammengepresst, und plötzlich verwandelte sich alle Peinlichkeit in Glück. Diese Wandlung geschah so schnell, dass Lotti für einen Moment nicht mehr wusste, wer sie war. Als es ihr wieder einfiel, war sie zugleich eine andere.

»Wie heißt denn der Gutsherr?«, fragte sie.

»Graf Hohendorff«, sagte Johann Aschmutat.

Sie ging ans Regal und holte das Paket, er nahm es und zahlte, und seine Stirn war jetzt glatt.

Als sie abends im Bett lag und der Bruder sie necken wollte und mit dem Kissen nach ihr warf, lächelte sie und verzieh ihm und gönnte ihm alles, die Speckwürfel, die er aufs Brot bekam, sein Fotolabor im Korridor, sein Saxophon, sein Studium, das er bald antreten durfte. Sie dachte die ganze Zeit an ihre Frage und Johann Aschmutats Antwort und wiederholte unablässig im Geiste: Wie heißt denn der Gutsherr? – Graf Hohendorff – Wie heißt denn der Gutsherr – Graf Hohendorff … Sie wusste, dass sie nach etwas anderem gefragt hatte als nach dem Namen des Gutsherrn, und sie wusste, dass Johann Aschmutat etwas anderes geantwortet hatte, dass die Worte von einem Zierband umgeben waren wie damals die Wäsche im Schrank der Familie Rhodendal, und sie wusste, dass er es wusste, und dass er wusste, dass sie es wusste, und immer so weiter, bis die Ewigkeit begann. Sie fürchtete sich vor nichts mehr, weil es Mokischken gab. Sie wusste, er würde wiederkommen, sie wusste, er würde für immer an sie denken. Auf einmal schrumpfte die große Welt, die sie so gern beobachtet hatte, damals, am Anhalter Bahnhof, in sich zusammen, denn alles war nun kleiner als ihr Herz, sogar die gigantische Bahnhofshalle, es brauste und rauschte laut darin.

Als der Gutsverwalter Johann Aschmutat aus dem Memelland ein Jahr später um ihre Hand anhielt, an einem hellen Herbsttag im Jahr 1943, segelten rote Ahornsamen durch den Wind, und Lotti war gerade sechzehn geworden. Kurz darauf begann die Bombardierung Berlins.

»Es kann auch gut tun, einmal gemeinsam zu schweigen, nicht wahr?«, fragte Vosskamp in die Stille hinein.

Lotti sah auf. Sie merkte jetzt erst, wie sie in sich hineinlächelte. Vosskamp denkt wohl, mein Lächeln gelte ihm, dachte sie, und unwillkürlich lächelte sie noch mehr. Sie verzieh ihm seine Bemerkung über den Undank und über die verwegene These und seine Parteinahme für die Dietrich, sie verzieh Pfleger Carsten, der sie hierhergezwungen hatte, sie verzieh sogar Gott für die Löcher und den Antiwind, und sie verzieh ihren eigenen, brüchigen Beinen. Sie verzieh alles, weil es Mokischken gab und weil das Licht sich dort immer noch wölbte.

»Das hat mich berührt, was Sie heute erzählt haben«, sagte Vosskamp. »Es hat mich nachdenklich gestimmt. Das beschädigte Leben. Das beschädigte und bedrohte Leben.«

»Danke«, erwiderte Lotti. Von Mokischken sage ich ihm nichts, dachte sie. Zur Strafe für seine Bemerkungen. Soll er ruhig weiter an Beschädigung und Bedrohung denken, ich denke nur noch an Mokischken.

Und wieder lächelte sie und hörte Johanns raue Stimme: »Du bist doch ein rechtes Aas'chen! Aber ein liebes …«

Sie nickte Johann leise zu, durch den dicken Vorhang aus Zeit. Auch damals hatte er Aas'chen gesagt, weil sie schlau war und ihren Reichsarbeitsdienst in seiner Nähe antrat, im Kirchspiel Nattkischken, an der Grenze zu Litauen. Siebenundsiebzig Arbeitsmaiden waren sie und lebten im Wald, vier Kilometer vom Dorf entfernt, in Holzbaracken, sie zogen abends die Fahne hoch und holten das Wasser aus einem Brunnen, sie halfen im Herbst bei der Ernte und suchten den Kindern die Läuse vom Kopf, und im Winter schippten sie die Straßen frei.

»Wir werden euch schon die Hammelbeine langziehen«, sagte die Stabsführerin, aber Lotti dachte nur an Johann, und wenn sie ihn über die Felder reiten sah, war sie glücklich. Im Frühling wollten sie heiraten. Sie warteten noch auf den Bruder, er sollte ihr Trauzeuge sein. Er war als Soldat an der Westfront.

Vosskamp beugte sich vor.

»Dann wünsche ich Ihnen viel Freude bei der Musiktherapie heute Nachmittag«, sagte er und gab ihr zum Abschied die Hand. »Nehmen Sie es mir nicht krumm, wenn ich zwischendrin gelacht habe. Ich glaube, Sie wissen gar nicht, wie viel Humor Sie haben. Sie haben so vieles in sich, Frau Kaleschke, das Sie gegen die Angst einsetzen können.«

Wieder blitzte er mit den Augen, und Lotti kam es so vor, als würde er, während er sie ansah, über die eigenen Augen nachdenken.

Pünktlich auf die Minute kam Pfleger Carsten und brachte Lotti zurück. Auf dem Weg durch den Flur gelang es ihr, nicht zu schreien. In ihrem Zimmer empfing sie der Baulärm. Auf dem Tisch stand das Tablett mit dem Mittagessen. Sie hob den Isolierdeckel vom Teller. Es gab Tafelspitz mit Meerrettichsoße, dazu leicht matschige Karotten und zerfallene Kartoffeln, zum Nachtisch Quarkspeise mit Birnen.

Nach dem Essen las Lotti die Bildzeitung, die über Jacqueline Webermann berichtete. Angeblich hatte ihr Freund sie verlassen, nachdem er ihre Bergwerksprüfung im Fernsehen gesehen hatte. »Diese Frau ist mir fremd!«, zitierte ihn die Zeitung in riesigen Lettern, und daneben war Jacquelines verschmiertes Gesicht im Astronautenhelm zu sehen und die Maus, die possierlich in die Kamera guckte.

Das arme Mädchen, dachte Lotti. Sie fühlte sich auf einmal nicht mehr gut.

Draußen war der Park mit seinen Erdhaufen, dazwischen fuhr ein silbergrauer Pritschenwagen herum, der braune Reifenspuren in der dünnen Schneedecke hinterließ. Einige der alten Bäume standen noch, Pappeln, Ahorne und Eichen. Ihre knotigen Äste sahen aus, als hätten sie Muskeln.

Lotti erinnerte sich an die unzähligen Lastwagen, die den Kriegsschutt seit Anfang der Fünfzigerjahre in den Grunewald gefahren hatten, weil in der Stadt dafür kein Platz mehr war, Millionen und Abermillionen Kubikmeter Schutt, und wie der Trümmerberg gewachsen war, jahrelang, jahrzehntelang. Bei klarem Wetter sah man weithin den Staub, er umhüllte den Berg wie eine Aura. Dann kamen das Gras und der Wald, dann kamen die Wintersportler, die Drachenflieger, die Weinbauern mit ihren Wilmersdorfer Teufelströpfchen, und irgendwann, als alles ruhig war, als alles gut war, kam der Antiwind.

Lotti zitterte. Sie durfte nicht an Mokischken denken, damit es der Antiwind nicht fand. Aber er jagte durch ihr Gedächtnis, durch den gefluteten S-Bahntunnel, durch den Bunker, durch das Irrenhaus in Ueckermünde, durch den Lazarettzug, die Toten lagen auf dem Perron, durch Marienwerder und Mohrungen und Heilsberg und immer weiter nach Osten und immer weiter zurück in der Zeit, über die Memel und durch die langen, langen Alleen bis Mokischken. Es war Winter, in der Ferne stießen die Bäume ihre Äste durch den Schnee, und das Gutshaus leuchtete gelb, und der große neugotische Turm in seiner Mitte war kirchenhaft mit seiner lanzenförmigen Spitze. Auch das Verwaltergebäude war gelb, es stand abseits, näher am Fluss, und über dem vereisten Wasser und den verschneiten Feldern wölbte sich das Licht, wie Johann Aschmutat versprochen hatte. Aber jetzt riss der Antiwind an allem, und Mokischken verschwand.

Er ist der Teufel, dachte Lotti plötzlich. Vosskamp ist der Teufel. Mit seinem Singen und Augenblitzen hat er Mokischken aufgespürt, und nun wird alles zerstört.

Sie drückte auf den Notrufknopf, zuerst kam Schwester Nina von der Mittagsschicht, dann Dr. Neef, er steckte Lotti eine Tablette in den Mund. Sie schmeckte bitter und schmolz sofort.

»Er ist der Teufel«, weinte Lotti.

»Das Lorazepam wirkt gleich«, sagte Neef, zog einen Stuhl heran und setzte sich. »Was ist denn los, Frau Kaleschke? Sie waren doch so vergnügt, als Sie heute von Vosskamp zurückkamen.«

»Es war nicht richtig«, weinte Lotti, »er hat meine Gedanken überlistet.«

»Ach Frau Kaleschke. Wissen Sie, was ich glaube? Sie haben eine negative therapeutische Reaktion. Das ist gar nicht so selten, dass Patienten auf Heilungsimpulse regressiv reagieren. Sie werden sehen, auf Dauer wird Sie das weiterbringen. Zwei Schritte vor, einer zurück.«

Was redet der da, dachte Lotti, und warum rasiert der sich nicht?

Das Gesicht des jungen Arztes war weich und unaufgeräumt. Wenigstens nahm er sich Zeit und blieb bei ihr sitzen.

»Am besten legen Sie sich hin, Frau Kaleschke«, sagte Neef. »Nina holt Sie am Nachmittag zur Musiktherapie ab. Die findet übrigens draußen statt. Sie müssen nicht laufen, wir haben für Sie einen Rollstuhl.«

Er half ihr aus dem Sessel auf und führte sie zum Bett. Während sie die Augen schloss, hörte sie Johanns Stimme.

»Du musst weg, so weit es geht und so schnell es geht.«

»Es ist doch nur eine Blinddarmentzündung«, antwortete sie.

»Danke Gott für diese Entzündung. Du kommst nach Marienwerder, ich habe alles organisiert.«

»Aber warum denn so weit? Es gibt doch in Tilsit ein Krankenhaus.«

Die Falte auf seiner Stirn war tief.

»Versprich mir was.«

»Ja?«

»Komm nicht wieder nach Mokischken. Du musst fort, Du musst nach Berlin zurück.«

»Aber was wird mit dir?«, fragte sie.

»Wir treffen uns am Anhalter Bahnhof.«

»Versprich es mir.«

»Ich verspreche es dir. Vergiss Mokischken, versprich es mir.«

»Ich verspreche es dir.«

Es war der 15. Januar 1945.

Schwester Nina weckte Lotti am frühen Nachmittag, Lotti sah als Erstes ihre kurzen karottenroten Haare. Auf dem Esstisch stand schon der Kuchen, Käsekuchen mit Mandarinen, und eine Tasse koffeinfreier, lauwarmer Kaffee.

Irgendwas war, dachte Lotti, aber sie konnte sich nicht erinnern, sie war in Müdigkeit gefangen.

Später, als die Schwester sie im Rollstuhl über den Flur schob, sah Lotti wieder das Bild von Horst Vierer, und als sie die Strichmännchen erkannte, die von der bunten Wiese vertrieben wurden und ins Krankenhaus mussten, fiel ihr alles wieder ein.

Ich habe mein Versprechen gebrochen, dachte sie, ich habe an Mokischken gedacht, ich bin nicht hier in Berlin geblieben mit meinen Gedanken. Was, wenn jetzt auch Johann sein Versprechen bricht und nicht zurückkommt?

Die Patienten warteten schon unten in der Empfangshalle zwischen den durchscheinenden Säulen, den Springbrunnen und den umherwandelnden Besuchern, und alle sahen verloren aus. Auch Lotti war das erste Mal seit vielen Wochen wieder unter fremden Menschen, die Geräusche und Bilder kamen ihr seltsam nah, als würden alle Details der Welt auf unsichtbaren Sprungfedern stecken und ihr entgegenpeitschen.

Zur Musiktherapie wurden sie in einem kleinen Bus gefahren. Außer den Privatpatienten waren einige von der B mit dabei, die wilde Kapusta und Luried, ein Dicker, der ständig mit seiner Hand sprach, ein Mann, der nur Trippelschritte machte, und eine Frau mit einer breiten Narbe auf der Stirn. Außerdem drei Pfleger. Falko ließ sich neben Lotti nieder. In der Sitzreihe vor ihr saßen Friedrich und die wilde Kapusta.

»Sind wir noch auf dem Schiff«, hörte sie ihn sagen.

Der Bus fuhr die Anton-Delbrück-Straße hinunter durch den Park und passierte unten das Tor, bog in die Teufelsseechaussee ein und von dort aus in den Wald.

»Darf ich dich mal was fragen?«, wandte sich Falko an Lotti.

»Ja?«

»Wartest du schon immer auf die Heimkehr deines Verlobten oder erst, seit du verrückt bist?«

»Schon immer«, sagte Lotti. »Seit sechsundsechzig Jahren.«

»Dass es so eine Liebe gibt, will gar nicht in meinen Kopf«, sagte Falko. »Meine Frau hat sich von mir scheiden lassen, nur weil ich meinen Job verloren habe und danach zusammengebrochen bin.«

Er hatte ein sportliches, aber bleiches Gesicht, er wirkte wie ein Fußballspieler mit Migräne, und er sah traurig aus.

»Das tut mir leid«, antwortete Lotti. »Aber weißt du, es ist auch mit der großen Liebe nicht so einfach.«

»Du hättest doch jemand anderen heiraten können.«

»Aber ich war doch schon verlobt.«

»Und du hast dein Leben lang nicht mit einem anderen Mann ...?«

»Nein«, sagte Lotti.

Falko fuhr sich durch die kurzen zerzausten Haare, die sich über die Geheimratsecken bogen, und zog eine hilflose Grimasse.

»Aber die Liebe macht nicht immer glücklich«, fügte Lotti sanft hinzu. »Und wenn der geliebte Mensch fort ist, hört man auf zu atmen. Man lebt nur noch aus der Reserve. Weißt du, ich bin seit sechsundsechzig Jahren nicht mehr richtig da. Eigentlich gibt es mich gar nicht.«

»Aber warum hast du dir das angetan?«

»Weil ich nicht einfach sagen konnte: Oh, es war doch nicht die große Liebe, ich fange wieder von vorne an. Es ist gescheiter, jemanden zu heiraten, den man zwar lieb hat, aber nicht liebt. Dann bleibt man frei, sich zu ändern.«

»Aber du könntest dich doch ändern und hinterher alles anders bewerten.«

»Oh, das könnte ich schon«, sagte Lotti. »Aber dann wäre es nicht die große Liebe gewesen. Sie muss sich auch im Nachhinein bewähren.«

»Aber das heißt doch«, sagte Falko, »dass du die große Liebe selbst erschaffst.«

»Vielleicht.«

Der Bus rumpelte. Sie fuhren an der großen Sandkuhle im Grunewald vorbei. Einige Schlittenfahrer versuchten ihr Glück, aber die Schneeschicht war zu dünn, und sie blieben mit den Kufen im Sand hängen.

»Es taut«, sagte Falko.

»Ja, der Sand ist schon wieder weich.«

Hinter den Bäumen tauchte der große Backsteinschlot des alten Wasserwerkes Teufelssee auf, der Bus bog ab. Im Sommer war hier ein Gartencafé, und es gab Führungen durch das Wasserwerk, Workshops und Exkursionen, aber jetzt war das Gelände verwaist, nur ein paar Spaziergänger mit ihren Hunden streiften vorbei. Der Musiktherapeut, Herr Domke, war schon da, ein großer Mann mit einem langen Kopf, lockigen Haaren und feuchten Augen. Er gab allen Patienten die Hand, sein Händedruck war weich.

»Guten Tag«, sagte er zu jedem. »Guten Tag. Guten Tag.«

Auch seine Stimme war weich, und er zog, wenn er sprach, den Kopf zurück, sodass er ein kleines Doppelkinn bekam. Hinter ihm erkannte Lotti seine therapeutischen Kollegen aus der Cardea. Der Glatzkopf war der klinische Psychologe, die Blonde war die Ergotherapeutin, und die Frau mit dem zerknautschten Gesicht war die Tanztherapeutin.

»Tschaka, Alpaka!«, rief Falko, als er sie sah. Sie lachte.

Die Therapeuten halfen Domke, die Instrumente aus seinem großen schwarzen Auto zu laden: Trommeln, Rasseln, Klangschalen und einen mannshohen schwarzen Gong mit einem goldenen Kreis in der Mitte.

»Ein SUV Audi Q7«, meinte Falko. »Der Typ scheint nicht schlecht zu verdienen.«

Beate begann gleich, auf die Trommeln zu schlagen, und Sylvia ließ eine Ratsche über ihrem Kopf kreisen. Lotti fand sie schamlos.

»Warum sind wir denn hier?«, fragte sie.

»Nun«, antwortete der Musiktherapeut, »wir gehen heute in den unterirdischen Wasserspeicher. Da herrscht eine fantastische Akustik. Sie werden eine ganz neue Erfahrung machen. Vielleicht sogar eine Selbsterfahrung.«

Er wies seine Kollegen und die Pfleger und Patienten an, ihm zu folgen, jeder griff sich ein Instrument, und im Gänsemarsch liefen ihm alle hinterher, einen Pfad entlang, Falko schob Lotti in ihrem Rollstuhl, bis sie zu einer Eisentür kamen, die wie aus dem Nichts zwischen den Bäumen aufgetaucht war.

»Das ist ein Bunker«, rief Lotti, »da will ich nicht rein!«

»Nein, Frau Kaleschke«, sagte der Musiktherapeut und drückte die schwere Tür auf, »das ist der alte Wasserspeicher.«

»Ist da Wasser drin?«, fragte Lotti. »Ich will nicht in das Wasser.«

»Aber Frau Kaleschke, der Speicher ist seit 1968 außer Betrieb.«

»Aber er könnte geflutet werden.«

»Beruhigen Sie sich. Es ist alles ganz harmlos.«

Eine Treppe führte in das Gewölbe hinab. Es bestand aus lang gestreckten Rundbogendecken, die von Säulen gehalten wurden. Drei Scheinwerfer tauchten einen kleinen Bereich in fahles Licht, der Staub auf dem Boden war samtig, wie Meeresboden. Dahinter verschluckte die Dunkelheit den Raum.

»Da will ich nicht rein«, wiederholte Lotti, aber schon hatten zwei Pfleger sie aus ihrem Rollstuhl gehoben und trugen sie nach unten.

»Ich will aber nicht!« Nicht nicht nicht nicht, antworteten die Wände.

»Scheiße«, sagte Falko, und die Wände antworteten sofort. Die wilde Kapusta begann zu lachen, bis ein irres Wiehern die Gruppe umkreiste. Die Pfleger stellten einige Gartenstühle im Kreis auf und verteilten die Instrumente. Den Gong hängten sie an ein massives Holzgestell. Mit einer Armbewegung wies der Musiktherapeut auf die Stühle, die Gruppe setzte sich.

Lotti sah Friedrich, der nicht einschlief wie sonst, sondern alle Anwesenden musterte. Luried hatte den Kopf gesenkt; seit Xaver ihre Gitarre zerstört hatte, sprach sie nicht mehr. Der Dicke hatte aufgehört, mit seiner Hand zu reden.

Der Musiktherapeut sah jeden an und machte spitze Lippen.

»Plong!«, sagte er schließlich, und alle zuckten zusammen. Der Ton donnerte durch die Tiefen des Raumes.

»Fantastisch«, rief die Tanztherapeutin aus.

Das »Isch« vermengte sich mit dem »Ong«. Die Ergotherapeutin fügte ein »Wuihui« hinzu, und der Psychologe begann zu grollen, bis ein hallendes Getöse entstand. Als es verebbt war, trat wieder Schweigen ein, und der Musiktherapeut zeigte auf die Instrumente, welche die Patienten in den Händen hielten, er machte auffordernde Bewegungen, aber keiner rührte sich.

Plötzlich begann der Musiktherapeut zu singen, Lotti erkannte das Lied »Es war ein König in Thule, gar treu bis an sein Grab«. Seine Kolleginnen stimmten ein, der Psychologe kannte den Text nicht, sang aber mit: »Lalalalala!« Der Raum gab Antwort, es wurde lauter und lauter, es klang nach einem Chor aus Feuerwehrsirenen, Geigen, Gewitter und brüllenden Kindern. Es dauerte lange, bis Stille eintrat.

Dann schlug Sylvia auf eine Klangschale, der hohe Ton jagte in den Raum, sie versuchte, das Geräusch zu stoppen, indem sie die Klangschale mit beiden Händen packte, aber der Ton hatte sich schon verselbstständigt und irrte durch die Hallen. Der Musiktherapeut sah jeden einzeln mit seinen feuchten Augen an.

Es war Falko, der als Erster aufstand und herumging. Das Knirschen unter seinen Füßen wurde panzerhaft laut, niemand verstand die Anweisungen, die der Musiktherapeut gab, und die Patienten folgten Falkos Beispiel und durchwanderten die Halle, gefolgt von den Pflegern, die aufpassten, dass keiner verloren ging.

Die beiden Therapeutinnen stellten sich an die entgegengesetzten Enden des Raumes und riefen sich etwas zu. Lotti konnte die Worte nicht verstehen, weil die Silben sich gegenseitig überholten. Auf einmal rannten die Therapeutinnen aufeinander zu, fielen sich in die Arme und wiegten sich hin und her.

Der Psychologe nahm einen Klöppel und schlug auf den Gong ein, immer schneller und härter, das Grollen breitete sich in Wellen aus, die den Raum durchfluteten und in einem chaotischen Gebrüll mündeten.

Lotti starrte auf die Scheinwerfer oben an der Tür.

Sie waren aus dem gefluteten S-Bahntunnel in den U-Bahntunnel umgestiegen, Frau Hähnel und sie, an der Friedrichstraße, und blieben dort, im Gleisbett unter dem Vorsprung der Bahnhofsplattform und hörten es draußen grollen. Irgendwann war es still, schließlich verebbte auch die Stille. Manchmal zuckte Lotti zusammen und dachte: Sitze ich hier schon lange? Oder erst seit wenigen Sekunden? Atmen wir noch, oder ist jeder Atemzug der letzte, der sich nur ewig wiederholt? Und was ist mit Mo…, mit Mo…, mit Mo… kisch… das Gutshaus leuchtete gelb, und Johann Aschmutats Stirn war glatt, und er sagte die Wäsche für Mo…, für Mo… kisch… Ich gehe jetzt raus. Der Krieg ist aus. Ich nehme mein weißes Taschentuch, danke Herrn Fischer von Weikersthal. Hoch, hoch, hoch, auf den Bahnhof. Die Muskeln zittern. Wer schreit denn da so?

»Lotti, komm zurück, um Gottes Willen, komm zurück!«

Es war Frau Hähnel. Aber Lotti hörte nicht auf sie, sie stieg die U-Bahntreppe hoch. Aus dem Himmel quoll Licht und floss über die Trümmer, die Leichen, die verbogenen Straßenbahnschienen, die Autos, und es war Mai.

»Die Russen«, rief Frau Hähnel, »die Russen! Um Gottes Willen, Lotti, komm zurück!«

»Hier sind keine Russen, niemand mehr da. Ich ziehe Sie hoch, nehmen Sie meine Hand!«

Lotti legte sich auf den Bahnsteig, griff über die Kante und packte eine dürre Hand und zog Frau Hähnel auf den Bahnsteig und die Treppe rauf und die Straße entlang. Ihr Keuchen war das einzige Geräusch. An der Friedrichstraße, Ecke Georgenstraße, an einem Blumenladen, blieben sie stehen. Die Schaufensterscheibe war zerborsten, zerrissene Pflanzen bedeckten das Pflaster, aber in den Rundungen der Vasenscherben, die auf dem Boden lagen, fand Lotti Wasser. Sie goß es Frau Hähnel und sich in den Mund. Vor sich sah sie eine durchscheinende Fratze, struppig, schwarz und hohläugig, die genau vor ihren Augen hin und her schwankte.

»Bin ich wahnsinnig?«, fragte Lotti.

Die Fratze bewegte den zerrissenen Mund, und Lotti erkannte ihr Spiegelbild im Splitter der Schaufensterscheibe.

Die Menschen, die ihnen auf dem Weg zum Anhalter Bahnhof entgegenkamen, hatten dieselben hohlen Augen wie Lottis Spiegelfratze. Lotti fragte sich die ganze Zeit, was fehlte, denn irgendwas fehlte, nicht nur die Häuser. Die Stadt hatte ihre Geräusche verloren, alles, was Lotti hörte, klang künstlich und laut. Am Himmel waren drei weiße Sonnen, und Lotti blinzelte.

»Meine Güte, Frau Kaleschke!«, rief der Musiktherapeut von unten, seine Stimme waberte und sirrte. »Sie sind ja allein die halbe Treppe hochgelaufen!«

Erst jetzt merkte Lotti, dass sie in der Mitte der Stufen stand, weit weg vom Geländer. Sie erschrak. »Ich falle! Ich falle!«, schrie sie.

Zwei Pfleger eilten hoch zu ihr, trugen sie nach draußen und setzten sie in den Rollstuhl. Die meisten Patienten hatten das Gewölbe schon verlassen. Sylvia holte Lotti zu den anderen. Sie standen am Ufer des Teufelssees. Beate und Falko rauchten. Friedrich starrte auf die Eisfläche, die an einigen Stellen dunkel war und weiße Blasen in sich einschloss. An anderen Stellen kräuselten sich nackte Wellen. Die Wolkendecke hatte Löcher bekommen, ein paar Sonnenstrahlen brachten das Wasser zum Glitzern. Am anderen Ufer umrahmte der Wald den See, schwarzes Papier mit ausgefranstem Rand.

»Na, Lotti, hattest du auch genug von dem Krach?«, fragte Sylvia mit ihrer lieben, hohen Stimme.

Lotti klapperte mit den Zähnen. Falko zog seine Jacke aus und legte sie um ihre Schultern.

»Das war herb da unten«, sagte er. »Ich dachte, ich wäre schon tot und in der Hölle.«

»Warum nicht im Himmel?«, fragte Sylvia.

»Weil ich durch Selbstmord gestorben wäre.«

»Wir dürfen nicht über Selbstmord reden«, sagte Beate.

»Doch«, sagte Falko, »wenn wir schon tot sind, dürfen wir das.«

Er warf seine Zigarette in den Sand und grub sie mit seinen polierten Schuhen ein.

Bald darauf kamen die Therapeuten aus dem Gewölbe. Die beiden Frauen lachten und lärmten.

»Nach so was habe ich mein Leben lang gesucht«, sagte die eine.

»Das tat so gut«, sagte die andere.

Der Musiktherapeut war verärgert. »Weißt du, was so ein Gong kostet?«, fragte er den Psychologen, der trotz der Kälte verschwitzt war und sich die Glatze mit einem Taschentuch abwischte. »Zehntausend Euro. Plus Versandkosten. Und mit Versandkosten meine ich den Import aus Japan. Und du haust ihn einfach kaputt.«

»Quatsch.«

»Du hast ihn völlig verbeult, und jetzt hat er Dissonanzen.«

Sie stießen auf die Patienten.

»Hallo«, sagte der Musiktherapeut. »Wie hat es Ihnen gefallen? War doch mal was anderes als immer nur das Krankenhaus, oder?«

Falko grinste. »Es hat uns sehr inspiriert«, sagte er und machte mit dem Zeigefinger eine Schnittbewegung an seiner Kehle.

Sylvia kicherte, Beate sah sie strafend an.

Es dämmerte, als sie zurück zur Cardea fuhren. Der Himmel hatte sich wieder zugezogen, graues Licht fiel zwischen die Bäume, die enger zusammenzurücken schienen.

Lotti war erschöpft. Sie bedankte sich bei Falko für die Jacke.

»Keine Ursache«, sagte er. »Darf ich dich noch mal was fragen?«

»Bitte.«

»Wo ist denn dein Verlobter eigentlich?«

»Verschollen«, sagte Lotti.

»Schon klar, aber wo?«

»Im Memelland.«

»Er war Soldat?«

»Nein, er war Gutsverwalter, er ist bis zum Schluss auf dem Hof geblieben. In Mo… Mo…«

»Und du hast ihn gar nicht gesucht?«, fragte Falko.

»Natürlich, über das Rote Kreuz. Aber es gab keine Unterlagen. Es gab überhaupt nichts über Mo… kisch…«

»Warum hast du dich nicht an Persecutio gewandt?«

»An wen?«

»Persecutio International, den Schweizer Suchdienst. Der hat doch diese Entführten in Kolumbien gefunden, letztes Jahr. Ein Freund von mir arbeitet für die.«

»Oh.«

»Persecutio ist weltweit vernetzt«, sagte Falko, »die finden jeden. Das gab doch diesen Skandal, weil die mit irgendwelchen Folterstaaten kooperieren. Die wühlen sich nicht durch Archive, die machen alles informell, über Kontakte, Bestechungen, Mittelsmänner. Das sind harte Hunde.«

»Das ist sicher teuer«, sagte Lotti.

»Stimmt. Aber zahlen muss man nur im Erfolgsfall. Die sind auf ihren guten Ruf bedacht.«

»Das heißt, ich könnte die auch beauftragen?«

Falko sah sie erschrocken an.

»Jetzt noch? Das wäre ja völlig verrückt!«

»Aber ich könnte es tun?«, fragte Lotti.

»Nein!«, rief Falko, er klang plötzlich genervt.

Vor ihnen drehte die wilde Kapusta die Musik auf ihrem Handy so laut auf, dass die Rhythmen aus den Kopfhörern zischten. Falko tippte ihr auf die Schulter.

»Stell doch mal die Musik leiser, Mädchen.«

Die wilde Kapusta drehte sich zu Falko um und begann, mit

ihm zu sprechen. Sie lachte, ihre Brauen rutschten nach oben, und Falko entgegnete irgendwas und schaute Lotti nicht mehr an.

Nach dem Abendessen ließ Lotti sich von Schwester Nina in den Wintergarten bringen. Sie kamen am Dienstzimmer vorbei, inzwischen war die Scheibe repariert worden, die Xaver zerschlagen hatte, und alles sah so aus, als wäre nichts geschehen. Lottis Rücken schmerzte, aber sie stützte sich auf ihre Gehhilfe und setzte einen Schritt vor den anderen.

»Die Musiktherapie hat Ihnen wohl gutgetan«, sagte die Schwester, »auf einmal wollen Sie laufen. Da wird sich Herr Domke aber freuen!«

Lotti antwortete nicht, sie keuchte, und vor Anstrengung kamen ihr die Tränen.

Als sie endlich im Wintergarten stand, zwischen den Zweigen der Palmen, die im Halogenlicht silbrig schimmerten, rasselte ihr Atem, und ihre Arme und Beine zitterten.

Falko saß am Tisch und kritzelte in einer Zeitschrift herum. Außer ihm war niemand dort.

»Nach dir habe ich gesucht.« Lottis Atem ging schwer.

»Nach mir?«, fragte Falko.

»Ich möchte dich was fragen.«

»Aber komm mir nicht wieder mit Persecutio. Das ist Blödsinn.«

Er sah wütend und verlegen aus und rutschte auf seinem Stuhl hin und her. Lotti stellte sich vor, was Falko jetzt sah: eine schnaufende, verrückte alte Frau, die nach scharfem Schweiß roch, und sie schämte sich so sehr, dass ihr schlecht wurde.

»Warum hassen mich alle für meine Treue?«, fragte sie leise.

Falko kritzelte mit seinem Stift in der Zeitschrift, er machte wilde Zacken, wie ein Schneider, der mit der Nähmaschine über einen Riss geht.

»Ich kann das nicht«, sagte er. »Alle wollen was von mir. Aber ich habe auch Probleme. Geh doch zu Vosskamp und frag den, ob er deinen Verlobten findet.«

Lotti stand immer noch da, auf ihren Rollator gestützt, ihre Gelenke brannten. Sie schaute Falko an, sie fühlte sich wie ein Hund.

»Ich möchte doch nur die Telefonnummer von Persecutio«, sagte sie.

In der Ferne sah sie Berlin, weiß, rot, gelb und türkis, wie auf den Wachsbildern, die sie als Kind in der Schule gemalt hatte, schwarz über bunt, dann wieder eingeritzt, sodass leuchtende Punkte und Striche hervortraten.

Falko drehte sich langsam zu Lotti um und legte die Fingerspitzen aneinander. »Diese Leute sind Profis«, sagte er, betont bedächtig. »Die suchen Drogenbosse, Untergetauchte, verschwundene Kinder. Wenn da eine alte Dame aus der Psychiatrie anruft, legen die auf.«

»Ruf du für mich an. Du sagtest doch, du hättest da einen Freund bei Persecutio.«

Falko hob die Hände, sah nach oben und schüttelte ein paarmal den Kopf. »Ist es das, was meine Ex mir dauernd vorwarf?«, murmelte er. »Dass ich immer Hoffnungen wecke und nichts einhalte?«

»Bitte hilf mir doch«, sagte Lotti.

»Mir passiert das dauernd. Erst mögen mich die Leute, dann sind sie enttäuscht. Vielleicht bin ich einfach ein Idiot.«

Lotti begann zu weinen. Sie konnte sich die Nase nicht putzen, weil sie beide Hände für den Rollator brauchte, die Tränen blieben in den Falten hängen, und sie spürte, wie sich nach und nach ein nasser Film auf ihrem Gesicht bildete. Sie schluchzte ein paarmal, es klang wie das Blöken eines verdurstenden Schafes, und durch die Tränen sah sie Falko, der sich auf seinem Stuhl wand und sich dafür schämte, dass er sie abstoßend fand.

»Ja, ja«, sagte er schließlich, »ich denke darüber nach.«

Als sie im Bett lag und durch das Glasdach sah, trieb über ihr die hohle Dunkelheit mit einem mondförmigen Bullauge. Auf dem Rückweg vom Wintergarten in ihr Zimmer hatte sie sich vor Erschöpfung fast übergeben. Ihre Knochen schmerzten, und von außen drang kalte Müdigkeit in sie ein, als hätte sie überall Löcher bekommen, in der Haut, in den Augen, sogar in den Fingernägeln. Sie wartete auf die Wirkung der Zopiclon. Pfleger Ingo von der Nachtschicht machte seinen Kontrollgang und leuchtete mit der Taschenlampe in Lottis Zimmer. Lotti tat so, als würde sie schlafen, und er schloss wieder die Tür.

Lotti drehte ihren Verlobungsring am Finger, den Bandring der Familie Aschmutat mit den fehlenden Diamanten und Smaragden, und zum ersten Mal kam ihr der Gedanke, dass die Steine womöglich im Teufelsberg steckten, zwischen den anderen Trümmern, die sie aufgeräumt hatte, mit ihren bloßen Händen, und dass sie jetzt auf ihnen lag wie die Prinzessin auf der Erbse.

Sie überlegte, was sie Johann erzählen würde, wenn Persecutio ihn fand. Sie dachte an seine Tante, Frau Hähnel, die hatte sie in den ersten Wochen nach der Kapitulation in einem Kellerloch versteckt. Darin stand ein altes Eisenbett. Der Keller gehörte zum Nachbargebäude der Bäckerei Hähnel, das weggebombt war. Lotti stieg durch den Durchbruch, die Burschen schoben den Schrank davor, und weil die Russen nicht wussten, dass die Berliner während der Bombardierung ihre Keller verbunden hatten, fanden sie Lotti nicht, obwohl sie sonst jede fanden. Morgens war die Matratze so klamm, dass die Burschen sie zum Trocknen auf den Ofen legen mussten. Dann hockte Lotti auf dem bloßen Gitter und wartete auf die Nacht.

»Damit du rein bleibst für meinen Neffen«, sagte Frau Hähnel, »damit Johann dich noch nimmt, wenn er kommt.«

Lotti verstand nicht, was Frau Hähnel meinte. Die Unreinheit, stellte sie sich vor, war ähnlich wie die Monatsblutung, flüssig, stinkend und für jeden sichtbar, und sie kam über Mädchen, die Fehler machten. Aber Lotti wusste nicht, welche Fehler das sein könnten und warum sie im kalten Keller schlafen musste, und sie traute sich nicht, Frau Hähnel zu fragen. Nachts hörte sie die Frauen schreien und dachte, die Russen bringen sie um, aber tags waren die Frauen wieder da, unverletzt, nur die Augen hatten sich verändert, als hätte sie jemand übermalt und dann die Farbe wieder weggeätzt. Eines Tages waren auch die Augen von Frau Hähnel so, und Lotti schämte sich, sie schämte sich für Frau Hähnel und für die eigene Unversehrtheit. Morgens sah sie durchs Kellerfenster die Beine der Frauen, die Frauen standen vor der Bäckerei an und erzählten sich, was geschehen war, und langsam, sehr langsam verstand Lotti. Manchmal sah sie Beine, an denen noch das Blut herunterlief, an denen die Strümpfe in Fetzen hingen, und trotzdem stand die Frau, zu der die Beine gehörten, in der Frühe um klitschiges, flaches Brot an.

Als Lotti sich daran erinnerte, im Krankenbett der Cardea, im Irrenhaus auf dem Trümmerberg, kam der Antiwind, raste durch ihren Geist und löste einen Gedanken, der lange versteckt war, inmitten ihrer zerfetzten Erzählung. Lotti tastete auf dem Nachttisch nach der Fernbedienung, sie hatte heute das Bergwerk verpasst, vielleicht kam noch eine Zusatzsendung über die Kandidaten im Spätprogramm, aber die Fernbedienung lag hinten auf dem Fernsehtisch, und Lotti sah die Dunkelheit und das Kellerfenster und die Beine der Frauen und roch die Spinnweben und den muffigen Mörtel und hörte die Mäuse rascheln, und der Gedanke kam angeflogen.

Ich habe es nicht wegen Johann getan. Ich bin nicht wegen ihm rein geblieben, sechsundsechzig Jahre lang, sondern wegen der Frauen vor dem Kellerfenster, weil ich verschont geblieben bin und sie nicht, weil ich es ihnen schuldig war.

Vor ihr zerplatzte etwas, sie wollte sich auf den Boden werfen, bis ihre Hüfte wieder brach, aber da ging die Zimmertür auf und

Friedrich stand dort in seinem weißen Leinennachthemd. Lotti wollte ihn fortschicken mit einem freundlichen Wort, wie jeden Abend, wenn er sich verirrte und seine Frau suchte, stattdessen brach sie in Schluchzen aus.

»Es war nicht die große Liebe, sondern es war Scham!«

Der alte Mann kam auf seinen nackten Füßen auf Lotti zu.

»Und er hat doch auf mich gewartet«, wimmerte Lotti, »wo immer er war.« Plötzlich schlang Friedrich die Arme um sie. »Pscht«, sagte er, »pscht …« Sie spürte zum ersten Mal im Leben die Brust eines anderen Mannes an ihrer, die seltsame Härte und Knochigkeit und die Vibrationen, die von dort aus tief in ihren Körper drangen, auf einmal war irgendwo ein Himmel, der durch einen zweiten Himmel stürzte. Sie dachte, vielleicht bin ich frei, und für einen Augenblick glaubte sie, Lippen zu spüren und einen zarten Atem zu schmecken. Es war Johann, der ihr nicht böse war, der nur sagte: »Du Aas'chen, du liebes.« Und sie waren in Mokischken, und inzwischen war Frühling, und sie hatten geheiratet, die Rapsfelder leuchteten gelb, der Fluss roch nach frischen Algen. Aber dann hörte Lotti die Stimme von Pfleger Ingo.

»Wie eklig ist das denn?«, brüllte er. »Könnt ihr euch nicht zusammenreißen? Rentnersex in meiner Schicht, ich halte es nicht aus! Bialla, ab ins Bett! Feierabend!«

Er riss den alten Mann am Arm und zerrte ihn raus, und Lotti hörte noch Friedrichs Stimme: »Es war nicht ihre Schuld«, dann fiel die gelbe Tür ins Schloss.

»Es tut mir leid«, stotterte Lotti. Aber ihr tat überhaupt nichts mehr leid, und sie begann zu lachen und gleichzeitig zu frieren, sie war nur ein Kreuz in der Landschaft, ohne Geschichte.

Der ferne Glanz

Friedrich Bialla mochte keine Schiffe. Sie taumelten in der Leere herum, außerhalb war nichts. Er hatte schon als Kind geahnt, dass die Abenteuer von Long John Silver und Jim Hawkins, von Ishmael und Ahab, von Kapitän Bontekoes Schiffsjungen und all den anderen nur Fantasien waren, Gegenentwürfe zu der Ödnis der Wasserfläche ringsum.

Als Elfjähriger hatte Friedrich einmal an der Reling eines Spreedampfers gestanden und auf die Wellen geschaut, und plötzlich war es ihm so vorgekommen, als gäbe es die Wellen nicht, als würde er sie nur sehen, weil sein gelangweiltes Auge Bewegung brauchte. Zugleich folgte diese Wellenbewegung dem Fluss seiner Regungen und Gedanken, und einen Moment lang fragte er sich, ob auch die anderen Ausflügler an der Reling seine Gedanken sehen konnten, dort auf dem Wasser, und ob er ihre wahrnehmen würde, wenn er ihren Blicken in die Leere folgte.

Damals begriff Friedrich, dass sich Menschen in der Langeweile offenbarten. Jeder Entzug von Reizen führte zu Wellen, die Friedrich verrieten, wen er vor sich hatte. Er lernte die Wellen zu lesen, er spürte, wann sie begannen, konnte warten, bis die Brandung kam.

Später, in seinen Verhören, fragte er selten, was die Menschen getan hatten. Lieber schwieg er. Die meisten begannen, sich zu erklären, nebenbei gestanden sie auch. Oft wusste Friedrich nicht, wohin mit den vielen Erklärungen. Es zählte ja nur das Geständnis. Aber für ihn waren die Taten der Menschen das Treibgut, das zufällig auf den Wellen schaukelte. Manche wurden schuldig, andere nicht, obwohl sich ihre Wellen ähnelten.

Seine Arbeit hatte auf den Schwarzmärkten begonnen, in Mitte, wo er Streifendienst hatte. Er ging durch die Straßen mit ihren zerplatzten Häusern und stellte sich vor, dass es Berlin irgendwo noch gab. Irgendwann würde er dorthin zurückkehren. Er musste nur eine Weile hier arbeiten, zwischen den rauen Rändern der Steine, bis die Wirklichkeit zurückkam. Darum nahm er alles leicht. Er hatte sein Fahndungsbuch dabei und hielt Ausschau nach Leuten, die Stehlgut verkauften, Radios, Schmuck, Bekleidung. Sie hatten es auf den Streusandkästen oder vor sich auf der Straße ausgebreitet. Jeder, den er festnahm, den er zu Fuß in die Dircksenstraße aufs Präsidium brachte, gab das Gleiche zu Protokoll: »Ich hatte Hunger.«

Erst mit der Zeit wurden aus einfachen Dieben raffinierte Betrüger, die man Kipper nannte. Sie tauchten auf den Schwarzmärkten auf und gaben vor, von der Kripo zu sein, um den Hehlern die Ware abzunehmen. Einen verfolgte Friedrich über den ganzen Alexanderplatz, der von Straßenbahnschienen durchfurcht war. Ein Schienenreiniger schlug den Flüchtenden mit dem Drahtbesen nieder. In der Vernehmung sagte der Kipper: »Ich wollte ein besseres Leben.«

Friedrich sah auf die blutverkrusteten Schrammen im Gesicht des Kippers, die der Drahtbesen hinterlassen hatte. Es erstaunte ihn, dass sich kein Ausdruck von Schmerz dazugesellte – wie vor Jahren bei dem misshandelten Zirkusbären. Einmal, als es Berlin noch gab, hatte Friedrich den Bären an der Kette eines Gauklers gesehen. Das war am Rosenthaler Platz, in der Mitte stand ein Laternenmast, aus dem wie Zweige die Lampenhalter wuchsen, kunstvoll geschmiedet. In der Sonne warfen sie ziselierte Schatten. Die Straßenbahn bimmelte, über das Kopfsteinpflaster rumpelten die Fuhrwagen, hin und wieder ein Ford mit gelben Felgen oder ein schwarzer Maybach. Sobald sie vorbeigefahren waren, legte die große Laterne ihre Schatten sorgsam zurück aufs Pflaster. Die Luft roch nach Berlin. Es war ein Geruch, den es heute nicht mehr gab, leicht sandig und nach Blättern, Pferden, Teer und verbranntem Öl. Aus einem Leierkasten kam Musik, vor dem Tabakwarenladen Carl Martienzen musste der Bär sich aufrichten und tanzen, und es war nicht der Anblick der blutigen Schnauze, der Friedrich das Herz brach, sondern der Ausdruck von Gleichmut in den Augen des Bären.

Alles war fort, die Laterne, die Häuser, das Leitungsnetz der Straßenbahn. Statt der Straßenbahnglocken hörte man das Rollen und Knirschen der Trümmersteine unter den Schuhen oder den nackten Füßen der Leute. Während Friedrich in seinem Verhör dem Kipper ins Gesicht sah, fragte er sich, was aus dem Bären geworden war. Hatte man ihn in einer Bombennacht draußen an der Laterne angebunden? Hatte er im Feuerschein getanzt und überhaupt nichts verstanden, bis ihm der Ring aus der Nase riss? War er durch die Nacht gerannt, mit zerfetzter Schnauze, bis in den Grunewald, wo er heute noch lebte? Oder hatte er am Morgen versengt auf der Straße gelegen, zwischen den toten Pferden? Oder vielleicht, stellte Friedrich sich vor, hatte der Bär einen Weg gefunden, einen Geheimgang zum heilen Berlin, das es doch irgendwo geben musste, so ähnlich wie es Atlantis noch irgendwo gab, denn dieser Ort, wo alle jetzt waren, diese elende Stadt, konnte nicht die Wirklichkeit sein.

»Ja«, sagte Friedrich schließlich zu dem Kipper und gab ihm ein Taschentuch für die Wunden, »Sie wollten ein besseres Leben.«

Friedrichs Kollegen waren wütend. »Und wir?«, fragten sie, »was ist mit unserem Leben? Wir nehmen auch nicht einfach mit, was uns gefällt.«

Das stimmte nicht, denn sie hatten die Schreibtische in der Dienststube geplündert und die Schubladen und Sichtblenden zu Feuerholz gemacht. Es prasselte in dem kleinen Kanonenofen, dessen Rohr aus dem Fenster ragte. Manchmal trieb der Wind den Rauch zurück in den Raum, dann stellte sich jemand ans

Fenster und versuchte, den Rauch mit einer Aktenmappe wegzuwedeln. Man durfte sich nicht auf die ausgeweideten Tische stützen, sie brachen sofort zusammen. Wenn Friedrich die Berichte tippte, auf den runden Tasten der schwarzen Olympia, schwankte sein Tisch und quietschte in den Nuten. Es gab kein Papier, deshalb benutzte er die Rückseiten alter Aktenblätter.

»Seht es doch mal so«, wandte er sich an die Kollegen. »Je differenzierter eine Gesellschaft ist, desto komplexer sind ihre Verbrechen. Dass die Leute mehr als nur fressen, dass sie ein besseres Leben wollen, ist ein gutes Zeichen.«

»Verbrechen ist immer ein schlechtes Zeichen«, sagten die Kollegen.

»Nein«, erwiderte Friedrich, »es ist ein Zeichen dafür, dass die Leute Wünsche haben. Und sie sind der Lackmus dafür, dass das Leben weitergeht.«

»Sag das noch mal, Bialla, wenn so ein Lackmus dich selber beklaut«, beendeten die Kollegen das Gespräch.

Friedrich wurde zum Kriminalassistenten befördert und kam nach Schöneberg ins Betrugsdezernat II. Er sprach nicht mehr von seinen Gedanken über das Leben, aber er lächelte in den Verhören. Die Betrüger amüsierten ihn.

Einer hatte den Stempel im Postsparbuch mit einem Hühnerei gefälscht: Er hatte es angefeuchtet und auf dem Original abgerollt, dann den Abdruck übertragen, um unter falschem Namen Geld abzuheben. Ein anderer hatte jeden frühen Morgen in einem Hausflur am Stuttgarter Platz gewartet und Lieferungen für einen Lebensmittelladen entgegengenommen, der ihm nicht gehörte. Und einmal fasste Friedrich eine Beischlafdiebin, die es auf GIs abgesehen hatte. Morgens wachten die Männer verkatert und ohne Geld und Kleidung auf irgendeinem Ruinengrundstück auf.

Friedrich und seine Kollegen fanden die Frau in der Eisenbahnstraße, in einer Wohnung mit weggebombter Außenwand.

Er wusste noch heute ihren Namen: Käthchen Zablinski. Als sie ihr zuriefen: »Kommen Sie runter!«, floh die Frau über das aufgebombte Treppenhaus nach oben. In der Draufsicht waren die Stufen nicht erkennbar, von der Straße sah es so aus, als würde die Frau im Zickzack an der Häuserwand entlang nach oben schweben, bis sie schließlich das Dach erreichte. Friedrich, der schnell und wendig war, kletterte ihr nach und erreichte sie an der Dachrinne, wo sie sich hingesetzt hatte und die Beine in den Strickstrümpfen baumeln ließ. Sie trug Militärstiefel, deren Schafte ihr um die dürren Waden schlackerten.

Er setzte sich neben sie, sagte aber nichts. Tief unter ihnen wühlten ein paar Frauen in den Trümmern und zogen ein Sofa heraus, der Staub lag auf dem Stoff wie eine zweite Samtschicht. Drüben gähnten die Fensterlöcher ausgebrannter Häuser, und aus einem der Steinhaufen ragte unversehrt das Straßenschild. Das zeigte eine Richtung an, die es nicht mehr gab.

»Ich will doch nur einen Mann haben«, sagte Käthchen Zablinski. »Einen, der gut zu mir ist und mich heiratet.«

»Du glaubst, dass die Männer, die du bestiehlst, dich heiraten wollen?«

»Nein. Aber ich will wenigstens irgendwas von ihnen. Die wollen ja auch was von mir, oder?«

Dieses dumme Straßenschild, dachte Friedrich. Reckt sich wie ein Vogel Strauß und hat keine Ahnung, was hier passiert.

Er betrachtete das Gesicht der jungen Frau, es hatte einen trotzigen Ausdruck angenommen. Er konnte ihr Haar riechen, das frisiert war, aber lange nicht gewaschen; es gab ja kaum Wasser. Sie war achtzehn Jahre alt, vielleicht.

»Ich habe von allem nur Reste«, sagte sie. »Den Rest von unserem Haus, den Rest von meinem Vater, von meinen Brüdern nicht mal das. Warum soll ich dann nicht wenigstens auch den Rest von einem Mann haben dürfen? Und der Rest von einem Mann ist sein Geld, oder?«

»Aber du weißt, dass du nicht stehlen darfst?«

Käthchen Zablinski blickte auf die Frauen unten im Hof, die sich auf das verstaubte Sofa setzten. Dem Sofa fehlte ein Bein, darum saßen die Frauen schief. Auf der anderen Straßenseite brachen Kinder die Fensterkreuze der zerbombten Häuser heraus. Käthchen Zablinski begann zu lachen. Sie ließ ihre Beine schwingen, als säße sie auf einer Schaukel und nicht neben einem Kriminalassistenten an der Dachrinne eines aufgebombten Hauses.

Friedrich betrachtete die Trümmer und das Straßenschild, und auf einmal fühlte er sich selbst wie das Straßenschild, das sauber und aufrecht dastand und so tat, als wäre nichts geschehen. Er rieb sich den Nacken und nahm Käthchen Zablinski fest. Sie bekam eine milde Strafe, die Stiefel durfte sie behalten.

Friedrich verriet niemandem, dass er die Betrüger mochte. Sie zeigten ihm, dass wieder Leben in der Stadt war, nicht nur Überleben. Und während seine Kollegen mit den Jahren den Ausdruck müder, böser Hunde bekamen, blieb er sanft, behielt seine blitzenden Augen und lauschte den Wellen der Wünsche. Er wurde Kriminalsekretär und Kriminalmeister und irgendwann Kriminalhauptkommissar. Währenddessen wurde die Mauer gebaut, ein Land voller Aufbaulieder und Totschießereien umströmte Berlin, und Friedrich konnte es nicht glauben. Die Wirklichkeit ist überreizt vom Krieg, dachte er, das war alles zu viel für sie. Irgendwann wird sie sich schon erholen.

Er dachte, dass alle, die U-Bahn fuhren, die in den Cafés saßen, die in die Schaufenster guckten oder ihre Kinder ausschimpften, in Wahrheit auf einer Scholle trieben, auf einer kaputten Berlin-Scholle, und niemals irgendwo ankämen. Oft musste er darüber lachen, manchmal vergaß er es auch. Er heiratete Ursula und bekam eine Tochter, die er Käthchen nannte und die später nach Amerika ging.

Wenn er mit Käthchen telefonierte und das Pulsieren der Ferne in der Leitung hörte, dachte er, seine Tochter sei nur deshalb in die Welt hinausgegangen, um Berlin zu suchen, sein Berlin, das sich losgerissen hatte und irgendwo da draußen umhertrieb.

Ursula und er besuchten Käthchen und ihren Mann Jeff alle paar Jahre in Minnesota. Jeff hatte ein breites Kinn, die Stromleitungen schnitten den weiten Himmel in Scheiben, und auf freien Wiesen bauten Leute neue Häuser. Bei jedem Besuch war Friedrichs Tochter faltiger und grauhaariger als das Mal zuvor, und er erschrak, sie kam ihm jetzt älter vor als seine Frau. Jedes Mal nahmen sie sich vor, auf dem Rückweg New York zu sehen, aber sie machten es erst, als sie über achtzig waren, und auch nur, weil Käthchen darauf bestand und alles geplant hatte.

Zwischen den großen, ausschreitenden Amerikanern auf dem Flughafen kam sich Friedrich verloren vor, und Ursula sah so klein aus. Sie versank in der Rückbank des Taxis, ihr Gesicht schwebte zwischen den Haaren. In der Ferne tauchte die Skyline auf.

»Warum ist denn alles so … anders?«, fragte er. »Wo ist denn unser … Haus?«

»Aber Friedrich«, flüsterte Ursula, »wir sind doch in New York.«

Er sah sich um und wurde wütend, er wusste nicht, wie er hierhergekommen war. Offenbar war er weit gereist, um eine heile Stadt zu sehen, und jetzt fehlte einfach sein Haus. Auf einmal begann Ursula zu weinen, er wusste nicht, worüber, und schließlich, um sie zu beruhigen, schlug er ihr vor, mit dem Schiff zu fahren, obwohl er Schiffe nicht mochte. Sie fuhren durch irgendeinen Hafen, und Friedrich ärgerte sich schon wieder über die Skyline und wusste auf einmal nicht mehr, warum er sich ärgerte, und darum starrte er nur noch auf die Wellen und wusste nicht, ob es sie wirklich gab, und als er aufsah, hatte er irgendetwas verloren.

Um ihn herum waren wirre Bilder, zu denen er keinen Bezug

mehr fand, Gesichter und Fragen und laute Stimmen, aber in ihm waren die Wellen weg, er fühlte sich ruhig und wollte nichts. Nur die anderen wollten auf einmal so viel, er sollte immerzu sagen, wie er hieß und wo er war, und er dachte, warum müssen mich diese Figuren umtosen.

Er sah die riesigen, nach außen gewölbten Bullaugen in der Kabinenwand, aber dahinter war kein Meer, sondern Wald, die Mannschaft trug weiße Kittel, und irgendjemand nannte ihn dauernd »Kapitän«. Das war ein Mann mit polierten Schuhen und Geheimratsecken. Friedrich erkannte, dass dieser Mann kriminell war, er hatte die Knastblässe im Gesicht und den glitzernden Hunger eines Betrügers. Der Mann wohnte mit in Friedrichs Kabine, und Friedrich verstand nicht, warum. Eigentlich verstand er gar nichts mehr, und darum fragte er in regelmäßigen Abständen: »Sind wir noch auf dem Schiff?«

Er wusste nicht, wo er war, und er hatte die ganze Zeit das Gefühl, er hätte es eben, gerade eben, noch gewusst. Manchmal glaubte er, auf einem Geisterschiff zu sein, zusammen mit Toten. Die Augen der Reisenden waren so leer. Ein junges Mädchen hatte Sommersprossen, die in die Schatten der Unterlider gestürzt waren, eine Alte hatte sich leergewartet und schrie und schrie: »Ich falle! Ich falle!« Die Alte war eine Sommersprosse, die der Winter einsammeln wollte, und auch das Mädchen stürzte irgendwohin, es stürzte in die eigenen Wunden, die seine Arme übersäten. Und da war noch ein großer, verzweifelt kluger Mann mit schwarzen Haaren und tiefen Rillen in den Wangen, es waren die Rillen der Schienen auf dem Alexanderplatz, aber wie war der Alexanderplatz auf das Gesicht dieses Mannes gekommen? Friedrich rannte dem Kipper hinterher, der Schienenreiniger schlug mit dem Drahtbesen zu, und die Straßenbahnen fuhren wieder, mit Pappen in den zerborstenen Fenstern. Eine kleine, dürre, gelbe Frau war eine ausgetrocknete Schrippe, der Betrüger wollte sie essen. Eine prächtige Dame mit rotbraunen Locken hatte Blutergüsse und die Stimme eines Waisenkindes.

Die Wasserfläche war jetzt glatt. Friedrich wusste, dass ihm die Geister nichts taten, sie waren nur Geister auf einem Schiff, das es nicht gab. Es waren nur die Träume der Geister, nur die Schatten der Träume der Geister, nur die Erinnerungen an die Schatten der Träume der Geister. Er wusste, dass diese Geister noch stürzten, und dieses Stürzen würde lange dauern, weil ihre Körper durch die Sphären flatterten und an Straßenschildern hängen blieben, die unversehrt aus den Trümmern ragten. Aber irgendwann wären sie auch da, wo er war, an diesem ruhigen Ort, und mit ihnen alle Betrüger, Käthchen Zablinski und der Kipper und der Mann mit dem Poststempel-Ei, und alle bekamen, was sie sich wünschten. Friedrich war in Berlin, in seinem Berlin, das sich losgerissen hatte und in das er wieder hineingetaumelt war, er war dort allein mit einem großen, schweren Tier. Er hatte keine Worte mehr, aber er brauchte auch keine, weil er alles wusste, er konnte es bloß nicht mehr sagen, er verstand, dass Worte nur Risse in dieser weißen Glätte waren, in der Fläche, die sich geschlossen hatte.

Das Einzige, was ihn unruhig machte, war die Lücke in der chaotischen Parade aus Fratzen und Fragen, die ständig vor ihm auf- und abzog, die Ursula-Lücke, die sich nicht wieder füllte, egal was er tat.

Eines Tages spürte er in der Glätte, die ihn umgab, einen Riss. Zuerst war der Riss nur ein zarter, grauer Strich, hingezeichnet wie mit feinem Bleistift. Mit der Zeit wurde der Riss immer dunkler und breiter, verzweigte sich in weitere zarte, graue Striche, die ihrerseits dunkler und breiter wurden, und am Ende war aus der weißen Glätte ein bedeutsam zersprengtes Gebilde geworden, denn die Risse waren Worte, und mit ihnen erkannte Friedrich, wo er war.

Er sah einen Krankenhausflur mit einem glänzenden, gelben

Fußboden. Eine Putzfrau schob eine Art Servierwagen voller Putzmittel vor sich her und feudelte den Boden, das Putzmittel roch nach Essig. An der Wand hing ein großes Bild mit irgendwelchen abstrakten, bunten Strichen. Schwestern und Pfleger eilten vorbei, bis einer, der blond und rotgesichtig war, Friedrich an die Hand nahm und durch ein Treppenhaus in eine gläserne Turmkuppel führte. Von dort aus sah er den Grunewald und Berlin. Es war Winter, der Nebel bleichte die Bäume, auf ihren Kronen lag dünner Schnee.

Ich bin auf dem Teufelsberg, dachte Friedrich, im Turm der Spionagestation. Nein, die gibt es ja gar nicht mehr.

»Welchen Tag haben wir heute?«, fragte er den Pfleger.

»Heute ist Dienstag, der achtzehnte Januar. Wissen Sie, wo Sie sind, Herr Bialla?«

Dienstag, der achtzehnte Januar, dachte Friedrich. Meine Güte, New York ist drei Monate her. Wie bin ich bloß hierhergekommen?

Friedrich verstand sein Handwerk. In unzähligen kriminalistischen Ermittlungen hatte seine Arbeit darin bestanden, kleine Informationen zu einem großen Bild zu fügen. Während er mit den Leuten, die er als Geister in Erinnerung hatte, in der Turmkuppel auf irgendwas wartete, begann er, logisch zu kombinieren.

Mir fehlen drei Monate, dachte er. Das Letzte, an das ich mich klar erinnern kann, ist die Hafenrundfahrt in New York. Jetzt bin ich hier, krank. Aber welche Krankheit habe ich? Die Leute ringsum sind Patienten. Aber sie tragen keine Nachthemden. Also sind sie irre. Folglich bin ich in New York verrückt geworden. Aber von welcher Art ist meine Verrücktheit? Der Pfleger fragt mich, ob ich weiß, wo ich bin. So was fragt man demente Menschen. So, ich bin also dement. Aber warum kann ich wieder denken? Bin ich gesund geworden? Das muss ich den Ärzten sagen.

Er wollte gerade seine Heilung bekannt geben und darum bitten, den Doktor zu rufen, als er seinen Zimmergenossen erkannte. Der Mann trug eine grüne Schirmmütze und salutierte ihm: »Ahoi, Kapitän!«

Friedrich sah die Knastblässe und das vom vielen Wünschen zerdellte Gesicht, und zugleich empfand er die vertraute Sympathie im Umgang mit Betrügern.

So verwirrt war ich gar nicht, dachte er. Der Mann ist tatsächlich ein Betrüger. Aber was will der hier?

Spontan beschloss Friedrich, sich nicht zu offenbaren, bis er den Betrüger gestellt hatte. Er würde die Demenz als Tarnung benutzen und eine verdeckte Ermittlung durchführen, die »Operation Teufelsberg«.

»Sind wir noch auf dem Schiff?«, fragte er.

»Nein, Herr Bialla, wir sind in der Tanztherapie«, entgegnete eine kleine drahtige Frau, »und ich bin Ihre Tanztherapeutin. Bitte nehmen Sie sich eins der kleinen gefüllten Kissen hier. Wir wollen heute Fühlen üben. Viele von Ihnen leiden ja unter Muskelstarre, wegen der Neuroleptika. Da wollen wir mal was gegen unternehmen.«

Das Gesicht der Tanztherapeutin war zerknautscht, sie hopste herum und machte Geräusche und Grimassen, sie wirkte engagiert und unglücklich. Friedrich dachte an den Bären, er sah, dass auch diese Frau an der Kette geführt wurde, an einer Kette aus verzweifelten Menschen.

Es folgten einige Übungen, die Patienten mussten die Kissen in die Luft werfen, »Tschaka Alpaka« rufen und sich die Hände reichen. Friedrich versuchte, sich die Namen seiner Mitpatienten zu merken. Alle duzten sich, das war hier wohl so üblich. Die Frau mit den rotbraunen Locken hieß Sylvia, ein Gewaltopfer offenbar, ihr Gesicht war voller Schwellungen und Blutergüsse. Annika, das Mädchen mit den Wunden auf den Armen, hielt den Betrüger an den Händen. Er hieß Falko. Eine dürre, blondierte

Frau in den Fünfzigern, Beate, sah ständig zu Falko rüber. Er gab vor, sie nicht zu beachten. Wenn sie nicht hinsah, beobachtete er sie genau.

Er hat sie am Haken, dachte Friedrich.

In seiner Zeit als Kriminalhauptkommissar im Betrugsdezernat hatte Friedrich zwei Typen von Betrügern zu unterscheiden gelernt, den warmen und den kalten. Der warme Betrüger suchte sich gutgläubige Opfer, denen er etwas aufschwatzte. Er stellte immer eine Nähe her, und zuweilen glaubte er den eigenen Geschichten. Wenn er aufflog, gelobte er Besserung, manchmal weinte er im Verhör.

Der kalte Betrüger wurde kaum je gefasst. Anders als der warme Betrüger schwatzte er seinem Opfer nichts auf. Er setzte ihm einen giftigen Floh ins Ohr. Dann ging er auf Distanz. So erreichte er die vorsichtigen, die misstrauischen Menschen mit dem großen Geld. Meist agierte er als Wirtschaftskrimineller. Er war intelligent, manipulativ und, ohne es zu wissen, in der Tiefe seines Herzens voller Verzweiflung.

Falko, das erkannte Friedrich, war ein kalter Betrüger.

Nach der Tanztherapie ging Friedrich nicht mit den anderen zurück auf die Station, sondern schlich sich fort. Er fuhr mit dem Fahrstuhl nach unten und machte einen Spaziergang durch die Eingangshalle. Dort bewunderte er die durchsichtigen Säulen, die sich weit oben zu Halbkugeln verbreiterten und das Dach bildeten, was aussah, als würde er unter einem Quallenschwarm stehen.

Er wagte einen Schritt durch die Drehtür in den Vorhof, der voller Bäume war und sich nach außen hin weitete. Friedrich sog die Luft ein, in der Ferne hörte er die Avus rauschen, es roch nach Erde und Zigaretten. Neben dem Schild »Dies ist eine Nichtraucherklinik« stand ein Aschenbecher, an dem sich Patienten in Bademänteln versammelt hatten und rauchten. Der Park war noch nicht fertig, zwischen nackten Erdhaufen kurvte ein silbergrauer

Pritschenwagen umher. Auch an einem Nebengebäude wurde noch gebaut, der Kran schwang seinen vergitterten Arm durch den Himmel.

Einen Moment lang überlegte Friedrich, ob er nicht einfach mit dem Taxi nach Hause fahren sollte, nach Schöneberg, in die Hewaldstraße. Er hatte keine Lust, gleich wieder auf die Station zu gehen. Er schlenderte zum Zeitungskiosk. Dort traf er auf die dürre Frau mit der blondierten Föhnfrisur, Beate; sie holte sich gerade Zigaretten. Er wollte sie bitten, ihm Geld zu leihen, als ihm einfiel, dass ihn alle für dement hielten.

Wozu brauche ich Geld?, dachte er. Er klaute den »Tagesspiegel«, schlenderte zu einer Sitzgruppe aus bunten Sesseln in der Nähe eines Springbrunnens und machte es sich bequem. Er lachte, er hatte das erste Mal in seinem Leben etwas gestohlen. Wenn die wüssten, dachte er, wenn die wüssten!

Er schlug die Zeitung auf, wie immer zuerst den Lokalteil. Während seiner Abwesenheit hatte im Grunewald ein Wildschwein drei Menschen angefallen. In Neukölln war eine Postfiliale ausgeraubt worden und am Prenzlberg ein Juwelier. Ein Bundesländervergleich der Gütersloher Bertelsmann Stiftung hatte ergeben, dass Berlin die Hauptstadt der Armut war. Und der Berliner Bürgermeister hatte beschlossen, endlich die S-Bahn-Krise zu lösen.

Nachdem er die Zeitung gelesen hatte, trat Friedrich an die Café-Bar und bestellte einen Espresso. Ihm gefiel die zierliche Tasse. Ein Atoll aus Schaum umschloss die schwarze Flüssigkeit. Er sah seine beiden alten Hände auf dem Tresen liegen, zwei Rinden. Er konnte sich nicht vorstellen, dass diese Hände noch da sein würden, wenn sein Geist vielleicht schon verschwunden war. Er schüttelte den Gedanken ab und schlürfte ein wenig beim Trinken. Danach leckte er sich die Zuckerkrümel von der Oberlippe. Seine Zunge stieß an den Schnauzbart.

Ich muss ihn stutzen, dachte er. Warum hat Ursula nicht

daran gedacht? Er freute sich schon auf ihr Gesicht, wenn Besuchszeit war.

Als die Bedienung kassieren wollte, fragte Friedrich: »Sind wir noch auf dem Schiff?«, und ging davon, die Hände in den Hosentaschen. Er fühlte sich leicht und fröhlich.

»Operation Teufelsberg«, sagte er leise zu sich selbst.

Er beschattete Falko den ganzen Tag, aber erst am Abend, im Wintergarten, fand er etwas Neues heraus. Falko unterhielt sich mit Beate, es ging um eine Firma namens Denta Bion und eine Zahnklinik; sie redeten leise. Dann telefonierte Falko mit dem Handy, er sprach Schwyzerdütsch. Friedrich verstand nur wenig, er saß mit dem Rücken zu beiden. Er blieb sitzen, bis beide fortgegangen waren.

Er starrte auf seine Knie. Seine braune Gabardinehose war voller Flecken. Warum hat Ursula meine Hose nicht gewaschen, dachte er.

In der Ferne schwammen die Lichter der Stadt, die Wolken griffen nach dem Mond.

Nachts konnte Friedrich nicht schlafen. Er schaute durch die gläserne Zimmerdecke auf den Baukran, der grell beleuchtet war und seinen Arm wie ein Fadenspiel über den Nachthimmel streckte. Wie das Abnehmspiel, das die Mädchen gespielt hatten, damals am Rosenthaler Platz, als er ein Kind war. Die Kordel hatte immer neue Muster gebildet, während sie zwischen den Händen der Mädchen hin- und hergeflogen war. Friedrich sah die Szene vor sich, schärfer als die Gegenwart, er sah Kordelstücke, die sich überkreuzten, er sah die kleinen Hände der Mädchen und wie die Finger in die Kreuze griffen, mit kurzen, rosigen Fingernägeln. Er konnte sogar die gestärkten Kleiderkragen riechen, und alles war so, wie er es zurückgelassen hatte, jedes Haar und jedes umhersirrende Lindenblütenblatt. Damals hatte er Mädchen albern gefunden, und auch heute kam ihm die Erinnerung belanglos vor. Trotzdem hatte sie zu leuchten begonnen.

»Operation Teufelsberg!«, sagte Friedrich, sobald er wach geworden war, und folgte Falko auf Schritt und Tritt. Beim Frühstück lernte er auch die anderen kennen, die nicht mit bei der Tanztherapie waren, die alte Lotti und Xaver, den Mann mit dem Alexanderplatzgesicht. Xaver trommelte die ganze Zeit an die Scheibe und rief in den Raum: »Euer K. S. ist lieb, aber unangebracht! Ich bin nicht verrückt, ich werde euch retten!«

An dem großen, sehnigen Mann war nichts arrangiert, er war jemand, der nur beim Rasieren in den Spiegel blickte. Friedrich mochte ihn, aber am liebsten hatte er Lotti. Sie senkte beim Sprechen die Augenlider, manchmal wurde sie rot. Die meisten Menschen waren, wenn sie bescheiden wirkten, in Wahrheit nur gut darin, ihre Anmaßung zu bezähmen. Lotti musste nichts bezähmen, das machte sie schutzlos.

Auf einmal musste Friedrich an Ursula denken, an ihr Gesicht, das in New York davongeschwebt war. Dass sie ihn immer noch nicht besucht hatte, beunruhigte ihn. Er nahm sich vor, den Arzt nach ihr zu fragen.

Zur Visite kam der Arzt nicht allein, er hatte seine Kollegen mitgebracht.

»Guten Tag!«, rief er und gab Friedrich die Hand, eine breite Hand mit kräftigen Fingern. »Ich bin der Chefarzt der Psychiatrie, Professor Vosskamp! Ich bin Ihr behandelnder Arzt! Sie sind hier in einer Klinik!«

»Wo ist meine Frau?«, fragte Friedrich.

Vosskamp setzte sich zu ihm an den Tisch und spielte mit seinem Schlüsselbund. Der Schlüsselbund hatte einen Anhänger, eine Plastikmarke mit einem goldenen Emblem darauf, ein Schlüsselloch, umrahmt von einem Kranz.

»Wissen Sie, welchen Tag wir heute haben?«, fragte Vosskamp.

»Mein Zimmernachbar ist ein Betrüger.«

»Aha.«

»Sie müssen ihn stoppen.«

Vosskamp wandte sich an einen jungen, weichgesichtigen Kollegen. »Konfabulation«, murmelte er. »Das ist neu. Notieren Sie das.«

Für einen kurzen Moment blickten alle auf den jungen Arzt. Der Schlüsselbund lag auf dem Tisch, und mit einer raschen Bewegung nahm Friedrich ihn an sich.

»Wir sehen uns Freitag in der Einzelstunde«, sagte Vosskamp. »Dann habe ich mehr Zeit für Sie, und dann reden wir über Ihre Frau, ja? Wir wollen das nicht so zwischen Tür und Angel machen.«

Friedrich nickte, Vosskamp gab ihm die Hand. Der Tross zog ab.

Friedrich trug noch immer sein Leinennachthemd. Er durchsuchte den Schrank, aber er konnte keine frische Wäsche finden, nur einen Wäschebeutel voll schmutziger Socken und Unterhosen. Darum zog er an, was er gestern Abend über den Stuhl gelegt hatte, seine braune Gabardinehose, Hemd und Pullover. Das Hemd hatte einen gelben Rand am Kragen.

Was ist denn nur mit Ursula los, dachte er, warum wäscht sie meine Sachen nicht?

Als er auf den Gang trat, verschwand der Tross gerade in einem anderen Raum. Friedrich lief den Flur entlang zum Dienstzimmer, schloss es auf, sah sich kurz darin um und durchsuchte den Hängeregisterschrank. Er fand Falkos Akte, auch seine eigene, stopfte beide unter den Pullover und legte Vosskamps Schlüsselbund auf den Tisch. Rasch verließ er das Dienstzimmer und eilte über den Flur zurück in sein Zimmer.

Er versuchte, Falkos Akte im Badezimmer zu lesen, aber er hatte keine Brille dabei und konnte die Worte nur mit zusammengekniffenen Augen erkennen.

Diagnose: Z73.0, F32.2, entzifferte er. Es folgten Angaben über die körperliche Untersuchung, EKG, Blutdruck und Blutbild sowie die Tagesprotokolle des Pflegepersonals und die Berichte aus den Visiten. Die einzige biografische Angabe war der Beruf der Eltern, sie handelten mit Steckelementen für Fertighäuser.

Friedrich sah sich Falkos Utensilien auf der Ablage unter dem Spiegel an. Dort stand ein Shampoo gegen Haarausfall von Nivea, Schaumfestiger derselben Marke und ein französisches Rasierwasser in einer zitronengelben Flasche, Balmain. Die Gesichtscreme war von Bebe, eine Kindercreme. Der Nassrasierer mit den Fertigklingen steckte in einer Schale voller Kalk- und Seifenflecken. Die Borsten der Zahnbürste standen verfilzt zu den Seiten ab.

Schließlich betrachtete Friedrich das eigene Gesicht, im Spiegel hinter den Dosen und Flaschen, und wie er seine Finger gegen die Oberlippe drückte und sie hin- und herschob. Er war blass, seine weißen Haare waren verklebt, und der Bart hatte schmutzige Spitzen.

»Ursula«, sagte er zu seinem Spiegelbild, »was stimmt nicht mit dir?«

Er hoffte, in seiner Akte etwas über Ursula zu erfahren, aber als er die Akte aufschlug, öffnete sich die Tür, und Falko trat ein.

»Kapitän«, sagte er, »wie oft soll ich dir noch erklären, dass du die Tür abschließen sollst, wenn du im Bad bist? Ich will dich nicht beim Scheißen erwischen! Was hast du da?« Er nahm Friedrich die Akten aus der Hand, blätterte kurz darin und pfiff durch die Zähne. »Hat Vosskamp die liegen gelassen? Ich wusste, der Kerl ist ein Trottel. Das ist nichts für dich, Kapitän.«

»Sind wir noch auf dem Schiff?«, fragte Friedrich.

»Ja, und bald gehen wir an Land.« Falko winkte mit den Akten und verließ das Bad.

Dann rufe ich Ursula eben an, dachte Friedrich. Weil er kein Telefon hatte, ging er ins Zimmer gegenüber. Das Essen stand schon auf dem Tisch, auf einem Tablett mit Isolierdeckel, aber niemand war da. Das Telefon fand Friedrich auf einem Tischchen neben dem Sessel. Er setzte sich und tippte die Nummer ein.

»Bialla, Friedrich und Ursula«, hörte er die eigene Stimme. »Bitte sprechen Sie nach dem Signalton.«

»Ursula?«, fragte er, »bist du da?« Er lauschte der Stille auf dem AB.

Er nahm sich Zeit, weil er wusste, dass Ursula langsamer war als früher. Vielleicht legte sie gerade den ganzen Weg von der Küche ins Wohnzimmer zurück. Er dachte an ihr Gesicht in New York, wie es zwischen ihren Haaren schwebte. Sie hatte die Haare immer lang getragen, in schwarzen, dann grauen, dann weißen Locken, und immer mit einer Spange, und sie war immer ein Mädchen geblieben, das alles bei sich hatte. Die meisten Menschen verteilten sich, das Weiche war zu Hause und das Harte im Büro, das Liebe bei den Kindern und das Gemeine bei den Fremden. Aber Ursula trug alles in ihrem kleinen Gesicht.

Nur in New York wollte ihr Gesicht auf einmal fort. Nicht direkt ihr Gesicht, eher der Glanz des Gesichtes, der Ausdruck. Er lag nicht mehr auf der Mimik, sondern einige Millimeter davor, und er entfernte sich schnell. Und später, als Ursula Friedrich so merkwürdig ansah, hatte er den Eindruck, dass der Glanz des Gesichtes schon meterweit fort war, weit hinter seinem Rücken. Gewissermaßen stand Friedrich jetzt zwischen dem Glanz und dem Gesicht, im Raum zwischen Mimik und Ausdruck.

Er war Ursula nie so nahe gewesen, nicht einmal während der Liebe, wenn ihre Leiber sich verbanden, fast täglich, als sie noch jung waren, und als sie alt waren, oft genug. Und obwohl Friedrich alles an Ursula kannte, jede äußere und jede innere Falte, jede Tonart, jede Regung, sah er Ursula zum ersten Mal nackt. Er sah vor sich ihr Gesicht und spürte hinter sich dessen Glanz, er war in ihr und zwischen ihren Schichten, und währenddessen entglitt sie ihm.

Er hielt noch immer den Hörer in der Hand, als Xaver das Zimmer betrat.

»Was machst du denn hier?«, fragte Xaver. »Hast du dich wieder verlaufen?«

»Ich möchte mit meiner Frau sprechen«, sagte Friedrich. »Wo ist Ursula denn nur?«

»Weißt du was«, sagte Xaver, »bleib einfach hier sitzen und telefoniere, solange du willst.«

»Sind wir noch auf dem Schiff?«, fragte Friedrich.

Xaver nahm sein Tablett vom Tisch und trug es zur Tür. »Wer weiß das schon«, brummte er und ging.

In Minnesota war es erst fünf Uhr morgens, trotzdem wählte Friedrich Käthchens Nummer. Seine Tochter nahm sofort ab.

»Hello?«, fragte sie mit ihrem amerikanischen Akzent. Obwohl sie schon über fünfzig war und seit zwanzig Jahren in Amerika lebte, war Friedrich immer noch stolz, dass seine Tochter so gut Englisch sprach.

»Ich bin es, Papa«, sagte er.

»Papa!«, rief sie und begann zu weinen.

»Warum weinst du denn?«, fragte er. »Herzchen, was ist denn?«

»Ach, Papa.«

»Wo ist Mama? Ich bin in der Klinik, und keiner will mir was sagen.«

»Du weißt, wo du bist? Weißt du auch, dass ich da war?«

»Du warst bei mir?«, fragte Friedrich. »In Berlin?«

Käthchen schwieg eine Weile. »Ja«, sagte sie dann zögernd, »ich habe dich hingebracht. Und ich komme bald wieder. Ich muss hier bloß noch einiges erledigen.«

»So«, sagte er und wurde streng. »Jetzt sagst du mir, was los ist.«

Wieder schwieg seine Tochter, minutenlang. Er kannte das, sie schwiegen gern miteinander und hörten den Geräuschen in der Leitung zu, dem Puckern und Klicken und den vorbeihuschenden Gesprächsfetzen anderer Leute, den Schatten der Worte, aber diesmal wurde er ungeduldig. Er räusperte sich.

»Ich bin ja bald wieder bei dir, Papa«, flüsterte sie schließlich.

»Käthchen!«

»Du hast Alzheimer.«

»Ich habe dich nicht gefragt, was ich habe, sondern wo deine Mutter ist.« Er schrie fast.

»Papa …« Sie weinte wieder.

Dann hörte Friedrich eine Männerstimme im Hintergrund.

»What's going on, sweety?« Es war Jeff, ihr Ehemann.

»It's Dad«, antwortete Käthchen.

»Dad!«, rief Jeff in den Hörer. »How are you? Is everything all right? Great to hear your voice!«

»I would like to talk to my daughter«, sagte Friedrich mit seinem deutschen Akzent.

»Sure«, sagte Jeff, »here she is, go ahead.«

Er flüsterte mit Käthchen, aber Friedrich konnte ihre Worte nicht verstehen.

»Papa?«, fragte Käthchen.

»Ja.«

»Wir kommen bald wieder rüber.«

»Du wolltest mir sagen, was mit Mama ist.«

»Ja. Ich sage es dir, wenn ich bei dir bin.«

»Käthchen!«, rief Friedrich. Er hörte ihr Atmen, plötzlich drang Musik aus dem Hörer.

»Ihr Guthaben ist abgelaufen«, flötete eine weibliche Stimme. »Bitte laden Sie Ihre Karte auf. Den Automaten finden Sie in der Eingangshalle.«

»Käthchen?«, fragte Friedrich noch einmal, und wieder ertönte die Musik.

Er presste den Hörer so fest an sein Ohr, dass es wehtat. Da sprang die Tür auf, und Xaver stürmte ins Zimmer, kippte eine

Tasche auf dem Fußboden aus, wühlte und drehte sich um, zum Telefon.

»Sie hat mir nichts gesagt«, flüsterte Friedrich.

»Was? Wer?«, fragte Xaver. Er hatte einen jagenden Blick.

»Meine Tochter«, sagte Friedrich.

»Ich brauche das Telefon.«

»Und meine Frau?«, fragte Friedrich.

»Später. Darf ich?«

Xaver griff nach dem Telefon, aber Friedrich wollte den Hörer nicht hergeben, er wollte Käthchen und Ursula nicht hergeben, er wollte zurück in Ursulas Schichten, er wollte zurück in den Hafen von New York und ihren Glanz auf dem Wasser suchen, und er wollte endlich zurück nach Berlin. Er hatte sein Leben lang geschmunzelt, weil er wusste, dass es Berlin noch gab, irgendwo, aber jetzt saß er in einem Irrenhaus auf einem Trümmerberg und war alt und krank. Aber vielleicht, dachte er, vielleicht ist da draußen im Wald ein Bär, der sich losriss, als die Bomben fielen, der in den Wald lief mit zerfetzter Schnauze und dort glücklich wurde. Und wenn es so ist, hatte der ganze Krieg einen Sinn.

Friedrich hielt immer noch den Hörer fest, er war an den Hörer gebunden und verstand überhaupt nichts, und als Xaver ihm den Hörer aus der Hand riss, schrie er auf.

Am nächsten Tag fuhren alle, Therapeuten und Patienten, zur Musiktherapie in den Wald. Nur Xaver und die kleine Annika fehlten. Friedrich wählte seinen Platz im Bus so aus, dass er vor Falko, dem Betrüger, saß, der wiederum neben Lotti Platz genommen hatte. Die alte Frau wartete seit sechsundsechzig Jahren auf ihren Verlobten. Er war im Krieg verschollen. Friedrich konnte sie verstehen, auch er wartete seit sechsundsechzig Jahren, nicht auf einen Menschen, sondern auf eine Stadt. Der Unterschied war nur, dass Lotti ihr Warten ernst nahm, während er wusste, es war ein Spiel.

Sie stiegen am alten Wasserwerk aus, und Lotti hatte Angst, aber sie musste mit in den Keller, wo alle ein Getöse mit irgendwelchen Instrumenten veranstalteten. Einer der Therapeuten tobte vor einem Gong herum und schlug auf ihn ein, der Ton raste durch den Raum und bollerte gegen die Wände. Die Therapeuten bekamen leuchtende Augen, sie waren, erkannte Friedrich, glücklich, dass endlich irgendwas passierte und dass ihre Worte ein Echo fanden in diesem großen, dunklen Raum. Auch die Krankheiten der Patienten waren ein großer, dunkler Raum, aber ohne Echo.

Bei der ersten Gelegenheit ging Friedrich nach draußen, an den vereisten Teufelssee, blickte auf die Wellen in den Wasserlöchern und horchte, was Falko mit den anderen besprach, aber sie witzelten nur herum. Erst auf der Rückfahrt im Bus bekam Friedrich etwas Neues heraus. Er beobachtete Falko und Lotti durch den Spalt zwischen den Sitzen. Lotti erzählte Falko, wie sie ihren Verlobten gesucht hatte.

»Warum hast du dich nicht an Persecutio gewandt?«, fragte Falko.

»An wen?«, fragte Lotti.

»Persecutio International, den Schweizer Suchdienst. Der hat doch diese Entführten in Kolumbien gefunden, letztes Jahr. Ein Freund von mir arbeitet für die.«

»Oh.«

»Persecutio ist weltweit vernetzt«, sagte Falko, »die finden jeden. Das gab doch diesen Skandal, weil die mit irgendwelchen Folterstaaten kooperieren. Die wühlen sich nicht durch Archive, die machen alles informell, über Kontakte, Bestechungen, Mittelsmänner. Das sind harte Hunde.«

»Das ist sicher teuer«, sagte Lotti.

»Stimmt. Aber zahlen muss man nur im Erfolgsfall. Die sind auf ihren guten Ruf bedacht.«

»Das heißt, ich könnte die auch beauftragen?«

In dem Moment schaltete die Patientin, die neben Friedrich saß, ihre Musik ein. Die Musik drang so laut aus den Kopfhörern, dass Friedrich nichts mehr von dem verstand, was sich hinter ihm abspielte. Aber er wusste es auch so.

In der Nacht machte er sich Sorgen um Lotti, und er beschloss, sie zu warnen. Als er durch den Flur ging, spürte er den kalten Boden unter seinen nackten Füßen. Die Station mit ihren gelben Türen war leer. Unter Lottis Tür drang Licht hervor und bildete einen Spiegel auf dem glänzenden gelben Fußboden. Friedrich legte die Hand an den Griff und schloss die Augen.

Vielleicht bin ich wirklich auf einem Schiff, dachte er, und hinter der Tür ist Ursula.

Er hörte sie leise weinen.

Er betrat die Kabine. Hinten in ihrem Bett, unter dem Laken, sah Ursula größer aus als sonst, auch ihre Haare waren anders, glatt. Aber vielleicht war er wieder zwischen ihren Schichten, und vielleicht war sie von innen größer als von außen, und er stand zwischen ihrem Gesicht und dem Glanz.

»Es war nicht die große Liebe«, schluchzte sie auf, »sondern es war Scham! Und er hat doch auf mich gewartet, wo immer er war.«

Friedrich ging auf die schluchzende Frau zu, auf die schluchzende Schicht von Ursula, er wusste, er musste schnell sein, und bevor ihm ein Zweifel in die Quere kam, schlang er seine Arme um sie.

»Pscht«, machte er, »pscht …«

Er spürte, dass die Frau nicht Ursula war, sie hatte weiche Arme und einen breiten, ängstlichen Schoß. Und Friedrich war traurig. Er suchte den fremden Körper nach Ursula ab, er fand sie nicht. Und er war nicht der Mann, dessen Namen die Fremde stammelte, er spürte, dass sie es wusste und gleichzeitig nicht wusste, so wie er es wusste und gleichzeitig nicht.

Auf einmal stand Pfleger Ingo da. »Wie eklig ist das denn«,

schimpfte er, »könnt ihr euch nicht zusammenreißen? Rentnersex in meiner Schicht, ich halte es nicht aus! Bialla, ab ins Bett! Feierabend!«

Er zog Friedrich aus dem Zimmer und brachte ihn zurück ins Bett.

»Verdammt noch mal, Sie können nicht dauernd die alte Dame belästigen! Und dann auch noch zu ihr ins Bett steigen! Was haben Sie sich dabei gedacht?«

Friedrich sah die stämmigen Beine des Pflegers in den weißen Hosen und seinen Bauch, der nach außen gewölbte Nabel zeichnete sich unter dem weißen Sweatshirt ab.

»Ich wollte ihr helfen«, sagte Friedrich.

»Helfen? Sind Sie noch bei Trost?«

Pfleger Ingo hatte glatte Haut und dunkle Brauen und ließ immer wieder die Zunge zwischen den Lippen hervorschlüpfen. Friedrich wollte noch etwas sagen, aber der Pfleger begann wieder zu schimpfen.

»Ich bin auch nur ein Mensch. Ich wollte anderen Menschen helfen, aber jetzt bin ich nur ein Kontrollgänger, ein Dienstbesprecher, Berichteschreiber, Medikamentenausgeber, Wärmflaschenverteiler, Beruhigungsteekocher, Kloputzer, Bedarfgeber, Selbstmordverhinderer, Fixierer, Alarmschläger, verdammte, gegrillte Scheiße! Ich muss immer normal sein! Ich muss mich immer zusammenreißen! Ich muss den Dreck wegmachen, während die feinen Damen und Herren Patienten träge in ihren Betten hängen! Und wer hier gesund entlassen wird, der gibt mir zum Dank noch einen Arschtritt, weil ich ihn einmal schief angeguckt habe! Was hatten Sie in Frau Kaleschkes Bett zu suchen? Warum werden die Leute immer nachts verrückt? Nachts oder Weihnachten? Warum werden sie überhaupt verrückt?«

Falko richtete sich in seinem Bett auf. Seine Haare klebten an der rechten Schläfe fest, an der anderen Seite standen sie struppig vom Kopf ab.

»Du warst bei der Kaleschke im Bett?«, fragte er Friedrich. »Du hast sie doch nicht etwa gebumst? Kapitän, du bist mir so eine Nummer.«

»Herr Sprenger, bitte provozieren Sie Herrn Bialla nicht!«, mahnte der Pfleger und verließ das Zimmer.

Falko kicherte noch eine Weile vor sich hin.

Als er wieder still war, spürte Friedrich, wie die Risse der Worte aus der Wirklichkeit verschwanden, er spürte, wie alles wieder glatt wurde, aber er musste noch eine Weile durchhalten, bis zur Einzelstunde bei Vosskamp. Über sich sah er den Baukran, und er hatte das Gefühl, dass das beleuchtete Gitter etwas bedeutete, aber er wusste nicht mehr, was das sein sollte.

Die Einzelstunde bei Vosskamp fand im Turm statt. Aus dem Turmzimmer blickte Friedrich in einen Himmel voller Kumuluswolken, und auf die Großstadt hinter dem Wald. Zum ersten Mal fiel ihm auf, dass Berlin, aus der Ferne betrachtet, hell und grazil war. Er hatte die Stadt bislang für ockerfarben gehalten. Jetzt erinnerte sie ihn an das Raumschiff aus diesem Science-Fiction-Film … Er konnte sich nicht an den Titel erinnern, nur daran, dass der Regisseur auch einen Horrorfilm gedreht hatte, im Winter in einem abgelegenen Hotel. Und der Hauptdarsteller aus diesem Horrorfilm hatte auch einmal einen Privatdetektiv gespielt.

»Guten Tag, Herr Bialla!«, begrüßte ihn Vosskamp und kam hinter seinem Schreibtisch hervor. Er trug keinen Kittel und sah kleiner aus als sonst.

»Sie sind hier in einer Klinik. Und ich bin der Chefarzt der Psychiatrie, Professor Vosskamp. Können Sie sich an mich erinnern?«

»Ja«, sagte Friedrich.

»Sehr schön! Wir haben jetzt endlich Zeit füreinander.«

»Ja.«

»Setzen Sie sich doch bitte, Herr Bialla.«

Er wies auf ein schwarzes Ledersofa, und Friedrich nahm Platz. Vosskamp ging zurück an seinen Schreibtisch.

»Heute Nacht gab es ja diesen Vorfall mit einer Mitpatientin. Können Sie sich daran erinnern?«

»Ich wollte die Frau warnen«, sagte Friedrich, »deshalb bin ich in ihr Zimmer gegangen. Dieser Mann, wie hieß er noch mal? Mein Zimmernachbar, wie hieß der noch mal?«

»Sie meinen Professor Walpersdorf?«

»Nein, den anderen.«

»Was ist mit ihm?«

»Der Mann ist ein Betrüger.«

Vosskamp schmunzelte. »Ja, da kommt der Kriminalkommissar bei Ihnen durch … Und im Krieg waren Sie ja auch, oder?«

»Kriminalhauptkommissar war ich«, korrigierte ihn Friedrich, »und was den Krieg anbelangt, wurde ich erst am Ende eingezogen und kam zum Luftschutzdienst nach Hamburg. Ich musste nur helfen, nicht kämpfen. Ich hatte immer Glück. Immer, mein ganzes Leben lang.«

Vosskamp begann, in irgendwelchen Papieren rumzukramen. Friedrich wartete eine Weile und knetete seine Hände.

»Dieser Betrüger will einer Frau hier neue Zähne andrehen.«

Vosskamp nahm ein Gerät von seinem Schreibtisch und brachte es Friedrich. Es war ein stehendes Labyrinth aus Draht, das in einem Holzständer steckte.

»Schauen Sie mal. Das ist ein Metallpuzzle. Kennen Sie so was?« Mit dem Zeigefinger folgte Vosskamp den Windungen des Drahtbügels.

»Wie bitte?«, fragte Friedrich.

»Ein Metallpuzzle. Sehen Sie die Kordelschlaufe mit der Holzkugel? Sie müssen die Schlaufe durch die Windungen führen, bis sie am Ende unten rauskommt.«

Er stellte das Metallpuzzle vor Friedrich auf das Sofatischchen und legte ihm die Holzkugel in die Hand. Dann ging er zurück an seinen Schreibtisch.

»Was soll denn das?«, fragte Friedrich.

Er starrte auf die Holzkugel in seiner Hand.

»Das ist ein Metallpuzzle«, wiederholte Vosskamp. »Lassen Sie uns gemeinsam herausfinden, ob Ihnen so was Freude macht.«

Friedrich presste die Hand zu einer Faust, und als er sie wieder öffnete, war die Kugel vom Schweiß der Hand etwas dunkler geworden. Er wusste nicht, ob er wütend oder verwirrt war.

»Und wissen Sie, wie ich darauf gekommen bin?«, fragte er schließlich, »dass mein Zimmernachbar kein kranker Lügner, sondern ein Krimineller ist? Wie heißt er denn bloß?«

Das Telefon klingelte, Vosskamp nahm ab.

»Tag, Herr Gerlach ... nein, warten Sie noch bis Samstag ... Der Titel für meinen Vortrag? Lassen Sie uns das morgen besprechen ... Natürlich Hochglanz ... ja, Wiederhören.«

Er legte auf.

»Entschuldigung«, sagte er.

»Haben Sie gerade mit der Polizei telefoniert«, fragte Friedrich, »um ihn anzuzeigen?«

Vosskamp zupfte sich an den Schläfenhaaren.

»Wollten Sie ihn anzeigen?«, fragte Friedrich noch einmal.

Vosskamp ließ die Hände auf den Tisch sinken. Die Schläfenhaare blieben gesträubt. Dann stand er auf, setzte sich neben Friedrich auf das Sofa und tätschelte ihm sanft den Oberschenkel. »Lieber Herr Bialla, Sie müssen keine Verbrecher mehr fangen. Sehen Sie das Metallpuzzle vor sich auf dem Tisch? Versuchen Sie doch mal, die Kordel da herauszuführen. Die Kugel mit der Kordel haben Sie schon in der Hand.«

Friedrich schaute auf die eigene Hand, dabei zog er versehentlich an der Kordel, und das Metallpuzzle kippte ihm entgegen und schepperte auf den Glastisch. Er stellte es vorsichtig wieder auf.

»Sie machen das sehr gut«, lobte Vosskamp.

Friedrich wollte etwas sagen, aber in seinen Gedanken trieben weiße Segel, die die Worte verdeckten, immer dann, wenn er sie aussprechen wollte. Er begann, die Kordelschlaufe durch das Metalllabyrinth zu führen. Vosskamp sah ihm zu, hin und wieder korrigierte er die Richtung, indem er behutsam Friedrichs Hand lenkte.

»Das ist gar nicht so einfach, was? Ich habe es erst auch nicht hingekriegt.«

»Ich wollte über das Rasierwasser reden«, sagte Friedrich. »Wie hieß das noch mal? Ein teures französisches Rasierwasser. Irgendwas mit B. Und es passt nicht zu den anderen Kosmetika, die er benutzt. Er nimmt eine Kindercreme und ein Mittelklasseshampoo gegen Haarausfall. Und seine Zahnbürste ist abgenutzt. Verstehen Sie? Die Creme und das Shampoo und die Zahnbürste zeigen, was er ist, und das Rasierwasser zeigt, was er vorgibt zu sein.«

Vosskamp sah ihn nachdenklich an. »Wer weiß, wenn ich eines Tages dement werden sollte, werde ich wohl überall Patienten sehen, so wie Sie überall Verbrecher. Wollen wir nicht das Puzzle weitermachen?« Er führte wieder Friedrichs Hand. »Diese Stelle ist kniffelig, da muss man die Schlaufe um das ganze Gerüst ziehen. Lassen Sie mich mal.« Er fummelte mit der Kordel herum. »Das gibt es doch gar nicht, das müsste doch klappen … Nee, es ging anders. Zu blöd.«

»Und der Mann ist gut«, setzte Friedrich wieder an. »Überlegen Sie doch mal.«

Aber er überlegte jetzt selbst, er kannte die Worte, er fühlte sie, gleichzeitig waren sie fort. Er murmelte vor sich hin: »B, B … so ähnlich wie Ariel, aber mit B. Bariel. Bayern. Beil. Balmain!

Das Rasierwasser heißt Balmain! Ich weiß es wieder! Operation Teufelsberg!«

Vosskamp lehnte sich im Sofa zurück, und weil er größer und schwerer war als Friedrich, drückte sich die Sitzfläche hinten ein und wölbte sich vorne auf, und Friedrich, der auf der vorderen Kante saß, wurde angehoben.

»Ich spüre die ganze Zeit den Impuls, Sie in die Realität zurückzuholen«, sagte Vosskamp. »Warum eigentlich? Warum mache ich mich zum Handlanger der Realität? Vielleicht weil die Realität die brutalste Diktatur der Welt ist, Widerstand zwecklos.« Er beugte sich wieder vor und versuchte, die Kordel durch das Labyrinth zu ziehen, sie verknotete sich. Vosskamp schnalzte mit der Zunge, schließlich ließ er die Holzkugel fallen. »Ich gebe auf«, seufzte er.

»Hören Sie doch mal zu!«, rief Friedrich. »Seine Eltern handeln mit Steckelementen für Fertighäuser. Das denkt sich keiner aus, der so ein Rasierwasser hat, der sich gegen seine dünnen Haare wehrt. So einer würde was Besseres erfinden, der würde sich als Adeliger ausgeben oder als Sohn von Ölmagnaten. Macht er aber nicht, und wissen Sie, warum? Damit er besser lügen kann. Er lügt mit der Wahrheit. Deshalb sind alle Psychiater auf ihn reingefallen, auch Sie, Herr Professor.«

Friedrich kamen die vielen Betrüger in den Sinn, die er im Laufe seines Lebens verhört hatte. Die meisten logen nicht, um sich zu bereichern; jedenfalls nicht nur. Sie logen, weil sie nicht sie selbst sein wollten. Das Geld, das sie am Ende abräumten, war nur der Trost dafür, dass die schöne Lüge nicht dauern durfte. Zugleich war ihre wahre Identität der doppelte Boden, der sie trug.

»Aber dieser Mann hat sich verloren«, fuhr Friedrich fort. »Indem er mit der Wahrheit lügt, zerstört er sich selbst. Ihm bleibt nichts, auf das er sich zurückziehen kann. Wo vorher der doppelte Boden war, ist nun der doppelte Abgrund.«

Es klopfte an der Tür, und der blonde Pfleger Carsten trat ein. »Ich soll Herrn Bialla abholen.«

»Die Zeit ist schon um?«, fragte Vosskamp. »Das ging aber schnell.« Er gab Friedrich zum Abschied die Hand. »Nehmen Sie einmal Urlaub von den Verbrechern, Herr Bialla.« Und zum Pfleger sagte er: »Sie müssen das Risperdal erhöhen.«

»Auf wie viel?«, fragte der Pfleger.

»Fragen Sie die Oberärztin.«

Als Friedrich mit dem Pfleger durch das Treppenhaus nach unten ging, wusste er nicht mehr, wo sie waren. Eines der Bullaugen war gekippt, der Wind zischte in der Rille. Am Horizont sah Friedrich New York, alle Wolkenkratzer waren verschwunden. Das Meer war still. Friedrich fragte sich, ob die Zeit gefroren war. Und warum waren die Wellen so braun? Waren das Algen? Oder bedeckte ein Militärnetz das Wasser? Er kniff die Augen zusammen. Obwohl er die Wellenkämme deutlich sah, blieben sie doch unbeweglich. Er war traurig, aber er wusste nicht, worüber.

Als die ersten blassen Sterne am Himmel erschienen, fand Friedrich sich im Salon wieder. Um ihn herum standen Palmen in großen Töpfen, und in der Ferne sah er die Lichter einer Stadt, sie würden wohl bald vor Anker gehen, aber er hatte keine Lust. Der Steward deckte den Abendbrottisch, er hatte orangerote Haare. Bald kamen die anderen Passagiere und begannen schweigend zu essen. Friedrich erkannte sie wieder, aber er konnte sich nicht an die Namen erinnern. Sie trugen Jogginganzüge und Hausschuhe. Friedrich ärgerte sich darüber, denn sicher hatte er viel Geld für diese Kreuzfahrt bezahlt, und das, obwohl er keine Schiffe mochte, und jetzt waren alle so schlampig. Ein Mann betrat den Salon, er hatte eine knöchrige Nase. Wenigstens er trug eine Krawatte.

Ein Mädchen sah auf. »Du Schwein«, sagte es zu dem Mann, und da fiel Friedrich wieder ein, dass der Mann seine Frau geschlagen hatte.

Bei der Schutzpolizei wurde Friedrich manchmal gerufen, wenn ein Mann seine Frau verprügelte. Die meisten Paare versöhnten sich, sobald die Polizei eintraf. Manchmal lagen die Schwellungen auf den Gesichtern der Frauen wie dunkle Gasmaskenteile, und zwischen den Teilen blickten zwei Augen in die Welt, gleichmütig, als wäre nichts geschehen. Dann musste Friedrich an den Bären denken, der am Rosenthaler Platz getanzt hatte, vor dem Tabakwarenladen Carl Martienzen, mit zerschundener Schnauze.

Friedrich beschloss, den Mann zu verhaften. Nach dem Essen folgte er dem Ehepaar durch den langen, gelben Gang. Als er die beiden erreichte, schlug er dem Mann ins Gesicht. Weil Friedrich kleiner war, musste er den Arm weit ausstrecken, um das Gesicht zu treffen, er rutschte an der Nase ab, anstatt sie wie geplant von unten zu rammen. Trotzdem schrie der Mann kurz auf.

»O Gott«, rief die Frau, »tut es weh?«

»Gar nicht«, sagte der Mann.

Doch, dachte Friedrich, es tat weh, dem Bären tat es weh und uns allen.

Der Rotschopf kam angerannt, führte Friedrich in die Kabine und ließ ihn allein. Friedrich war sich unsicher, ob er nicht in Wahrheit am Rosenthaler Platz stand. Er erkannte, dass dieser Platz, der unter dem fluoreszierenden Schleier der Zeit lag, sein Gedächtnis war. Friedrich hatte nicht mehr so viele Worte, aber er ahnte, dass in diesem Leuchten der Sinn des Alters lag. Alles, was geschehen war, war geschehen, um in seinem Gedächtnis heranzureifen und eines Tages dort aufzuleuchten, und mit dem Leuchten erlosch es zugleich. Noch einmal sah Friedrich das Fadenspiel der Mädchen, oben am Himmel, riesig und grell.

Vor den Bullaugen stand die Nacht. Ein paar Möwen stürzten sich lautlos nach unten, es konnten auch Schneeflocken sein. Friedrich war müde, irgendwas in ihm sauste abwärts, er hörte es in den Ohren. Da begriff er, dass sie auf Tauchstation gingen.

Langsam senkte sich das Geisterschiff in den Ozean, tief in den Glanz von Ursula. Die Wellen rasten am Fenster vorbei, und Blasen stiegen auf. Oben schloss sich der Wasserspiegel zu einer weißen, glatten Fläche. Darüber sah Friedrich die Sprache schaukeln, er sah sie von unten, mit Muscheln und Algen am Rumpf, dann trieb sie fort. Friedrich wusste, wo er jetzt war. Er war in der Mitte seines letzten Wortes, das er mit in die Tiefe genommen hatte, um hier noch eine Weile zu atmen. Er war in Berlin.

Gott auf Haldol

Am Montag, dem 17. Januar, verlor Sylvia den Verstand. Sie stand in der Diele, mit dem Rücken zur Heizung. Unter ihrer Schädeldecke spürte sie einen metallischen Quader, der ihre Gedanken magnetisch steuerte. Crazy Orcus, dachte sie.

Sie wusste nicht, warum der Quader sie dazu zwang. Die Zeit im Crazy Orcus war zwanzig Jahre her. Die Erinnerung ähnelte einem Splitter, der eines fernen Sommers in die Hornhaut des nackten Fußes eingewachsen und in der Tiefe noch dunkel zu ahnen war, aber nicht schmerzte.

Sie roch das rostige Wasser am Heizungsventil. Wenn sie den Kopf hob, konnte sie durch das Dachfenster den Morgenhimmel sehen, ein flirrendes Schild. In ihrem Gedächtnis stampfte Musik, und wenn sie zwischendurch die Augen schloss, verwandelten sich die Ringe und Blitze, welche die Helligkeit auf der Netzhaut hinterlassen hatte, in die Graffitischlaufen im Treppenhaus des Crazy Orcus, und der Splitter des fernen Sommers trat schwarz aus der Haut. Sie war wieder dort, sie war neunzehn. Auf den Stufen saßen Leute, bleich geschminkt, und warteten auf Einlass. Einige hatten sich Schlingpflanzen aufs Dekolleté gemalt oder die Schläfen und Wangen so schattiert, dass ihre kahlen Köpfe wie Totenschädel aussahen. Keiner lächelte.

Sylvia bahnte sich den Weg durch die Menge. Sie hatte ihre roten Haare noch röter gefärbt, die Lippen lila, sie trug einen schwarzen Spitzenblazer, darunter Hosen aus Pannesamt. Der Türsteher ließ sie rein.

Auf der Tanzfläche spielten Goethes Erben den Song »Wo ist Iphigenie?«. Darin verspeiste eine Familie ihre Tochter. Der Sänger schwang seine langen schwarzen Haare, sprang mit nacktem Oberkörper durch zischenden Trockeneisnebel und brüllte mit kehliger Stimme sein Lied. Die Tänzer stampften ihre trägen Schritte in den schwarzgelackten Betonboden.

Sylvia durchquerte die Disko, dann die Werkstatt des Lederschneiders, der hinter der Disko lebte, klopfte an die schallgedämpfte Tür seines Wohnzimmers und trat ein. Das Zimmer hatte nur ein Bett, einen Schrank, ein Tischchen voller Haschischpfeifen und einen Ausblick auf das Gefängnis, die Justizvollzugsanstalt St. Georgen, die nachts im fahlgelben Licht lag. Das Licht verschluckte die Farben und verwandelte alles in Sepia, in eine Welt aus vergilbten Postkarten, aus der die Leute erschrocken herausguckten, als wüssten sie, dass sie inzwischen tot waren.

Während Sylvia mit dem Lederschneider schlief, schrie sie, als wollte er sie töten. Sie wehrte sich, er hielt sie fest, und hinterher wusste sie nicht, ob sie der Akt beglückt oder gequält hatte. Sie spürte keine Freude, keine Geilheit, nur dumpfes, süchtiges Entsetzen.

Trotzdem ging sie immer wieder hin, verkleidet und bleich, durchquerte die Höhle mit den stampfenden Menschen und ließ sich aufs Bett pressen und schrie und sah in das rote Gesicht des Lederschneiders, das über ihrem auf und ab wippte.

Der Lederschneider bewahrte sein Haschisch im Toilettendeckel auf, in den ausgehöhlten Gummipfropfen der Klobrille. Manchmal verkaufte er welches, das meiste rauchte er mit Sylvia. Die Droge pulsierte durch ihre Gedanken und machte Luftschlangen aus der Zeit und ihrem Körper, und ständig lachte sie los, ihr Leben wurde weit fortgeblasen und kringelte sich in der Ferne.

Morgens zog sich der Lederschneider einen blauen Trainingsanzug an, sammelte die Gläser und Flaschen ein und fegte die Disko, und nichts erinnerte mehr an das nächtliche Stampfen. Der Geruch nach Bier und Rauch verschwand in der hellen Luft, die schräg von oben durch die geöffneten Fenster drang.

Zwei Jahre lang ging Sylvia zu ihm. Sie mochte den Lederschneider nicht, sie mochte sich selbst nicht, sie wusste nicht, was für ein Leid sie Nacht für Nacht aus ihrer Seele presste. Sie sah keinen Sinn in dem Leid, keinen Ursprung. Sie hatte es immer gut gehabt. Vorne in der Disko hörte sie keiner, und auch nicht hinten im Gefängnis. Auf den Mauern lag Stacheldraht.

Eines Nachts erzählte der Lederschneider von einem Mann, den er zusammengeschlagen und weggeschafft hatte. Über dem blutig zermatschten Gesicht des Mannes warf der Atem kleine rote Blasen. Ähnlich wie die Milchblasen, stellte Sylvia sich vor, die sie als Kind mit dem Strohhalm in ein Milchglas gepustet hatte. Sie war bekifft, sie kicherte. Erst als der Lederschneider schilderte, wie er den Mann vergraben hatte, im Wald bei Oberkonnersreuth, und wie die ersten winzigen Erdbrocken auf den Blutblasen getanzt hatten, bevor diese platzten, wurde Sylvia still.

Am Morgen wusste sie nicht, ob das ein Traum war oder die Wirklichkeit. Sie ging nicht mehr in den Crazy Orcus. Trotzdem blieb sie in den Semesterferien in Bayreuth; sie wollte nicht zu ihrer anstrengenden Mutter nach Hamburg, zum Verreisen hatte sie kein Geld. Darum lag sie den ganzen Sommer im Hofgarten herum und lernte zwei dicke traurige Männer kennen, die in einer betreuten Wohngemeinschaft am Wittelsbacherring lebten und sich von ihren Psychosen erholten. Der eine hatte einen blonden Bart, der andere ein pralles Gesicht und eine Narbe am Puls.

Sylvia ging mit, trank Tee in ihrer Küche, tauschte mit ihnen die Ohrstecker, ihren Yin-Yang-Stecker gegen einen roten Tropfen, ihren Totenkopf gegen eine venezianische Maske. Danach schlief sie mit beiden. Die Männer waren zärtlich und kamen schnell. Sylvia weinte, der eine kochte ihr Pudding, der andere spielte Gitarre und sang:

Will ich in die Küche gehen
Und mein Süpplein kochen
Steht ein schwarz-rot Männlein da
Hat schon dran gerochen
Lala lala lalala lala lala lala

Sylvia verstand das Lied nicht; vielleicht hatte er es in der Psychiatrie gelernt. Das schwarz-rot Männlein war ihr unheimlich, es erinnerte sie an den Film *Wenn die Gondeln Trauer tragen*. Aber die dicken traurigen Männer waren freundlich, und sie war so dankbar dafür, dass sie schon wieder weinen musste. Beide hielten sie die ganze Nacht im Arm und wechselten sich ab, sie zu streicheln.

Am Morgen gingen sie in den Hofgarten und fütterten die Enten. Die dunklen Spiegelbilder der Blätter vibrierten auf dem Wasser. Sylvia fand ein Küken im Gras, gelb-braun gefleckt. Im Teich schwammen die Stockenten mit ihren anderen Küken, das verlorene fiepte und wollte zum Wasser, aber es fiel. Sylvia nahm es, es hatte kein Gewicht, sie spürte nur schabende Füße in ihrer Hand. Einer der dicken traurigen Männer schöpfte Wasser aus dem Graben und hielt es dem Küken vor den Schnabel, es nahm ein paar Schlucke, dann sank der Kopf zur Seite, von unten zogen sich dünne Lider halb über die schwarzen Augen. Der Körper bekam eine andere Elastizität und fühlte sich schwerer an. Die halb geschlossenen Augen glänzten weiter.

Sie begrub das Küken im Park. Als die erste Erde auf die glänzenden Augen fiel, dachte Sylvia an den Sterbenden im Wald von Oberkonnersreuth, sie sah ihn plötzlich vor sich liegen anstelle des Kükens, die Blasen blubberten auf seinem Gesicht, rote Milch, ihr Blubbern hörte nicht mehr auf. Sylvia ließ das kleine Grab des Kükens offen, sprang auf und rannte davon. Die dicken traurigen Männer riefen ihr nach, sie drehte sich nicht mehr um.

Zu Hause packte sie ihre Sachen, ließ zurück, was nicht in ihre

Koffer passte, verabschiedete sich bei niemandem, fuhr mit dem Zug nach Berlin, schrieb sich an der FU ein, warf die schwarzen Klamotten in den Kohleofen, schnitt die gefärbten Haare ab, beendete ihr Theologiestudium und heiratete Martin Berger, der mit ihr nach Korsika fuhr, wo die Blätter der Pappeln im Wind klapperten und der würzige Duft der Bäume alles überdeckte.

Jetzt lehnte sie an der Heizung in der Diele ihrer Wohnung in Berlin und war vierzig Jahre alt und evangelisch und verlor den Verstand, an einen magnetischen Quader, während ihr Mann die Zeitung holte. Crazy Orcus, zwang der Quader sie zu denken, Crazy Orcus. Aber was hatte sie vorher gedacht? Ihr wurde klar, dass sie überhaupt nichts wusste, überhaupt nichts, überhaupt nichts. Als sie noch ein Kind war, hatte die Kugelhaftigkeit der Welt sie verwirrt, sie konnte dem Untergrund nicht mehr trauen, nachdem sie erfahren hatte, dass sie, aus einer anderen Perspektive betrachtet, auf dem Kopf stand. Sie fragte sich damals, warum noch nie eine UNO-Konferenz einberufen worden war, die festlegen würde, wo die Oberseite der Welt und wo die Unterseite war, wer also offiziell kopfüber lebte und wer nicht, und auch heute wusste sie immer noch nicht, wo der richtige Standpunkt war. Argumente gab es für alles.

Sie schaute auf den Ventilator, der die karge Heizungswärme in der Diele verteilte.

»Was ist denn eigentlich der Standpunkt von Gott? So ganz allgemein?«, fragte sie in die Stille hinein, ins flirrende Auge des Ventilators. Sie lauschte dem Flappen so lange, bis sie darin eine Stimme hörte. »Gott hat keinen Standpunkt«, raunte die Stimme.

»Gott ist also gar nicht religiös?«, fragte Sylvia. »Nicht mal moralisch?«

»Gott ist bodenlos«, wisperte es im Ventilator.

»Aber die Zehn Gebote«, sagte Sylvia, »das sind doch Gottes Standpunkte.«

Der Ventilator rauschte.

Sylvia starrte in die kreisenden Flügel aus Stahl. Plötzlich überlegte sie, ob sie ihr Gesicht hineinhalten sollte, bis es nur noch ein blutiger Matsch mit kleinen roten Blasen war. Und sie dachte, wenn ich keinen Standpunkt habe, dann bin ich Gott. Dann bin ich bodenlos, ein Luftschlangenhaufen in der Mesosphäre, dann steckt meine Seele aufgeteilt in den Gummipfropfen einer Klobrille, dann war mein Leiden im Crazy Orcus ein Hohn, so wie das Leiden Christi ein Hohn war. Und wenn schon das erste Gebot nicht stimmt, wenn Gott nicht einmal Gott ist, wer ist er dann? Wie wäre die Welt geworden, wenn er zehn ganz andere Ideen auf die Steintafeln geschrieben hätte? Ich bin kein Gott, missbrauche meinen Namen, du sollst töten, du sollst ehebrechen, du sollst stehlen, du sollst begehren deines Nächsten Weib, Knecht, Magd, Vieh und alles, was dein Nächster hat?

In dieser anderen Welt mit den anderen Zehn Geboten wäre das Morden lustig, auch das Ermordetwerden, es gäbe keine Trauer, kein Grauen, auch keine Eifersucht, es wäre eine wundervolle Welt. Wenn Sylvia einem Mann das Gesicht zermatschte und ihn anschließend lebendig begrub, im Wald bei Oberkonnersreuth, wäre das in der anderen Welt ein Spiel. In der hiesigen Welt wäre sie irre, und ein Gutachter würde ihr eine Geisteskrankheit attestieren. Aber in der anderen Welt gäbe es keine Geisteskrankheit. Es gäbe auch keinen Gutachter, der Gutachter wäre ein kleines Tier, er glitte flötend durch den Abend. Es gäbe nicht einmal Sprache, statt der Worte verwendeten die Leute Klebstoff, und ihre Aussagen ließen sich daraus ableiten, welche Gegenstände sie jeweils zusammenklebten und mit sich herumtrugen. Und wie herrlich, wie herrlich und schrecklich wäre eine Welt, der Gott keine Gesetzestafeln gegeben hätte.

Der Ventilator flappte und flappte. Auf dem Dielenboden lagen alte Zeitungen. Die Gesichter auf den Zeitungsbildern beobachteten Sylvia. Das war seit dem Sommer so.

Es hatte in ihrem Büro begonnen, im August. Sie arbeitete bei Street Spirit, einem Kirchenprojekt. An der Wand hingen Plakate, behinderte Menschen, alte Menschen, schwarze Menschen, Menschen mit Schläuchen in der Nase. Neben allen schwamm der azurblaue Schriftzug der Diakonie. Auf einmal begannen die Gesichter auf den Plakaten, Sylvia anzusehen. Es waren zunächst nur die Augen, die aus der Plakatwelt in die echte Welt herübersahen, ohne sich zu bewegen. Sie waren nicht unfreundlich, nur erstaunt, genau wie Sylvia. In den folgenden Tagen ertappte sie sich immer wieder dabei, wie sie auf die Plakate starrte und darauf wartete, dass die Augen wieder lebendig wurden. Aber die Augen blieben meistens stumm. Stattdessen sah Martin jetzt manchmal so aus, als hätte auch er ein Plakatgesicht, das aus einer anderen Welt zu ihr herüberblickte.

»Was ist los?«, fragte sie dann.

»Was soll denn sein?«

»Du siehst irgendwie so anders aus.«

»Nein, es ist alles in Ordnung«, sagte er.

Sie versuchte, die Augen nicht mehr zu beachten. Erst als die Heuschrecken kamen, dämmerte ihr, dass etwas nicht stimmte. Sie erzählte es Martin. Er verstand sie nicht, er glaubte, sie könnte die Heuschrecken sehen. Aber in Wahrheit waren die Heuschrecken immer verdeckt, und Sylvia nahm nur die Aura wahr.

Von nun an war alles zugleich etwas anderes, alles hatte eine zusätzliche Bedeutung. Jetzt zum Beispiel, als sie mit dem Rücken an der Heizung stand und der Metallquader in ihrem Kopf sie zwang, Crazy Orcus zu denken, presste sie ihre Fingernägel in die Handflächen und nahm die schwachen, schabenden Füße des Entenkükens aus dem Bayreuther Hofgarten wahr.

Gott liebt die Küken, ließ der Quader sie denken, aber genauso liebt er die Katzen, die sie fressen.

Auf einmal begriff Sylvia, dass Gott, der Vater, eine Hure war. Seine Promiskuität erst machte das Böse möglich. Weil er jeden liebte, jedem verzieh, jedem auf seine Weise recht gab, nur darum konnte das Schlachten und Morden in der Welt nicht enden, nur darum gab es Tragödien.

Jemand muss kommen, dachte Sylvia, der Gott erzieht. Jemand muss mal was Schreckliches tun und Gottes Vergebung verweigern, damit der zur Räson kommt. Ein neuer Messias muss her, ein Finsterling, ein teuflisches Opfer, das Gott erlöst, nicht uns.

Über diese Idee war sie so erschrocken, dass sie begann, sich selbst zu schlagen. Sie wollte den Quader treffen und ausschalten, aber die magnetischen Ströme in ihrem Gehirn verebbten nicht. Sie fiel zu Boden, auf das Kirschparkett, und versuchte immer heftiger, den Quader zu treffen. Alles zerfiel in wirbelnde Fetzen, in Wandfetzen, Parkettfetzen, Garderobenfetzen, Faustfetzen, und zwischen den Fetzen erkannte sie Martin, der zur Tür hereinkam, mit der FAZ in der Hand.

Sie fragte sich, warum sein Gesicht und die Zeitung so unbewegt in diesem Wirbel standen. Während sie das dumpfe Matschen der eigenen Schläge hörte, kam ihr der Gedanke, dass Martins Gesicht ihr so klar erkennbar blieb, weil es etwas bedeutete. Andererseits erkannte sie auch die Zeitung, und die bedeutete ihr nichts. Sein Gesicht war nur zufällig unbewegt, so zufällig wie die Zeitung, und die wirbelnden Fetzen ringsum waren nur zufällig wirbelnde Fetzen, es gab keinen Unterschied zwischen Bewegung und Stillstand. Es gab nur Bodenlosigkeit und keinen Grund, die Fäuste stillzuhalten. Sie musste lachen und gleichzeitig schreien, sie hörte sich selbst, das Geräusch war nicht menschlich. Und sie hörte Martin, der unvermittelt sagte: »Würdest du mir bitte aus der Zeitung vorlesen?«

Als er das sagte, setzte der Schmerz ein. Die Augen, die Wangen, die Finger taten weh, und sie öffnete die Fäuste und verringerte die Schlagkraft.

Die Zeitung hat eine Bedeutung, dachte sie, ich habe das richtig vorhergesehen.

»Ich kann die Sphäre deiner Ohren wahrnehmen«, flüsterte Martin. »Ich weiß, dass du wieder da bist.«

Sylvia wurde still.

Er hatte sie damals ausgelacht, als sie ihm von ihrem Klassenkameraden erzählt hatte, dessen Ohren ein Rembrandt-Leuchten hatten. Alles andere an dem Klassenkameraden war gewöhnlich, die Pickel, der Stimmbruch, aber die Ohren umflorte etwas Sanftes, Gutes. Als Sylvia ihn Jahre später zufällig auf einem Konzert wiedersah, erkannte sie ihn sofort an den Ohren, die unter inzwischen schütteren Haaren hervorragten. Er saß vor ihr, in einem der schwebenden Ränge der Philharmonie, seine Ohren strahlten etwas Engelhaftes aus.

Das Orchester spielte das Violinkonzert von Mendelssohn. Sylvia wartete auf den zweiten Satz, ihre Lieblingsstelle, das Fagott, das nur wenige Augenblicke klar blieb, und sie dachte darüber nach, ob es nicht in jeder Musik um diesen einen Augenblick ging, der einen glücklich machte. Das komplette Konzert hörte sie nur, weil sie sich im ersten Satz die ganze Zeit auf die Stelle mit dem Fagott freute, und im dritten Satz versuchte sie, einen Nachklang dieser Stelle zu entdecken, der sie darüber hinwegtrösten würde, dass der Augenblick vorbei war.

Ihr alter Klassenkamerad hatte keine schönen Ohren, sie standen etwas ab, und die Ohrläppchen waren angewachsen, aber sie kamen ihr vor wie die Trägersubstanz von etwas Überirdischem. An Martin hatte sie nie ein Rembrandt-Leuchten wahrgenommen, obwohl sie ihn liebte. Als die Stelle mit dem Fagott kam, wünschte sie sich, auch Martin würde einem Menschen begegnen, der in der Lage war, sein Leuchten zu erkennen. Aber als die Stelle mit dem Fagott vorbei war, wurde ihr klar, dass sie das gar nicht ertrüge.

Erst an dem Tag, an dem sie sich schlug, an dem Martin die Sphäre ihrer Ohren wahrnahm, begriff sie seine Liebe.

»Komm, Sylvie«, sagte er. »Lies mir aus der Zeitung vor.«

Sie gingen in den Salon, und das Vorlesen fiel ihr schwer, weil sie weinen musste. Sie wollte Martin berühren und küssen, sie wollte ihm vom Crazy Orcus erzählen, vom Lederschneider und von den Blutblasen, von den dicken traurigen Männern, von dem Küken und der Flucht nach Berlin, aber sie schämte sich zu sehr. Während sie weiter vorlas, warf der Quader sein Magnetfeld an, das neben ihren Gedanken auch die Stimme steuerte, Sylvia hörte einen metallischen Klang. Ihr Drang, sich erneut zu schlagen, nahm zu.

»Ich kann nicht mehr«, sagte sie schließlich.

Ihr Gesicht schmerzte. Sie ging in die Küche und nahm eine Aspirin. Martin folgte ihr nach einer Weile. Er sah sie an, dann schloss er die Augen. Dann sah er sie wieder an.

»Ich bringe dich in die Cardea«, sagte er.

»Zu diesem Vosskamp?«, fragte sie.

»Ja. Er soll gut sein.«

Sie packte ihre Reisetasche. Sie fuhren schweigend im Auto durch die Stadt. Sylvia presste die Hände seitwärts an den Sitz. Sie fürchtete, Martin erschreckt zu haben. Zugleich war sie wütend. Warum bin immer ich so selbstkritisch, er aber nie, dachte sie. Warum hat er meine Hände nicht festgehalten, als ich mich geschlagen habe?

Sie sah die Cardea von Weitem über den Bäumen leuchten. Die Kugelfenster erinnerten an die Enden von Reagenzgläsern.

In der Notaufnahme hatte niemand Zeit. Sie mussten in der Halle auf den Dienstarzt warten, der Sylvia auf die Station bringen sollte. Sylvia setzte sich in einen der bunten Sessel, vor einen Tisch mit Schalen voll weißer Steine und Bambusrohre. Martin ging Kaffee holen.

Auf einmal stand ein junger Mann da. Er war fast noch ein Kind. Seine Augen hatten die Farbe von ausgeblichenen Haselnüssen, die Einstichstellen seiner Piercings waren rot. Er hatte einen schwarzen, frisch gefärbten Irokesen. An den Seiten seines Schädels war die Haut noch grau von der Farbe. »Bin abgehauen, aus der Geschlossenen«, sagte er. »Die haben mich auf Haldol ans Fixierbett gefesselt. Ohne Biperiden, das gegen die Krämpfe. Das Haldol hat mir echt die Zunge in den Schlund gedrückt, und meine Arme und alles hat voll gekrampft, sogar die Augen. Über Stunden. Das war Folter, ohne Scheiß. Mit dreizehn war alles noch geil. Stand ich da so auf dem Bahnhof rum, kommt so ein Typ Mitte dreißig und sagt, pass doch mal auf meine Koffer auf. Ich bei den Koffern, der Typ aufs Klo, zehn Minuten mindestens, kommt der zurück, völlig happy und so und drückt mir ein Piece in die Hand. Und ich, kein Plan von nichts, das Piece nur in Stücke gebrochen und rein in die Zigarette gedreht. Aber das ging schon ab, irre. Gesoffen aber schon früher, mit zehn. Paar Brüder und ich mit unserem Alten in so einem Ferienhaus, und alles durcheinander, Bacardi, Bier, Cinzano, Wein und so. Und plötzlich wird mir so schlecht, hab voll losgekotzt. Mein Alter hat sich schlappgelacht, du Weichei, kotzt gleich ab. Der trinkt also noch so paar Bacardi und stürzt dann selber zum Fenster. Alle voll im Koma. War geil, drei Tage ohne Dresche, ich sag es dir, die schönsten Tage meines Lebens. Aber was da abging im Irrenhaus, nee … Haldol. Bist du mal auf Haldol gewesen? Ist zur Beruhigung, gegen Borderline, aber meine Hände gingen so: Brbrbrbrbrbrbr! Ich dann also zur Nachtwache: Biperiden, Biperiden! Und die: Nee, dürfen wir nicht, Suchtgefahr. Und ich: Biperiden! Biperiden! Und die ganze Zeit meine Hände: Brbrbrbrbrbrbr! Okay, kommt also der Bereitschaftsarzt. Er: Sie müssen skillen, Sie haben einen Anspannungszustand, nehmen Sie mal einen Igelball in die Hand, und ich: lall, lall, und er: oder einen Eiswürfel, und ich: lall, lall. Arschwichser. Ich konnte nicht mal mehr laufen vor Krämpfen, voll auf dem Boden rumgekrochen, zurück in mein Zimmer. Komme aber nicht in mein Bett hoch. Liege also die ganze Nacht auf dem Boden, und die ganze Zeit meine Hände:

Brbrbrbrbrbrbr! Und mein Kopf hin und her. Morgens dann in der Visite: Herr Keller, mit Ihrem Protestverhalten schaden Sie sich doch nur selbst. Ich so: Das war kein Protest, das waren Nebenwirkungen. Und die so: Sie können nicht immer alles auf andere schieben. Und ich so: Scheiß Wichser. Bin voll ausgetickt, habe dem Chef eine geklatscht. Nicht mal reingedroschen, nur in die Hände geklatscht vor seiner blöden Fresse. Da ruft der das Fixierteam, acht Mann, und spritzt mir wieder Haldol, und alles geht von vorn los. Die Geschlossene ist ein Knast. Schlimmer noch. Knast ist okay, war mal da, im Jugendknast. Da war meine Mum gestorben, Suff oder Sturz, was weiß ich. Ich so mit paar Kumpels nachts auf den Friedhof, haben wir eine Gruft ausgeräumt, paar Schädel geklaut von so paar alten Stadtvätern oder so. Der eine von uns war so breit, lässt der den Schädel auf der Straße liegen! Wir über die Mauer und weg. Haben die uns trotzdem gekriegt. Aber schlecht war es nicht im Knast. Jeden Tag gut breit gewesen, Stoff kriegt man immer, einfach in den Tennisball und ab damit über die Mauer in den Hof. Aber die Scheiße im Irrenhaus, voll der Horrortrip. Die nennen das Klinik, aber hallo? Ich nenne das Endstation. Und ich sage dir eins. Wenn es einen Gott gibt, ist er Patient auf der Geschlossenen, und die haben ihn auf Haldol fixiert. Kein Wunder, dass er den Menschen nicht hilft. Aber ich muss los. Du kannst Gott einen schönen Gruß bestellen, wenn du ihn da mal treffen solltest. Und ihm gute Besserung wünschen …«

Crazy Orcus, Crazy Orcus, dachte Sylvia die ganze Zeit, als sie den jungen Mann reden hörte. Bevor sie irgendwas sagen konnte, war er zwischen den hohen, durchsichtigen Säulen der Halle verschwunden. Sylvia war erleichtert. Endlich fügte sich alles. Der Punk war der vierte Reiter der Apokalypse. Er hatte ihr etwas mitgeteilt, auf seinem unsichtbaren fahlen Ross. Sie sah, wie der Brunnen in der Hallenmitte rauchte.

Vosskamp, der Chefarzt der Psychiatrie, führte das Aufnahmegespräch, auch er hatte irgendeine Bedeutung, er wedelte immer mit der Hand, aber Sylvia wusste nicht, warum.

»Gott ist ein Punk auf Haldol«, sagte sie. »Aber ich bin gesund.«

»Aber Sie haben sich doch herbringen lassen«, entgegnete Vosskamp. »Es geht Ihnen doch schlecht. Das sagt auch Ihr Mann.«

»Nein.« Sie verschränkte die Arme. »Überall ist die Heuschreckenaura, der Auftakt der Apokalypse. Ich will weg.«

Vosskamp warf Martin einen Blick zu, aber der zog hilflos die Schultern hoch, für einen Moment glaubte Sylvia, er würde gleich weinen. Vosskamp telefonierte mit dem Amtsgericht.

»Ich muss ein PsychKG beantragen«, erklärte er in ihrem Beisein. »Die Frau, um die es geht, ist selbstgefährdet. Ihr Verhalten ist bizarr, misstrauisch und unkooperativ. Sie zeigt keine Krankheitseinsicht. Vermutlich handelt es sich um paranoide Schizophrenie.«

Warum redet der so über mich, wenn ich dabei bin, dachte Sylvia, macht man das so mit Verrückten?

Sie bekam ein Zimmer auf der 5A mit Blick auf eine weiße Siedlung in der Ferne. Auf der Siedlung lag das gleiche Rembrandt-Leuchten wie auf den Ohren ihres Klassenkameraden, etwas Engelhaftes. Martin blieb da, sie saß auf dem Bett, er im Fernsehsessel, sie schwiegen. Nachmittags kam ein Arzt des sozialpsychiatrischen Dienstes, ein Mann mit Cordhose und Schweinsledertasche, der sie die ganze Zeit nach den Heuschrecken fragte. Am Ende einigten sich alle darauf, dass Sylvia freiwillig dableiben sollte, ohne Unterbringungsbeschluss. Martin half ihr beim Auspacken der Reisetasche.

»Schöner Ausblick«, sagte er, ohne aus dem Fenster zu schauen.

Danach begleitete Sylvia ihn zur Stationstür. Durch das Glas sah sie ihm nach. Er machte schnelle, steife Schritte. Er drehte sich noch einmal um und sah sie an. Sein Gesicht war leer und voller Geröll.

Später lernte sie ihre Zimmergenossin Beate kennen. Beate stank nach Nikotin, Sylvia öffnete das Fenster. Um nicht mit Beate reden zu müssen, rief sie Martin auf dem Handy an.

Er nahm ab. »Geht es dir besser?«

Im Hintergrund hörte sie papiernes Rauschen. Martin war in die Plakatwelt gestiegen, er war wieder eins der Plakatgesichter in ihrem Büro.

»Wo bist du?«, fragte sie.

»Alles in Ordnung, Sylvia?«

»Ja, ja, aber wo bist du?«

»Auf der Heerstraße. Ist das wichtig?«

Warum lügt er, dachte sie, warum stehlen die Plakatgesichter meinen Mann. Sie haben sich alle gegen mich verschworen, und ich kann gar nichts mehr machen. Sie schrie: »Warum bestimmst immer du, was wichtig ist?«

»Ich wollte dich doch nur beruhigen.«

Sie lauschte dem Rascheln der Plakate in der Leitung.

»Sag doch was«, bat er.

»Das hat alles überhaupt keinen Zweck. Ich lege jetzt auf.«

»Nein, lege nicht auf. Nicht.«

Sie schmetterte den Hörer auf die Gabel.

Am Abend, in der Montagsrunde, lernte sie die anderen Patienten kennen, sechs Mitpatienten, drei Männer und drei Frauen. Sie mochte alle außer Beate. Zum Glück bekam sie eine neue Zimmernachbarin, Annika. Annika schrie in der Nacht und schlug um sich.

Danach wusste Sylvia, was zu tun war. Sie musste Gott finden, und wenn der Punk recht hatte auf dem fahlen Ross zwischen den Säulen der Eingangshalle, war Gott auf der Geschlossenen gefangen, und sie musste ihm gute Besserung wünschen, damit er losgeschnallt wurde und helfen konnte.

Am Dienstag blieb Sylvia nicht bei den anderen Patienten im Wintergarten, sondern machte sich auf, ihn zu suchen. Sie verließ die A und durchquerte den Aufenthaltsraum. Hinter der Milchglasfassade des Fitnessraumes lebten Engel, sie waren gefangen, sie mussten in seltsamen Gefäßen schwimmen, sie pressten ihre Gesichter ans Glas, sie sollten zu Fischen gemacht und durch die Kanalisation in die Spree gespült werden. Aber Sylvia ging an ihnen vorbei und steuerte den Wasserspender an, wo keine Engel gefangen waren, nur Wasser und Keime, und Keime waren ungefährlich, weil sie nicht guckten.

Der Wasserspender stand auf einem kleinen Regal mit Büchern, die keiner las. Es waren Spenden der Ginko-Company, einer Integrationsfirma für ehemalige psychiatrische Langzeitpatienten. Sie betrieb einen Gebrauchtwarenladen, ein Integrationscafé und eine Gärtnerei. Die Ehemaligen sah man manchmal im Garten die Wege harken oder Schnee schaufeln, sie unterschieden sich von den anderen Gärtnern durch ihre Langsamkeit und durch ihre Gesichter, in denen die Neuroleptika eine Leere hinterlassen hatten. In ihrer Zeitung, den »Ginko-Blättern«, veröffentlichten die Ehemaligen Gedichte und Berichte über Psychopharmaka. Die Zeitung, die aus ein paar zusammengehefteten DIN-A4-Seiten bestand, lag im Aufenthaltsraum aus, aber Sylvia hatte noch nicht gesehen, wie sie jemand durchblätterte.

Vor den Fahrstuhltüren traf sie auf Xaver. Er war gerade auf dem Weg in den Ausgang, aber als er Sylvia sah, zwängte er seinen sperrigen Körper in einen der bunten Kunststoffsessel.

»Grüß dich, Sylvia«, sagte er auf Bayerisch, »schnupperst du ein bisschen Akutluft?«

»Nein, ich beobachte die Leute.«

»Und?«

Xaver war konzentriert, sein Körper spannte sich an, sogar seine schwarzen Haare wirkten auf einmal gestrafft. Seine Klugheit steckte Sylvia an. Alles glättete sich in ihr.

»Die Gesichter der Langzeitpatienten ähneln sich«, sagte sie. »Ich sehe es fremden Leuten an, ob sie seit Jahren Neuroleptika nehmen.«

»Die Krankheit ist ihnen ins Gesicht geschrieben?«, fragte Xaver.

»Nein, nicht die Krankheit, die Behandlung. Diese Menschen haben grobe Gesichter. Aber es ist eine spezifische Vergröberung.«

»Du meinst die Abstumpfung?«

»Schlimmer«, sagte Sylvia. »Die Vergröberung hat keine Nebenbedeutung. Die Süchtigen schämen sich. Rohe Menschen sind stolz auf ihre Vergröberung, dumme unschuldig daran, und diese Nuancen prägen sich in ihre Züge ein. Bei psychiatrischen Langzeitpatienten fehlen die Nuancen.«

»Ich verstehe«, sagte Xaver, »in der Vergröberung der Gesichtszüge zeigt sich die Selbstentäußerung der Patienten von ihrem Leid.«

»Genau.«

»Aber zugleich«, fuhr Xaver fort, »gehen diese Menschen keine Allianz mit der Vergröberung ein. Die zusätzlichen Nuancen, von denen du sprachst, sind Signaturen der Kollaboration mit der Vergröberung. So gesehen ist die Nuancenfreiheit bei den Langzeitpatienten ein Zeugnis ihres Widerstandes. Man müsste vor ihnen den Hut ziehen.«

»Genau.«

»Und irgendwann sehen wir selbst so aus«, schloss Xaver. »Nur dein Arsch, liebe Sylvia, wird herrlich bleiben.«

Sie lächelte: »Du bist unmöglich.«

Xaver lächelte nicht zurück, seine Augen blieben ernst.

Als er gegangen war, betete sie. »Gib ihm Gesundheit«, flüsterte sie in ihre gefalteten Hände, als würde sie mit dem Küken sprechen, das im Hohlraum ihrer Hände gestorben war. Gleichzeitig konnte sie sich Xaver nicht als gesunden Menschen vorstellen, denn dann wäre er ohne Verzweiflung, ohne Ideen.

Aber der Wasserspender, der Wasserspender mit den Keimen ohne Engel. Bevor Sylvia die geschlossene Station betrat, füllte sie ihre Flasche, sie hatte einen weiten Weg vor sich. Die Patienten konnten am Empfangstresen für einen Euro eine Plastikflasche kaufen, die sie selbst am Automaten füllen mussten. Auch Sylvia trug eine Flasche bei sich. Viele Patienten von der B verloren ihre Flaschen schon am ersten Tag oder kauften sich keine, weil sie kein Geld hatten. Stattdessen benutzten sie Plastiktassen aus dem Speisesaal, die sie anschließend überall stehen ließen.

Die geschlossene Station lag hinter einer Panzerglastür, Sylvia klingelte. Ein Mann im Anzug, aber ohne Strümpfe, stand da und wartete. Ein Arzt kam heraus, er quetschte sich durch den Türspalt und gab acht, dass der Mann ohne Strümpfe nicht floh. Dann kamen die Pfleger und zogen den Mann fort. Erst danach ließ man Sylvia passieren.

Zuerst war es ihr peinlich, an der roten Lampe vorbei auf den Flur der B vorzudringen; sie fürchtete, von irgendwelchen Besuchern für eine Irre gehalten zu werden. Aber bald merkte sie, dass die Besucher nicht wissen wollten, in welcher Gesellschaft sich ihre kranken Angehörigen befanden, und darum niemanden anschauten. Und nicht nur sie, auch die Kranken selbst wollten nicht sehen, wo sie waren. Jeder hier war für den anderen dunkle Materie. Die dunkle Materie des Weltalls ist eine psychiatrische Anstalt, dachte Sylvia.

Durch die Scheibe des Dienstzimmers der B sah Sylvia auf dem Schreibtisch die gelben Briefe vom Amtsgericht mit den Unterbringungsbeschlüssen: »Wegen akuter Suizidgefahr muss der ratlos depressiv verstimmte Patient gegen seinen Willen auf der geschlossenen Station 5B der Cardea-Klinik verbleiben und dort ca. 4 Wochen lang medikamentös und psychotherapeutisch behandelt werden. Wegen Gefahr im Verzuge muss die vorläufige Unterbringungsmaßnahme daher im Wege einstweiliger Anordnung gemäß §§ 70 h, 69 f Abs. 1 S. 2 FGG getroffen werden.«

Sie hörte, wie die Schwestern mit den Patienten sprachen: »Wenn Sie nicht endlich von der Tür weggehen, gibt es keine Zigaretten mehr!« »Wenn Sie Ihre Tabletten ausspucken, kriegen Sie eine Depotspritze!« »Wenn Sie uns Ihre Tasche nicht zeigen, schnallen wir Sie aufs Fixierbett!«

Gleich neben dem Dienstzimmer lag der Isolierraum. Ab und zu drang eine Stimme durch die Tür mit dem Sichtfenster, ein Schreien oder Wimmern oder Fluchen, aber meistens war es still. In der Nähe des Isolierraums hielt sich keiner gern auf. Wer durch das kleine Sichtfenster schaute, wurde verscheucht.

Einige Fixierbetten säumten den Flur, die leeren Schlaufen hingen seitlich herab, sie waren mit weißem Filz gefüttert.

Sylvia sah, wie Schwestern und Pfleger einen gefesselten Patienten durch den Flur schoben, der mit gespreizten Gliedmaßen auf einem dieser Betten lag und nach oben starrte, und sie musste an das ertrunkene Mädchen denken, das von den Bächen in die tieferen Flüsse schwamm, von Pflanzen und Tieren beschwert, während der Opal des Himmels sehr wundersam schien. Lautlos trieb der Fixierte dahin. Sylvia wunderte sich, wie es so weit gekommen war, sie hatte kein Schreien und Toben bemerkt.

Aber später am Tag beobachtete sie, wie ein Patient fixiert wurde. Das Isolierzimmer war schon belegt, die Zimmer überfüllt, darum wurde der Patient im Flur überwältigt. Sylvia sah, wie sich Ärzte und Pfleger rings um das Bett stellten, den Kreis enger werden ließen, sich vorbeugten und bald darauf auseinandertraten, und sie konnte nicht erkennen, wer von ihnen was getan, wer den Arm, das Bein, den Leib festgehalten, wer die Schlaufen angelegt und wer sie zugezogen hatte. Sie sah nur den Patienten in ihrer Mitte, den es aus irgendeiner Tiefe an die Oberfläche des Bettes getrieben hatte, und die Wellen im aufgewühlten Laken.

Auf der Geschlossenen roch es nicht nach Krankenhaus, nicht nach Desinfektionsmitteln und frisch gewischten Böden, sondern nach abgestandener Luft, nach ungewaschenen Haaren und

Socken, nach Kloschüsseln, Schmutzspuren, Seifenspendern, Gummi, Butter und kaltem Kaffee. Es roch nach Straßen, die sich in den Herzen der Obdachlosen eingerollt hatten wie Chamäleonzungen, es roch nach den Gasen körperloser Stimmen, nach käsigen Pflastern, nassem Schaumstoff, kaltem Früchtetee und Brötchenkrümeln. Am stärksten war der Geruch im Speisesaal der B, der den Akutpatienten als Aufenthaltsraum diente. Unter den Schuhen knirschten die verschütteten Zuckerkrümel, die Leute grunzten, schlürften und murmelten. Die großen Thermoskannen machten Pumpgeräusche; wenn nur noch Luft herauskam, prusteten sie. Die Teebeutel flapschten in den Plastiktassen.

Sylvia versuchte selbst, die Leere des Tages so zu füllen: losgehen und einen Tee mit dem lauwarmen Wasser aufgießen, dasitzen und immer wieder am Beutel schlackern, langsam trinken, langsam die Tasse wegstellen, langsam weitergehen, langsam zurückkommen, langsam Tee aufbrühen, langsam trinken, langsam aufstehen, langsam, langsam, langsam, langsam. Im Speisesaal der B ging der Blick in den Innenhof der Cardea, auf die Glasolexsäulen, die dicht an dicht eine Nebelwand bildeten, und irgendwo in dieser Wand, zwischen den Zähnen des Nebels, wurde die Zeit eingesogen.

Hinter dem Speisesaal war die Wäschekammer. Zu bestimmten Zeiten stand die Tür offen, und die Patienten durften die Waschmaschine und den Trockner benutzen. Weil die Kleidung immer wieder gestohlen wurde, wachten die meisten während des Waschvorgangs an der Trommel. Manche, die ohne Wäsche zum Wechseln hier eingeliefert worden waren und denen niemand etwas brachte, trugen so lange ausgediente mintblaue OP-Kittel und OP-Hosen aus der Kleiderkammer der Station. Oft vergaßen die Patienten ihre Kleidung in der Waschmaschine. Es klebte zwar eine Liste auf der Maschine, in der jeder mit einem dazugehörigen Folienschreiber seinen Namen und seine Zimmernummer eintragen sollte, aber der Schreiber war ausgetrocknet, und so kam es, dass neben der Waschmaschine ein Korb mit anonymer Wäsche stand, sie wurde eine Weile aufbewahrt und dann an die Kleiderkammer abgegeben.

An den OP-Kitteln erkannte Sylvia, welche Patienten vereinsamt waren und welche noch geliebt wurden. Sie war überrascht, wie sich die Liebe über die Patienten verteilte. Die Alkoholikerin mit der breiten Narbe auf der Stirn und dem fehlenden Vorderzahn zum Beispiel bekam den ganzen Tag Besuch, und wenn das Stationstelefon klingelte, ein verschmierter Wandapparat neben dem Speisesaal, wurde meistens sie verlangt. Die Lehrerin mit dem flehenden Lächeln lief im OP-Kittel herum. Aber meistens waren es Männer, die von der mintblauen Einsamkeit umhüllt wurden.

Anders als die Zimmer der A hatten die Zimmer der B keine eigenen Bäder, die Patienten mussten sich die winzigen Nasszellen teilen. Das große Wannenbad, das der Wäschekammer folgte, wurde nur auf Anfrage geöffnet.

Sylvia hörte, wie die Pfleger darin einen Obdachlosen wuschen. Sein schmalziger, bitterer Körpergeruch durchdrang die Station. Das Wasser prasselte auf den Obdachlosen nieder, und er stammelte: »Die kommen noch, die haben ... Nein, unter Anbetracht der Anlässe, der gegebenen Tatsachen, muss ich den marschierenden, den lautlosen Sammeltag begleichen. Die kommen noch, die werden mich ...«

»Ist ja gut, Herr Dobra, wir tun Ihnen nichts«, sagte einer der Pfleger. »Ist ja gut, Sie sind in Sicherheit.«

Zwischendurch ging die Tür auf, und ein Pfleger trug am ausgestreckten Arm ein stinkendes Kleiderbündel heraus, rannte über den Flur zur Wäschekammer und stopfte es in die Waschmaschine. Durch den Türspalt des Wannenbades sah Sylvia den nackten Mann, er saß aufrecht in der Badewanne aus Stahl, seine Brust war fleckig und dürr, die Augen aufgerissen, und drei Pfleger mit Gummihandschuhen schütteten Flüssigseife über ihm aus und schrubbten an ihm herum, und während ihm schwarzes Wasser aus dem Bart rann, stammelte er weiter: »Nieder mit den Quartalsmatratzen, mit den hegemonistischen Sonntagen. Ich werde eines Tages, ich habe schon, jemals und jenseits, und drüben fängt alles von vorne an. Wir sind nur gestaffelt, wir sind eine Fernsehstaffel, wir geben den Stab an die Wirklichkeit ab, und er wird uns elektrisch durchbohren, er wird ... Natürlich wird er das ...«

Als er aus dem Bad geführt wurde, trug er ein Stationsnachthemd mit einem Muster aus kleinen oliv-grauen Karos und war still.

Am Ende des Flures, der mit einem Fenster abschloss, stand die Tischtennisplatte. Das Netz wurde nur unter Aufsicht angebracht, während der Sportgruppe. Ein junger Sozialarbeiter mit Sweatshirt, Jeans und lieben Augen kam auf die Station und rannte mit allen um den Tisch, und jeder musste den Ball abschlagen, und wer ihn nicht traf, fiel aus und wartete am Fenster, bis am Ende nur noch zwei übrig waren, und wenn einer von ihnen verloren hatte, fing alles wieder von vorn an. Zuerst flogen die Schizophrenen raus, dann folgten die Depressiven. Am schnellsten waren die Suchtkranken und die Jugendlichen mit den Drogenpsychosen.

»Wollen Sie mitmachen?«, wandte sich der Sozialarbeiter an Sylvia.

Sie zuckte mit den Schultern. Sie sah einem dicken Mädchen zu. Es rannte während des Tischtennisspiels quietschend über den Flur, stahl lachend Zigaretten, Kekse und Klamotten aus den Zimmern, nahm Anlauf und warf sich jubelnd auf die Fixierbetten. Als die Ärzte schimpften, weinte das Mädchen und schlug nach ihnen, und die Ärzte sagten: »Wir müssen Sie jetzt fixieren!« Sie folgte ihnen mit gesenktem Kopf. Stunden danach ging sie langsam über den Flur, ihre Handgelenke waren rot.

Am Mittwoch in der Chefarztvisite fragte Sylvia Vosskamp, warum so viele Menschen an die Betten gefesselt wurden. »Es ist furchtbar, dass Sie die Menschen so demütigen.«

»Wir tun das sehr ungern«, antwortete Vosskamp. »Aber manchmal haben wir keine Wahl, und oft wird es auch als hilfreich erlebt. Zum Beispiel bei jungen Menschen, die niemals Strukturen hatten, denen niemals verlässlich Grenzen gesetzt wurden. Die testen sie bei uns aus. Wir können ihnen helfen, indem wir klar reagieren.«

»Indem Sie sie fesseln?«

»Wenn sie sich oder andere gefährden, ja. Manchmal muss man die Freiheit beschränken, sogar die Würde, um ein Leben zu schützen.«

Vosskamp zog seine Stirn in Falten, und Sylvia wollte ihn nicht verärgern, sie mochte ihn inzwischen. Aber sie wollte auch den jungen Punk nicht im Stich lassen und auch nicht das dicke, jubelnde Mädchen.

»Sie dürfen den Leuten kein Haldol geben«, sagte sie, »das hat doch so furchtbare Nebenwirkungen.«

»Ja, diese parkinsonähnlichen Erscheinungen, die sind unangenehm. Aber da gibt es Gegenmittel. Haldol ist ein gutes Medikament, und es wirkt im Akutfall schneller als andere Medikamente. Diazepam zum Beispiel braucht mindestens zwanzig Minuten, bis es anflutet.«

»Aber warum können Sie diesen Unglücklichen nicht einfach die Hand halten?«

»Wenn einer so unter Spannung steht, dass er seinen Kopf gegen die Wand schlägt oder das Mobiliar zerdrischt, nimmt der doch Ihre Hand nicht mehr.«

»Aber Sie fesseln die Leute wegen jeder Kleinigkeit. Sie drohen ihnen auch ständig damit.«

»Frau Berger, so was passiert hier nicht, das wäre ja gesetzeswidrig. Wie kann ich Ihnen bloß diese Ängste nehmen? Wir sind hier nicht böse. Vielleicht mal gestresst oder ruppig, aber wir wollen immer nur helfen.«

Er lächelte sie an.

Das Lächeln ärgerte sie, aber sie sagte nichts mehr.

An der Tischtennisplatte machte Sylvia jedes Mal kehrt und wanderte zurück auf die A, bis zum Aufgang des Wintergartens, bis zum Fahrradergometer, bis zum Dienstzimmer, bis zum Zimmer von Lotti, wo das Licht seine Zunge durch den Türspalt streckte, an den Zimmern der Männer vorbei bis zum Ende des Flures. Vor dem Bild von Horst Vierer blieb sie kurz stehen. Das Bild zeigte die Apokalypse, ganz unten lagen die Strichmännchen noch geborgen in ihren Betten, dann wurden sie von einer unsichtbaren Macht herausgezerrt und über eine Wiese geschleudert, die keine Wege hatte. Manche verloren den Boden unter den Füßen und schwebten zwischen den Wolken herum. Auch der Himmel hatte keine Wege mehr, nichts mehr hatte Wege, nicht einmal die Gedanken, die ganze Welt war eine aufgeplatzte Matratze.

Einen Moment lang betrachtete Sylvia das Bild, dann kehrte sie um und wanderte zurück zum Wasserspender im Aufenthaltsraum und zur Tür der B, bis zum Speisesaal, bis zur Wäschekammer, bis zum Wannenbad, bis zur Tischtennisplatte und wieder zurück auf die A, bis zum Aufgang des Wintergartens, bis zum Ergometer, bis zum Dienstzimmer, bis zum Zimmer von Lotti, an den Zimmern der Männer vorbei bis zum Bild von Horst Vierer.

Schon am Donnerstag verloren diese Ziele an Bedeutung, und je bedeutungsloser sie wurden, desto langsamer wurde Sylvia, und sie merkte an der Langsamkeit der anderen Wandernden, wer schon lange hier und wer neu war. Nur Gott hatte sie noch immer nicht gefunden. Einmal glaubte sie, ihn in einer Frau mit grobporiger Nase zu erkennen. Die Nase ähnelte einem Kieselhaufen, möglicherweise ein Engelsrest. Die Frau trug einen OP-

Kittel, man hatte ihr die verschmutzte Kleidung weggenommen, auch den BH, die schweren Hängebrüste zeichneten sich unter dem Kittel ab. Die Tasche des Kittels war prall mit Mayonnaise-Päckchen gefüllt. Zwischendurch nahm die Frau ein Päckchen heraus, riss es auf und schmierte mit den Fingern an die Scheiben: »Pigschwein, hilf!« Dann befingerte sie die Fugen zwischen den Betonplatten. »Pigschwein«, flüsterte sie, »Pigschwein, hilf.«

Mit den Menschen sprach sie kein Wort. Nicht mehr lange, und die Neuroleptika würden das Pigschwein schlachten, wenn es nicht schnell genug von selbst verschwand. Sylvia fragte sich, wie viele solcher Gestalten schon in die Fugen zurückgewichen waren und ob sie irgendwann wieder herauskommen würden, eines Nachts, um Rache zu nehmen an ihrer Vertreibung, das Pigschwein und die Aliens, die Fratzen, Erdwürmer, Goldkinder und Verfolger und all die anderen unsichtbaren Wesen, die auf allem spazierten, als wäre es nichts. Auch die Engel, die Sylvia wahrnahm, würden bald in den Fugen verschwinden. Bald, wenn die Apokalypse kam.

Dann sah Sylvia Gott in einer stummen Vietnamesin. Ihr Mann besuchte sie jeden Tag und führte sie auf und ab, in winzigen Schritten, stundenlang. Sie hielt die Arme steif am Körper. Im Raucherraum, hatte Beate erzählt, liefen Wetten, wie lange der Mann noch käme; manche Ehemänner reichten die Scheidung schon in den ersten Anstaltstagen ein. Aber der Vietnamese kam immer wieder. Vielleicht, dachte Sylvia, war er glücklich, er hatte einen Stein gefunden, den er immer zurück auf den Berg bringen konnte, und es wäre für ihn ein Unglück, wenn der Stein sich in einen Menschen zurückverwandelte. Es wäre auch für den Stein ein Unglück, er müsste ein zerstörtes Leben mit Sinn und Aufgaben füllen, er müsste das Ende der Nacht umarmen. Was aber sollte ein Stein mit dem Ende der Nacht?

Oder war Gott die Alte mit den zerrissenen Nylonstrumpfhosen? Sie war schon immer da, und nie verließ sie ihre Station, sie drehte sich mit leerem Blick an immer derselben Stelle um, ihr Hals war schief, die linke Schulter hing, und manchmal blieb die Alte einfach stehen in ihrem inneren Jardin des Plantes, bis ihr irgendwann eine der Schwestern einen sanften Schubs gab.

Am Freitag fiel Sylvia nichts mehr auf, ihre Sinne erloschen, die Sprache verschwand. Sie hörte das Klacken des Tischtennisballs auf den Schlägern und sah nicht mehr nach den Spielern. Ihre Sohlen klebten an den getrockneten Zuckerlachen im Speisesaal, vor dem Fenster schwebten die Nebelzähne, und es roch, wie es roch. Die Fixierten trieben still durch den Flur und schauten in den Himmel, der durch das Dach aus Glasolexkugeln schien, weiß oder blau oder grau oder dunkelviolett.

Und während alles immer langsamer wurde, wurden die Pfleger, Schwestern und Ärzte immer schneller, sie eilten den Flur entlang in ihren quietschenden Gummischuhen, mit Nierenschalen aus Pappe in der Hand, worin Tabletten, Spritzen und Sprühflaschen lagen. Sie waren so schnell, dass Sylvia ihre Gesichter nicht sah, und irgendwann flatterten nur noch weiße Kittel auf und ab. In den Zimmern lagen die Patienten, unbeweglich, den ganzen Tag, Klumpen aus nassem Sand.

Es gab nur eine Zwischenfigur, eine, die beides zugleich sein konnte, langsam und schnell. Das war die wilde Jago Kapusta. Sie lobte jeden, und jeder freute sich darüber, sogar die Ärzte. Sie hatte orangeblonde Haare und schwarze Brauen, die Wimpernspitzen waren rot geschminkt. Sie roch nach Deo, Schweiß und Buttermilch. Sie tanzte und sang und zog sich mehrmals täglich um, nicht immer freiwillig.

»Frau Kapusta«, sagte ein Pfleger zum Beispiel, »Sie sollten hier nicht so kurze Röcke tragen, ziehen Sie sich was Anständiges an.«

»Mache ich«, flötete Jago und hüpfte auf ihr Zimmer, nichts an ihr war trotzig oder beleidigt. Als sie zurückkam, strahlte sie den Pfleger an. Sie trug jetzt einen Leopardenrock, der bis zu den Fußknöcheln ging.

»Besser«, sagte der Pfleger.

»Danke, Sie haben Geschmack«, sang Jago, »einen super, super Geschmack, fallera!«

Jago war schön, sie war verletzt und verwildert und weigerte sich, ihre Verletzung preiszugeben, sie bellte vor Lachen, immerzu.

»Wie schaffst du es nur immer, von hier wegzulaufen?«, fragte Sylvia.

Jago lachte. »Ich bin brav, dann darf ich rauchen, dann schleiche ich mich über die Treppe weg. Und um viertel vor sieben ist Pförtnerwechsel, abends, am blauen Container, da bleibt das Tor für fünf Minuten offen. Ich habe draußen einen Freund, der hat in der Seele einen Parkplatz für das Gute.«

Am Samstagmorgen erkannte Sylvia ihr Gesicht nicht mehr. Es war nicht echt, es war ein Gesicht voller Müdigkeiten, das aus dem Spiegel hervortrat, gleichzeitig war es verschwommen. Sylvia konnte nicht erkennen, warum es nicht echt war, und sie fragte sich, wer es ausgetauscht hatte. Sie lauschte nach Hinweisen, aber in der Luft war nur ein stampfendes Geräusch. Braune Augen, helle Haut, kleiner Mund, ein Nasenhöcker. So kannte sie sich, und zugleich war sie sich fremd. Als würde sie eine Nanosekunde in der Zukunft leben. Als bemerkte sie im Traum, dass sie gestorben war. Das Stampfen kam näher, und schließlich kauerte sie sich unter das Waschbecken und presste ihren Rücken gegen den grün lackierten Edelstahl und spürte den Siphon an ihrer Wange. Sie wollte nie wieder fort.

»Frau Berger, stehen Sie doch bitte auf«, sagte Schwester Dagmar, die unbemerkt das Bad betreten hatte. Sie hatte dicke Arme, schwere Lippen und kurze Haare.

»Hier ist nichts echt«, antwortete Sylvia mit einer hohen Kinderstimme. Die Stimme zwirbelte sich durch den Luftstrom vor ihrem Mund, die Stimme war ein Pfeifenreiniger, und Sylvia war eine Pfeifenreinigerpuppe, ein gebogener Draht mit Borsten, sie war ein Grashalm zwischen zwei Daumen, sie war das Fiepen des fernen Sommers.

»Kommen Sie, Frau Berger. Sie können doch nicht einfach da unter dem Waschbecken sitzen. Sie müssen doch auch an Ihre Zimmergenossin denken. Frau Fechner war tagelang auf der B, die darf sich nicht gleich wieder aufregen. Na machen Sie schon. Sie schaffen das, wenn Sie wollen.«

Ob ich aufstehen könnte, wenn ich wollte, dachte Sylvia, ob ich wollen könnte? Wollen könnte, Wolle, Wolle … Wolken …

Ihr wurde kalt, die Beine begannen zu schmerzen. Aber sie hob erst den Blick, als sie eine fremde Stimme hörte. Die Stimme gehörte einem Pfleger von der B, einem durchtrainierten Mann Mitte dreißig. Er sah nicht aus wie ein Krankenpfleger, eher wie ein Polizist, wie einer, der Betrunkene aus Bushaltehäuschen zerrt. Er musterte Sylvia und zog sich hellgraue Gummihandschuhe an.

»Frau Berger, wenn Sie nicht von selber aufstehen, hole ich Sie. Und ich habe schon ganz andere Leute aus dem Bad gekriegt.«

»Aber ich habe doch nichts getan«, fiepte der Grashalm.

»Ich zähle bis drei. Eins …«

Langsam stand Sylvia auf. Wie ich mich hasse, dachte sie.

Der Pfleger von der B ging fort, ohne sie noch einmal anzusehen. Schwester Dagmar führte Sylvia in ihr Zimmer, an den Tisch, wo das Frühstück wartete.

»Ich habe Ihnen schon alles hingestellt.«

»Danke.«

»Ab zehn ist Wochenendvisite, die macht heute und morgen der Chef«, sagte Schwester Dagmar.

»Okay.«

»Wenn dann nichts weiter ist, wünsche ich Ihnen einen schönen Tag.«

»Gleichfalls.«

Sylvia warf einen Blick auf Annika, die noch im Bett lag. Ihre langen schwarzen Haare streiften das Kissen mit dem Emblem der Cardea. Ihr Unterarm sah unter der Decke hervor. Am Dienstag hatte sie versucht, sich umzubringen. Sie trug keinen Verband mehr, die zwei Schnitte über dem Puls wurden von grünen Fäden zusammengehalten. Rings um die Einstiche war die Haut blaugrau und gelb. Der Arm war von weiteren Narben übersät, sie erinnerten an fleischige rote Würmer.

Gestern Abend hatte Annika Martin als Schwein beschimpft, zweimal. Jetzt gähnte sie und hob den Kopf. Ihre Stimme klang gepresst.

»Sylvia, ich muss mit dir reden. Ich habe auf der B was erfahren. Ich wollte es gestern schon sagen. Es geht um dich und Jago. Du weißt schon, die wilde Kapusta.«

»Schlaf noch eine Weile, Annika«, sagte Sylvia, und das Mädchen ließ den Kopf wieder sinken.

Sylvia aß mehrere Scheiben Knäckebrot mit Camembert, Rosinenbrötchen mit Erdbeermarmelade und eine Scheibe Vollkornbrot mit eingelegtem Hering, außerdem einen Sahnejoghurt mit Kirschen und eine kleine, harte Banane. Danach war sie unzufrieden.

Sie bekam drei verschiedene Medikamente. Sie hatte kein Sattgefühl mehr, ihr war schwindelig, und dauernd zuckten ihre Hände. Sie war sich nicht sicher, ob ihre schwarze Jil-Sander-Hose, die sie das letzte Mal am Montag getragen hatte, noch passte. Wenn sie den Flur entlangging, sah sie ihr Spiegelbild in der Glastür, es bewegte sich in Zeitlupe.

Am Wochenende gab es keine Therapien. Darum sah sie eine Weile fern, mit Kopfhörer, um Annika nicht zu wecken, aber es liefen nur Trickfilme und Reportagen und die morgendliche Wiederholung der Unterhaltungsshow »Das Bergwerk – Ich bin ein Promi, Glückauf, Glückauf«. Das interessierte sie nicht. Durch die Wand hörte sie, wie Lotti die Sendung schaute, dröhnend laut.

Sylvia zappte noch ein paarmal hin und her, dann zog sie sich an. Der Bund ihrer Jogginghose war fast schon zu eng, und ihr Pulli lag straff über dem Bauch.

Sie ging in den Wintergarten. Dort traf sie auf Xaver und Falko. Auch der demente Friedrich war da, in seinem weißen Leinennachthemd, aber anders als sonst stellte er keine Fragen.

»Guten Morgen«, sagte sie – und an Xaver gewandt: »Na, wie ist es, zurück auf der A?«

»Toll«, antwortete der. Sein sperriger Körper wirkte nicht mehr so hart und angespannt. Sie hatten ihn wohl zugepumpt. Er war sockfuß, seine großen Zehen mit den lang gewordenen Nägeln bohrten sich durch die dünne Wolle.

»Schön, dass es dir besser geht, Xaver«, sagte sie.

Er erinnerte sie an eine Fichte, die man in die falsche Umgebung verpflanzt hatte, er rührte sie. Am Mittwoch hatte er das Ergometer im Flur umarmt und dabei gestammelt: »Es gibt nichts, Sylvia, es gibt nichts mehr.« Wenig später hatte er die Scheibe zum Dienstzimmer zertrümmert. Von allen Seiten waren Pfleger herbeigerannt; ihre Schuhe quietschten auf dem Kunstharzboden, ihre Hände griffen Xaver und trugen ihn fort. Sein Gesicht sah zerklüftet zwischen den weißen Kitteln hervor. Einen Moment lang fragte sich Sylvia, warum niemand, auch sie selbst, nicht eingriff. Sie starrte ihn einfach nur an, so wie Martin sie einfach nur angestarrt hatte, am Montag, als sie sich selbst geschlagen hatte.

Neben Xaver hatte es sich Falko im Sessel bequem gemacht und die Füße hochgelegt. Er trug wie immer polierte Schuhe und ein Jackett. Sylvia mochte ihn zwar nicht ganz so gern wie Xaver, aber ihr gefiel seine Frechheit. Er salutierte vor Friedrich, er lachte über den Beißer von Beate, und dass Lotti seit sechsundsechzig Jahren auf ihren verschollenen Verlobten wartete, machte ihn neugierig. Vielleicht war das der Grund, dass alle so gern in seiner Nähe waren, auch Sylvia. Wenn er sich über sie mokierte, kam es ihr einen Moment lang so vor, als wäre die Apokalypse noch fern.

Sie ließ sich in einen der Sessel sinken, zwischen zwei Palmen. Die Blätter waren scharf umrandet. Sie drehte sich zu den beiden Männern um. Sie wollte prüfen, ob die Heuschrecken wieder da waren; sie kündigten sich oft durch scharfe Ränder und stechende Augen an. Aber die Männer sahen normal aus, und Sylvia lehnte sich wieder zurück. Sie schaute nach draußen, auf den Wald. Es taute schon seit einigen Tagen, der letzte Schnee fiel müde von den Baumkronen ab.

»Bist du fertig?«, hörte sie Xaver fragen.

»Klar«, sagte Falko. »Es ist ein Aufsatz von einem prominenten deutschen Philosophen. Wie heißt der noch gleich? Der hat einen Backenbart und ist auch dauernd im Fernsehen.«

»Der Kalderhut?«, fragte Xaver.

»Genau, der. Also, sein Aufsatz ist letzte Woche in ›Nogurana‹ erschienen, das ist eine Zeitschrift für Philosophie und Zeitgeist, die habe ich in der Patientenbibliothek gefunden. Der Titel war öde, ›Die Seele‹, darum habe ich mir einen neuen ausgedacht.«

»Zeig mal her«, sagte Xaver.

Sylvia hörte es rascheln.

»Ich habe den Aufsatz in der Medienlounge gescannt, auf Word kopiert und ausgedruckt«, erklärte Falko. »Und ein paar Flüchtigkeitsfehler eingebaut, damit es nicht auffällt. Weil du doch manisch bist.«

»Der Titel ist gut«, sagte Xaver.

»Das Innerste. Zur konzentrischen Metapher der Selbstfindung«, zitierte Falko sich selbst mit gespielt blasierter Betonung.

»Falko, du bist ein Genie.«

»Bitte, sag das noch einmal, Xaver. Man kriegt hier so selten Komplimente.«

»Falko, du bist ein Genie.«

Beide lachten.

»Verzeiht mir, wenn ich neugierig bin«, mischte sich Sylvia ins Gespräch. »Aber was macht ihr denn da, ihr beide?«

»Schreibtherapie«, wieherten beide wie aus einem Mund.

In dem Augenblick betrat Beate den Wintergarten.

»Wie geht es dir?«, fragte Sylvia mit dünner Stimme, aber Beate sah sie nicht an und setzte sich ans andere Ende des Wintergartens. Sylvia sah ihr hinterher und prüfte, ob sie die Heuschrecken mitbrachte. Aber Beate sah aus wie immer, mit ihrer blondierten Föhnfrisur, der weißen Brille und der braungeschminkten Haut, die sich um irgendein Unglück faltete.

Die Wochenendvisite fand im Zimmer statt. Vosskamp kam allein.

»Guten Morgen«, rief er.

Er sah müde aus und nicht so gut gelaunt wie sonst. Unter seinem offenen Kittel trug er eine dunkelgraue Flanellhose und einen blauen Strickpullover.

»Wissen Sie, was ich glaube?«, begann Sylvia, ohne darauf zu warten, dass Vosskamp das Gespräch eröffnete. »Ich glaube, meine Ehe krankt daran, dass mein Mann seinen Standpunkt kennt und mir meiner verloren gegangen ist.«

»Ja, das könnte sein«, sagte Vosskamp. »Sie müssen lernen, sich besser durchzusetzen.«

»Nein, so meine ich das nicht. Ich weiß generell nicht mehr, wo der Standpunkt ist. Ich bin auf eine Metaebene gerutscht, die kein Geländer hat. Und deswegen verstehen wir uns nicht mehr, mein Mann und ich. Ich rutsche immer ab. Überhaupt, was ist das eigentlich, ein Standpunkt? Und wozu braucht man den?«

Vosskamp schwieg eine Weile. Er hielt einen Stapel Papiere in der Hand. Jetzt legte er sie vor sich auf den Tisch und strich sie glatt.

»Sie kommen mir heute schon viel klarer vor als bei Ihrer Aufnahme am Montag. Im Grunde sind Sie doch eine selbstbewusste, starke Frau, die ihren Standpunkt energisch vertreten kann. Und ich bin mir ganz sicher, da kommen Sie bald wieder hin, Frau Berger.«

Er nickte, zog die Brauen nach unten, stülpte die Lippen vor und machte Anstalten aufzustehen.

»Aber ich kann nicht wieder in die Welt der Standpunkte zurück«, beeilte sich Sylvia zu sagen. »Ich glaube, dass die Heuschrecken mit dieser Metaebene zu tun haben. Irgendwie sind sie da, mir zu helfen. Sie sind für irgendwas der Beweis. Vielleicht dafür, dass ich wahnsinnig bin oder dass die Welt es ist. Aber das, was mich wirklich wahnsinnig macht, ist die Unfähigkeit, zu unterscheiden, wer denn jetzt wahnsinnig ist, ich oder die Welt. Wenn ich wüsste, dass ich wahnsinnig bin, wäre es einfacher für mich. Aber ich weiß nicht mehr, was stimmt. Was ich erlebe, ist ein Wahnsinn zweiten Grades, eine Bodenlosigkeit, der Wahnsinn, nicht zu wissen, ob man wahnsinnig ist.« Sie spürte ihr glühendes Gesicht, als sie geendet hatte.

»Sie brauchen wieder mehr Sicherheit«, sagte Vosskamp, »mehr Verankerung in der Realität. Was haben Sie denn für heute geplant?«

»Ich wollte ein bisschen raus, wenn ich darf.«

»Haben Sie sich denn inzwischen so weit im Griff? Nicht, dass Sie sich wieder schlagen?«

»Nein, ich kriege das schon hin.«

»Gut. Selbstverantwortung fördert die Heilung. Aber es kommt ein Pflegeschüler mit, und Sie bleiben auf dem Gelände.«

Sylvia musste vor dem Dienstzimmer auf einer Liste unterschreiben, wie lange sie im Ausgang bleiben wollte.

»Viel Spaß«, sagte Schwester Dagmar, »und Sie machen keine Dummheiten?«

»Nein«, versprach Sylvia.

Die Schwester reichte dem Pflegeschüler ein Telefon.

»Sie melden sich, wenn es Frau Berger schlecht geht?«

»Natürlich.«

Unten in der Halle angekommen, war Sylvia außer Atem, und ihr war schwindelig. Die Echos der Schritte und Stimmen in der Halle und die sphärischen Klänge der Hintergrundmusik rauschten ihr in den Ohren, die Leute kamen ihr wuselig vor, batteriebetrieben, die Welt war ein ratterndes, pfeifendes Gerät, das schaukelte und sich überall drehte. Jeder kannte seinen Platz in diesem Gerät und wusste, wo man langgehen musste, um nicht von Rädern zerdrückt zu werden oder in ein Feld aus stampfenden Schraubschlüsseln zu stürzen, nur Sylvia wusste das alles nicht mehr.

Sie blieb stehen und strich sich mit beiden Händen übers Gesicht. Erst nach einer Weile konnte sie weitergehen. Am Arm des Pflegeschülers verließ sie das Gebäude und betrat den Park.

Draußen sah sie die Aura der Heuschrecken, die sich über die Klinik legte. Sie hatte sich lange davor gefürchtet und zugleich darauf gehofft. Sie wanderte den Weg entlang, zwischen den Bäumen hindurch. Die Bäume waren Hologramme, Sehnsuchtsbilder, die aus dem Nichts gekommen waren und jederzeit wieder verschwinden konnten. Sylvia mochte das Heuschreckenartige der Bäume, die spitzen Winkel der Äste, die Plötzlichkeit ihres Anblicks. Gleichzeitig fürchtete sie sich vor ihnen.

Die Spaziergänger zwischen den Bäumen sahen sie an, ihre Augen glühten. Auch die Spaziergänger waren Heuschrecken, von Menschprojektionen verdeckt. Sylvia hatte die ganze Woche lang versucht, das den Ärzten zu erklären, aber sie war nicht sicher, ob irgendjemand sie verstanden oder überhaupt zugehört hatte. In den Visiten wurde sie dauernd gefragt, ob sie noch Heuschrecken sah. Aber sie sah keine Heuschrecken, sondern die Heuschreckenhaftigkeit der Welt.

Langsam ging sie zurück in die Cardea.

Annika saß im Fernsehsessel. »Ich habe die ganze Zeit auf dich gewartet, Sylvia. Ich muss dir doch was sagen.«

Sylvia hängte ihren Mantel auf. Der Haken fand die Schlaufe nicht, der Mantel fiel lautlos auf den Boden. Zweimal hob Sylvia ihn wieder auf, bis er endlich an der Garderobe hängen blieb.

»Ach Annika, du musst dich nicht um mich kümmern.«

Sie öffnete die Badezimmertür und trat in das grüne Licht, zwischen die lackierten Edelstahlplatten.

»Sylvia!«, rief Annika.

Sylvia drehte sich ein letztes Mal um.

»Behalte es einfach für dich«, sagte sie. »Was immer du mir sagen wolltest. Es ist nicht mehr wichtig. Das Ende ist nahe.«

Sie schloss die Tür, und endlich begann sie zu beten: »Ich hoffe, ich kann lachen, lieber Gott. Wenn es dich gibt, beschütze mich. Wenn es dich gibt, beschütze mich. Wenn es dich gibt, beschütze mich. Ich hoffe, ich kann lachen, lieber Gott. Wenn es dich gibt, beschütze mich. Wenn es dich gibt, beschütze mich. Wenn es dich gibt, beschütze mich. Ich hoffe, ich kann lachen, lieber Gott. Wenn es dich gibt, beschütze mich. Wenn es dich gibt, beschütze mich. Wenn es dich gibt, beschütze mich. Ich hoffe, ich kann lachen, lieber Gott. Wenn es dich gibt, beschütze mich. Wenn es dich gibt, beschütze mich. Wenn es dich gibt, beschütze mich.«

Aber sie wusste nicht, ob sie es noch war, die sprach, oder ob der magnetische Quader in ihrem Kopf diese Worte vorgab. Das Bad war voller Gestalten mit hohen Beinen und langen Gesichtern, mit Kronen und Löwenzähnen. Sie hatten auf Sylvia gewartet, um auf den Schrilladern ihr letztes Lied anzustimmen. Sylvia sang mit, erst leise, dann immer lauter.

Never run

Seit zwei Tagen hatte der Kapitän kein Wort mehr gesprochen, sein kleines Gesicht war leer geworden. Falko kannte diese Form der Leere nicht. Bislang hatte er die Leere als einen Platzhalter begriffen; dem leeren Gesicht seiner Ex zum Beispiel fehlte Neugier, dem seiner Mutter Bildung. Aber die Leere in Friedrichs Gesicht war radikal, ihm fehlte gar nichts. Seine Züge waren holzig geworden.

Es war Sonntagmorgen, und sie saßen sich am Tisch gegenüber, Friedrich mit dem Rücken zum Fenster. Von der Stadt her dampfte die Morgendämmerung heran. Die Schlote der Heizkraftwerke stießen Rauch aus, der sich oben mit den Wolken und der Dunkelheit vermengte. In der Ferne lag ein lang gestrecktes, schwarzes Gebäude.

»Was ist das eigentlich da hinten?«, fragte Falko und zeigte darauf.

Friedrich drehte sich nicht zum Fenster um.

»Komm schon, Kapitän«, sagte Falko. »Du bist doch ein alter Berliner.«

Aber Friedrich saß einfach nur da.

»Ich habe schon bei Google Earth geguckt«, versuchte Falko es weiter. »Die Messe kann es nicht sein, die ist weiter nördlich. Wenn du mir nicht hilfst, muss ich noch hingehen, um das rauszufinden.«

Falko machte eine Pause und beobachtete den alten Mann. Er trug sein Leinennachthemd, und die Haare standen in alle Richtungen ab, als wollten sie fort. Wenigstens roch Friedrich nicht mehr so säuerlich, irgendjemand hatte ihn und seine Kleidung gestern gewaschen. Falko selbst war schon angezogen; er trug seinen schwarzen Rollkragenpullover und das zitronengelbe Jackett.

»Willst du mir das wirklich antun? Dass ich den ganzen Tag durch die Gegend latsche, nur um rauszukriegen, was für ein dunkles Ding das dahinten ist? Dass ich mich im Wald verlaufe und erfriere? Kapitän!«

Er stieß flehende, weinende Geräusche aus, aber als Friedrich noch immer nicht reagierte, zuckte er die Achseln und begann, sein Nutellabrötchen zu schmieren. Er aß die Hälfte auf, trank Kaffee, blätterte im »Tagesspiegel« und las die Überschriften: »Taxibranche in Verruf, Kinderwagen angezündet, Flugrouten-Protest wird immer wütender«. Neben dem Artikel war das Konterfei des Berliner Bürgermeisters abgedruckt, das Falko an den feist gewordenen Alec Baldwin erinnerte.

Langsam wurde es heller, das Gebäude in der Ferne wechselte vom Schwarz ins Grau, und es zeigten sich Rillen oder Fenster darin, Falko konnte das nicht genau erkennen. Friedrichs Teller war unberührt, und seinen Tee hatte er nicht getrunken.

»He, Body Snatcher!« Falko schnippte mit den Fingern. »Body Snatcher! Essen!« Er streckte den Arm aus wie damals Donald Sutherland am Ende des Horrorfilms, zeigte auf Friedrichs Teller und versuchte, das Schreien der Body Snatcher nachzuahmen, eine Mischung aus Schweinekreischen und Kreidequietschen. »Iiiiiiiiiss!«, quiekte er, »iiiiiiiiiss!«

Aber Friedrich blinzelte nur.

»Scheiße«, sagte Falko.

Er schnitt sein Brötchen in Streifen und die Streifen in Quadrate, wie es früher seine Schwester für ihn getan hatte, und hielt dem Alten ein Stück vor den Mund. Friedrich öffnete ihn, und Falko schob den Happen hinein. Friedrich kaute und schluckte, dann schob Falko den nächsten Happen nach. Er sah die Nutella an Friedrichs gelben Zähnen, die Brötchenkrümel, die vom blassen Zahnfleisch hingen, und die Speichelfäden im Mundwinkel.

»Ich glaube es nicht, was ich hier tue«, brummte er.

Er nahm Friedrichs Hand, legte sie an die Teetasse, und als die knorrigen Finger den Tassengriff umfassten, führte er Friedrichs Hand mit der Tasse an dessen Mund.

»Trinken«, befahl er.

Friedrich trank.

»Brav«, sagte Falko. »Du bist in Ordnung, Kapitän. Du und Xaver. Und Annika mit dem süßen kleinen Arsch. Sogar die dicke Sylvia ist okay, irgendwie. Beate ... na ja. Und Lotti ... Sag mal, hast du wirklich die alte Lotti gebumst? Hat dir wohl die Sprache verschlagen?«

Über der Stadt bildete sich ein pastellgelber Streifen, die Gebäude lagen in einem blauen Dunst. Im Nebenzimmer begann der Fernseher zu dröhnen.

»Deine Freundin ist aufgewacht«, sagte Falko. »Deine Freundin Lotti. Du hast sie doch gebumst? Du hast ihr das Herz gebrochen. Du verkommener Mensch.«

Falko sah ihn an, aber Friedrich fing den Blick nicht auf, sondern ließ den Kopf auf die Brust sinken.

»Scheiße«, sagte Falko. »Du bist tatsächlich komplett hinüber. Soll ich dir ein Geständnis machen? Ich weiß aus deiner Akte, wer du bist. Du bist Kriminalhauptkommissar Friedrich Bialla vom Betrugsdezernat II in Berlin Schöneberg, und du hast Alzheimer und nicht mitgekriegt, dass deine Frau den Löffel abgegeben hat.« Falko lachte. »Hör mal: ›Bekenntnisse des Betrügers Falko Sprenger‹ – wie klingt das in deinen dementen Ohren? Na ja, lieber dement als bescheuert, oder? Die meisten sind doch bescheuert. Was die so alles haben wollen. Bei Beate sind es lebendige Zähne, bei Lotti ein Brautkleid. Glaubst du, die wartet sechsundsechzig Jahre auf ihren Verlobten, weil sie ihn so liebt? Nein, er soll bloß für alles herhalten, was sie im Leben verpasst hat. Und Beate ... egal.«

Falko nahm einen Schluck Kaffee, der kalt geworden war. Er

wollte nachgießen, aber das Kännchen war leer. Über dem goldenen Emblem der Cardea, das aufs Porzellan gedruckt war, erstreckten sich wurzelartig getrocknete Kaffeerinnsale.

»Eklige Plörre. Wir kriegen das Gleiche wie die Irren auf der B, nur in goldenen Bechern. Im Knast war das Essen auch nicht schlechter. Das war eine extremst bekloppte Woche. Aber auch eine lukrative.«

Friedrich begann zu schnarchen, seine schmale Brust hob und senkte sich unter dem Leinenhemd. Es war kühl im Zimmer, die weißen Haare auf seinen Unterarmen hatten sich aufgestellt.

»Wenn du nicht inzwischen Gemüse wärst«, fuhr Falko fort, »würdest du mir Vorwürfe machen. Warum tust du so was, würdest du fragen. Aber weißt du was? Ich tue den Frauen was Gutes. Sie dürfen für zwei, drei Tage glücklich sein, sie dürfen hoffen. Sie müssen nur dafür zahlen. Alles hat seinen Preis. Und das Glück ist teuer. Aber am teuersten ist die Hoffnung. Ich bin ein Hoffnungsverkäufer. Und ein guter dazu. Du erkältest dich noch.«

Falko stand auf und holte Friedrichs Decke von dessen Bett. Das Laken hatte sich seitlich von der Matratze gelöst, und Falko sah, dass die Matratze in einer weißgelben Gummihülle steckte. Er legte Friedrich die Decke um die Schultern. Der alte Mann sank unter dem Gewicht der Decke noch etwas mehr in sich zusammen, wachte aber nicht auf. Falko setzte sich wieder an den Tisch. Er fuhr die Maserung auf der Tischplatte mit dem Zeigefinger ab. Das Furnier war dunkle Räuchereiche, wie bei allen Möbeln im Raum.

»Weißt du, was die schönsten Stunden meines Lebens waren?«, fragte er den schnarchenden Deckenhügel. »Das waren die Stunden, in denen meine Schwester starb und ich im Krankenhaus saß und auf die Nachricht der Ärzte wartete; ich war neun. Da war eine Stuhlreihe im Flur, da saß ich. Meine Eltern waren irgendwo anders. Zum Glück. Meine Mutter ist ausgeflippt nach dem Unfall. Hat mich geschüttelt und angekreischt: ›Mein Mädchen blutet, mein Mädchen blutet!‹, als könnte ich was dafür und als wäre ich zuständig. Ab da war meine Mutter mir peinlich, beide Eltern, das hat auch nie wieder aufgehört. Jetzt saß ich da und starrte auf den Fußboden, blau marmoriertes PVC. Mir war heiß, und ich hatte Durst und hielt die Hände an die Schrauben von dem Stuhl, um mich zu kühlen. Ich stellte mir vor, die Schrauben wären Limonade. Und die ganze Zeit war die Hoffnung da. Und sie war so groß. Das Krankenhaus wurde zum Raumschiff. Ich flog mit meiner Schwester durchs All, durch die Hoffnung, ich war Luke, und sie war Leia. Sie war vierzehn und hatte schon Titten. Ich konnte sie nicht ausstehen, und auf einmal liebte ich sie.«

Er stand auf und begann, durch das Zimmer zu wandern, bis nach hinten zu seinem Bett in der Ecke und wieder zurück zum Tisch und zur Tür, wo Friedrichs Bett stand. Nach seiner Aufnahme in die Cardea hatte Falko das Bett an der Tür bekommen, aber nach der ersten Nacht hatte er die Betten, ohne zu fragen, ausgetauscht.

»Tut mir leid«, sagte er. »Aber für dich war es doch wurscht, Kommissar. Nachher kannst du in deine gemütliche Ecke zurück, denn ich checke aus. Sofern du mich nicht verhaftest.«

Er lachte. Friedrichs Kopf fiel tiefer auf die Brust, und Falko sah die weißen Haare in seinem Nacken und die Haut, die sich dünn und fleckig um die Wirbel legte. Falko dachte an die Visite am Dienstagmorgen, als er im Flur gesessen und gewartet hatte, dass er drankam. Auch Annika saß schon im Flur; die Oberärztin war gerade in ihrem Zimmer und sprach mit Sylvia. Außer Annika war niemand da. Über dem Glaskuppeldach drehte sich der Kran, sein Schatten schwang über den Boden und die Wände. Das Mädchen hatte dunkle Ringe unter den sorgsam geschminkten Augen.

»Sie sah schlecht aus«, sagte Falko zu dem schlafenden Friedrich, »und das habe ich ihr gesagt. Die meisten Frauen sind dafür dankbar. Sie wollen keine Komplimente, sie wollen sich ausheulen und warten aufs Stichwort. Manche warten jahrelang und verlieren darüber ihre Schönheit. Sie verlieren sie nicht, weil sie alt werden. Sie verlieren sie, weil sie zu lange aufs Stichwort warten. Irgendwann will niemand mehr wissen, warum sie so schlecht aussehen. Wie Beate. Aber wenn man eine Frau früh genug fragt, warum sie so schlecht aussieht, dann blüht sie auf, und manchmal für immer.« Falko blieb stehen und stemmte die Hände in die Hüften. »Ich weiß, was du sagen würdest. Du würdest sagen, das sei eine meiner Finten. Und wenn schon. Ich gebe es zu.«

Friedrich nahm einen tiefen, gurgelnden Atemzug und wachte auf.

»Kommissar?«, fragte Falko, beugte sich vor und schaute dem Greis in die Augen. Sie waren früher wohl blau gewesen, jetzt überzog sie ein trüber Schleier, und die Iris war von roten Adern umgeben wie von verschrumpelten Strahlen. Trotzdem sah Friedrich jetzt wach aus, fast so, als würde er Falko nachdenklich mustern.

»Irgendwann erfinden sie ein Mittel, das die Augen im Alter klar hält«, murmelte Falko. »Egal. Vielleicht freut es dich, dass ich bei Annika versagt habe.«

Er trat ans Fenster und ließ seinen Blick über die schneegescheckten Baumkronen schweifen. Ein paar Krähen segelten in Richtung Stadt, die hell geworden war.

»Seltsam, dass Tiere keine Steuern zahlen müssen, nicht einmal einen Personalausweis haben. Es gibt so viele Viecher da draußen, die leben so vor sich hin und haben keine Versicherung. Die haben mehr Freiheit, aber auch mehr Tod. Ich habe hier seltsame Gedanken. So seltsame Gedanken hatte ich nicht einmal im Knast. Und es hat mit Annika angefangen. Sie reagierte nicht auf meine Frage, ob es ihr schlecht geht. Sie wurde nur rot und guckte weg. Die meisten Frauen, die ein Geheimnis haben, wollen enträtselt werden. Enträtselt werden und sich dann ausheulen. Annika will das nicht. Und dann ihre seltsame Frage: Kann man einen Kuckuck umerziehen? Lach nicht, aber seither denke ich darüber nach.«

In der Ferne wurden die Krähen zu schwarzen Flecken, zu Löchern in einem alten Film, dann verschwanden sie.

»Nicht schlecht, diese Aussicht. Im Knast sah ich nur die Backsteinmauer und die Socken, die zum Trocknen über den Fenstergittern hingen. Vier Jahre habe ich gesessen. Aber ich wusste, dass draußen die Welt war, irgendwo hinter den grauen Türen, den Neonleuchten und dem ochsenblutfarbenen Linoleum. Es ist seltsam, aber wenn ich hier wach werde, nachts, weil du schnarchst, Kommissar, wenn ich durch das Kuppeldach die Sterne sehe, dann will ich zurück in meine Zelle. Weil die Zelle von einer Welt umgeben war. Die Cardea ist aber von nichts umgeben. Diese Landschaft ringsum macht alles trostlos, endlos. In der Zelle gab es eine Sehnsucht, die hat mich zerrissen und am Leben gehalten. Ich habe immer der Dunkelheit gelauscht, der Klospülung, dem Türknallen, dem Stöhnen, Brüllen, Schlüsselklirren. Und dem asthmatischen Schweigen der Wände. Hier ist es anders. Ich fühle mich immer noch eingesperrt, nur die Sehnsucht ist weg. Hast du mal von diesen Zombieameisen gehört? Die sind von einem Pilz befallen, der ihr Nervensystem kontrolliert. Erst torkeln sie rum, dann beißen sie sich an einem Blatt fest. Und wenn sie tot sind, frisst der Pilz sie auf, und schließlich wächst er aus ihrem Kopf heraus. Die Patienten der Cardea sind solche Zombieameisen. Sie haben sich hier festgebissen und warten auf den Pilz in ihrem Kopf, auf das Ploppen, wenn er durch die Schädeldecke bricht. Ich fühle mich selbst schon so weiß und schwammig. Obwohl ich die Psychopillen gar nicht schlucke. Ich tue nur so und spucke sie später ins Klo, die merken das nicht, die gucken nur unter der Zunge nach, aber nicht in der Wangentasche. Der Glatzkopf, der mich aufgenommen hat, der

Langenfeld, der hätte doch was ahnen können. So bleich wie ich ist nur einer, der frisch aus dem Knast kommt. Die Depression ist aus Wikipedia, und der Lebenslauf ist sogar echt, mit meinen bescheuerten Eltern. Der Glatzkopf fragte die Symptome ab, und er freute sich, je besser sie zusammenpassten. Er kam sich so schlau vor. Die Psychofuzzis wollen alle was verstehen, worauf sie sich vorher schon festgelegt haben, deshalb sind sie so leicht zu verarschen. Weißt du, womit ich im Knast gehandelt habe? Nicht mit Drogen, auch nicht mit meinem Arsch. Nein, ich habe mit Träumen gehandelt. Ich habe meinem Zellenkumpel gesagt, was er dem Dachdecker, also dem Psychologen, erzählen soll, damit er Lockerung kriegt. Die tollsten Träume habe ich erfunden. Von Wesen, die aus dem Dunkeln kommen und meinem Kumpel Vorwürfe machen, aber am Ende tanzen sie zusammen. Irgendeinen Scheiß halt.«

Falko setzte sich wieder an den Tisch und lehnte sich zurück. Einen Moment lang kam es ihm so vor, als würde Friedrich in sich hineinschmunzeln, aber dann war sein Gesicht wieder holzig. Falko tippte mit dem Zeigefinger an die Tischkante und sprach weiter.

»Der Dachdecker war hin und weg. Der hat alles genauso gedeutet, wie ich wollte. Der hat von der Entdeckung des Schattens gefaselt, von Verantwortung blabla. Nach drei Monaten war mein Kumpel im offenen Vollzug. Und mich hat er mit Pornos versorgt, bis ich draußen war. Pornos sind wichtig, damit du nicht knastschwul wirst. Du kannst machen, was du willst, irgendwann vergisst du, wie eine Möse aussieht, und fängst an, den Brüdern auf den Arsch zu glotzen. Du vergisst auch, wie eine Möse riecht. Das ist das Schlimmste. Du atmest die ganze Zeit bitteren Männergestank, Scheiße, Sperma, Schweiß, Blut. Wenn ich morgen in Zürich die Schecks einlöse, lasse ich mir ein Callgirl ins Dolder kommen, und dann werde ich die ganze Nacht zwischen ihren Schenkeln liegen und an ihrer Möse riechen. Nur riechen, sonst nichts. In der Cardea war ich erschrocken, als ich Annika das erste Mal von hinten sah. Hast du mitgekriegt, was die für einen süßen Arsch hat? Du wohl kaum, Kommissar. Aber ich. Werd nicht knastschwul, habe ich mir gesagt. Ich wollte mich zwingen, wegzusehen, als mir einfiel, dass Annika eine Frau ist. Ich sage dir, der Arsch von der kleinen Annika Fechner, der hat mich begnadigt, erlöst und gerettet, der hat mich wieder zum Menschen gemacht. Vielleicht war das der Grund, warum ich sie nicht ausgenommen habe wie Beate und Lotti. Der Arsch und die Frage nach dem Kuckuck. Ich bin noch nie zuvor weich geworden. Betrügen ist ein hartes Geschäft. Vielleicht das härteste. Du musst alles aufgeben, das Mitleid, die Wahrheit, dich selbst. Du hältst mich sicher für skrupellos, Kommissar. Das bin ich nicht. Die alten Tanten hier tun mir leid. Beate war sicher mal scharf. Eine Provinztussi, aber scharf. Und die alte Lotti ist immer noch ein junges Mädchen. Aber ich weiß nicht viel über Menschen. Muss ich auch nicht. Ein Gespräch ist wie ein Pingpongspiel, ich gebe nur den Ball zurück. Die Leute fühlen sich dann verstanden. Aber da ist kein Verständnis, da ist nur ein weißer Ball, klack, klack. Du hast es gut, Kommissar. Du und all die anderen hier. Man bemüht sich um euch, will euch retten. In jeder Visite, in jeder lächerlichen Therapiestunde. Du musst nur deine Seele öffnen, schon wird dir Heilung hineingeschoben, wie ein Nutellabrötchen. Aber mich füttert keiner. Du hast einfach nur Glück, du alter Schwachkopf, du darfst im Land der Ehrlichkeit verdämmern. Weißt du, was ehrlich ist? Essen, trinken, pissen, scheißen. Beim Ficken hört die Ehrlichkeit schon auf, und beim Denken verschwindet sie ganz. Wer von uns ist der größte Lügner? Vielleicht Xaver, weil er immerzu denkt. Denken heißt erfinden, also lügen. Ist Xaver besser als ich, weil er krank ist? Er soll für Vosskamp einen Aufsatz schreiben und lässt mich das machen. Ist das korrekt? Lotti lügt sich die Hucke voll. Beate missbraucht ihre Tochter.

Annika verschweigt die Wahrheit. Sylvia spielt die Heilige. Diese Leute sind nicht krank, die sind schlecht. Ist das Böse in Wahrheit das Kranke? Oder ist das Kranke ein Teilbereich des Bösen, den man ausgekoppelt und umgedeutet hat, um das Böse zu entkräften? All diese Mörder und Kinderschänder, die angeblich einen an der Klatsche haben, in Wahrheit sind sie doch böse. Aber ich bin wenigstens ehrlich zu mir. Betrügen ist ein hartes Geschäft.«

Er stand wieder auf, ging an seinen Schrank und packte seine Kleider in die Tasche. Bevor er sein Rasierwasser einsteckte, öffnete er den zitronengelben Flakon und besprühte sich den Hals. Ein frischer, leicht rauchiger Duft verbreitete sich im Raum.

»Balmain. Das war mein Lebensretter im Knast. Balmain und meine Schuhe haben mich an den erinnert, der ich mal war. Auch wenn ich bis heute nicht weiß, wer ich war. Im Knast bist du jedenfalls ein Tier. Du hast dir die Scheiße selbst eingebrockt, aber deshalb leidest du nicht weniger. Im Gegenteil, du leidest mehr, stummer als jemand, der unschuldig ist, weil du immer denkst, du hast kein Recht dazu.«

Die Tür ging auf, und Schwester Dagmar trat ein.

»Sind Sie fertig mit dem Frühstück?«, fragte sie. »Na, Herr Bialla, was sitzen Sie da in die Decke gehüllt? Dann wollen wir Sie mal anziehen, bevor der Professor zur Visite kommt. Wären Sie so freundlich, Herr Sprenger?«

Falko nickte und verließ das Zimmer. Er ließ sich in einen der Sessel am Ende des Flures fallen und betrachtete das Bild von Horst Vierer, das dort an der Wand hing. Das Bild zeigte eine Leichenhalle. Aber die Leichen träumten noch, oben sah man ihre Visionen von Glück und Reichtum. In ihren Träumen hatten sie einen großen, blühenden Garten, und sie konnten sich teure Reisen in den Süden leisten, wo die Sonne strahlte.

Falko wandte den Kopf und schaute durch das große Fenster am Ende des Flures in den Vorhof der Cardea, der trichterförmig in das Oktagon des Gebäudes führte. Gegenüber, auf dem Flur der B, stand ein Junge mit Ringelpullover und großen Kopfhörern. Er winkte und machte ein Zeichen. Falko stand auf und schlenderte in den Aufenthaltsraum zu den Fahrstühlen. Der Junge war schon da, er saß an einem der Tische.

»Was willst du von mir?«, fragte Falko und setzte sich.

»Einfach nur quatschen«, lächelte der Junge.

»Dann quatsch halt los. Irgendwie muss man die Zeit ja rumbringen«, sagte Falko.

»Halten Sie es auch nicht mehr aus auf dem Zimmer?«, fragte der Junge. »Ich bin mit drei Leuten zusammen. Deswegen trage ich den ganzen Tag die.« Er zeigte auf seine Kopfhörer, die er vor sich auf den Tisch gelegt hatte.

»Shit«, sagte Falko.

»Irgendwie stimmt meine Dosis nicht«, fuhr der Junge fort, »ich bin heute das zweite Mal eingeliefert worden. Aber es läuft ganz gut für mich.«

Er hatte ein kleines Doppelkinn und ein nacktes, nettes Gesicht, er war vielleicht neunzehn Jahre alt.

»Aber wenn es gut liefe, wärst du doch nicht hier«, bemerkte Falko.

Der Junge lächelte wieder. »Doch, es läuft besser als letztes Mal. Letztes Mal habe ich nicht gesprochen. Bewegt habe ich mich auch nicht.«

»Wieso das denn?«

»Da war so ein Licht in mir. Und immer wenn ich die Glieder krümmte, flitzte das Licht um die Ecke, und in dem Moment wurde es böse.«

»Das Licht wurde böse? Alles klar.«

»Damals wollte ich die ganze Menschheit vor dem bösen Licht bewahren. Ich wollte auch nichts mehr essen, damit das Licht mit den Ausscheidungen nicht meinen Körper verlässt.«

»Das ist doch gaga«, sagte Falko.

»Meinen Sie?«

Falko lehnte sich zurück in den Sessel und ließ seine Schuhe ein paarmal aneinanderklacken. Er trug braune Church's, sie waren in den Falten leicht eingerissen. Er polierte sie jeden Tag.

»Ich hätte das nicht in mir behalten«, sagte er schließlich, »das böse Licht. Ich hätte mich erst einmal selbst gerettet, nicht gleich die ganze Welt.«

»Ja«, sagte der Junge, »das ist wohl der Unterschied.«

»Wie meinst du das?«

»Sie denken eben nur an sich, nicht an die anderen.«

»Na hör mal«, sagte Falko.

»Wenn Sie das böse Licht in sich haben, furzen Sie es raus. Sie können sich offenbar nicht opfern.«

»Hast du sie noch alle? Wir reden über eine Wahnvorstellung. Du kannst doch nicht ernsthaft behaupten, dass man moralisch mit einer Wahnvorstellung umgehen kann.«

»Doch«, sagte der Junge. »Solange ich verrückt war, habe ich die Welt gerettet.«

»Bullshit, du warst einfach nur plemplem.«

»Aber man kann die Welt nur retten, wenn man plemplem ist. Wäre ich normal gewesen, dann hätte ich das böse Licht doch gar nicht bemerkt.«

»Ich gebe es auf«, seufzte Falko. »Hast du eine Kippe?«

»Ich rauche nicht.«

»Was soll's. Ich meistens auch nicht.«

Sie schwiegen. Ab und zu öffnete sich der Fahrstuhl, und jemand vom Pflegepersonal betrat den Aufenthaltsraum und verschwand gleich wieder auf der B.

Falko versuchte, Blickkontakt mit der hübschen Praktikantin am Tresen aufzunehmen, aber sie schaute ihn nicht an. Sie war braungebrannt, sportlich und zart, eines der wenigen Mädchen, die sich kurze Haare leisten konnten. Sie hatte zahllose Bänder am Handgelenk, die Patienten in der Ergotherapie für sie geflochten hatten. Fast alle Patienten trugen diese Bänder, viele hatten ihre Schrankschlüssel daran befestigt.

»Domke hat mich damals gerettet«, nahm der Junge das Gespräch wieder auf.

»Der Musiktherapeut?«, fragte Falko, »der Gongheini?«

»Er hat sich mit der Gitarre an mein Bett gesetzt und Reinhard Mey gespielt. ›Über den Wolken‹.«

»Ich halte es nicht aus!« Falko fasste sich an die Stirn. »Das ist ja noch dämlicher als unsere Session im Grunewald.«

»Aber ich habe mich dann wieder bewegen können«, sagte der Junge. »Das Lied von Reinhard Mey hat mich von dem bösen Licht befreit.«

»Reinhard Mey ist das böse Licht, mein Sohn. So was hört man doch nicht, hast du keine Facebook-Freunde, die dir sagen, was in ist?«

»Es ist doch einfach nur ein nettes Lied. Warum darf man sich nicht darüber freuen?«

»Ich habe ja nichts gegen schnulzige Momente. Aber Reinhard Mey ist verlogen. Diese putzige Stimme, und wie er stundenlang seine Lieder ankündigt, atemlos, als wäre er gerannt, und wie er beim Singen das Gesicht verzieht, so scheiß sensibel. Das kann dir gar nicht geholfen haben.«

»Doch.«

Falko begann zu lachen. »Wirklich, ich habe hier schon die dollsten Dinger erlebt. Aber Reinhard Mey als Retter, das ist stark.«

»Es ist nicht leicht für mich, mit der Krankheit klarzukommen«, sagte der Junge. »Arbeiten kann ich nicht, ich kann mich nicht konzentrieren. Und beim Essen muss ich aufpassen, ich werde schnell dick, wegen der Medikamente. Eigentlich esse ich nur noch Gemüse, Gemüse und Knäckebrot. Übermorgen habe ich ein Vorstellungsgespräch bei der Kirche, ich will ehrenamtlich in der Suppenküche arbeiten. Vielleicht nehmen die mich.«

Falko hörte auf zu lachen. Er wischte sich über das Gesicht. »Du bist noch so jung. Und ganz dumm bist du auch nicht. Du kannst doch was Besseres finden als eine Arbeit in der Suppenküche, du kannst was aus deinem Leben machen.«

»Irgendwann vielleicht«, sagte der Junge. »Geben Sie mir mal Ihr Handy. Ich kopiere Ihnen das Lied von Reinhard Mey via Bluetooth. Vielleicht hilft es Ihnen auch.«

»Da sei Gott vor.« Falko schüttelte den Kopf.

Dann reichte er dem Jungen sein iPhone.

Als er zurück in sein Zimmer kam, saß Friedrich angekleidet im Fernsehsessel; er trug Hose und Hemd, darüber eine Strickweste, sogar eine Krawatte hatte die Schwester ihm umgebunden. Vor dem schwarzen Leder sah sein Körper noch zierlicher aus, als wäre er in einem Schaukasten festgepinnt, die Lehne ragte weit über seinen Kopf, seine Füße schwebten über dem Boden. Sie steckten in grauen Filzpantoffeln. Der Fernseher lief, lautlos. Friedrich sah kurz zu Falko hin. Der ließ sich in seinen Fernsehsessel fallen.

»Reinhard Mey!«, rief er. »›Über den Wolken‹! Wie ist das zu verstehen? Mal überlegen, was Xaver sagen würde. Er würde sagen: Das Banale tut uns gut, weil darin ein Geheimnis steckt. Das Geheimnis gibt vor, nicht da zu sein, damit wir es in Ruhe lassen, und das Banale ist sein Schutzschild. Wir dürfen ruhig den Schild bekämpfen, alles dahinter bleibt unversehrt. Reinhard Mey ist keiner, der hinter den Schild blicken kann. Er ist der Schild, und wahrscheinlich rafft er es nicht. Aber das ist egal.«

Falko lachte auf, aber Friedrich reagierte nicht.

»Du könntest auch mal was sagen. Dass ich fast schon so klug bin wie Xaver. Oder wenigstens, dass du nur Bahnhof verstehst. Hallo, Kommissar?«

Er klatschte ein paarmal in die Hände, aber der Alte blieb stumm. Eine Weile schwang Falko in seinem Sessel hin und her und beobachtete ihn. Die Haare der Augenbrauen waren drahtig und wuchsen nach oben. Auch aus den Ohren wuchsen Haare, und die Ohrmuscheln waren von weißen Kränzen umrahmt.

»Meine Schwester hat The Police gehört. Bevor sie Leia wurde und ich Luke, bevor wir durchs Krankenhaus und durch die Hoffnung flogen. Ich konnte mit ihr reden, Kommissar. Weil wir beide im Weltall waren, während sie im OP verblutete, und weil es so still war. Wir konnten unsere Gedanken hören. Sie versprach mir, zu überleben, und ich versprach ihr, sie nie mehr wegen ihrer Titten auszulachen. Es war ein schlechter Deal. Denn sie hat ihr Versprechen gebrochen, aber meins musste ich für immer halten. Da sind ja keine Titten mehr, über die ich lachen kann, da ist gar nichts mehr. Prinzessin Leia hat mich verarscht.«

Er nahm die Kopfhörer, zwei kleine weiße Stöpsel, aus der Tasche seines Jacketts und entwirrte das Kabel. Dann rutschte er mit seinem Sessel näher an Friedrich heran, steckte ihm den einen Stöpsel ins Ohr und sich selbst den anderen. Er öffnete iTunes, wählte den Titel »Englishman in New York« aus der Liste, zog die Lautstärke ganz nach oben und drückte auf Play. Die Musik war so laut, dass Friedrich zusammenzuckte. Falko stellte sie etwas leiser.

»Symphonicities. Nicht schlecht, wie Sting die Hits von damals noch mal neu aufgenommen hat mit dem Royal Philharmonic Concert Orchestra. Achtung, gleich kommt meine Lieblingsstelle. Gleich nach der Klarinette.«

Er tat so, als hielte er eine Klarinette in den Händen, wiegte den Oberkörper und bewegte die Finger auf dem unsichtbaren Instrument. Dann sang er mit.

Takes more than combat gear to make a man
takes more than a license for a gun
confront your enemies avoid them when you can
a gentleman will walk but never run.

Friedrich rutschte im Sessel hin und her und ließ den Blick durch den Raum gleiten. Falko zog am Kopfhörer, bis die Stöpsel ihnen beiden aus den Ohren rutschten. Die Stöpsel baumelten jetzt in der Luft und zischten leise vor sich hin.

»Mir ist gerade ein Gedanke gekommen. Vielleicht war der Kopfhörerjunge der Teufel, und als ich ihm eben mein iPhone gab, nahm er meine Seele. Er hat mich ausgetrickst, er hat so freundlich und tapfer getan, aber in Wahrheit … Irgendwann sind wir so weit, irgendwann ist die Seele ein iPhone, und Gesundheit gibt es als App. Aus Psychiatern werden Programmierer. Man kann dann sogar seine Seele löschen und eine andere downloaden, in Seelentauschbörsen im Internet. Es wird natürlich auch Malware geben, die Depressionen und Schizophrenie verbreitet, und teure Antivirenprogramme, für Privatpatienten gratis. Und Hacker wird es geben, böse Menschen, die eine gute Seele haben wollen und irgendwo eine anzapfen. Glaubst du das, Kommissar, dass sich ein böser Mensch nach einer guten Seele sehnt? Ist der Teufel darum süchtig nach Seelen, weil er gut werden will? Zockt er darum die Leute ab? Das ist wie bei Buffalo Bill aus dem ›Schweigen der Lämmer‹, der näht sich ein Kleid aus Frauenhaut, weil er so gern eine Frau sein will. Er ahnt nicht, wie böse er ist. Und dem Teufel geht es ähnlich. Aber wenn das so ist, warum gibt Gott dem Teufel nicht einfach eine gute Seele ab? Er hat doch genug davon, er könnte doch sagen, Alter, hier hast du eine gute Seele, ab jetzt aber Ruhe im Kasten. Dann wäre alles geritzt. Aber nein, der geizige Herr Gott will alles Gute für sich allein. Scheiße, der Irrsinn hier steckt mich an. Bin ich schon eine Zombieameise, und wächst mir ein Pilz aus dem Kopf? Hat es schon plopp gemacht? Es wird Zeit, dass ich gehe.«

Es klopfte an der Tür, und Vosskamp trat ein. Er trug am Wochenende keinen Kittel, sondern ein grünes Polohemd, das er in den Bund seiner anthrazitfarbenen Hose gesteckt hatte. Er hatte einen kurzen, breiten Oberkörper, wie ein Schauspieler aus einem alten Boxfilm, als es noch keine Fitnessstudios gab. In der Hand hielt er einen flachen Stapel Hängeregistermappen.

»Guten Morgen, die Herren.«

»Bin schon draußen«, sagte Falko und verließ den Raum, um auf dem Stuhl neben der Tür zu warten, bis er an die Reihe kam. Er schaute auf Xavers Tür gegenüber und überlegte, ob er anklopfen sollte. Aber er tat es nicht.

»Es ist nicht wahr, was der Kopfhörerjunge gesagt hat«, flüsterte er gegen Xavers Tür, »dass ich mich nicht opfern kann und nicht an die anderen denke. Ich habe doch etwas für dich getan und den Text besorgt, den du für Vosskamp schreiben solltest. Ich habe nichts dafür verlangt. Und dann noch die geniale Überschrift erfunden. Und Sylvia, die habe ich nur verschont, weil du sie so magst, sie und ihren auratischen Arsch. Ich hätte ihr einen Affen angedreht. Bei ihr wäre was zu holen gewesen. Ihr Mann ist Anwalt, der scheffelt Geld. Aber ich habe auch so genug. Vierzigtausend von Beate und zwanzigtausend von Lotti sind okay. Heute Nachmittag beginnt mein neues Leben. Ich wollte dir nur auf Wiedersehen sagen.«

Falkos Zimmertür öffnete sich, und Vosskamp steckte den Kopf durch den Türspalt.

»Kommen Sie, Herr Sprenger?«

Falko ging zurück.

»Lassen Sie Herrn Bialla ruhig in seinem Sessel sitzen«, sagte er zu Vosskamp. »Der stört nicht, und den stört wohl auch nichts mehr.«

»Schön, schön«, sagte Vosskamp, setzte sich an den Tisch und wies auf den freien Stuhl gegenüber. Falko nahm Platz. Hinter sich hörte er Friedrich atmen.

»Wir haben uns ja schon am Mittwoch in der Visite kennengelernt«, begann Vosskamp. »Wie ist es Ihnen in Ihrer ersten Woche hier ergangen?«

»Sehr gut«, sagte Falko.

»So?«

»Ja, die Therapien haben richtig was gebracht, vor allem die Musiktherapie. Ich fühle mich wieder gesund.«

»Hm.«

»Jedenfalls möchte ich heute nach Hause.«

Vosskamp strich sich über das Kinn, das kurz und eckig war. Falko fiel auf, dass die Peripherien von Vosskamps Gesicht klein geraten waren. Nicht nur das Kinn, sondern auch der Haaransatz über der fleischigen Stirn und die Ohren wirkten zierlich. Vosskamp suchte Falkos Akte aus dem Stapel und blätterte darin.

»Sie machen mir Sorgen, Herr Sprenger.«

»Wieso? Ich habe doch gerade gesagt, dass ich wieder gesund bin.«

»So schnell erholt man sich aber nicht von einer Depression.«

»Es war nur eine kleine Krise. Ich will gleich gehen. Ich habe schon alles gepackt.« Er zeigte auf die schwarze Tasche, die auf dem Bett stand.

Vosskamp rieb seine Handflächen aneinander. »Das kann ich nicht verantworten, Herr Sprenger.«

»Macht nichts, ich gehe auf eigene Verantwortung.«

Vosskamp studierte weiter Falkos Akte. »Sie bekommen Fluoxetin«, sagte er. »Das ist ein SSRI.«

»Ja, und es wirkt fantastisch. Sie haben mir genau das Richtige verschrieben.«

»Das hoffe ich«, murmelte Vosskamp. »Allerdings setzt die antriebssteigernde Wirkung lange vor der stimmungsaufhellenden Wirkung ein.«

»Stimmt, ich fühle mich wieder viel energiegeladener.«

»Und genau das ist so heikel. Es ist paradox, aber erst durch das Antidepressivum finden manche Patienten die Kraft, sich das Leben zu nehmen. Ich kann Sie so nicht gehen lassen. Wir müssen Sie noch ein paar Wochen dabehalten, bis sich auch die stimmungsaufhellende Wirkung des Medikamentes entfaltet.«

»Aber ich bin doch freiwillig hier«, rief Falko. »Ich darf auch jederzeit gehen!«

»Nicht bei Suizidgefahr. Wenn Sie nicht bleiben wollen, Herr Sprenger, werde ich Sie zwangseinweisen. Dann müssen Sie auf die geschlossene B, und morgen kommt der Amtsrichter.«

Falko sprang auf. »Ich bin nicht gefährdet!«

»Sie sind sehr erregt«, sagte Vosskamp und zog die Stirn in Falten. »Sieht nach Serotonin-Syndrom aus. Das kann gefährlich werden. Wir stellen Sie besser unter Beobachtung.«

»Verdammt, ich habe die Tabletten doch gar nicht geschluckt«, entfuhr es Falko, »ich habe sie alle ins Klo geschmissen.«

»Ohne Tabletten finden die wenigsten aus einer schweren Depression heraus. Sie sollten die wirklich nehmen.«

»Aber ich will nicht!«, schrie Falko.

»Wir machen hier gute Erfahrungen mit Fluoxetin. Sie müssen sich nicht davor fürchten. Und wenn Sie es nicht vertragen sollten, stellen wir Sie selbstverständlich auf ein anderes Medikament ein.«

Falko trat ans Fenster. Er sah Fingerabdrücke an der Scheibe, sie hingen wie Schleierfetzen vor der Landschaft. Der Himmel war klar bis auf das Gitter der Kondensstreifen, das die Flugzeuge hinterlassen hatten. Falko fuhr die Streifen mit den Augen ab, immer wieder von vorn, bis sie sich auflösten. Dann drehte er sich zu Vosskamp um. Er ballte die Fäuste.

»Gut, Herr Professor. Wenn Sie das so sagen. Ich vertraue Ihnen.«

»Das freut mich. Aber bleiben Sie heute bitte auf Station.« Vosskamp stand auf und reichte Falko die Hand.

»Zur philosophischen Sonntagsrunde heute Abend darf ich doch gehen?«, fragte Falko. »Ich will Ihren Vortrag nicht verpassen.«

»Wenn Sie bis dahin ruhiger sind.«

»Worüber reden Sie eigentlich?«

»Über das Innerste«, sagte Vosskamp, ohne eine Miene zu verziehen. »Zur konzentrischen Metapher der Selbstfindung.« Er verließ das Zimmer.

Eine Weile stand Falko einfach nur da. Ein paarmal zeigte er auf die Tür und drehte sich um, zu Friedrich, dann ließ er den Arm wieder sinken.

»Xaver und ich sind aufgeflogen«, flüsterte er vor sich hin. »Deshalb war Vosskamp so angepisst. Hoffentlich kriegt Xaver keinen Ärger. Ich kann jetzt nichts mehr für ihn tun.«

Er drückte auf den Rufknopf. Die Schwester kam.

»Herr Bialla muss aufs Klo«, sagte Falko.

Als die Schwester mit Friedrich im Bad verschwand, griff Falko seine Reisetasche und eilte den Flur entlang. Obwohl die Sonne durch die Dachfenster schien, waren die Halogenlampen an den weißen Betonwänden erleuchtet, die Helligkeit tat ihm in den Augen weh. Alle Türen waren geschlossen, und es war still bis auf die Fernsehgeräusche, die aus Lottis Zimmer drangen. Als Falko die Stationstür öffnen wollte, war sie verschlossen. Er rannte zurück in sein Zimmer und konnte gerade noch die Tasche zurück auf sein Bett werfen, als die Schwester mit Friedrich aus dem Bad kam.

»Der hat mich eingesperrt!«, fluchte Falko, nachdem sie gegangen war. »Vosskamp, diese Sau!«

Er schritt das Zimmer auf und ab, seine Ledersohlen quietschten auf dem gelben Kunstharzboden. Er ruckelte am Fenstergriff.

»Danke für deine tollen Ratschläge, Kommissar!«, brüllte er. »Danke, dass mir einmal im Leben jemand hilft! Vier Jahre JVA Tegel, weißt du, was das heißt? Das heißt Nagelpilz an jedem einzelnen Zeh, das heißt ein stinkendes Klo neben dem Bett, das heißt heulend unter der Decke wichsen und bloß keine Schwäche zeigen, niemals, niemals, niemals, sonst bist du am Arsch. Da sind Netze zwischen die Etagen gespannt, damit sich keiner zu Tode stürzt. Einmal ist trotzdem einer gesprungen, den haben sie hinterher Fisch genannt. Fisch wurde erst veräppelt, dann verdroschen, dann gefickt. Dann hat er sich einen Löffelstiel ins Ohr gerammt. Wenn du eingesperrt bist, wo auch immer, sind die Nervenfasern Drähte, und in dir ist eine Winde, die wickelt sie langsam auf, jeden Tag ein Stückchen mehr.«

Falko ließ sich auf sein Bett fallen, boxte ins Kissen. Er drehte sich auf den Rücken und starrte durch das Kuppelfenster in den klumpigen Himmel. Er kniff die Augen zusammen, bis alles verschwamm. Die Wolken verwandelten sich in den Putz einer Zimmerdecke, verschattet von Spinnweben. Falko atmete gegen die Zimmerdecke, und die Decke warf seinen Atem zurück. Irgendwann lag Falko nicht mehr eingesperrt in der Zelle, sondern er war die Zelle, ein atmender Raum in einem Haus. Der Raum atmete, und das Haus warf den Atem zurück, bis Falko keine Zelle mehr war, die in einem Haus steckte, sondern ein Haus, das unter dem Himmel stand. Das Haus atmete, und der Himmel warf den Atem zurück, bis Falko draußen war, bis er der Himmel war, der gegen die Ewigkeit atmete.

Als die polnische Küchenfrau das Mittagessen brachte, fühlten Falkos Lungen sich kühl an.

»Rinderroulade für Herrn Sprenger und für Herrn Bialla den Schweinebraten«, sagte sie. »Und zum Nachtisch gibt es Creme.«

Langsam stand Falko vom Bett auf und nahm Friedrich an die Hand. Der alte Mann folgte ihm bereitwillig zum Esstisch, aber wie am Morgen rührte er sein Essen nicht an. Falko schnitt das Schweinefleisch klein und fütterte ihn. Zwischendurch aß er selbst etwas von seiner Rinderroulade, sie war trocken, die dunkle Soße schmeckte nach Maggi.

»Ich schaffe es immer nur, der Himmel zu werden«, sagte er, »aber nie die Ewigkeit. Ich atme mich durch die Wände bis an die letzte Wand. Manchmal sehne ich mich nach der Stelle, wo nichts mehr ist. Aber ich hüte mich vor dieser Stelle. Das Leben ist nämlich ein Knast, Kommissar. Ohne die Wände würden wir wegfließen wie frischer Gips und als brüchiger Flatschen liegenbleiben. All die Irren hier, Beate und Sylvia und Lotti und Annika und Xaver, alle sind brüchige Flatschen. Auch du, Kommissar. Ihr hattet alle euren Moment ohne Wände, und dafür bezahlt ihr hier. Freiheit gibt es nur im Wahnsinn und im Tod. Und der Tod ist bestimmt nichts Großes. Da wartet kein weißes Licht, keine Erlösung, kein Friede. Wollen wir wetten? Wenn einer vor der Glotze abkratzt, in Badelatschen, beim Kinderpornogucken, mit seinem nassen Schwanz in der Hand, dann hat der nicht noch mal schnell ein Erweckungserlebnis, dann stirbt der so, wie man einen fahren lässt. Und im Jenseits glotzt und wichst er dann weiter. Wenn der Tod einen Sinn hätte, müssten die Arschlöcher unsterblich sein, weil der Sinn mit ihnen nichts anfangen kann. Es bringt nichts, sich den Löffelstiel ins Ohr zu rammen. Kommissar! Du musst das Essen auch schlucken, verdammt.«

Friedrich hatte ihn die ganze Zeit angestarrt, statt zu essen. Falko schenkte etwas Saft in ein Glas und kippte ihn Friedrich in den Mund. Instinktiv schluckte der alte Mann die Flüssigkeit und mit ihr auch den Nahrungsbrei.

»Du musst nicht glauben, dass meine Opfer unschuldig sind. Sie sind ja nicht einmal Opfer. Sie wissen, dass sie betrogen werden, tief innen wissen sie das. Und trotzdem machen sie mit, sie wollen es so. Übrigens, ich will es nicht. Lach nicht, es ist wahr, ich bin kein echter Betrüger. Die echten Betrüger sind nicht im Knast, die sitzen auf den Bahamas, die sind nicht zu überführen. Aber Leute wie ich, wir glauben an das, was wir tun. Wir haben eine Idee, und alles läuft super, wir machen Kohle und sind wer. Dann läuft was schief. Dann versuchen wir, Zeit zu gewinnen, verschieben Geld, vertrösten die Leute, lügen sie an, aber die ganze Zeit glauben wir an uns. Auch wenn die Blase platzt, wenn man dich wegen Konkursverschleppung drankriegt. Bei meiner Verhaftung war ich sauer, ich dachte, diese Idioten vermasseln mir das Geschäft. Hätten die mir noch drei Tage gegeben, wäre alles wieder im Lot. Ich hätte es hingekriegt. Du musst kauen. Hallo, kauen! Wenn du weiter das Fleisch so runterwürgst, gibt es nur noch Broccoli und Kartoffeln. Na gut, du hast es so gewollt.«

Er zermatschte die Kartoffeln und den schlaffen Broccoli in der hellbraunen, glasigen Soße und fütterte Friedrich mit dem gelbgrünen Brei. Etwas davon blieb am Kinn hängen. Falko schabte den Brei mit dem Löffel von der Haut.

»Du machst alles richtig, und trotzdem ist da auf einmal so ein Schlamassel. So ein großes, surrendes Schlamassel, das über deinem Kopf schwebt. Du tust so, als wäre nichts, gehst ins Borchardts, stehst auf Empfängen rum, beschenkst die eine Tussi und vögelst die andere, berätst die Investoren, aber immer ist es da, das Schlamassel. Wie ein wütender Gott. Und es wird immer größer, und dein Leben wird immer kleiner. Es hatte schon längst keine Mitte mehr, du lebst auf einer dünnen, brüchigen Schale und fühlst sie vibrieren und weißt, dass du jederzeit einkrachen kannst. Aber die ganze Zeit glaubst du noch. Betrüger sind Gläubige, Kommissar. Sie fangen irgendwas an und hoffen, dass Gott es zu Ende bringt. Aber der Scheißer hält sich raus. Also versuchst du selbst, das Wunder zu vollbringen, mit irgendwelchen Tricks. Eigentlich ist Berlin an allem schuld. Mein Chef hat mich hingeschickt, kurz nach der Wende, der Rutherford-Hemmings. Ja, genau, der Schöpfer der Cardea, damals noch ohne Sir. Er hatte damals in Frankfurt sein Büro, und er wollte den Friedrichstadtpalast wieder aufbauen, den alten, neben dem BE. Der Bau war auf zwölf Millionen projektiert, der Berliner Senat lehnte ab. Ich sollte hin und die Mappe abholen. Es war das erste Mal, dass ich flog. Ich war enttäuscht. Die Welt war von oben so verwischt. Und Berlin war so legosteinfarben. Die gelbe U-Bahn, der blaue Himmel, der rote Fehrbelliner Platz. Dann diese Typen im Bausenat mit ihren zu kurzen Krawatten und den gestutzten Vollbärten, ich konnte sie nicht ernst nehmen. Die Typen erinnerten mich an die Fertighaushändler meiner Kindheit, die mein Vater mit Steckelementen belieferte. Und statt ins Big Eden am Ku'damm zu gehen, schrieb ich nachts im Hotel das Konzept um: Der alte Friedrichstadtpalast sollte als Markthalle aufgebaut werden, was er ja ursprünglich war, und die Finanzierung sollte über den Immobilienfonds der Berliner Bankgesellschaft laufen, also Gewinn bringen. Zack, hatte Rutherford-Hemmings den Zuschlag. Es war so einfach. Die Markthalle kennst du doch? Hat Preise gekriegt ohne Ende. Und ich war plötzlich Finanzexperte. Und dann Wirtschaftsberater in Benin und im Vorstand von Alpha Bridge, einer Privatbank in Dubai. Die ist ja pleite, wegen mir. Mir wird jetzt noch schlecht, wenn ich daran denke. Es muss herrlich sein, ohne Gedächtnis zu leben, so wie du, Kommissar. Du kannst noch mal ganz von vorn anfangen. Ich beneide dich, ich kann das nicht. Die Knastblässe werde ich nie wieder los; ich meine nicht die Blässe der Haut, ich meine die Blässe der Seele. Die Farben sind für immer weg. Mein Innerstes ist wie Ostberlin, alles bröckelig, alles grau. Aber da kommt keine Wende mehr. Da bleibt die Mauer für immer stehen. Innerlich habe ich rübergemacht, bloß in die falsche Richtung.«

Die Küchenfrau kam zurück ins Zimmer, sie räumte das Geschirr ab und stellte es auf den Transportwagen im Flur.

»Möchten Sie den Nachtisch für später aufheben?«, fragte sie mit ihrem polnischen Akzent, bevor sie die noch vollen Glasschälchen abräumte.

»Nee«, brummte Falko.

»Sie müssen noch die Bögen für die nächste Woche ausfüllen«, sagte sie und zeigte auf die Menülisten von Gustomat, die neben dem Tisch auf dem Regal lagen.

»Machen wir.«

Als sie weg war, ging Falko die Bögen durch und kreuzte die Mahlzeiten an. Man konnte zwischen drei Menüs wählen, Vollkost, Schonkost und vegetarisch.

»Was willst du nächste Woche essen, Kommissar? Montag die Käsespätzle. Dienstag das Champignonragout. Muss sein, die Bratwurst kaust du ja doch nicht. Mittwoch die Erbsensuppe. Donnerstag das Putengeschnetzelte mit Nudeln, das Fleisch lässt du weg. Freitag Rotbarschfilet, kann man matschen. Samstag serbischer Bohneneintopf mit Grießklößchen. Sonntag Broccolitörtchen mit Soße Hollandaise. Hier steht tatsächlich Soße, nicht Sauce. Soll ich dir mal was gestehen? Ich habe mich nie an die Haute Cuisine gewöhnt. Ich bin glücklich mit Schweineschnitzel und Pommes. Das Zeugs, das man isst, wenn man reich ist, das war nichts für mich. Meine Eltern hatten ihr Wohnzimmer mit Holz ausgekleidet, weil sie das für gemütlich hielten, und da stand ein Polstersofa aus braunem Rips und ein gekachelter Couchtisch, und es roch nach Bratensoße und Socken, und im Regal standen keine Bücher, sondern ein großes Mainzelmännchen; das hatte meine Mutter im Preisausschreiben gewonnen. Irgendwann will ich ein Haus haben, eher Skulptur als Haus, an der dalmatinischen Steilküste, mit Glasfronten, Swimmingpool und Designermöbeln von Antonio Citterio, dazwischen antike chinesische Plastiken. Und dann gibt es da einen riesigen begehbaren Tresor, in dem sich das Wohnzimmer meiner Eltern befindet und in dem meine Eltern auch leben, und ich kann sie jederzeit besuchen, aber niemand, der mit im Haus wohnt, weiß davon. Alle denken, ich hätte Wertpapiere im Tresor oder irgendwelchen teuren Krempel. Aber in Wahrheit sind da meine Eltern, das Polstersofa, der gekachelte Couchtisch und das Regal mit dem Mainzelmännchen.«

Inzwischen war Friedrich auf seinem Stuhl wieder eingeschlafen, er schnarchte leise mit offenem Mund. Hinter ihm breitete sich die Landschaft aus. Wenn Falko den Kopf zurücklegte, sah er nur den Himmel im runden Fenster, als säße er schon im Flieger. Die Wolken waren grau und schwer. Das Licht wurde langsam trübe.

Erst am Nachmittag wachte Friedrich auf, als ein schwarzhaariger Pfleger Kaffee und Kuchen brachte. Er erkundigte sich kurz nach dem Befinden der beiden Patienten und nahm die ausgefüllten Essensbögen mit.

Falko hielt Friedrich den Kuchen unter die Nase, eine feste, schmale Scheibe Zitronenkuchen mit weißer Glasur. Der Alte warf einen leeren Blick darauf.

»Du musst schon zuhören, Kommissar, wenn dir ein Betrüger ein Geständnis macht«, sagte Falko. »Da kannst du noch was lernen. Zum Beispiel, dass man seine Opfer nicht anschleimen darf. Die müssen glauben, dass sie es sind, die was von dir wollen, die müssen dich regelrecht bedrängen. Lotti habe ich heulen lassen. Vielleicht denkst du, dass ich ein hartes Herz habe. Mag sein. Ich habe hart dafür gearbeitet. Du kannst nur betrügen, wenn du das Mitleid überwindest. Weißt du, wie das geht? Ich nenne meine Methode ›die hohe Kunst der Wunschverlängerung‹. Ich lege einen Punkt in der Zeit fest, an dem ich meinen Wunsch definiere. Ich lege fest, dass alles, was danach passiert und diesem Wunsch widerspricht, nicht zählt. Das ist wie bei einem guten Fick. Du denkst, dieser Fick soll ewig dauern, nach dem Abspritzen mache ich weiter. Aber sobald du gekommen bist, ist die Geilheit weg, und du hörst auf. So ähnlich funktioniert es mit dem Betrügen. Du machst einen Plan, und dann guckst du der Lotti in die Augen, und die sind so verzweifelt, und sie tut dir so leid, und du hast keine Lust mehr auf deinen Plan, du willst Lotti nicht mehr betrügen. Das schaffst du nur mit der hohen Kunst der Wunschverlängerung. Du musst in der Vergangenheit bleiben, an dem Punkt, an dem du den Wunsch definiert hast. Du musst dich zwingen, dich nicht zu verändern. So ähnlich hat es Lotti wohl auch gemacht, als sie sechsundsechzig Jahre auf ihren Verlobten wartete. Von der kann man lernen. Die wahren Helden sind die, die sich treu sind, die nicht was anderes werden wollen. Glaube mir, was Härteres gibt es nicht. Entwicklung ist ohnehin eine Illusion. Vielleicht gibt es sie in der Technik und in der Forschung, aber nicht in der Seele. Die Seele ist ein wirres Ding, das unentwegt zittert und schwankt, eine Fieberkurve, ein Aktienkurs. Wenn der Kurs nach oben steigt, deuten wir das als Entwicklung. Wenn er abstürzt, deuten wir das als Krise, manchmal als Tragik. Aber da gibt es nichts zu deuten, weil es nichts zu gewinnen gibt. Diese Erkenntnis kannst du nur ertragen, wenn du keine Kurve siehst, wenn du bei einem Punkt bleibst. Ich wurde der, der ich sein wollte, nicht der, der ich heute sein will. Es ist auch egal, was ich heute will. Ich bin der Vollstrecker meiner Vergangenheit, ich bin der Pilz im Kopf der Zombieameise. Die befallenen Ameisen beißen sich immer fünfundzwanzig Zentimeter über dem tropischen Waldboden fest, da, wo der Pilz am besten gedeiht. Die Forscher haben bis heute nicht rausgefunden, wie der Pilz das hinkriegt. Sie vermuten, er scheidet ein Gift aus, das das Nervensystem der Ameise manipuliert.«

Hinter den Wolken ging die Sonne milchig unter, die Lichter der Stadt in der Ferne flackerten auf. Falko sah auf die Uhr. Er hatte nur noch wenig Zeit.

»Kommen wir mal zum Schluss, Kommissar. Ich bin gut im Manipulieren. Hast du das bemerkt? Warst du nicht dabei, als ich mit Denta Bion in der Schweiz telefonierte? Grüezi Plüezi Düezi, ich kann überhaupt kein Schwyzerdütsch, und in Wahrheit war mein AB dran, aber Beate hat es gekauft. Wo liegt schon der Unterschied zwischen der Schweiz und einem AB? Ich habe jetzt sechzig Riesen und meine alten Kontakte, ich investiere in eine Gasfirma in Turkmenistan und helfe ihr beim Börsengang, und zwischendurch berate ich Baulöwen, das kann ich, weil ich keine Ahnung habe. Grüezi Plüezi Düezi. Mehr braucht es nicht. Man muss nur irgendwas sagen, den Sinn legen andere hinein. Das ist doch überall so, egal was man erzählt, egal mit wem man spricht. Ich werde Erfolg haben, Kommissar. Ich werde eine schöne Frau heiraten, der ich Schmuck und Schuhe und Reisen in die Karibik schenke, und mir eine schöne Geliebte suchen, der ich auch alles schenke, und eine schöne Tochter bekommen, der ich auch alles schenke. Ich glaube, ich kann sie schon jetzt nicht leiden, alle drei nicht. So, es kann losgehen. In fünf Minuten ist Vosskamps Vortrag. Meine Chance, hier rauszukommen.«

Er stand auf und klopfte sich die Hosenbeine glatt. Er zog seine braunen Church's aus und tauschte sie gegen die schwarzen. Die Reisetasche auf dem Bett ließ er stehen, auch den Mantel nahm er nicht mit.

»Kommissar«, sagte er, »hier ist deine letzte Chance, mich zu verhaften. Na komm schon. Nein? Dann eben nicht.«

Er schloss behutsam die Tür hinter sich und ging zum Ausgang der Station.

Mit ihm kamen auch die anderen Patienten aus den Zimmern. Lotti zuckelte mit ihrem Rollator den Flur entlang, Sylvia hatte sie am Arm genommen, Lotti schrie: »Ich falle! Ich falle!« Sie bemerkte Falko nicht, als er vorbeiging, aber Sylvia begrüßte ihn.

»Kommt Xaver nicht mit?«, fragte er.

»Nein, er ist nicht ansprechbar«, antwortete sie, »die haben ihm Haldol gegeben.«

Als Falko die Stationstür erreichte, trat der schwarzhaarige Pfleger aus dem Dienstzimmer.

»Alles okay, Herr Sprenger?«

»Ja, wieso?«

»Der Professor sagte, ich soll ein Auge auf Sie werfen. Weil es Ihnen nicht gut geht.«

»Aber zum Vortrag darf ich doch?«

»Kommt drauf an, wie Sie sich fühlen.«

»Etwas besser. Aber falls es schlimmer wird, würde ich gern zurück auf Station. Wäre das okay? Oder ist Vosskamp dann sauer?«

»Nein«, sagte der Pfleger, »das nenne ich Selbstverantwortung. Unter den Umständen kann ich Sie wohl gehen lassen.«

»Danke.«

»Viel Spaß, Ihnen allen«, sagte der Pfleger, und die Patienten verließen die Station.

Der Aufenthaltsraum bei den Fahrstühlen war umgeräumt, statt der Plastiksessel standen Stehtische mit weißen Tischdecken dort. Gäste kamen aus den Fahrstühlen und durchquerten die Halle in Richtung Südturm, wo sich oben, unter der Kuppel, der Vortragsraum befand. Manche der Gäste kannte Falko aus der Zeitung und aus dem Fernsehen, Moderatoren, Schriftsteller, Journalisten, Künstler, auch Politiker waren dabei. Hinter der geschlossenen Tür der B hatten sich ein paar Patienten aufgestellt und starrten heraus in die Halle. Einer von ihnen, ein schmutziger Mann mit Anzug, aber ohne Socken presste sich gegen die Scheibe. Eine dicke Muslima im auberginefarbenen Gewand schrie etwas, das man nicht verstand. Und ein dritter Patient machte die ganze Zeit winzige Trippelschritte auf der Stelle. Ein Pfleger verscheuchte die drei, die Muslima musste er mit sich ziehen.

»Übrigens, das ist Horst Vierer«, flüsterte Sylvia Falko ins Ohr und zeigte auf einen Mann mit Lederweste, Spitzbart und Baskenmütze, der sich überall hektisch umsah, wahrscheinlich suchte er sein Bild. Am Treppenhauseingang stand Vosskamp. Er schüttelte den Prominenten unter den Gästen die Hand und unterhielt sich mit jedem von ihnen kurz und lebhaft. Den Männern klopfte er auf die Schulter, den Damen machte er Komplimente, und alle lachten, wenn er etwas sagte. Durch die Lautsprecheranlage ertönte ein erster Gong, zum Zeichen, dass es gleich losginge. Jetzt betrat auch Falko das Treppenhaus. Aber statt nach oben in den Turm zu steigen, drehte er um und lief die Treppe hinunter. Der zweite Gong ertönte, als Falko die Halle erreichte. Zwischen den hohen Säulen hallten die Schritte und die Worte der Besucher, einige waren verspätete Gäste und eilten zu den Fahrstühlen. Falko trat in die Drehtür, die sich träge bewegte, und schritt ihren gläsernen Kreis ab, bis er draußen war, zwischen den kahlen Bäumen im Vorhof, wo die Ü-Wagen einiger Sender standen. Er hörte, jetzt leiser, den dritten Gong und schaute sich noch einmal um. Sylvia war ihm gefolgt, sie holte ihn ein.

»Nanu«, sagte Falko, »was machst du denn hier?«

Erst jetzt fiel ihm auf, dass sie einen Mantel trug.

»Weiß nicht.« Sie lächelte unsicher. »Einen Affen kaufen vielleicht? Und du?«

Falko zögerte mit der Antwort. Sylvia hatte sich geschminkt, unter dem Make-up waren die Blutergüsse nur noch schwache Schatten. Der zartblaue Lidstrich betonte die bernsteinbraune Farbe ihrer Augen. Ihr Körper war kräftig, aber ihre Bewegungen leicht. Falko hatte sie immer nur im Jogginganzug und mit ungekämmten Haaren gesehen, jetzt verstand er, warum Xaver sie schön fand.

»Das mit dem Affen ist doch Quatsch«, sagte er.

Er durchschritt den Vorhof, der sich nach außen hin weitete, um als helle, breite Schleuse in die Nacht zu führen. Sylvia lief neben ihm her.

»Mein Mann ist nicht zum Vortrag gekommen. Dabei hat er es versprochen.«

»Er hat sich bestimmt nur verspätet.«

»Als ich klein war, habe ich mir einen Affen gewünscht. Und ich wusste, der Wunsch würde irgendwann aufhören.«

»Jeder Wunsch hört irgendwann auf«, sagte Falko.

»Aber ich muss den Affen trotzdem kaufen. Das hast du doch selbst gesagt.«

»Ja, ich habe viel Unsinn gesagt. Die ganze Cardea ist Unsinn.«

»Aber mir haben die Therapien schon geholfen. Auch die Medikamente.«

»Ich habe mal was über Vögel gelesen«, sagte Falko. »Wenn die flügge werden und ungeschickt in der Gegend rumflattern, denkt man doch immer, die üben das Fliegen. Tun sie aber nicht. Die Jungvögel, die man in dieser Phase einsperrt, können am Ende genauso fliegen wie ihre Geschwister, ohne es vorher geübt zu haben. Die Fähigkeit ist ihnen angeboren, verstehst du, und sie entfalten sie erst zu einem bestimmten Zeitpunkt. Ich glaube, mit den psychischen Krankheiten ist es genauso. Sie hören zu einem bestimmten Zeitpunkt wieder auf. Ob du bis dahin teure Therapien machst oder an die Wand glotzt, ist völlig egal. Hauptsache, du überlebst so lange.«

Sie kamen an den Übertragungswagen vorbei. Inforadio hatte sich dort aufgestellt, auch der Deutschlandfunk und der Fernsehsender Phoenix. Die Tür dieses Wagens stand offen, der Techniker rauchte. Er hatte die Kopfhörer abgesetzt und den Lautsprecher eingeschaltet. Es ertönte Applaus, dann war Vosskamps Stimme zu hören.

»Meine sehr verehrten Damen und Herren, liebe Kolleginnen und Kollegen! Ich begrüße Sie herzlich zur philosophischen Sonntagsrunde. In der Vergangenheit konnten wir international renommierte Kollegen aus der Medizin, der Politik, der Soziologie, der Kunstwelt und der Philosophie für uns gewinnen, und ich hoffe, Sie verzeihen mir, dass Sie heute mit mir vorliebnehmen müssen. Sie alle kennen wohl den Witz: Überall in Deutschland baut man neue Irrenhäuser, eins in München, eins in Hamburg, und Berlin wird überdacht.«

Das Publikum lachte, einige klatschten.

»Dennoch hoffe ich, mit meinen vorsichtigen Überlegungen die Debatte um das, was wir die Psyche nennen, die Seele oder auch: das Innerste, nicht nur beleben zu können, sondern vielleicht sogar einem Paradigmenwechsel zuzuführen.«

»Vosskamp ist einfach wunderbar«, bemerkte Sylvia. »Ich hätte dableiben sollen.«

»In meinen langen Jahren als Psychiater«, fuhr Vosskamp fort, »bin ich zu der Erkenntnis gelangt, dass jeder Patient nicht nur eine psychische Krankheit hat, sondern zugleich ein philosophisches Problem. Das macht die Arbeit von uns Psychiatern so spannend. Ich hoffe, Sie halten mich nicht für verwegen, wenn ich so weit gehe, zu behaupten: Jeder Patient ist ein philosophisches Problem.«

Falko ging weiter, Sylvia folgte ihm. Hinter ihnen wurde Vosskamps Stimme aus dem Lautsprecher leiser.

»Da fällt mir ein«, sagte Falko, »ich glaube, ich habe deinen Mann gesehen. Er kam mit den Nachzüglern. Du warst in dem Moment mit Horst Vierer beschäftigt.«

»Ach?«

»Doch, ganz sicher.«

Sylvia sah ihn mit zusammengekniffenen Augen an. »Du brauchst mich nicht anzulügen. Wenn du abhauen willst, musst du bis viertel vor sieben warten. Weil dann Pförtnerwechsel ist. Dann bleibt das Tor für fünf Minuten offen.«

»Oh.«

»Geh nur«, sagte Sylvia.

»Und du?«

»Ich suche meinen Mann.«

Sie beschleunigte ihren Schritt, verschwand in der Dunkelheit Richtung Parkplatz.

Bald darauf erreichte auch Falko den Rand des Gebäudes. Vor ihm lag die Anton-Delbrück-Straße, die Laternen, die sie säumten, warfen ihren bleichen Schein in die Baumkronen. Das Wetter war schlechter geworden, ein kalter Schneeregen fiel, und Falko, der nur sein gelbes Jackett trug, begann zu frieren. Er hatte nicht an den Pförtner gedacht, jetzt musste er eine halbe Stunde warten.

Er spazierte den Teufelsberg hinunter, zog die Schultern hoch und schlang die Arme um den Körper. Aus dem Wald kam ein Knacken, dann ein Flattern. Dann war es wieder still.

Falko holte sein Handy aus der Tasche und bestellte ein Taxi; wenn er Glück hatte, wenn die Autobahn frei war, würde er den Flieger nach Zürich noch erreichen. Eine Weile hüpfte er auf der Stelle, um sich warm zu halten, und lauschte dem Geräusch der Steine unter seinen Füßen.

Er tastete nach den zwei Schecks in seiner Hemdtasche, sie knisterten unter dem Druck seiner Finger. Er nahm sie heraus und sah sie an, die blassblauen Felder voller Buchstaben und Zahlen. Er betrachtete sie lange. Beide Unterschriften waren kindlich, Beates war rund, Lottis zittrig.

Falko steckte die Papiere wieder ein und setzte seinen Weg fort. Jemand klopfte unten an die Tür des blauen Pförtnercontainers und wurde hineingelassen. Falko sah auf die Uhr, es war Viertel vor sieben, Schichtwechsel. Am offenen Tor hielt das Taxi.

Falko sah sich noch einmal um. Der beleuchtete Arm des Baukrans schwebte über der Cardea wie ein Diadem. Auf einmal schien das Diadem zu wackeln. Falko blinzelte, dann ging er weiter. Noch einmal nahm er die beiden Schecks aus seiner Tasche, und ohne hinzusehen, riss er sie entzwei, hob den Arm und ließ sie davonflattern. Einige der Fetzen flogen in den Wald, andere schwebten zu Boden und blieben auf dem schwarzen Asphalt kleben. Es war spät, Falko hätte jetzt rennen müssen, stattdessen wurden seine Schritte langsamer.

Nicki und Bucki

Auf einmal war sie da. Sie trug einen schwarzen Pullover voller Wollmäuse, eine Libellenbrosche und einen verfilzten Strickrock aus zimtfarbenem Angora. Die Stiefelspitzen waren aufgerieben, die Sohlen schief gelaufen. Sie war mager und grauhaarig. Dort, wo der Mund war, bog sich ein scharfer Strich nach unten, in den Falten ringsum hing Lippenstift, und auf der zierlichen, leicht nach oben geschwungenen Nase lagen Runzeln in Form eines entnadelten Tannenbaums. Nur die Augen waren dieselben geblieben, saphirblau und mit einem Ausdruck, als wären sie über die eigene Farbe erschrocken. Sie benutzte noch immer Rive Gauche, das elegant und abweisend roch.

Es war Montagvormittag, der 17. Januar. Bernd Vosskamp hatte gerade eine Patientin verabschiedet und war dabei, seine Mails zu checken. Einen Moment lang versuchte er, sich einzureden, die vorgealterte Frau in seinem Büro sei eine Verwirrte von der B, die sich im Nordturm verlaufen hatte. Er spürte das scharfe Zucken des Adrenalins in seinem Körper. Er wusste nicht, was er sagen sollte.

»Was machst du denn hier?«, fragte er schließlich.

»Ich möchte mit dir reden.« Ihre Stimme war immer noch mädchenhaft und klar, mit dem vertrauten dunklen Unterton.

»Jetzt? Hier? Warum?«, fragte er.

»Warum nicht?«

»Ich bin bei der Arbeit«, sagte er und ärgerte sich über seine atemlose Stimme. »Warum hast du dich nicht angemeldet?«

»Ich bin aus Neustadt hierher getrampt. Ich wusste nicht, wann ich da sein würde.«

»Getrampt? Bist du weggelaufen?«

»Ich will mit dir reden.«

Sie steuerte die Sitzecke an und ließ sich dort nieder, nicht auf dem Patientensofa, sondern in seinem Sessel. Ihr Hinterkopf ragte über die Lehne, und Vosskamp sah, dass sich die Locken an einigen Stellen zu platten Nestern verfilzt hatten.

»Ich kann jetzt nicht reden«, sagte er. »Ich habe Patienten, ich habe Sitzungen, und ich muss am Sonntag einen wichtigen Vortrag halten.«

»Das hier ist wichtiger.«

Sie drehte sich im Sessel zu ihm um, sah ihn an und begann langsam zu wippen.

Vosskamps Blick schweifte über den Schreibtisch. Das neue Heft von »Nogurana« lag da, der »Zeitschrift für Philosophie und Zeitgeist«; er hatte es noch nicht gelesen. Das schreckliche Metallpuzzle, Geschenk irgendeiner dankbaren Patientin, hatte seine Sekretärin immer noch nicht entsorgt. Schließlich betrachtete er die blauen Kugeln vor den ungelesenen Nachrichten im Mailprogramm, und unwillkürlich las er die Betreffzeilen. Der Newsletter von Primal Prevention war dabei und, ganz unten, endlich eine Nachricht von jan.wolff@zedat.fu-berlin.de. Darauf wartete Vosskamp schon seit Wochen. Er hob den Kopf und sah durch die gewölbten Fenster nach draußen, über das Dach der Cardea hinweg auf den Südturm. Ein grauer Himmel umwickelte ihn, dahinter lag undeutlich die Landschaft.

»Hör zu, Cornelia«, sagte er schließlich. »Meine Sekretärin, Frau Hoffmann, kauft dir jetzt ein Zugticket, natürlich erster Klasse, und bestellt dir ein Taxi zum Hauptbahnhof, und dann fährst du zurück.«

Sie schwieg.

»Oder meine Sekretärin besorgt dir ein schönes Hotelzimmer, und du ruhst dich erst mal aus«, schlug er vor. »Wir können später einen Termin ausmachen.«

»Connie«, sagte sie.

»Wie bitte?«

»Du hast mich nie Connie genannt. Auch unsere Eltern haben immer nur Cornelia gesagt. Warum eigentlich? Der Name schreit doch nach einer Koseform.«

Vosskamp griff zum Hörer und tippte die Kurzwahl seiner Sekretärin ein.

»Du hast es ja ziemlich eilig, mich loszuwerden«, bemerkte Cornelia.

»Ich fühle mich von dir überrumpelt«, antwortete er. »Ich weiß nicht, was das alles soll.«

»Ich will mein Geld zurück.«

»Du brauchst Geld? Sag das doch gleich.«

»Nicht Geld, sondern mein Geld. Das Geld, das du mir gestohlen hast.«

Vosskamp ließ den Hörer wieder sinken.

»Du glaubst, dass ich dir Geld gestohlen habe?«

»Du hast mich abgezogen«, sagte Cornelia. »Die ganze Familie hat mich abgezogen. Und als ich nicht mehr konnte, habt ihr mich weggeschmissen wie einen alten Putzlappen. Weißt du noch, was Papa zu mir gesagt hat, als ich zum ersten Mal in die Klinik musste?«

»Nein.«

»Bleib du mal in deiner Anstalt und lass dich hier nie wieder blicken.«

»Aber Cornelia, so was hat er bestimmt nicht gesagt. Und wenn, hat er es nicht so gemeint. Er war mit der ganzen Situation einfach nur überfordert.«

»Und du hast dabeigestanden und geglotzt. Nach zwei Monaten hast du mich angerufen. Aber nicht, um zu fragen, wie es mir geht, sondern weil ich noch deinen Briefkastenschlüssel hatte.«

Ihre Stimme klang beherrscht und melodisch, aber ihre mageren Finger waren so stark ineinander verhakt, dass die Knöchel weiß wurden.

»Ich merke, dass es dir schlecht geht«, sagte Vosskamp, »und dass du die Dinge jetzt so sehen musst. Aber so war es nicht, nicht aus meiner Sicht. Ich habe immer versucht, dich in mein Leben zu integrieren. Aber du bist ja nicht mal zu meiner Hochzeit gekommen.«

»Ich hätte euch sowieso nur gestört. Außerdem wusste ich, wen du geheiratet hast, die ideale Tochter für unsere Eltern. War sie deine Sekretärin oder eine deiner Krankenschwestern? Irgend so was jedenfalls.«

»Darauf lasse ich mich nicht ein. Jedenfalls habe ich jahrelang versucht, dich zu erreichen. All meine Postkarten, die Weihnachtsgeschenke, die Anrufe – ich habe nie eine Antwort von dir bekommen. Und dann dachte ich irgendwann, dass du wohl nichts von mir wissen willst.«

»Mit deinen Postkarten und Weihnachtsgeschenken wolltest du doch nur dein Gewissen beruhigen«, sagte Cornelia.

»Es verletzt mich, wenn du meine Zuneigung so interpretierst.«

Cornelia antwortete nicht und wippte in seinem Sessel, der jetzt ihrer war. Vosskamp warf einen raschen Blick auf die Uhr, es war zwanzig nach elf. Wolff war nur bis zwölf erreichbar.

»153 Euro für die Schafe«, sagte Cornelia unvermittelt.

»Was? Wovon redest du?«

»Du hast meine Schafe verkauft. Und die Wiese verpachtet und mir von dem Geld nichts abgegeben.«

»Welche Wiese?«, fragte Vosskamp. »Welche Schafe? Ich habe keine Schafe. Ich wohne in der Stadt.«

»Nicki und Bucki.«

»Wer?«

»Die Schafe, die ich mit der Flasche großgezogen habe«, sagte Cornelia, »als Kind.«

Vosskamp stockte, dann stöhnte er und schüttelte langsam den Kopf. »Aber Cornelia, das ist vierzig Jahre her!«

»Und als ich von zu Hause weg bin«, fuhr Cornelia fort, »habe ich sie dir anvertraut, und du hast sie dem Nachbarn verkauft. Und ihm auch noch die Wiese verpachtet. Ohne mich zu fragen.«

»Darüber willst du also reden?«, fragte Vosskamp. »Über die Schafe?«

»Nicki und Bucki.«

»Ich wusste nicht, dass sie Namen hatten. Die Wiese gehörte jedenfalls unseren Eltern. Und der Vorschlag, sie zu verpachten, um mein Taschengeld aufzubessern, kam auch von ihnen, wenn ich mich recht erinnere. Außerdem hast du mir die Schafe geschenkt.«

»Anvertraut«, sagte Cornelia. »Ich habe dir Nicki und Bucki anvertraut. Wusstest du, dass ich am Anfang mehrmals aufgestanden bin in der Nacht, um ihnen die Flasche zu geben? Wenn ich aus der Schule kam, rannten sie mir entgegen. Und immer wenn ich sie rief, gaben sie Antwort, noch nach Jahren.«

Vosskamp drückte seine Fingerspitzen leicht in die Augen, und wieder stöhnte er. Dann hob er den Kopf.

»Cornelia, ich wusste doch gar nicht, dass dir die Schafe so wichtig waren. Ich habe immer nur gesehen, wie viel Mühe du mit ihnen hattest. Wie sie ständig unter dem Zaun durchgekrochen sind, weil Papa zu blöd war, den Spanndraht zu ziehen, und wie du sie wieder einfangen musstest. Überall haben sie die Beete zertrampelt. Das ganze Dorf war sauer auf dich. Vor diesem Hintergrund war es doch schlau von mir, die Schafe zu verkaufen.«

»Ja, genau diese Schläue, Bernd, die macht dich so verächtlich.«

Der Ausdruck ihrer Augen hatte sich verändert, die saphirblaue Farbe schien aus ihnen herauszuschwimmen und in den Raum zu gleiten. Vosskamp dachte daran, wie mächtig Cornelia ihm immer vorgekommen war, damals, als sie noch Kinder waren, und das erste Mal fragte er sich, ob sie sich ihrer Wirkung überhaupt bewusst war. Er stand auf und stützte sich mit seinen Händen auf dem Schreibtisch ab.

»Ich kann es ja verstehen«, sagte er, »dass deine Krankheit dir zu schaffen macht. Aber ich muss mich trotzdem nicht von dir beschimpfen lassen.«

»Rede nicht wie ein Therapeut mit mir.«

»Tut mir leid, das ist nicht meine Absicht. Aber ich fürchte, ich kann dir nicht helfen.«

»153 Euro für die Schafe«, sagte Cornelia. »2454 Euro Taschengeld und 39267 Euro fürs Studium.«

»Was?«

»Ich habe während des Studiums vier Jahre lang 400 Mark gekriegt. Du hast acht Jahre lang 1000 Mark gekriegt, plus Stipendium, also acht Jahre lang 2000 Mark. Wenn man das mit meinem Anteil zusammenzählt und durch zwei teilt, hast du umgerechnet 39267 Euro mehr gekriegt als ich. Abgesehen davon, dass es unanständig von dir war, von unseren Eltern Geld zu nehmen, obwohl du ein Stipendium hattest. Insgesamt, also mit dem ganzen Taschengeld, das du hattest und ich nicht, und mit dem Verkaufspreis der Schafe und der Pacht für die Wiese kriege ich also 41874 Euro von dir.«

»Das ist total verrückt!«, rief Vosskamp. »Das ist doch alles Vergangenheit!«

»Und das sagst du mir?«

Vosskamp ließ sich zurück auf seinen Schreibtischstuhl sinken. »Gut. Mal angenommen, dieses absurde Rechenspiel hätte irgendeinen Sinn. Warum willst du dann die Hälfte von meinem Stipendium haben? Und warum acht Jahre? Du hast doch nur vier Jahre studiert und nicht promoviert wie ich.«

»Weil ich all das auch erreicht hätte, wenn ich nicht die ganze Kindheit über die Dienstmagd der Familie, die Lebensretterin unserer Mutter und deine Beschützerin und Kindergärtnerin gewesen wäre.«

»Aha? Du hättest habilitiert und wärst Chefärztin geworden?«

»Ja, so was in der Art. Wahrscheinlich mehr, weil ich begabter bin als du.«

Vosskamp lachte trocken auf. »Entschuldige, aber das ist grotesk. Ich habe Karriere gemacht, weil ich diszipliniert und strukturiert war und alles gut geplant habe, nicht weil ich am Anfang etwas mehr Geld hatte als du.«

»Nein«, sagte Cornelia, »du hast Karriere gemacht, weil du Nicki und Bucki verkauft hast.«

Vosskamp stand auf und ging zur Sitzecke hinüber. Er setzte sich auf das Patientensofa. Lautlos drehte sich Cornelia in ihrem Sessel zu ihm um.

»Glaubst du, ich habe das nicht mitbekommen, Cornelia?«, fragte er. »Wie du schuften musstest, wie du Kummer hattest, wie Mama ihre Launen an dir ausließ? Das war auch für mich traumatisch.«

»Warum hast du mir dann nicht geholfen? Du hast ja nicht mal deine Joghurtbecher weggeräumt.«

»Kann man das einem kleinen Jungen verübeln, wenn er sich vor der Hausarbeit drückt? Ich war noch ein Kind, Cornelia, ich konnte nichts dafür, dass du die Ältere warst. Du hattest Pech, ich hatte Glück, aber das ist weder deine noch meine Schuld. Das ist Schicksal.«

»Ich war auch noch ein Kind, als ich mich dazwischenstellte, wenn unsere Mutter dich mit der Reitpeitsche verprügeln wollte.«

»Dass Mama mich jemals verprügeln wollte, ist mir neu. Da kann ich mich nicht dran erinnern.«

»Du warst auch erst drei«, erklärte Cornelia, »und ich war sieben. Aber du warst schon vierzehn, als du die Joghurtbecher stehen gelassen und meine Schafe abgeschoben hast.«

»Was willst du mir damit sagen? Dass du schon mit sieben moralisch besser warst als ich mit vierzehn?«

»Ja.«

Vosskamp beugte sich vor. »Und du hast nie was Unmoralisches getan? Dein ganzes Leben lang nicht? Du warst immer die Gute, und ich war der Böse?«

»Ja.«

»Dir muss doch auffallen, wie schief dein Selbstbild ist.«

»Es gibt solche Menschen wie mich«, sagte Cornelia, »die andere schützen, die andere lieben, die bereit sind, an ihren Werten zugrunde zu gehen. Die sind vielleicht selten, aber es gibt sie.«

»Ich kann deinen Schmerz nachvollziehen, Cornelia. Auch deinen Neid und deine Enttäuschungswut. Ich kann dich wirklich verstehen. Aber du bist nicht an deinen Werten zugrunde gegangen, sondern an deiner Krankheit. Das ist bitter, und es fällt mir auch nicht leicht, das zu sagen. Aber es ist wahr.«

»Dieses eiskalte Einfühlungsvermögen, das macht dich zu einem so sensiblen, erfolgreichen Psychiater. Es macht dich zu einem professionellen Arschloch.«

Vosskamp sah auf die Armbanduhr und erhob sich. »Ich muss ein wichtiges Telefonat führen. Ich kann jetzt nicht länger mit dir reden. Ich will nicht unhöflich sein, aber ich glaube, für heute haben wir uns genug gesagt.«

Cornelia blieb sitzen.

»Ihr habt mich alle nicht Connie genannt, weil ich kein Kind sein sollte. Eine Cornelia kann man hart rannehmen, aber eine Connie nicht. Warum hast du dich nie für mich eingesetzt? Auch später nicht, als du erwachsen warst? Warum hast du unsere Eltern nie zur Rede gestellt?«

»Weil ich es vorziehe, in diesem Konflikt eine neutrale Position zu beziehen.«

»Neutral?«, rief Cornelia. »Du bist mir gegenüber neutral? Nachdem ich dich großgezogen und beschützt und geliebt habe?«

»Ich verstehe mich nach wie vor gut mit unseren Eltern. Warum soll ich sie in ihrem hohen Alter noch beunruhigen? Das wäre grausam, und sie würden es nicht mehr verstehen.«

Cornelia sprang auf. »Wo bleibt denn deine Loyalität?«, schrie sie. Ihr Gesicht sah auf einmal wie eine Fratze aus vergilbtem Pappmaché aus.

»Wieso Loyalität?«, fragte Vosskamp. »Ich bin doch nicht die Geisel deines Elends. Ich habe ein Recht auf ein eigenes Leben, und ich kann meine Beziehungen so gestalten, wie es gut für mich ist.«

»Und was ist mit unserer Beziehung?«

»Aber wir haben keine Beziehung. Wir sind zwei Erwachsene, die sich kaum kennen.«

Cornelia schaute ihn an, ihr lippenloser Mund begann zu zittern, und sie sah plötzlich sehr müde aus.

»Ach Bernd«, flüsterte sie, »stell dir einmal vor, nur ein einziges Mal, nicht ich, sondern du wärst verrückt. Es hätte dich genauso treffen können wie unsere Mutter oder mich.«

»Vielleicht, vielleicht auch nicht«, sagte Vosskamp.

Sie legte ihre magere Hand an seine Wange und zog sie gleich wieder fort. Dann wandte sie sich ab und eilte aus dem Zimmer. Vosskamp sah ihren ausgebeulten Angorastrickrock und musste an das Nashorn aus dem Tierfilm denken, über das Cornelia und er als Kinder so gelacht hatten. Auf der Flucht vor der Kamera war das Nashorn durch die Büsche gebrochen und hatte von hinten überraschend schüchtern ausgesehen, als würde es sich für sein schweres, wackelndes Hinterteil genieren. Für einen Moment spürte Vosskamp den Impuls, seiner Schwester nachzulaufen und sie in den Arm zu nehmen. Aber dann besann er sich und rief seine Sekretärin an.

»Frau Hoffmann? Bitte kümmern Sie sich um die Dame, die gerade aus meinem Büro gestürmt ist.«

»Gehört sie auf die B?«, fragte Frau Hoffmann.

»Nein, sie ist meine Schwester, Cornelia Vosskamp. Besorgen Sie ihr eine Fahrkarte nach Neustadt in Holstein. Erste Klasse. Dann rufen Sie die psychiatrische Klinik dort an und klären die Sache mit denen.«

»Mache ich.«

»Und kein Wort von all dem zu niemandem.«

»Selbstverständlich, Herr Professor.«

Er legte auf und wählte die Nummer von Wolff.

»Hallo?«, meldete sich eine krächzende junge Männerstimme.

»Hier Vosskamp«, sagte Vosskamp. »Wann können Sie liefern?«

»Morgen.«

»Abgemacht war heute.«

»Aber Sie haben sich so spät gemeldet«, sagte Wolff, »und ab zwölf bin ich verplant. Das hatte ich doch gesagt.«

»Na gut. Können Sie morgen um halb zehn?«

»Ja. Und das Geld?«

»Das geht selbstverständlich klar.«

Der Geruch nach Cornelias Parfüm hing noch lange im Raum, und ein paarmal sah Vosskamp nach draußen und suchte den Park nach ihr ab. Vielleicht ist sie noch im Gebäude, dachte er.

Es war schon nach eins, und er hatte noch nicht zu Mittag gegessen. Seufzend griff er zum Diktiergerät und nahm das Protokoll über seine Sitzung mit Beate Hofstedt auf.

»Der Affekt ist von Traurigkeit, Angst und Sorge bestimmt. Zwangsgedanken nehmen zu. Kann den Verlust der Schwester nicht verarbeiten. Doxepin muss erhöht werden.«

Er hörte das Gesagte noch einmal ab, seine Stimme klang müde und sachlich. Er löschte den letzten Teil der Aufnahme und verbesserte den Fehler: »Kann den Verlust der Tochter nicht verarbeiten. Doxepin muss erhöht werden.«

Wie immer war es schon spät, als er sich auf den Heimweg machte. Die Prinz-Handjery-Straße war nur schwach beleuchtet. Das nasse Kopfsteinpflaster glänzte, die weißen Markierungen an den Bäumen flackerten im Scheinwerferlicht. Sein Haus lag am Ende der Straße, ein Glasbungalow zwischen schattigen Villen. Im Garten wuchsen hohe Bäume, darunter Moos. Die dunklen Holzdecken im Haus hatte seine Frau weiß und grau streichen lassen. Sie schlief schon, als er er nach Hause kam. Er war etwas hungrig und aß in der Küche den Marmorkuchen vom Sonntag, stehend und ohne Licht zu machen. Danach ging er in sein Arbeitszimmer, klappte seinen Laptop auf, öffnete die Datei mit dem Namen »Seele« und sah auf die große, weiße Fläche, die winzige Körnung des Plasmaschirms und den grauen Steg des Textfeldes. Ihm fiel auf, dass die Datei die gleichen Farben wie sein Haus hatte. Er trommelte mit den Fingern sanft auf die Tasten, ohne sie dabei einzudrücken. Schließlich begann er zu schreiben.

»Meine sehr verehrten Damen und Herren, liebe Kolleginnen und Kollegen! Ich begrüße Sie herzlich zur philosophischen Sonntagsrunde. In der Vergangenheit konnten wir international renommierte Kollegen aus der Medizin, der Politik, der Soziologie, der Kunstwelt und der Philosophie für uns gewinnen, und ich hoffe, Sie verzeihen mir, dass Sie heute mit mir vorliebnehmen müssen. Sie alle kennen wohl den Witz: Überall in Deutschland baut man neue Irrenhäuser, eins in München, eins in Hamburg, und Berlin wird überdacht.«

Er schmunzelte über den Einstieg, das Publikum würde lachen. Er redete gern, aber er war kein großer Schreiber. Das Schriftliche, fand er, machte alles umständlich. Man konnte nicht bei einem Gedankengang bleiben; hinzu kamen Zitate, Fußnoten, Exkurse, Rückblicke, Ausblicke, Querverweise, der ganze sperrige Krempel, der eine Idee zu einem Text machte. Außerdem verschlang die Schrift so vieles, den Klang, Betonungen, Gefühle, Gerüche, und gab es nur bruchstückhaft wieder frei. Das meiste blieb in ihrer Festlegung verborgen. Eigentlich war die Schrift ein Sumpf. Niemand konnte wirklich wissen, was darin versunken lag.

Am Dienstagmorgen in der Besprechung fühlte Vosskamp sich müde und gereizt. Schwester Nina erzählte viel zu aufgeregt, wie sich die Patienten wieder über Selbstmord unterhalten hatten.

»Wir müssen so was sanktionieren«, schloss sie.

»Sie lassen sich viel zu leicht provozieren«, winkte Vosskamp ab. »Frau Thewes, Ihr Bericht?«

Die Oberärztin hielt ein Käsebrötchen in der Hand, die weiche, gelbe Scheibe lappte über den Brötchenrand.

»Wer ist eigentlich auf die Idee gekommen, dass Sie während der Besprechung frühstücken?«, fragte Vosskamp.

»Das machen wir doch immer so«, sagte die Thewes. »Wir sparen dadurch Zeit.«

»Sollten wir uns nicht lieber auf unsere Patienten konzentrieren statt auf unsere Käsebrötchen?«

Die Thewes sah ihn irritiert an und legte das Brötchen zurück auf den Teller. Sie stupste es ein paarmal mit dem Zeigefinger, bis es genau in der Mitte lag.

»Also, Sylvia Berger war heute schon ruhiger«, begann sie. »Trotzdem wäre zu überlegen, ob wir sie nicht vorübergehend auf die geschützte Station verlegen. Sie wandert da ohnehin schon den ganzen Morgen herum.«

»Sie sagten doch gerade, dass sie schon ruhiger war«, erwiderte Vosskamp.

»Aber das kann jederzeit kippen, und dann schlägt sie sich wieder. Übrigens, unter den Patienten geht das Gerücht um, dass ihr Mann es war, der sie geschlagen hat. Sollten wir das nicht richtigstellen?«

»Schon mal was von Schweigepflicht gehört?«

»Nein«, beeilte sich die Thewes zu sagen, »ich meine ja, also wir sollten Frau Berger darum bitten, es selbst richtigzustellen.«

»Seit wann sind wir für den Patiententratsch zuständig?«

»Ich meine ja nur, weil doch Frau Berger ihrem Mann die Schuld an der Krankheit gibt, dass es vielleicht nicht gut ist, wenn jetzt auch noch die ganze Station gegen ihn ist. Das wird es schwerer für sie machen, den Realitätskontakt wiederherzustellen.«

»Wir dürfen Frau Berger nicht noch mehr unter Druck setzen. Sie braucht Ruhe, Zeit und Medikamente. Was kriegt sie?«

»Abends vierhundert Milligramm Quetiapin, morgens zwanzig Milligramm Escitalopram und zweihundert Milligramm Amisulprid.«

»Zweihundert ist in der Akutphase viel zu wenig«, sagte Vosskamp. »Wir gehen auf achthundert rauf, mit dem Quetiapin auf sechshundert.«

»Sie klagt aber über Heißhunger, Schwindel und extrapyramidale Störungen.«

Vosskamp blätterte in der Akte. »Geben Sie gegen die EPS zwei Milligramm Biperiden pro Tag. Mit dem Rest muss sie klarkommen.«

Jetzt mischte sich Rolf Langenfeld ins Gespräch. Er war hager und kahlköpfig, seine Wangen blau geädert. Er arbeitete als klinischer Psychologe auf der Station. Außerdem leitete er die Supervision für die Psychiater und Therapeuten in der Cardea. Im Gegensatz zu allen anderen hatte er während des Berichtes der Thewes weitergegessen. Seine Glatze schimmerte in der Sonne, die für einen Augenblick durch das Oberlicht ins Dienstzimmer schien. »Die Dynamik, die Frau Thewes beschreibt, ist allerdings bemerkenswert«, sagte er mit seiner brüchigen Tenorstimme. »Meiner Meinung nach handelt es sich dabei um eine projektive Identifikation. Frau Berger bezieht unbewusst die gesamte Station in die Konfliktkonstellation mit ihrem Mann mit ein. Haben wir eine Borderline-Störung ausgeschlossen? Das Agieren und das selbstverletzende Verhalten sprechen doch dafür.«

»Aber so eine Störung manifestiert sich doch nicht erst mit vierzig«, entgegnete Vosskamp. »Frau Berger ist schizophren, keine Frage. Die obligatorische Borderlinerin der Station, das ist die Annika Fechner. Was macht denn unser Sorgenkind, Frau Thewes?«

»Heute Nacht hatte sie einen Anspannungszustand. Insgesamt wirkt sie unkooperativ. Sie hat das Ciatyl-Z verweigert, wir müssen es als Depot spritzen. Als Bedarf kriegt sie Diazepam. Sie ist seit dem 3. Dezember hier, und es wird nicht besser. Vielleicht sollten wir sie auf eine Spezialstation verlegen.«

»Ich habe schon mit der Eschenallee telefoniert«, ergänzte der Stationsarzt Neef. »Aber für eine DBT ist Frau Fechner noch nicht stabil genug. Sie muss sich da an einen Therapievertrag halten, sonst fliegt sie gleich wieder raus, und das würde sie noch mehr verunsichern. Ich bin übrigens gar nicht sicher, ob da eine Borderline-Störung vorliegt. Ich tippe eher auf eine posttraumatische Belastungsstörung. Dafür sprechen die Albträume, die Gereiztheit, die Hypervigilanz. Der Anspannungszustand heute Nacht war vielleicht ein Flashback. Sie hat doch um sich geschlagen. Vielleicht hat sie damit den Täter abgewehrt.«

»Wie lange wollen Sie noch aus Ihren Lehrbüchern zitieren, junger Mann?«, fragte Vosskamp. »PTBS, das ist doch eine Modediagnose. Jeder will plötzlich traumatisiert sein und sich als Opfer feiern und trösten lassen. Diesen Happen sollten wir Frau Fechner nicht hinwerfen, sonst kommt sie gar nicht mehr auf die Beine.«

Neef klickte mit der Magnetverschluss-Brille, die vor seiner Brust hing. »Aber die Symptome von Borderline und PTBS sind nicht immer so leicht voneinander zu trennen«, sagte er. »In der Fachwelt wird ja auch diskutiert, ob Borderline nicht grundsätzlich als komplexe PTBS aufzufassen wäre.«

»Soso, in der Fachwelt?«, fragte Vosskamp. »Und wo ist die Fachwelt? Nach Ihrer Meinung offenbar nicht hier am Tisch?«

»Doch, natürlich«, antwortete Neef. »Aber warum haben wir solche Angst davor, Mitleid mit unseren Patienten zu haben? Als würde das Mitleid die Krankheit füttern. Warum entziehen wir einer jungen Frau, die offenkundig was Schlimmes erlebt hat, unsere Zuwendung? Einsamkeit kann doch keinen gesund machen. Ich finde das ganz inhuman. Und ich mache mir große Sorgen um Frau Fechner.«

»Werden Sie doch Seelsorger«, sagte Vosskamp, »wenn Sie so gerne Mitleid haben und Händchen halten wollen. Als Mediziner brauchen Sie professionelle Distanz, wenn Sie das nicht begreifen, sind Sie hier fehl am Platz, und vor allem schaden Sie den Patienten. Habe ich Ihnen übrigens die Genehmigung erteilt, mit der Eschenallee zu telefonieren? Was fällt Ihnen eigentlich ein, denen unsere Patienten zu liefern?«

»Ich wollte mich doch nur mal schlaumachen, wie man Frau Fechner helfen kann. Ich habe doch einfach nur mal bei denen nachgefragt. Ganz unverbindlich.«

»Ihnen ist klar, dass ich Sie für dieses Verhalten rügen muss?«, fragte Vosskamp.

Neef schwieg, auch alle anderen rührten sich nicht. Nur Langenfeld biss in sein Mettwurstbrötchen.

Vosskamp sah auf die Uhr. »Geben Sie Frau Fechner Mirtazapin, dreißig Milligramm. Wenn das nicht reicht, erhöhen wir nächste Woche. Weiter bitte, Frau Thewes.«

»Ja, also, kommen wir zu Lotti Kaleschke. Ich würde sagen, bei ihr ist eine Besserung eingetreten. Die Angstattacken lassen nach, der Blutdruck geht nicht mehr so hoch, das Bisoprolol hilft da ganz gut. Nur mit dem Laufen ist es noch schwierig. Wir sollten das mehr mit ihr üben.«

»Wie oft laufen Sie mit ihr?«, wandte sich Vosskamp an den blonden Pfleger Carsten.

Der schluckte und wurde rot. »Na ja, immer zu den Therapien und manchmal in den Wintergarten, aber sie sperrt sich so.«

»Dann üben Sie mehr mit ihr. Von nichts kommt nichts.«

»Aber wir haben da keine Zeit zu«, stotterte Carsten.

Vosskamp schüttelte den Kopf, und Carsten senkte den Blick.

»Keine Zeit«, sagte Vosskamp. »Was ist heute nur mit Ihnen allen los? Frau Thewes, machen Sie bitte weiter?«

»Also, Friedrich Bialla ist nachts sehr unruhig, wir geben ihm Risperdal, erst mal fünf Milligramm, mal sehen, ob das reicht. Ja, und Beate Hofstedt hat halt diese Zwangsgedanken mit ihren Zähnen und schläft schlecht, und ihr Nikotinabusus ist hochgegangen.«

»Setzen Sie abends das Doxepin rauf. Wie ist ihre jetzige Dosis?«

»Dreißig Milligramm.«

»Erhöhen Sie auf fünfzig.«

»Gut.« Die Thewes machte eine Notiz.

»Frau Hofstedt war gestern bei mir in Einzeltherapie«, sagte Vosskamp. »Ich bin mir nicht sicher, ob sie Fortschritte macht. Wie wirkt sie denn auf Sie alle?«

»Psychotisch«, sagte Neef. »Diese Beißer-Fantasien gehen doch schon in Richtung Ich-Störung. Differenzialdiagnostisch sollten wir eine Schizophrenie ausschließen. Ihr Fremdheitsgefühl im Kiefer könnte eine Zönästhesie sein. So oder so halte ich es für einen Fehler, ihr kein Neuroleptikum zu geben.«

»Ach wissen Sie«, schnarrte Vosskamp, »die Unterscheidung zwischen Zwangsstörung und Schizophrenie ist was für Fortgeschrittene. Frau Thewes bitte.«

»Also, ganz ehrlich, mich nervt Frau Hofstedt irgendwie«, sagte die Thewes. »Sie macht mich irgendwie aggressiv. Ich habe immer das Gefühl, die will gar nicht gesund werden.«

»Interessant. Und wie geht es den anderen?«

»Sie wiederholt sich ständig«, sagte Schwester Nina. »Man mag da gar nicht mehr hinhören.«

»Sie redet nur von ihrer Tochter und ihren Zähnen«, sagte Pfleger Ingo.

Wieder mischte sich Langenfeld, der inzwischen sein Mettwurstbrötchen aufgegessen hatte, ins Gespräch. »Vorsicht, liebe Kollegen. Hier standen doch eben einige Konflikte im Raum. Es gab Streit wegen des Frühstücks und Uneinigkeiten bezüglich einiger Diagnosen. Dann konnten wir auch Zeuge eines kleinen Vatermordes werden, der prompt eine biblische Strafe nach sich zog. Und jetzt bietet sich Frau Hofstedt als Blitzableiter an. Das war gerade deutlich spürbar, wie sich die angespannte Atmosphäre entlud. Vorsicht.«

»Schön«, sagte Vosskamp und klatsche in die Hände. »Jetzt haben wir endlich wieder Material für unsere nächste Supervisionssitzung. Es fing ja fast schon an, langweilig zu werden.«

Alle im Raum lachten erleichtert.

»Kommen wir mal zum Schluss«, sagte Vosskamp und nickte der Thewes zu.

»Ja, also, zu dem neuen Patienten, Falko Sprenger, kann ich noch nicht so viel sagen. Wir müssen ihn noch eine Weile beobachten. Er kommt mir ratlos vor. Redet zwar nicht mehr von Suizid, aber er wirkt doch ziemlich erschöpft. Irgendwie auch gelangweilt. Wir haben ihn auf Fluoxetin gesetzt. Das war das einzige Medikament, womit er einverstanden war, weil Woody Allen angeblich auch auf Prozac sei.«

»Aha, der Mann ist ein Clown. Na schön, wenn es ihm hilft. Und wie geht es unserem Philosophen, Xaver Walpersdorf?«

»Das Lithium verträgt er gut, er hat schon wieder ruhige Phasen, aber er ist noch häufig dysphorisch, distanzlos, rastlos, schlaflos, hemmungslos, und er neigt zu Gedankenflucht und Größenwahn. Nach seiner letzten manischen Episode war er einige Jahre lang stabil, es folgte eine majore Depression, die aber nicht behandelt wurde und jetzt wieder in die Manie geswitcht ist. Wir müssen ihn davon überzeugen, das Lithium dauerhaft zu nehmen.«

»Was hat denn damals gegen die Manie geholfen«, fragte Vosskamp, »außer den Medikamenten?«

»Er hat sie mit therapeutischem Schreiben in den Griff bekommen.«

»Ach. Das wäre doch eine Idee. Geben Sie mir mal die Kurve mit. Ich habe morgen mit ihm eine Einzelstunde.«

Die Thewes reichte ihm die Mappe.

»Vielen Dank«, sagte Vosskamp. »Die Besprechung ist beendet.«

Als er in den Nordturm kam, wartete Wolff schon im Sekretariat. Er war Anfang dreißig, hatte einen kleinen Mund und einen breiten Kiefer, kurze braune Haare und eine eckige Brille mit Metallrahmen.

»Lieber Herr Kollege!«, rief Vosskamp, ging auf ihn zu und gab ihm die Hand. »Frisch promoviert, nicht wahr?«

»Ja«, sagte Wolff. »Deswegen habe ich für Ihren Auftrag auch sechs Wochen länger gebraucht als geplant.«

»Hauptsache, sie sind fertig geworden. Bitte, kommen Sie.«

Er klopfte dem jungen Mann leicht auf die Schulter und führte ihn in sein Büro zur Sitzgruppe. »Wie geht es Brelow, Ihrem Chef?«

»Sein Buch über die Suggestibilität der dissoziativen Identitätsstörungen hat ziemlich eingeschlagen«, sagte Wolff. »Er hält einen Vortrag nach dem anderen.«

»Und die Vorträge schreiben Sie, wie ich annehmen darf?«

»Na ja, als sein Assistent habe ich ja auch an dem Buch mitgewirkt.«

»Ich muss gestehen, ich hatte noch gar keine Zeit, das Buch zu lesen«, sagte Vosskamp. »Das wird Ihnen auch noch so gehen, junger Kollege. Ich sehne mich manchmal nach den Zeiten zurück, als ich noch alles selbst gemacht habe. Jetzt komme ich nicht mal dazu, meine Reden allein vorzubereiten«

»Kein Problem«, antwortete Wolff. »Ich habe Ihnen die Studie über die Seele schon mal ausgedruckt, und die Datei auf CD gebrannt.«

Wolff öffnete seinen Rucksack, holte eine Mappe heraus und reichte sie Vosskamp. Der begann zu blättern, erst langsam, dann immer schneller. Als er die fünfzehn Seiten durchgesehen hatte, fing er noch einmal von vorne an.

»Das verstehe ich nicht«, sagte er schließlich. »Das ist jetzt nicht das Material für die Rede, oder?«

Wolff reckte kurz den Kopf und sah in den Text.

»Doch, doch, das ist es«, nickte er.

»Das sind ja nur Tabellen!«, rief Vosskamp. »Sie sollten aber eine Studie über die Seele ausarbeiten!«

»Habe ich doch«, sagte Wolff. »Das ist eine Studie über die quantitative Präsenz des Seelenbegriffes in der gegenwärtigen Forschungsliteratur. Sie können das alles mit PowerPoint an die Wand werfen.«

Vosskamp ließ die Mappe sinken. Dann lockerte er seine Krawatte. Er schwitzte. »Was soll denn das?«, fragte er.

»Wie, was soll denn das?«

»Was haben Sie sich dabei gedacht?«

»Wie, was habe ich mir dabei gedacht?«

Vosskamp rutschte auf die Vorderkante seines Sessels. Er fixierte den jungen Mann, dessen Augen vollkommen ruhig durch die Brille blickten.

»Das sind doch nur Zahlen«, sagte Vosskamp langsam. »Die führen doch zu nichts. Was sollen die uns denn über die Seele verraten?«

»Na, zum Beispiel, dass die Häufigkeit des Seelenbegriffs in einem Text um 17,3 Prozent zunimmt, wenn im selben Kontext der Identitätsbegriff auftaucht«, erklärte Wolff. »Auf Seite fünf gibt es ein Balkendiagramm dazu. Das ist doch aufschlussreich.«

»Nein, das ist absurd! Daraus sollte eine Rede für die Philosophische Sonntagsrunde werden! Für meine Aufnahme in die Freud-Tinbergen-Gesellschaft! Die wollen was Poetisches, Theoretisches, Ekstatisches hören! Die wollen doch keine Statistiken sehen!«

»Wieso denn nicht? Wissenschaft besteht aus Statistik«, sagte Wolff.

»Aber die Seele besteht nicht aus Statistik!«

»Anders kann man sie doch gar nicht erfassen«, sagte Wolff.

»Aber was soll ich denn mit diesen ganzen Zahlen?«

»Interpretieren«, sagte Wolff.

»Aber ich wollte eine Rede halten, die die Leute aus den Sitzen reißt, keine biedere PowerPoint-Präsentation mit irgendwelchen Tabellen. Das wäre blamabel vor diesem Publikum.«

»Wieso bieder? Wieso blamabel? Die Varianzanalyse hat ergeben, dass das arithmetische Mittel des Seelenbegriffs immer dann steigt, wenn es um die Schilderung von Krankheit geht. Bei der Darstellung von Gesundheit wird dagegen der Begriff der Psyche häufiger verwendet, und zwar um 38,4 Prozent. Die Seele ist also krank, die Psyche gesund. Das gibt doch zu denken.«

Vosskamp legte die Mappe auf den Tisch und schob sie dem jungen Kollegen wieder hin.

»Wir haben uns grundsätzlich missverstanden«, sagte er. »Mit dieser Arbeit kann ich leider nichts anfangen.«

»Und das Geld?«, fragte Wolff. »Ich habe zwei Monate für die Studie gebraucht. Ist ja nicht meine Schuld, dass Sie sich nicht an wissenschaftliche Standards halten wollen.«

»Ja, ja, Sie und Ihre Standards!«, rief Vosskamp. »Was Sie machen, das ist von der gleichen Kälte, mit der Oppenheimer die Atombombe gemacht hat. Aber Wissenschaft ist mehr als Zahlenakrobatik. Sie schenkt uns die Möglichkeit, das Ungefähre genau zu fassen, für einen kurzen, atemberaubenden Moment, und dabei schmerzlich zu ahnen, dass auch das Genaue nur ein ungefährer Ausschnitt der Wirklichkeit bleibt. Wahre Wissenschaft zielt immer auf Transzendenz, nicht auf Präzision. Das gilt vor allem für die Psychiatrie.«

»Das ist unfair«, erwiderte Wolff. »Ich habe bei meiner Untersuchung das Ungefähre sehr wohl berücksichtigt.«

»So? Und was ist das für Sie?«

»Die Standardabweichung. Ach, lassen wir das, wir verstehen uns nicht.«

Vosskamp schüttelte den Kopf, stand auf und reichte Wolff einen Umschlag. »Hier haben Sie Ihre fünftausend Euro. Aber bitte gehen Sie jetzt.«

Der junge Mann nahm den Umschlag, steckte ihn in seinen Rucksack, und ohne sich noch einmal umzudrehen, verließ er den Raum. Die Mappe mit dem Vortrag blieb liegen.

Vosskamp stellte sich ans Fenster und schaute hinaus. Die Stadt in der diesigen Ferne war eine verwischte Kohlezeichnung.

»Scheiße«, murmelte er.

Während der Sitzung mit Annika Fechner wippte er nervös in seinem Sessel. Er wusste nicht, was er machen sollte. Er überlegte, ob er die philosophische Sonntagsrunde wegen Krankheit vertagen sollte, verwarf den Gedanken aber wieder. Seine Verhandlung mit Primal Prevention stand kurz vor dem Abschluss. Die Gesellschaft wollte ihn zum Chef der psychiatrischen Privatklinik, der Anton-Delbrück-Klinik machen, und er sollte den internationalen Beirat zusammenstellen, er durfte jetzt keine Schwäche zeigen. Vor der Fachwelt würde er sich mit einer Absage der Rede ohnehin blamieren, und seine Aufnahme in die Freud-Tinbergen-Gesellschaft wäre gefährdet. Einen Moment lang fantasierte er, was passieren würde, wenn er einen PowerPoint-Vortrag mit Statistiken hielte. Er lachte bitter auf.

»Sie sehen ja wirklich alles«, sagte die Fechner plötzlich, nachdem sie minutenlang geschwiegen hatte.

»Das ist mein Beruf«, antwortete Vosskamp.

Er wusste nicht, was sie meinte. Während er sich bemühte, zuzuhören und Antworten zu geben, dachte er die ganze Zeit: Was mache ich bloß? Er hatte seit Jahren nicht geforscht, geschweige denn publiziert. Ihm fehlte das Material, um in drei Tagen einen brillanten Vortrag zu schreiben. Ganz kurz überlegte er sogar, Cornelia um Hilfe zu bitten. Am Gymnasium hatte sie zwei Klassen übersprungen, und ihre beiden Lyrikbände hatten im Feuilleton für Aufsehen gesorgt. Aber das war alles viele Jahre her.

Das Mittagessen brachte ihm seine Sekretärin aus dem Restaurant ins Büro. Alle Ärzte aßen unten im Cardea-Restaurant, wenn sie Zeit hatten, denn das Patientenessen von Gustomat war ungenießbar.

»Vergessen Sie Ihr Gespräch mit Lausanne nicht«, sagte Frau Hoffmann, als sie ihm den Teller mit dem gegrillten Tintenfisch, Rosmarinkartoffeln und Mangold hinstellte.

»Gut, dass Sie mich erinnern«, sagte Vosskamp. »Wie hieß der Kollege noch mal?«

»Professor Dr. Dr. François Marinette. Er hat den Lehrstuhl für Psychosomatik an der Universität Lausanne. Hat in Medizin und Philosophie promoviert und über ›Psychische Architekturen‹ habilitiert.«

»Psychische Architekturen? Was ist das für ein hochgestochener Quatsch?«

Frau Hoffmann zuckte die Schultern und zog die Mundwinkel nach unten.

»Danke jedenfalls«, sagte Vosskamp.

Er aß hastig, erst beim letzten Bissen bemerkte er den feinen Duft von Zitrone, Olivenöl und Feuerholz, den das Essen verströmte. Er wischte sich den Mund mit der Serviette ab, dann ging er zum Schreibtisch und ließ sich durchstellen. Es tutete.

»Marinette?«, meldete sich eine klangvolle Männerstimme. »Hier Vosskamp aus Berlin. Ich grüße Sie, Herr Kollege!«

»Grüezi.«

»Wir haben uns ja schon per E-Mail verständigt, aber Sie hatten noch ein paar Fragen?«

»Ich habe noch nicht ganz verstanden, was das für eine Klinik werden soll, die mich im Beirat haben will«, sagte Marinette mit französischem Akzent, in fließendem Deutsch. »Wird das eine Universitätsklinik? Ein Militärkrankenhaus?«

»Nein«, lachte Vosskamp, »die Anton-Delbrück-Klinik wird eine psychiatrische Privatklinik von Primal Prevention, für die wir international anerkannte Experten als geistige Unterstützer suchen. Primal Prevention betreibt die Cardea-Kette, wie Sie sicher wissen.«

»Hm, eine Privatklinik«, brummte Marinette. »Keine sichere Sache in diesen Zeiten.«

»Unser Geschäftsmodell hat sich schon bei anderen Klinikkonzernen in Berlin bewährt. Es läuft so: Die private Anton-Delbrück-Klinik wird auf dem Gelände der Berliner Cardea gebaut. Sie nutzt deren medizinischen Service, die Therapieangebote und die Behandlungsräume. Aber als Privatklinik kann sie zugleich die Abrechnungsvorschriften für öffentliche Krankenhäuser umgehen und hohe Tarife verlangen.«

»Ach. Geschickt. Da ist eine Menge Geld drin, ja?«

»Oh ja«, sagte Vosskamp. »Normalerweise dürfen wir ja bei Privatpatienten immer nur die vereinbarten Zusatzleistungen extra abrechnen. Mit dem neuen Modell können wir jede Behandlungseinheit privat berechnen und außerdem die Tagessätze verdoppeln.«

»Und ich nehme an, das wirkt sich auch auf die Gehälter des Beirats aus? Unter uns, was ist für mich drin?«

»Hundertzwanzigtausend im Jahr, und Sie müssen nur zweimal jährlich zur Sitzung kommen. Sie wissen ja, wie das läuft, im

Grunde brauchen wir nur Ihr Gesicht für unsere Homepage. Vielleicht klingt das alles zynisch. Aber auch wir Psychiater haben das Recht auf ein bisschen Selbstfürsorge, nicht wahr?«

»Und ob«, sagte Marinette, »das kommt letztlich auch den Patienten zugute. Ich bin aber nicht sicher, ob dieses Geschäftsmodell bei einer psychiatrischen Klinik funktioniert. Gut, auch reiche Leute werden psychisch krank. Aber die Psychiatrie hat doch immer noch einen schlechten Ruf. Da will doch keiner hin.«

»Das ist alles eine Sache des Marketings«, erklärte Vosskamp. »Wir haben die Cardea bereits mit großen Namen verknüpft. Seit Monaten veranstalten wir die Philosophische Sonntagsrunde mit international renommierten Philosophen, Schriftstellern, Wissenschaftlern und Künstlern, und als künftiges Mitglied der Freud-Tinbergen-Gesellschaft werde ich diese natürlich auch miteinbinden. Wir werden Tagungen veranstalten, Symposien, Lesungen. Dieser Ruf von Intellektualität, Exklusivität und Innovation eilt der privaten Anton-Delbrück-Klinik schon jetzt voraus.«

»Klingt aussichtsreich.«

»Mit Ihnen sollen übrigens Professor Auberon McKinley aus London und Professor Winfried Küngler aus Tübingen den Beirat bilden«, sagte Vosskamp.

»Gute Namen.«

»Kurzum, die Anton-Delbrück-Klinik soll sowohl wirtschaftlich als auch psychiatrisch ein Erfolg werden.«

»Und wo kriegen Sie gute Ärzte her?«, warf Marinette ein. »Sie wissen doch, dass alle Flaschen, Versager und faulen Hunde unter den Medizinstudenten Psychiater werden. Anwesende natürlich ausgenommen.«

Vosskamp lachte.

»Die besten Medizinstudenten werden doch Nephrologen oder Radiologen«, fuhr Marinette fort. »Was ein Psychiater in einem Monat verdient, das verdienen die mit einmal draufhalten.

Und die wenigen Idealisten unter den Psychiatern, die gehen kaputt, und am Ende sind sie die größten Zyniker von allen. Hinzu kommt, dass die psychiatrischen Patienten ohnehin die undankbarsten sind. Im Zweifelsfall wälzen sie ihre ganze Pathologie auf die Ärzte ab und suchen den Grund für ihren Ausfall dort. Die gesamte Antipsychiatriebewegung beruht auf diesem Mechanismus.«

»In der Anton-Delbrück-Klinik«, sagte Vosskamp, »schicken wir die suizidalen und die schwierigen Patienten auf die geschützte Station der Cardea, wo sie ja auch hingehören. Das geht dann zulasten von deren Quote, was denen nicht schadet, weil die sowieso den Versorgungsauftrag haben. Und wir begründen diese Taktik mit dem Behandlungskonzept der Selbstverantwortung und Ressourcenförderung, was es ja auch ist. Wir machen dann ein bisschen Burnout, Phobien und Trauma. Zu uns darf kommen, wer für sich garantieren kann. Das heißt, wer eigentlich gesund ist.«

Marinette pfiff durch die Zähne. »Das ist gut. Auch für die Patienten.«

Vosskamp lachte. »Sonst hätte ich nicht gewagt, Sie anzusprechen. Ihre Habilitation über Psychische Architekturen hat mich geradezu eingeschüchtert. Wenn ich mich nicht täusche, eröffnen Sie darin für die Psychiatrie einen neuen Zugang zu innerhäuslichen Problemen. Denn wo, werter Kollege, finden denn die großen psychiatrischen Dramen statt, wenn nicht in Gebilden der Architektur?«

»Gut erfasst«, sagte Marinette. »Mal sehen, vielleicht schaffe ich es ja zu Ihrem Vortrag. Danke übrigens für die Einladung.«

»Essen Sie am Sonntag mit uns allen zu Abend, mon chèr collègue. Das Cardea-Restaurant ist berühmt für den gegrillten Tintenfisch und den Madiran.«

Kurz nachdem Vosskamp aufgelegt hatte, klingelte das Telefon, und der Stationsarzt Neef informierte ihn darüber, dass Annika Fechner einen Suizidversuch begangen hatte, mit zwei Längsschnitten am linken Unterarm, sieben Zentimeter an der Arteria Radialis und fünf an der Ulnaris.

»Es war knapp«, sagte Neef. »Sie ist jetzt auf der Chirurgie beim Nähen.«

»Bringen Sie sie auf die B«, sagte Vosskamp. »Geben Sie ihr Diazepam und sorgen Sie für eine engmaschige Überwachung.«

Er sagte alle Termine ab und setzte sich an seinen Vortrag. Er versuchte, das Zahlenmaterial, das Wolff ihm geliefert hatte, in einen halbwegs brauchbaren Text zu übersetzen und durch Anmerkungen zu ergänzen. Er googelte »Seele«, es gab 39 Millionen Einträge. Er fand Gedichte und karmische Fallstudien, quantenphysikalische Theorien, Singworkshops und Missbrauchsforen, Restaurants, Pilateskurse und PR-Berater und den unvermeidlichen Wikipedia-Artikel, der leider nur knapp auf die neuere philosophische Diskussion einging. Während der Recherche fühlte Vosskamp sich beobachtet. Nicht von einem Menschen, schon gar nicht von einem Gott. Es war der eigene Blick, den er im Nacken spürte, als säße er hier und gleichzeitig hinter sich. Der Blick war weder neugierig noch strafend, er war einfach da. Vosskamp war müde, und er hatte Kopfschmerzen, und draußen drehte der Kran seinen Arm und baute die Anton-Delbrück-Klinik. Die Betonwände schwebten hell durch die Luft wie ausgeschnittene Himmelsteile.

Am späten Nachmittag versuchte Annika Fechner, sich mit einem Bademantelgürtel zu strangulieren. Danach randalierte sie. Neef ließ sie fixieren und gab ihr Haldol.

Am Abend kam der Mond aus den Wolken, groß und verwischt, ein Wasserfleck auf Nessel, und Vosskamp hatte noch immer keine Idee.

In der Chefarztvisite am Mittwoch ergab sich nichts Neues. Depression, Demenz, Panik, Zwang, Wahn und Manie, das Übliche.

Vosskamp schaute bei Langenfeld vorbei. Als er an dessen Tür klopfte, streifte sein Blick das Bild von Horst Vierer. Die Cardea hatte es vor drei Monaten für zweitausend Euro erworben, zu viel, fand Vosskamp, für einen zeitgenössischen Maler, der über Berlin hinaus nicht bekannt war.

»Guten Morgen«, begrüßte ihn Langenfeld. »Brauchen Sie Supervision?«

»Eigentlich nicht«, antwortete Vosskamp lachend und setzte sich auf den Besucherstuhl vor Langenfelds Schreibtisch. »Ich habe nur ein Problem mit der Seele.«

Langenfelds Schreibtisch war voll mit japanischen Antiquitäten, bronzenen, fauchenden Tigern. Dazwischen stapelten sich Bücher und Papiere, und überall lagen die Werbekugelschreiber der Cardea herum.

»Ja?« Langenfeld legte das Kinn auf die gefalteten Hände.

»Ich weiß gar nicht, was die Seele ist«, begann Vosskamp. »Man hält sie ja gemeinhin für etwas Tiefes, Geheimnisvolles. Vor allem die leidende Seele. Warum eigentlich? Symptome sind doch kein Ausdruck von Sinn, sondern von Krankheit. Was soll Tiefe also sein? Und wie kommt sie zustande?«

»Durch die Konfrontation mit dem Schmerz«, sagte Langenfeld.

»Aber Schmerz ist ein Warnsignal«, entgegnete Vosskamp. »Was wehtut, sollen wir vermeiden, das hat die Natur sich so ausgedacht. Der Sinn ist da, wo das Leben ist. Der Schmerz ist da, wo der Tod ist. Wenn es einen evolutionären Zweck hätte, Schmerz nicht nur zu ertragen, sondern sogar freiwillig zu suchen, würde er nicht wehtun. Er wäre verlockend.«

»Seien Sie doch nicht so biologistisch.«

»Seien Sie nicht so psychoanalytisch.«

»Das bin ich keineswegs«, sagte Langenfeld. »Die Psychoanalyse ist ja ohnehin ein Missverständnis. Schon für Freud war die Psyche ein anatomisches Modell, in dem Sexualität zum Surrogat für die wirklichen Probleme wurde. Aber wenigstens wollte Freud durch den Körper mit der Seele sprechen. Heute sprechen die Psychiater nur noch zum Körper. Der Rekurs auf die Pharmaka ist ein Rekurs auf ein naturwissenschaftliches Menschenbild. Es schließt die Seele aus. Wir sind vom Sprechen zum Schweigen zurückgekehrt. Das ist die Tragödie der Psychiatrie.«

»Tragödie, dass ich nicht lache!«, rief Vosskamp. »Ihr Psychologen, ihr haltet euch alle für den Wanderer über dem Nebelmeer. Ihr steht auf dem Felsen und schaut in die dunklen Seelen eurer Patienten. Aber in den dunklen Seelen ist nichts zu holen. Da ist nur Schmerz, der basale Ausdruck von Sinnlosigkeit.«

»Schmerz ist das mächtigste Gefühl, über das der Mensch verfügt«, sagte Langenfeld und ordnete die Kugelschreiber zu einer Reihe. »Erst im Schmerz wird das Leben erfahrbar. Der Aufschrei am Kreuz sagt uns, dass Christus im tiefsten Schmerz zu sich selbst fand. Dass Gott ihn verließ, weil Christus selbst zu Gott wurde. In dieser Geschichte zeigt sich die Transformationskraft des Schmerzes.«

»Ach, ich weiß nicht«, brummte Vosskamp. »Nur weil etwas stark empfunden wird, ist es doch darum nicht weniger banal.«

Sie stritten noch eine Weile weiter, ohne Ergebnis. Vosskamp betrachtete die Bronzen. Die Mäuler der Tiger waren voller Staub, und plötzlich fiel ihm ein, dass er als Kind immer Mitleid mit Skulpturen hatte, die in einer anstrengenden Position verharren mussten. Irgendwann kam er auf die Idee, dass die Skulpturen in einer anderen Welt lebten, in der sie sich bewegen konnten, in der sie aßen, spielten und schliefen. Sie hatten sich nur einmal kurz in seine Welt verirrt und dort eine dreidimensionale Momentaufnahme hinterlassen, von der sie gar nichts ahnten.

Zurück in seinem Büro, kurz vor der Einzelstunde mit Walpersdorf, las Vosskamp dessen Akte. Er überlegte, wie er den aufgeregten Patienten für eine Schreibtherapie gewinnen könnte, und suchte nach einem Thema, das Walpersdorf interessant fände.

Die Anamnese hatte die Thewes durchgeführt. Schwierige Kindheit auf einem bayerischen Dorf, Hochbegabung, Studium der Geologie, Promotion, Forschungsstipendien, APL an der LMU. Ausbruch der phasenhaften bipolaren Störung mit vierzig, ungewöhnlich spät, wahrscheinlich aber nur spät erkannt.

Vosskamp las weiter. Dann stutzte er. Walpersdorf hatte während einer ausklingenden manischen Phase innerhalb von elf Wochen eine Dissertation geschrieben, auf der geschlossenen Station des Isar-Amper-Klinikums Haar, »Zur Steinmetapher in der Philosophie«, summa cum laude, Freud-Preis, Foucault-Preis, Curtius-Preis, Märker-Preis und ein Ruf nach Berlin.

Vosskamp ließ die Akte sinken. Dann las er sie noch einmal von vorne durch. Er lehnte sich zurück.

Er fühlte sich auf einmal so wie damals, als er auf den Turm der verfallenen Radarstation geklettert war, kurz vor dem Baubeginn der Cardea, nachdem er erfahren hatte, dass er Chefarzt der Psychiatrie werden würde. Er hatte das Gelände durch ein Loch im Zaun betreten, das hinter einer Sperrholzplatte verborgen war. Er zog sich an einem Seil einen erdigen Hügel hinauf. In den alten Hallen lagen Flaschen und Steine, und wo Licht durchs zerstörte Dach drang, wuchsen Nesseln und kleine Bäume. Die Turmwände aus Plane waren zerfetzt und flatterten im Wind. Vosskamp stieg bis unter die Kuppel, unter der man früher die Radarschirme verborgen hatte. Das Gestell aus weißen Waben erinnerte an ein leeres Wespennest. Für einen Moment war er damals glücklich gewesen, er hatte nur das Getöse der Luft gehört.

Auch jetzt war das Getöse wieder da, als er das Fenster öffnete und hinaussah. Es war nicht so laut wie damals, die Luft schien zu wissen, dass sie über einer Klinik nicht so viel Lärm machen durfte. Er spürte den Wind in seinem Gesicht, er roch die Bäume und den Sand der Landschaft, und er wusste, dass er eine gute Lösung gefunden hatte, wie immer in seinem Leben. Es war nicht mal unmoralisch, sondern eine Win-Win-Situation. Er würde einen freien Vortrag über die philosophische Dynamik von Krankheiten halten und Walpersdorf als Fallbeispiel vorstellen. Mit dessen Zitaten und dem Material von Wolff ergäbe das eine wunderbare Rede. Er machte sich Stichworte.

Walpersdorf gab ihm den Text über die Seele am Samstag, in der Visite, einen Ausdruck von fünfzehn Din-A4-Seiten. Er wirkte überdreht und zappelte auf seinem Stuhl herum, die Augen waren aufgerissen.

»Und hier ist die Expertise«, sagte er und drückte Vosskamp einen zweiten Text in die Hand. »›Über die Erfassung von Massenbewegungen und Deformationen am Berliner Teufelsberg durch differenziell-interferometrische Auswertungen multitemporaler SAR-Daten‹. Die Expertise müssen Sie als Erstes lesen. Dann können wir endlich evakuieren.«

»Ach, Herr Kollege«, seufzte Vosskamp. »Sie sollten doch fokussieren. Ich habe mir Sorgen gemacht. Sie hätten sich doch verletzen können, als Sie am Mittwoch die Scheibe zum Dienstzimmer zerschlugen. Seien Sie froh, dass Sie überhaupt wieder auf die A zurückdurften. So, lassen Sie mich mal sehen, ob die Schreibtherapie bei Ihnen anschlägt. Auf Ihren Aufsatz über die Seele bin ich schon die ganze Zeit neugierig.«

Nervös begann er zu lesen. Walpersdorf sprang auf.

»Was wollen Sie dauernd mit der Seele?«, schrie er. »Sie müssen die Expertise lesen! Sie müssen uns retten! Was spielt denn die Seele für eine Rolle, wenn der reale Untergrund uns wegrutscht?«

»Ach, Herr Kollege«, sagte Vosskamp traurig. »Ich wollte Ihnen helfen, und jetzt stehen wir wieder ganz am Anfang.«

Er hätte Walpersdorf gern erzählt, dass er Teile des Textes im Vortrag zitieren würde, und ihm Mut gemacht, weiter zu schreiben. Aber Walpersdorf war nicht mehr zugänglich. Vosskamp setzte ihn auf Haldol. Außerdem verordnete er Olanzapin, als Depotspritze.

Nach der Visite las er das Manuskript genauer durch. Schon die Überschrift verriet ihm, dass er einen außergewöhnlichen Text vor sich hatte. Nur die Flüchtigkeitsfehler wiesen auf einen manischen Autor hin. Eigentlich schade, dachte Vosskamp, wenn der Text nicht so, wie er ist, publiziert wird. Bei den wirklich großen Ideen ist es doch egal, wer sie hatte. Hauptsache, sie finden ihren Weg in die Welt. Einen Moment lang zögerte er noch. Dann gab er sich einen Ruck und rief Gerlach von der Pressestelle an.

»Ich habe den Titel für meinen Vortrag«, sagte er.

»Endlich«, antwortete Gerlach, »wir sitzen hier wie auf Kohlen. Die Broschüre muss bis zwölf in den Druck.«

»Als Schreibender wissen Sie ja selbst, wie das ist mit der Inspiration. Die kommt nicht immer auf Bestellung.«

»Ja. Und wie lautet der Titel?«

»Das Innerste. Zur konzentrischen Metapher der Selbstfindung«, sagte Vosskamp. »Den Text mailt Ihnen meine Sekretärin morgen durch. Dann können Sie ihn auf die Homepage stellen, sobald ich den Vortrag gehalten habe.«

Er beauftragte Frau Hoffmann, den Text von Walpersdorf abzutippen und die Rechtschreibfehler zu korrigieren. Und Neef trug er auf, vor seiner Nachtschicht die Zitate und Literaturangaben zu überprüfen.

»Da können Sie jetzt was gutmachen«, sagte Vosskamp, »und die Rüge ziehe ich auch zurück.«

Am Ende des Tages blätterte er die Expertise flüchtig durch. Die Tabellen und Formeln erschienen ihm wirr, und im Abstract stand, dass die Cardea zusammenbrechen würde, sobald es taute.

»Diese Maniker«, murmelte er.

Er eröffnete den Vortrag am Sonntag mit dem Witz über Berlin. Seine ersten Worte kamen etwas heiser aus dem Hals, und anfangs irritierte ihn der Kameramann von Phoenix, der dicht vor ihm hin- und herging und aufnahm. Aber als das Publikum lachte, wurde Vosskamps Stimme fester, und während er die ersten Absätze des Textes ablas, merkte er, dass er ihn fast auswendig konnte; er hatte die halbe Nacht geprobt.

»Gerade wir Psychiater und Psychologen, aber vielleicht alle Menschen, glauben an das Konzept der Selbstfindung und an die konzentrische Metapher, die mit diesem Konzept verbunden ist. Was aber soll dieses Innerste sein, das wir finden wollen, wann hat es sich generiert und warum? Und was ist es, das gerade den modernen Menschen zur Erkundung des Innersten drängt? Welche Begriffe stehen ihm dafür zur Verfügung? Und was macht er mit ihnen?«

Vosskamp ließ den Blick durch das Publikum schweifen. In der ersten Reihe saß der Vorstand der Freud-Tinbergen-Gesellschaft und der Vorstand von Primal Prevention, daneben die künftigen Beiratsmitglieder der Anton-Delbrück-Klinik, Marinette, McKinley und Küngler. Auch andere Wissenschaftler waren da, Kollegen aus Berlin, Heidelberg und Frankfurt. Sie saßen als Gruppe zusammen und hörten interessiert zu. Etwas weiter hinten erkannte Vosskamp den berühmten Philosophen Edgar Kalderhut, der »Nogurana« herausgab, die »Zeitschrift für Philosophie und Zeitgeist«, und der eine eigene Fernsehtalkshow hatte. Neben ihm saßen drei psychiatrische Privatpatienten, die Hofstedt, die Fechner und die Kaleschke. Und natürlich waren alle Mitarbeiter der Cardea da, außerdem Schriftsteller, Künstler und Politiker und ein paar bekannte Fernsehmoderatoren und Journalisten. Und ganz hinten saßen Vosskamps Frau und seine Eltern, beide klein vom Alter und mit weißen Haaren.

»Bekanntlich entspringt das Konzept der Selbstfindung der

Moderne. Mit ihr kam der Durchbruch, das neue Paradigma. Anstelle des Suchens und Findens von Schätzen in der Ferne trat ihre industrielle Herstellbarkeit in der Nähe.«

Vosskamp war stolz auf seinen Patienten Walpersdorf. Schriftlich formulierte der zudem schlüssiger als in seinen oft aufgeregten Reden. Er argumentierte bei der Frage nach dem, was die Seele sei, konsequent ökonomisch. Dieser Ansatz war Vosskamp neu, und er freute sich, als Erster darauf gestoßen zu sein.

»Weil die industrielle Revolution den Menschen in den Fabriken brauchte und den Entdeckertrieb unterband, musste das Fernweh sublimiert werden. Diese Aufgabe kam der Romantik zu. Sie erfand die Seele als Sehnsuchtsort, der jetzt nicht mehr außen lag, sondern innen, als blaue Blume, als Unendlichkeit.«

Die Gesichter des Publikums hingen still im Halbdunkel. Vosskamp spürte die gespannte Aufmerksamkeit. Er bedauerte, Walpersdorf auf Olanzapin gesetzt zu haben. Einen Text wie diesen würde er jetzt nicht mehr schreiben. Aber was ist wichtiger, dachte Vosskamp, ein lebenswertes Leben oder ein lesenswerter Text?

»Wie die Romantik ist auch die Psychotherapie ein Produkt ökonomischer Notwendigkeiten. Auch sie kastriert die Ferne und das Fremde, indem sie eine Entdeckungsreise nach innen simuliert. Statt die Wirklichkeit zu gestalten, schauen wir träge in uns hinein, und die erhoffte Entdeckung besteht darin, dem Unbekannten auszuweichen und uns mit festgelegten Begriffen vermeintlich neu zu erfinden. Der Patient ist kein Abenteurer, er ist ein Tourist auf ausgetretenen Pfaden, und wir Therapeuten sind es auch. Die eigentliche, verborgene gesellschaftliche Funktion der Psychotherapie liegt nicht darin, uns heil und gesund und klug zu machen. Sie liegt darin, uns zu domestizieren. Aber das Ich verschwindet, indem wir es entfesseln. Das Ich wird immer öffentlicher, es verliert sein Geheimnis und gleicht sich an. Indem wir uns entfesseln, entfesseln wir das Nichts.«

Er richtete sich am Rednerpult auf und ließ seine Worte eine Weile wirken. Aus dem Publikum kam ungläubiges Murmeln, sogar Ausrufe waren zu hören. Der Text hätte auch von mir sein können, dachte Vosskamp, ich sollte mir mehr Zeit nehmen und selbst wieder forschen. Er lächelte und holte zum finalen Schlag aus.

»In der Behauptung einer Existenz des Innersten offenbart sich das Phlegma der Moderne. Aber das Innerste, meine Damen und Herren, das Innerste – gibt es nicht mehr. Und doch ist das Nichts die letzte Hoffnung. Das letzte Rätsel, das uns noch bleibt.«

Noch bevor er seinen Vortrag beendet hatte, wurde ihm klar, dass ihn diese Rede berühmt machen würde. Er sah, wie die Journalisten mitschrieben, er hörte die Kamera vor sich zoomen. Der Applaus nach der Rede hielt lange an, und in den Gesichtern der wissenschaftlichen Kollegen erkannte Vosskamp Respekt, sogar Neid. Er blickte über das Publikum hinweg durch die Fenster in die Nacht. Für einen Moment hatte er das Gefühl, dass es seine Worte waren, welche die Scheiben aus Glasolex nach außen gewölbt hatten.

Er eröffnete die Diskussion. Als Erstes meldete sich der Philosoph Edgar Kalderhut zu Wort. Während ihm das Mikrofon durch die Reihen gereicht wurde, tippte er auf seinem iPad herum, dann stand er auf. Er war für alle auch von Weitem an seinem Backenbart erkennbar; sein blasses, etwas spitzes Gesicht wirkte wie ausgeschält. Die Kamera richtete sich auf ihn.

»Das war ein verwegener Vortrag, lieber Herr Kollege Vosskamp«, sagte er. Seine Stimme klang gepresst.

Das Publikum klatschte noch einmal.

»Wie ich gerade gesehen habe, steht der Wortlaut des Vortrages bereits auf der Homepage der Cardea«, fuhr er fort. »Das hätten Sie unterlassen können.«

Vosskamp lachte. »War ich Ihnen zu kritisch? Damit habe ich

gerechnet. Ein Paradigmenwechsel, wie ich ihn vorschlage, muss zu Protesten führen, sonst wäre er keiner.«

»Nein, der Vortrag war brillant«, sagte Kalderhut sehr langsam und betonte jedes Wort. »Aber er wurde schon letzten Sonntag publiziert. In ›Nogurana‹, der Zeitschrift für Philosophie und Zeitgeist. Ich weiß das zufällig, weil ich nicht nur der Herausgeber von ›Nogurana‹, sondern auch der Autor dieses Aufsatzes bin. Und ich muss Sie loben, Sie haben ihn hervorragend vorgelesen.«

Aus dem Publikum kamen irritierte Lacher. Die Fotografen drückten ab, die Journalisten schrieben mit.

Vosskamp spürte sein Gesicht als schwere, fremde Schicht auf dem Knochen. Er suchte nach einem Gefühl. Da war nichts.

Kalderhut fuhr mit frostiger Stimme fort: »Allerdings muss ich Ihnen zu Ihrem Titel gratulieren. ›Das Innerste. Zur konzentrischen Metapher der Selbstfindung‹ – schick. Bei mir hatte der Aufsatz nur die bescheidene Überschrift ›Die Seele‹.«

Das Publikum raunte. Vosskamp hob seine rechte Hand und wedelte mit ihr in der Luft herum. Ihm war übel, und seine Beine begannen zu zittern.

»Interessanter Einwand«, sagte er. »Die Bewusstseinswende, die ich in meinem Vortrag skizziere und die offenbar auch Sie erkannt haben, zeigt, dass wir hier ganz im Trend liegen. Ich freue mich darauf, mich mit Ihrem Text auseinanderzusetzen.«

»Das brauchen Sie nicht«, sagte Kalderhut. »Sie haben ihn doch gerade wörtlich vorgetragen. Ich zitiere mal was.« Er zog das »Nogurana«-Heft aus der Tasche und hielt es hoch in die Kamera. Dann las er aus dem eigenen Text vor: »In der Behauptung einer Existenz des Innersten offenbart sich das Phlegma der Moderne. Aber das Innerste gibt es nicht mehr. Und doch ist das Nichts die letzte Hoffnung. Das letzte Rätsel, das uns noch bleibt.«

Die Journalisten griffen zu ihren Handys und sprachen hinein. Der Kameramann hielt auf Vosskamps Gesicht. Einige aus dem

Publikum lachten. Die wissenschaftlichen Kollegen starrten Vosskamp nur an. Im Vorstand von Primal Prevention gab es Getuschel, dann verließ er geschlossen den Saal. Die drei Beiratsmitglieder der Anton-Delbrück-Klinik schlossen sich an. An der Tür sprach der Geschäftsführer in die Mikrofone der Journalisten.

»Die Psychiatrie, auch die moderne Psychiatrie«, sagte Kalderhut, »ist eine Katastrophe. Und Sie, Herr Vosskamp, stehen dafür Pate.«

»Aber das haben Sie doch geschrieben«, stotterte Vosskamp. »Sie haben die Existenz der Seele doch geleugnet.«

»Nicht einmal das haben Sie verstanden. Ich interpretiere mich ungern selbst, aber ich mache mehr als deutlich, dass man die Seele durchaus verleugnen muss, um sie zu schützen. Vor den Worten. Vor dem Zugriff. Vor dem Missbrauch. Vor Leuten wie Ihnen. Ich hoffe, Sie werden die Konsequenzen ziehen.«

Das Publikum klatschte verhalten Beifall.

Vosskamp sah jetzt keine Gesichter mehr im Vortragsraum, nur Flecken. Er wusste, dass er unter einem Schock stand. Laut Diagnosehandbuch ICD-10 war das die Diagnose F43.0, akute Belastungsreaktion, dachte er. Wahrnehmungsstörungen waren typisch in solchen Situationen. Auch das Herzrasen, der Schwindel und das Gefühl der Körperlosigkeit.

Er legte den Kopf zurück und blickte durch die Kuppel in den Himmel, den der beleuchtete Arm des Baukrans vergitterte. Der Arm schien sich langsam zu senken. Werde ich gerade ohnmächtig, fragte sich Vosskamp, bin ich dabei zu fallen und sehe daher alles schräg?

Aber als er nach vorne schaute, waren die Sitzreihen im Publikum noch gerade, und unten erkannte er seine Füße, die immer noch auf dem Boden standen, in den schwarz polierten Schuhen.

Wieder legte er den Kopf zurück, aber da war kein Kran

mehr, sondern ein Brüllen, das sich von oben ins Gebäude wühlte, mit einem Meer von Lichtern. Vosskamp hörte ein Rasseln und Bröseln, dann Kreischen, er wusste nicht, ob es aus dem berstenden Material oder aus den Mündern des Publikums kam, die Leute drängten zum Ausgang, warfen die Stühle um. Im Saal war auf einmal ein Hindernis, ein Zaun, durch den sie krochen, während es Stangen und Splitter regnete. Erst als der Saal sich leerte, erkannte Vosskamp, dass der Zaun der umgestürzte Baukran war. Seine Lichter waren verglommen. Walpersdorf, schoss es Vosskamp durch den Kopf, Walpersdorf und die Expertise. Vor sich, in der zerwühlten Dunkelheit, sah er umgestürzte Stahlträger und irgendwelche Haufen, ob sie aus Möbeln oder Menschen bestanden, konnte er nicht ausmachen. Zwischendurch rumpelte es, weil das Material dem Druck des Krans weiter nachgab, das Glasolex platzte mit tonlosem Knall.

Langsam verließ Vosskamp seinen Platz am Rednerpult. Unter seinen Füßen knirschten Scherben. Als er durch den Kran stieg, sah er zuerst die Beine der zerquetschten Körper, die nur noch aus Kleidung zu bestehen schienen, dann, zwischen gelben Stahlträgern, die Gesichter der Toten. Das Gesicht der Hofstedt lag starr hinter der großen, weißgerahmten Brille, die kleine Annika Fechner sah aus, als würde sie schlafen, und die Kaleschke, obwohl sie die Älteste war, wirkte kindlich und verwundert. Neben den drei Patientinnen lag Edgar Kalderhut. Sein vom Bart umrahmtes Gesicht war grau und verformt, wie aus Brot geknetet, und er hatte den Mund leicht geöffnet.

Warum bin ich nicht tot, dachte Vosskamp.

Auf einmal fand er sich im Park der Cardea wieder, er irrte zwischen nackten Erdhügeln umher, er wusste nicht, wie er hergekommen war.

Dissoziative Fugue, dachte er, F44.1, Fluchtreaktion, noch so ein typisches Symptom bei F43.0.

Drüben sah er die Cardea. Der Kran hatte nicht nur den Südturm zerstört, sondern auch den Rohbau der Anton-Delbrück-Klinik. Die ersten Rettungswagen waren eingetroffen, Sanitäter mit Tragen rannten ins Gebäude.

Vosskamps Gedanken waren jetzt nicht mehr in ihm, sondern hinter ihm, wie jener befremdliche Blick im Nacken, beim Googeln der Seele, und seine Hände hatten sich verselbstständigt, sie hoben eine Rolle Spanndraht von der Ladefläche eines silbergrauen Pritschenwagens, es waren Plastikhände, in jedem Finger steckte eine Batterie.

F48.1, dachte er, auch das noch.

Auch seine Beine waren Plastik, sie näherten sich dem umgestürzten Kran. Dessen Plattform hatte sich zu einer ausgefransten Mauer aufgerichtet, an den Rändern klebten Wurzeln. Die getaute Erde blieb in schweren Brocken an Vosskamps Schuhen hängen, dann verlor er sie im Matsch und ging sockfuß weiter. Er hätte jetzt gern mit jemandem gesprochen, aber ihm fiel niemand ein. Er wusste auch nicht, was er hätte sagen sollen.

Immer nur geben, dachte er, geben, geben, immer nur weise, aufmerksam, einfühlsam, immer nur stark.

Er sah zu, wie seine Finger den Draht um eine Stahlstrebe des umgestürzten Krans wanden und festzurrten, dann spürte er, wie sein Körper sich drehte und zurück in Richtung Pritschenwagen ging, mit dem anderen Ende des Drahtes in der Hand. Ihm klangen die Worte von Schwester Nina im Ohr, ihre aufgeregte Stimme, mit der sie die Methode geschildert hatte. Er dachte, die meisten Versuche gehen doch schief, aber dieser ist sicher.

Langsam wickelte sich der Draht von der Rolle ab. Vosskamp ging in einen Traum hinein, von dem er wusste, dass er wirklich war, und zugleich war Vosskamp in der Wirklichkeit, die er nur träumte, und irgendwo gab es einen zweiten Vosskamp, einen realen, strahlenden, und irgendwo gab es ihn nicht mehr. Er wunderte sich, dass seiner Tat keine Entscheidung vorausging. Andererseits wusste er nicht, wer diese Entscheidung hätte treffen können, denn es gab ja niemanden mehr, der entschied oder wenigstens irgendwas dachte. Es gab nur einen, der seine Schuhe im Matsch verloren hatte und sockfuß durch den Park wandelte.

Aus der Cardea drängten die Menschen, keiner schrie mehr, und niemand sah ihn. Unten, zwischen den Bäumen, blitzten die Sirenen der Rettungsfahrzeuge, es kamen immer mehr. Auch sie schienen stumm zu sein.

Vosskamp erreichte den Pritschenwagen. Die Drahtrolle hatte sich zu einem Viertel abgewickelt, er legte sie zurück auf die Ladefläche und fädelte das Ende heraus. Dann schlug er das Rückfenster des Fahrerhäuschens ein und führte das Ende des Drahtes hindurch. Schließlich setzte er sich ans Steuer und schlang sich den Draht um den Hals, dreimal.

Er hatte keinen Schlüssel für das Auto, darum löste er nur die Bremsen und ließ es den Berg hinunterrollen. Er schätzte die Länge des restlichen Drahtes auf hundertfünfzig Meter, das würde reichen. Seine Füße waren voller Schlamm und kalt, er fühlte sich allein. Er hätte gern Gas gegeben, stattdessen musste er warten, bis der Wagen von selbst Fahrt aufnahm.

Die Luft war körnig, und er erinnerte sich daran, wie er als Student nach Amerika geflogen war, mit einem Fulbright-Stipendium. Cornelia hatte ihm die Bewerbung geschrieben. Sie hatte ihn auch zum Flughafen gebracht. Als der Flieger losrollte und sich drehte, konnte Vosskamp sie auf der Zuschauerterrasse erkennen, blondgelockt und mit weichen Zügen, zwischen all den Leuten, deren Gesichter in der Ferne zu schwirrenden Pixeln verschwammen. Er konnte sie auch noch sehen, als er schon in der Luft war. Und sogar in Amerika konnte er sie manchmal sehen, als winziges Körnchen der Dämmerung. Er wusste nicht mehr, wann dieses Körnchen verschwunden war. Auf einmal wollte er es wiederfinden, vor sich, zwischen den Schneeflocken. Er dachte, wenn er das Körnchen fände, könnte er alles hinter sich lassen, den Chefarztposten, die Freud-Tinbergen-Gesellschaft, die konzentrische Metapher der Selbstfindung und seine sieben Patienten von der 5A, drei tote, vier lebende, immerhin. Und er würde ins Quasimodo gehen, Jazz hören und einen Bourbon trinken und zwischendurch Cornelia anrufen, und sie würde ihm neue Schuhe bringen, und vielleicht würde er nach Irland ziehen und dort Schafe züchten und endlich Cornelias Gedichte lesen.

In seiner Brust pulsierte die Leere. Der Draht zwischen dem Kran und seinem Hals war noch immer nicht straff. Er hörte, wie sich die Drahtrolle auf der Ladefläche abspulte. Das Surren wurde lauter.

Die Luft war aufgeraut, aber nirgendwo war das entscheidende Körnchen, nirgendwo war irgendein Zentrum, es gab nur eine diffuse Fläche, die sich ins Unendliche zog, und es war zu spät, in diese Fläche etwas hineinzudenken, ein besseres Leben, einen anderen Sinn. Und selbst wenn er es täte, dachte Vosskamp, würde sich doch am Ende wieder alles auflösen und ihm nichts entgegenbringen als unendlichen, unerträglichen Gleichmut.

Mit dem Draht begannen seine Erinnerungen zu surren, immer schneller. Er wunderte sich, wie viel Vergangenheit in wenige Sekunden passte. Er dachte an seine Kindheit, als er überall Gesichter suchte, in den Rostflecken der Heizung, in den Wassertropfen am Fenster, in der Raufasertapete seines Kinderzimmers, die er abends im Schein der Nachttischlampe von seinem Bett aus betrachtete. Anfangs erschienen ihm die winzigen Ausstülpungen der Tapete als Gesichter einer anonymen Masse, aber mit der Zeit erkannte er einzelne wieder. Es gab Flecken, die sich mochten, und welche, die verfeindet waren, es gab Cliquen und Außenseiter, Liebespaare und Familien, und alle kannten ihn und halfen ihm herauszufinden, was hinter der Wand im Badezimmer vor sich ging. Manchmal war es schon spät, wenn er hörte, wie das Badewasser einlief.

»Deine Mutter hat einen ziemlich mickrigen Busen«, sagten die Raufaserflecken. »Und ihre Nippel sind stiftförmig. Merkwürdig, kommt das vom Stillen?«

»Ich will nicht wissen, wie der Busen meiner Mutter aussieht«, erwiderte Bernd.

Die Raufaserflecken kicherten. Drüben hörte er es plätschern.

»Jetzt legt sie sich rein«, berichteten die Raufaserflecken.

»Heult sie?«, fragte Bernd.

»Nein. Sie guckt versteinert.«

Die Mutter drehte den Wasserhahn ab. Es wurde still, und Bernd konnte seinen Herzschlag hören. Er lauschte ihm lange. Drüben, im Halbdunkel, im Regal, sah er die Silhouetten der Lurchi-Figuren, der Blechtankstelle und der Elastolin-Ritterburg.

»Hat sie es getan?«, fragte er schließlich.

»Denk doch mal logisch«, antworteten die Raufaserflecken. »Wenn sie sich den Puls aufschneiden will, macht sie das nicht, während das Wasser noch einläuft, oder? Und nachdem sie den Wasserhahn abgestellt hat, hast du keinen Schmerzenslaut gehört. Also hat sie es nicht getan.«

Es plätscherte wieder.

»Und jetzt?«, fragte Bernd.

»Sie wäscht sich nur. Hörst du nicht, wie sie den Schwamm ausdrückt?«

Er presste das Ohr an die Wand. »Ich höre es.«

»Und wenn sie sich wäscht«, schlossen die Raufaserflecken, »bringt sie sich nicht um.«

Aber Bernd presste das Ohr an die Wand, bis es kalt wurde. Erst als er das Gurgeln des ablaufenden Badewassers vernahm, schlief er ein. Mit der Zeit entstand an der Tapete, an der Stelle, an die er abends sein Ohr drückte, ein Schatten.

Seine Mutter war nicht die einzige Verrückte im Dorf. Die Frau des Melkers wohnte in einer Einrichtung, kam nur am Wochenende heim und sah alle mit aufgerissenen Augen an. Und die Tochter des Bildhauers hielt Familie Vosskamp für die Mafia. Manchmal stand Bernd am sandigen Straßenrand und blickte über den Gartenzaun auf die Marmorskulpturen, ineinander verschlungene Kugeln und Würfel. Ein grüner Mooshauch lag auf dem weißen Stein, in den Ritzen war das Moos schon schwarz geworden. Man erzählte sich, dass die Tochter im Steinbruch verrückt geworden war, in Carrara, wo der Bildhauer seinen Marmor brach und wo alles weiß war, auch die Bäume und der Himmel. Wann seine eigene Mutter verrückt geworden war und wo, wusste Bernd nicht, aber er stellte sich vor, dass der Wahnsinn weiß war.

»Eure Mutter hat nichts«, sagte der Vater zu Cornelia, als sie mit ihm darüber sprechen wollte. Er stand auf dem Hof, in seinem knielangen Doppelreiher, die schwarze Arzttasche mit den Messingschließen in der einen Hand, in der anderen den Autoschlüssel. Cornelia hatte ihren Arm um Bernd gelegt, er wäre lieber weggelaufen. Er hatte das Gefühl, dass sie eine Regel brach. Sie fixierte den Vater mit ihren saphirblauen Augen, und für einen Moment konnte Bernd mit ihr durch den Filter dieser Farbe blicken und sah alles in einem kühlen, klaren Licht.

»Mama ist krank«, sagte Cornelia. »Sie liegt den ganzen Tag im Bett, und neulich hat sie das Geschirr zerschmissen. Das mit den grünen Blüten.«

»Wir haben Geschirr mit grünen Blüten?«, fragte der Vater.

»Jetzt nicht mehr.«

Der Vater ließ die Hand mit dem Autoschlüssel hängen, als wäre der Schlüssel so schwer wie die Tasche.

»Jede Frau zerschmeißt mal Geschirr«, sagte er.

Dann stieg er in seinen Opel Caravan und fuhr zu seinen Patienten auf die Dörfer.

Die Villa, in der Bernd Vosskamp aufgewachsen war, hatte einen Garten voller Brennnesseln. Darin lag ein verrosteter Pflug, er diente Bernd als Forschungsschiff. Um dorthin zu gelangen, musste er durch die Brennnesseln gehen. Cornelia hatte ihm mit der Sense eine Schneise geschnitten, trotzdem berührten die Nesseln seine nackten Arme und Beine, wenn er nicht achtgab. Die roten Pusteln auf seiner Haut ähnelten den Raufaserflecken, und er fragte sich, ob sie durch die Haut nach innen schauen konnten, so wie die Raufaserflecken durch die Wand ins Bad.

Neben dem Pflug stand ein Kirschbaum, ein Segelmast, Bernd kletterte hinauf und spähte aufs Festland. Die Kirschen waren sauer. Er aß sie trotzdem und spuckte die Kerne, an denen noch rote Fruchtfleischfetzen hingen, so weit er konnte, in die Luft. Einige blieben auf den gezackten Blättern der Brennnesseln liegen, am nächsten Tag waren sie schwarz. Um den Kirschbaum ringelte sich dunkle Rinde, manchmal zog Bernd einen Streifen ab und benutzte ihn als Seekarte, während das entblößte Holz zu harzen begann. Die Villa der Vosskamps war eine Felseninsel im Meer, und so sehr Bernd mit seinem Fernrohr, einem Ast, auch spähte, konnte er doch kein Leben erkennen, weder Menschen noch Tiere, nicht einmal Seevögel. Wahrscheinlich war die Insel radioaktiv verseucht. Bernd schaltete den Geigerzähler ein. »Ticktickticktick«, machte seine Zunge am Gaumen.

Das Haus roch nach feuchten Steinen und Zigarren. Die Türrahmen waren mit dunkelbrauner Ölfarbe gestrichen, die Teppiche schwer. Es gab ein Wohnzimmer mit grünen Samtsesseln und vergilbten Gardinen und eine Küche mit gesprenkeltem Estrich. Cornelia hatte dort gestanden, barfuß zwischen den geblümten Scherben, die Küche war eine Wiese mit scharfen Kanten, und Cornelias Blick war zerschnitten, und jetzt war sie fort.

Der Pritschenwagen beschleunigte, nasse Schneeflocken klatschten an die Windschutzscheibe, das Surren auf der Ladefläche ging in ein Peitschen über. Der Draht an seiner Kehle würgte ihn.

Ich hätte ein anderes Leben führen müssen, wie Cornelia, dachte Vosskamp, eins voller Leid und Wahrheit. Aber im Angesicht der schwirrenden, wirren Flocken war es egal, welches Leben er hinter sich hatte, ein richtiges oder ein falsches. Und auch für Cornelia würde es schließlich egal sein, für jeden Menschen, auch für den besten. Es gab keine Ordnung in den Flocken, keine Festigkeit, keine Unterschiede, es schneite alles herunter und löste sich auf, das Gute und Böse, Schöne und Hässliche, Oberflächliche und Tiefe, und alles war eintönig und matt. Die Erinnerung an seine Kindheit war Zeitverschwendung, obwohl sie so schnell vorbeigerast war. Er hätte in diesen Sekunden auch etwas anderes denken können, es war alles beliebig. Er wollte den Tod, nicht mehr, um seinem gescheiterten Leben und der Blamage zu entkommen, sondern der Beliebigkeit.

Jetzt müsste es passieren, dachte er. Jetzt! Ich möchte doch irgendetwas haben, dachte er, irgendetwas. Ich bitte ja nicht mal um Gnade, ich bitte nur um die Schuld.

Aber es gab nichts, und in seinem Entsetzen schwamm Vosskamp tief in die körnige Fläche hinein.

Das Jetzt war schon immer da gewesen, schon damals, seit der Zeit im Sauerkirschbaum. Trotzdem hatte es nichts damit zu tun. Es trennte nicht nur den Kopf vom Körper, es trennte auch die Zeit vom Sinn und das Sein vom Machen, es trennte alles von allem. Das Jetzt war eine Schleuse, nicht nur in seiner aufgerissenen Kehle, sondern auch in der Gegenwart, die Schleuse öffnete sich immer weiter und verwandelte ihn. Er sah, dass es keine Linderung gab, aber er sah im Licht der Laternen die Birkenblätter blinken, die der Herbst an den Zweigen vergessen hatte, und die Schneeflocken überall, feine Stigmata der Luft.